Le Code Maya

Barbara
HAND CLOW

Le Code Maya

Traduit de l'américain par Claude Badens

*Collection dirigée
par Ahmed Djouder*

Éditions originales
BEAR & COMPANY
One Park Street
Rochester, Vermont 05767
Bear & Company est une division de *Inner Traditions International*

Toutes les illustrations de ce livre sont de Christopher Cudahy Clow, sauf exceptions précisées.

Adaptation en français d'Éric Grelet.

© Barbara Hand Clow, 2007

Tous droits de reproduction et d'aptation réservés pour la traduction française
© Éditions Alphée, Jean-Paul Bertrand, 2007

Ce livre est dédié à mon fils aîné, Tom, décédé en juin 2004.

Tom, tu avais l'esprit si vif.

Comme tu ne pouvais pas raconter cette histoire dans cette dimension, je l'ai écrite pour toi : tu l'as racontée à travers moi.

Comme j'aimerais pouvoir m'asseoir avec toi auprès de l'Inukshuk au bord de English Bay à Vancouver !

Sommaire

Préface 13

Remerciements 19

Introduction 21

1. Le Calendrier maya 31

La découverte, 31 – Continuité dans la culture Méso-Américaine, 35 – Les cycles du temps dans le Calendrier, 37 – Visite des temples mayas, 42 – Interprétations des cultures anciennes à l'aune du Nouveau Paradigme, 43 – L'héritage des Mayas, 44 – Les contributions de John Major Jenkins, 46 – La chute du Dieu polaire, 50 – La Nébuleuse Sombre dans la galaxie de la Voie Lactée, 51 – L'obsession du temps chez les Mayas, 54 – La Convergence harmonique du 16-17 août 1987, 56

2. Le temps organique 61

La théorie évolutionniste au regard du Calendrier maya, 61 – Les neuf Inframondes de la Création, 64 – La théorie évolutionniste Darwinienne par opposition au Dessein intelligent, 66 – Le fondamentalisme judéo-chrétien en Amérique, 69 – L'intégration du Nouveau Paradigme scientifique, 71 – La stèle de Coba et les neuf Inframondes, 74 – La résonance du tzolkin, 77 – Comment les Mayas anciens découvrirent le Calendrier, 78 – Le plan de la Création, 82 – L'accélération du temps par vingt, 84 – Les enchaînements simultanés de la Création, 88 – Les Jours et les Nuits de l'Inframonde mammalien, 89 – L'Inframonde tribal et l'Homo habilis, 95 – L'Inframonde régional et l'Homo sapiens, 98

3. La civilisation maritime mondiale 101

L'âge néolithique, 101 – L'Inframonde régional vu comme l'Éden, 103 – Le grand cataclysme en 9500 av. J.-C., 105 – Le syndrome du stress post-traumatique et de l'habitat, 110 – La civilisation maritime mondiale, 112 – Les vestiges de la civilisation maritime mondiale, 121 – Décodage de l'Inframonde régional, 124 – Unicité et dualité de l'état de conscience, 127 – Technologie de la pierre mégalithique et cyclopéenne, 129 – Le Jour Six de l'Inframonde régional, 133 – Les grottes paléolithiques, 134 – Lithophones paléolithiques, 137 – L'Université géologique mégalithique de Carnac en France, 139 – Les postures rituelles du corps et la transe extatique, 142

4. L'entrée dans la galaxie de la Voie lactée 147

L'alignement du soleil de solstice d'hiver avec le plan galactique en 1998, 147 – Le Jour Sept de l'Inframonde national, 148 – L'état de conscience galactique depuis 1998, 151 – L'accélération de l'Inframonde planétaire: de 1755 à 2011, 154 – Astronomie et astrophysique galactocentriques, 157 – Le croisement du plan galactique et de l'écliptique en 1998, 159 – Le renflement de la Terre en 1998, 161 – Trous noirs et Singularités, 164 – La Terre icosaédrique a un axe incliné, 170 – La nouvelle précession et le Rig Veda, 171 – Les super-vagues galactiques et la précession, 174

5. L'Arbre du monde 177

Les cultures sacrées et les Mondes, 177 – Les mondes matériel et spirituel, 179 – L'Arbre du monde, pilote de l'évolution sur Terre, 182 – L'emplacement géographique de l'Arbre du monde, 184 – Le croisement de l'Arbre du monde, 187 – L'influence de l'Arbre du monde durant l'Inframonde national, 189 – Le drame collectif et le croisement invisible, 192 – Résonance holographique entre le cerveau humain et la Terre, 194 – Méditation active, 198 – Les postures sacrées et la réalité alternative, 201

6. L'Inframon de galactique et l'accélération du temps..................243

> L'Inframonde galactique et l'Amérique en tant qu'empire mondial, 205 – Jour Un de l'Inframonde galactique : du 5 janvier au 30 décembre 1999, 209 – Nuit Un de l'Inframonde galactique : du 31 décembre 1999 au 24 décembre 2000, 214 – Jour Deux de l'Inframonde galactique : du 25 décembre 2000 au 19 décembre 2001, 217 – Nuit Deux de l'Inframonde galactique : du 20 décembre 2001 au 14 décembre 2002, 222 – Jour Trois de l'Inframonde galactique : du 15 décembre 2002 au 9 décembre 2003, 223 – Nuit Trois de l'Inframonde galactique : du 10 décembre 2003 au 3 décembre 2004, 227 – Jour Quatre de l'Inframonde galactique : du 4 décembre 2004 au 28 novembre 2005, 230 – Nuit Quatre de l'Inframonde galactique : du 29 novembre 2005 au 23 novembre 2006, 237

7. Illumination et prophétie jusqu'en 2011 243

> L'effondrement de l'Inframonde galactique, 243 – Les Mondes de l'Inframonde national, planétaire, galactique, 247 – Tourbillon de violence au Moyen-Orient, 253 – Mort de la religion organisée, 255 – Jour Cinq de l'Inframonde galactique : du 24 novembre 2006 au 18 novembre 2007, 258 – Nuit Cinq de l'Inframonde galactique : du 19 novembre 2007 au 12 novembre 2008, 264 – Jour Six de l'Inframonde galactique : du 13 novembre 2008 au 7 novembre 2009, 268 – La vérité sur l'exo-politique pendant le Jour Six de l'Inframonde galactique, 270 – Un message des Pléiades concernant la fin de la quarantaine de la Terre dans l'Univers en 2011, 276

8. Le Christ et le cosmos 281

> Quetzalcoatl et les neuf Dimensions, 281 – Les super vagues galactiques et le cataclysme de 9500 av. J.-C., 285 – Appréhender la réalité grâce à la perception intérieure, 287 – Paul A. LaViolette et le message des pulsars, 290 – Les pulsars : des signaux de l'intelligence extraterrestre, 292 – Les pulsars et l'exo-politique, 295 – Le rétablissement de notre potentiel spirituel et les Observateurs, 297 – Les Énochiens et la machine d'Uriel, 300 – Faire passer les âmes pour pérenniser la sagesse, 302 – Le Christ Pantocrator, 305 – La sagesse antédiluvienne dans la Genèse dévoilée, 309 – Le livre d'Énoch,

310 – La naissance de géants et l'accroissement de la capacité crânienne, 313 – L'âge d'or et la célébration de la percée, 317

Appendice A : Réflexions sur l'axe incline de la Terre 320

Appendice B : Les transists astrologiques jusqu'en 2012. 332

Arguments astrologiques en faveur de la théorie de l'accélération du temp, 332 – Les planètes de l'espace et l'illumination des hommes, 335 – Les années 1960 : folles et sauvages, 336 – Chiron, Pluton et le Centre Galactiqu, 340 – Transmuer la bataille entre l'Est et l'Ouest, 342 – Les grands carrés dans le ciel durant l'Inframonde galactique, 345 – L'effondrement des systèmes de l'Inframonde national et du Planétaire, 350 – La phase finale de l'Inframonde galactique : 2008-2011, 352

Appendice C : Guide de l'inframonde galactique 355

Appendice D : Comment trouver votre signe de Jour maya, Codex de conversion pour le Calendrier maya ... 358

Instructions, 358 – Table des années, 359 – Table des mois et des jours, 360 – Le Calendrier sacré, 361 – Les signes de jour, 363 – Votre tonalité cosmique, 374

Notes 376

Bibliographie 385

Bibliographie essentielle 391

Liste des illustrations 393

Glossaire 396

Préface

de Carl Johan Calleman

D'après les légendes des Mayas anciens retrouvées au Temple des inscriptions à Palenque, une incarnation divine du nom de « Première Mère » est née le 7 décembre 3121 av. J.-C. pour se préparer à un rôle primordial : la création de ce que nous appelons aujourd'hui l'Inframonde* national. Ceci atteste de l'importance de la Première Mère, qui, plus tard, eut un rôle charnière dans la politique dynastique de Palenque où l'on sait que le Shaman Roi Pacal falsifia sa propre date de naissance pour prétendre qu'il détenait d'elle son héritage spirituel. Barbara Hand Clow a, dans le monde moderne, littéralement joué le rôle de la Première Mère en remettant en lumière le savoir enfoui dans le Calendrier maya*.

À travers ses activités d'éditrice chez Bear & Company, elle a contribué à propager de par le monde les livres pionniers de ce genre : *Maya Cosmogenesis*, et le *Mayan Factor* de Argüelles et Jenkins, par exemple, et même l'un de mes propres livres, *the Mayan Calendar* où ses conseils critiques ont grandement aidé à

---

* Voir le glossaire.

sa diffusion la plus étendue. En même temps qu'éditrice, elle est l'auteur d'une série non négligeable de livres parmi lesquels j'apprécie tout particulièrement *The Mind Chronicles Trilogy* et *The Pleiadian Agenda*. Elle prodigue également à un nombre impressionnant d'étudiants un enseignement passionnant sur les nombreux aspects de la connaissance des Indiens des deux Amériques. À l'instar des Mayas, c'est dans les Pléiades qu'elle trouve une origine à son savoir. Elle a participé activement à la naissance et au développement de ce domaine et, à ce titre, son livre *Le Code maya* est une synthèse extrêmement captivante à lire de sa réflexion sur l'état des recherches concernant le Calendrier maya. Son érudition et sa connaissance profonde de l'astrologie, de l'ésotérisme et du shamanisme forcent respect et admiration.

Il faut savoir que le Calendrier maya n'est pas un calendrier linéaire comptant sans fin les cycles astronomiques. C'est la description des infléchissements des énergies spirituelles du temps. Dans cette perspective énergétique, *Le Code maya* paraît chez nos libraires moins d'un an après le début du Jour Cinq de l'Inframonde galactique, le 24 novembre 2006. Aujourd'hui, il est de la plus haute importance que sa signification prophétique devienne largement accessible à tout public sous une forme rigoureuse et cependant attrayante. Au moment où le film de Mel Gibson, *Apocalypto*, sensibilise une audience élargie à l'existence du Calendrier maya, il est vital que, dans un premier temps, nous laissions en suspens la question de ce qu'il adviendra en 2012 pour nous pencher sur d'autres interrogations, plus profondes, concernant ce qui est en train de se passer actuellement, sous nos yeux, et sur la signification de la création divine. Je crois que nous ne pourrons comprendre ce qui va arriver en 2012 que si nous admettons que nous vivons dans un processus divin continu de création et si nous en connaissons les cycles. Jusqu'à maintenant, seule une petite partie de l'humanité en est consciente.

L'objectif fondamental de l'Inframonde galactique est la fin de la domination de l'Occident dans le monde et, à l'intérieur de chaque individu, l'intégration des aspects intuitifs et rationnels du moi profond. Le *Code maya* arrive à un moment où les peuples ont un besoin crucial de comprendre les altérations des corrélations de l'Inframonde actuel. Ce livre jouera un rôle significatif de guide. C'est maintenant qu'il faut étudier le Calendrier maya et en débattre. Quand viendra 2012, il sera sûrement trop tard. D'ici là, ou bien nous aurons réussi à accomplir le Dessein divin, ou bien notre ignorance et la désinformation distillée par les intérêts particuliers nous auront empêché de faire usage de notre capacité à influer sur le cours des événements pour effectuer notre saut quantique collectif vers la conscience de l'Inframonde universel. C'est pourquoi nous devons nous concentrer sur ce que le Calendrier maya nous dit au sujet du moment présent, et non sur 2012. Étudier sérieusement le Calendrier maya, ce n'est pas rester assis à attendre de voir ce qui va se passer, c'est contribuer à l'amélioration des capacités de chacun à faire ce bond quantique.

Ces sujets clés qui ne semblaient intéresser il y a peu que les érudits dans leurs bibliothèques poussiéreuses, se trouvent aujourd'hui avoir des conséquences décisives sur l'avenir de l'humanité. Loin de ces bibliothèques poussiéreuses, je suis convaincu au contraire que le Calendrier maya est la Théorie du tout ou Théorie complète qui fut anticipée par Stephen Hawking dans *Une brève histoire du temps*. Sa conclusion est claire :

« Si toutefois nous devions découvrir une théorie aussi complète, ses principes généraux devraient être assez simples pour être compris, non pas simplement d'un petit nombre de scientifiques, mais de tous. Alors nous serons tous, philosophes, savants et gens du cru, capables de prendre part à la discussion sur la raison de l'existence de l'Univers. Trouver la réponse à cette question serait l'ultime triomphe de la sagesse humaine car nous connaîtrions ainsi le dessein de Dieu».

Le livre que vous avez en main est une contribution significative à cette discussion. Ainsi, tandis que le décodage du Calendrier maya jette les bases universelles de principes permettant de comprendre la vérité de Dieu et de sa création, nous devons reconnaître qu'aucun être humain n'est encore capable d'appréhender la plénitude de cette vérité. Notre perspective est toujours limitée par notre propre extraction et par le fait que nous sommes une partie intrinsèque du monde que nous cherchons à comprendre. À cause de ces limitations, nous ressentons un besoin de discussions et d'échanges entre les divers points de vue individuels. Cette œuvre de Barbara Hand Clow, la Première Mère du Mayanisme moderne, peut être considérée comme une invitation pour tous à participer au large débat sur le sens de notre existence et de celle de l'univers.

Nombreux sont ceux qui reconnaissent la valeur de la vénération qu'ont les Indiens d'Amérique à l'égard de la nature. Mais nous devons admettre que sans leur contribution intellectuelle — le Calendrier maya — nous ne serions jamais parvenus au cadre d'une théorie complète. Le caractère tangible et la vivacité de la description que fait Barbara Hand Clow de l'accélération du temps, partie intégrante du processus divin de création, est insurpassable. Je suis certain que le lecteur appréciera grandement d'explorer avec elle les conséquences de ce phénomène sur nos propres vies et sur l'univers entier. Ses écrits nous amènent à considérer nombre de mystères non résolus, depuis les alignements de pierres néolithiques jusqu'aux communications intergalactiques en passant par les neuf Dimensions de conscience. Certains de mes étudiants y trouveront également un point de vue alternatif. J'estime particulièrement intéressantes ses explications concernant les raisons pour lesquelles l'Inframonde galactique semble si peu galactique, du moins jusqu'à maintenant. Il paraît toujours plus difficile d'annoncer des phénomènes qui vont développer et embellir notre monde que de prédire des catastrophes susceptibles de le détruire. Nous devons cependant considérer comme plausible l'idée que des événements complètement imprévisibles puissent améliorer la vie sur Terre, et, si Barbara Hand Clow a raison, peut-être aurons-nous quelque surprise. Le Calendrier maya est de cette sorte.

Une phrase de Barbara Hand Clow résume bien son propos : « Durant l'année 2012, tous les festivals saisonniers, tous les équinoxes, tous les solstices seront célébrés, et lorsqu'arrivera le bout du temps et que sera enfin complète l'activation de l'évolution pilotée par l'Arbre du monde, les peuples de la Terre auront tout oublié de l'histoire et du Calendrier maya : ils seront en communion extatique avec la nature et le Créateur. »

Carl Johan Calleman
Bellingham, Washington
10 Caban, 7.16.17 de l'Inframonde galactique
31 octobre 2006

Carl Johan Calleman, titulaire d'un PH. D de biologie moléculaire, a servi au titre d'expert cancérologue auprès de l'OMS. À partir de 1979, voyageant à travers le Mexique et l'Amérique du sud, il s'est attaché à décrypter les secrets du Calendrier maya. Aujourd'hui, il donne des conférences sur le sujet dans le monde entier. Il est également l'auteur de *Solving the greatest mystery of our time: the Mayan Calendar and the transformation of consciousness*. Il vit en Suède.

Remerciements

Je tiens à remercier Carl Johan Calleman pour sa découverte du facteur d'accélération du temps dans le Calendrier maya, et pour son opiniâtre dévotion à porter cette nouvelle à la connaissance du public. Carl est un chercheur dévoué et un ami qui a toujours trouvé le temps de répondre à mes questions lancinantes et de lire mes piles de documents. Il a même eu la délicatesse d'écrire une merveilleuse préface à mon livre dès qu'il a été fini ! Carl, vous changez le monde, bien plus que vous ne le pensez.

Comme toujours, travailler avec mon fils Christopher fut une joie. La paire d'artistes que nous faisions ne pouvait que réjouir mon cœur de mère. Quand j'étais jeune et que j'étudiais les travaux de R. A. Schwaller de Lubicz et de sa femme, Isha, j'adorais leur façon de travailler avec leur fille, l'illustratrice Lucy Lamy. J'espérais avoir les mêmes relations de travail avec un enfant, et par chance, cela m'est arrivé ! Quelque chose de spécial se passe, Chris, lorsque tu utilises ta vision intérieure d'artiste pour matérialiser mes pensées. Merci !

L'aide éditoriale de Richard Drachenburg a fait beaucoup pour l'amélioration de ce texte. Mais votre travail fut bien plus significatif encore, Richard. Écrire ce livre me décourageait parfois parce que j'avais si peu de temps et que je devais me presser compte tenu de l'importance extrême des informations qu'il contenait. Je ressentais l'urgence de ma tâche et, souvent, lorsque je doutais de mes capacités à m'en acquitter, vos encouragements m'ont permis de tenir. Merci du fond du cœur de ces importantes contributions.

Je remercie également Ian Lungold d'avoir écrit le Codex de Conversion du Calendrier maya (appendice D), ainsi que son coéquipier, Matty, pour m'avoir si généreusement permis de l'utiliser. C'est le meilleur Codex que j'aie jamais vu, d'une utilisation si aisée ! Merci également, Gerry Clow, pour ton édition du Codex qui l'a rendu parfait ainsi que pour les autres aides que tu m'as apportées tout au long de ce livre. Quant à vous, Louisa McCuskey, vous avez fait un travail magnifique avec la maquette du Codex de conversion.

Chez Inner Traditions/Bear & Company, je remercie tout particulièrement Jon Graham d'avoir su reconnaître l'importance de ce livre. C'est grâce à vos encouragements, Jon, que j'ai réalisé que je me devais de l'écrire. Merci, Ehud Sperling, d'être à la barre d'une des plus grandes maisons d'édition de tous les temps. Merci à Judy Stein, ma correctrice, à Jeanie Levitan, Anne Dillon, Peri Champine, Rob Meadows, et à tous les autres excellents collaborateurs de Inner Traditions/Bear & Company.

Je ne saurais terminer sans saluer l'opiniâtreté avec laquelle l'éditrice française Fanchon Pradalier-Roy de la maison Alphée et son responsable Jean-Paul Bertrand se sont battus pour la publication de mon livre, et la fidélité avec laquelle mon traducteur Claude Badens a su rendre toutes mes idées accessibles à un large public francophone. Merci à toute l'équipe française !

Introduction

Depuis 1987, trois grands philosophes modernes ont publié des œuvres maîtresses sur le Calendrier maya : José Argüelles avec *le Facteur Maya* en 1987, John Major Jenkins avec *la Cosmogénèse Maya 2012* en 1998, et Carl Johan Calleman avec deux versions de *The Mayan Calendar* en 2001 et en 2004. J'ai moi-même, depuis 1986, écrit plusieurs livres qui touchent occasionnellement au Calendrier maya, et je suis maintenant prête à entrer dans ce débat au moment où la fin du calendrier n'est plus qu'à cinq courtes années de nous.

Vous avez probablement entendu dire que les conquérants espagnols avaient brûlé la plus grande partie des littératures maya, nahuatl et aztèque. Vous pourriez vous dire qu'il ne nous reste pas grand-chose pour nous aider dans nos recherches sur les Mayas à l'exception de la visite des fantastiques sites des pyramides. Mais en réalité, pour étudier les Mayas, nous disposons d'autant de mythologie, de littérature et d'art que pour l'Égypte ancienne, les Sumériens ou les Grecs. Nombreux sont les descendants de Mayas qui détiennent des souvenirs anciens toujours vivaces, en particulier grâce à la conservation des calendriers anciens. La culture maya est une mine d'or. Dans ce livre, je vais examiner la science maya des cycles du temps, principalement en observant le Calendrier maya qui retrace les 5 125 dernières années de l'Histoire, le Compte long*, que Calleman appelle également « la Grande année »*.

De quelle qualification est-ce que je dispose pour ajouter quelque sagesse à cette investigation mûrissante ? De 1982 à 2000, j'ai été co-éditrice de Bear & Company, basée à l'époque à Santa Fe, Nouveau-Mexique. Nous avons publié les travaux de José Argüelles, de John Major Jenkins, et d'autres chercheurs sur les sujets mayas. Puis en 2004, Bear publia les œuvres de Carl Johan Calleman. L'un dans l'autre, en vivant et en travaillant dans ce domaine depuis les années 1980 jusqu'au début des années 2000, je fus confrontée à un tout nouveau point de vue sur ce à quoi les Mayas réfléchissaient il y a plus de mille ans. C'est ce que j'appelle l'héritage maya de l'accélération du temps, une révélation d'une très grande importance de nos jours pour le monde entier.

Finalement ma compréhension du Calendrier est très intuitive compte tenu que je suis une shaman indigène Cherokee en activité, entraînée à voyager dans plusieurs mondes. Les shamans mayas m'ont initiée sur nombre de leurs sites sacrés pendant que j'étudiais le Calendrier. Il est temps maintenant que je partage ce qu'ils m'ont appris. Je suis sûre que mes professeurs mayas Hunbatz Men et Don Alejandro Oxlaj et que mes professeurs cherokee, mon grand-père Gilbert Hand et J. T. Garrett, l'apprécieront. Ma conception de la façon dont le système stellaire des Pléiades fait partie de la pensée cherokee/maya revêt une valeur particulière. En effet, depuis ma naissance, j'ai vécu simultanément sur Terre et dans l'esprit d'Alcyone, l'étoile centrale des Pléiades. Dans mon enfance, mon grand-père Hand m'a appris que la Terre et Alcyone étaient toutes deux mes demeures. Je n'ai jamais oublié mes origines stellaires, pas un seul instant, car je sais que les Mayas et les Cherokees sont des peuples des Pléiades.

Ceci étant dit, quelque chose de plus profondément personnel m'a guidée pour écrire ce livre. Comme José Argüelles, qui a perdu son fils aîné, Josh, une semaine après la Convergence harmonique en 1987, j'ai perdu deux de mes enfants au cours de tournants critiques du Calendrier. Mes fils Tom et Matthew ont participé tous deux à l'entraînement initiatique maya (que je décrirai plus loin) et je sens que leur énergie venant de l'autre côté fait vraiment partie de ce livre. J'espère que la connaissance qu'ils m'ont transmise depuis le royaume de l'esprit a approfondi mon travail. En même temps, cette expérience de communion avec eux m'a aidée dans les différents stades de mon deuil.

Vous avez probablement entendu dire qu'il n'y avait rien de plus traumatisant et de plus choquant que la perte de votre propre enfant : cela est rigoureusement exact. Cependant si vous pouvez tirer un enseignement de tant de peine et la transcender, vous serez capables d'atteindre une vision globale de ce qui est réellement important dans la vie. Les peuples indigènes du Mexique et du Guatemala ont souffert un génocide plusieurs fois répété qui a presque détruit leurs cultures et pourtant ils s'attendent encore à ce que nous les écoutions. J'ai survécu à l'annihilation de la moitié de ma propre famille et la seule chose de positif que j'en aie tirée, c'est mon attachement pour les peuples qui souffrent sur la planète. Je ressens un profond sentiment de compassion pour les pertes que subissent journellement les familles en Irak. Avant de dire quelques mots sur la perte de mes propres enfants, je demande à toutes les mères et à tous les pères de résister à l'envoi à la guerre de leurs fils et de leurs filles par des responsables qui ne se soucient aucunement du risque qu'ils courent. S'ils y restent, vous verrez que cela n'en valait pas la peine.

À la fin de leurs travaux respectifs sur le Calendrier maya, Argüelles, Major-Jenkins, et Calleman sont arrivés à la conclusion que la terre ne survivrait pas si le paradigme scientifique matérialiste de l'Occident, orienté vers la seule recherche du progrès, continuait de consumer le monde. Tous trois nous expliquent que les secrets des Mayas peuvent inspirer les êtres humains dans leur quête vers l'illumination, et dérouter le train impérialiste occidental vers l'enfer. Comme vous le constaterez dans ce livre, je suis convaincue que nous parviendrons à détourner ce train fou, et que nous le ferons en répandant la paix dans notre monde.

Mes fils aînés, Tom et Matthew, étaient des jeunes gens au cœur sensible. Tous deux étaient des philosophes et des écologistes. La mort de mes enfants a été intimement liée à mon éveil à la sagesse du Calendrier. C'est pourquoi il est bon que vous en sachiez un peu plus sur Tom et Matthew.

Comme vous le verrez dans ce livre, la Terre s'est trouvée alignée au centre de la galaxie de la Voie Lactée en 1998, ce qui a fondamentalement altéré les champs physiques et psychiques de notre planète. Ceci est un fait scientifique avéré qui a eu lieu alors que j'étais à Bali pratiquant des cérémonies pour faire venir la pluie dans le but d'éteindre les feux dans les forêts de Kalimantan à Bornéo. La pluie vint et les Balinois, heureux, m'invitèrent à célébrer dans les tréfonds secrets des temples les plus sacrés. J'étais dans un état d'extase indescriptible lorsque je revins chez moi et je réalise maintenant que mon expérience shamanique à Bali a coïncidé avec ce fameux alignement de la Terre et de la Voie Lactée. J'ai partagé ces expériences stupéfiantes au téléphone avec Matthew, mon fils de vingt-neuf ans. Il n'avait encore jamais lu mon œuvre car il croyait que mes livres brouilleraient sa capacité à penser logiquement, ce qui l'aurait rendu inefficace pour ses recherches de limnologie* (étude des lacs). Aussi surprenant que cela puisse paraître, il me confia au cours de notre dernière conversation qu'il venait juste de lire mon livre de 1995, *The Pleiadian Agenda*. Il me dit que mon ouvrage était aussi important pour la planète que ses propres travaux d'écologiste en herbe, ce qui eut plus de valeur pour moi que tout ce qui avait pu être exprimé au sujet de mes écrits. Un mois après notre conversation téléphonique, Matthew se noya dans le lac de Red Rock au Montana en mettant en place les cages à truites d'un projet pour lequel il venait tout juste d'obtenir une bourse. Matthew quitta cette Terre si tôt après le grand alignement galactique de 1998 qu'il l'a sûrement ressenti, lui qui était si sensible à notre planète. Son épouse Hillary et moi-même pensons qu'il a été réceptif à ce changement d'énergie dans la Galaxie.

Trois semaines plus tard, je reçus un fax émanant de sages indigènes du Yucatan qui n'étaient pas au courant de la perte de mon fils. Ils voulaient me faire savoir que 12 Ahau* solaires avaient quitté la Terre fin juin et s'étaient envolés vers l'héliosphère pour calibrer ses champs énergétiques parce que la Terre était en train de changer en réaction à une nouvelle influence galactique. J'espère que Matthew est là-haut dans l'héliosphère, cette zone de communication exquise entre notre système solaire et la Galaxie (L'héliosphère est la membrane de vie de notre système solaire, l'enveloppe autour de notre système dans ses déplacements à travers l'espace).

Lorsque Matthew mourut, ma vie partit en vrille et je fus incapable de me concentrer sur ma tâche d'acquisition de livres pour Bear & Company. Peu de temps après, mon mari Gerry, qui était Président de Bear & Company, et moi-même décidâmes de vendre parce que ni l'un ni l'autre n'étions capables de continuer. Le plus dur avec l'abandon de mon activité fut la peur que cela n'empêche les codes mayas, d'une importance cruciale, d'arriver à temps à la connaissance du public. Les éditeurs classiques n'étaient pas désireux de publier les œuvres de ces auteurs hautement spéculatifs qui donnaient un peu d'oxygène à un domaine académique commençant à s'étioler. Comme vous pouvez le voir, grâce à l'engagement sans faille de ses nouveaux dirigeants et à leurs ressources accrues depuis 2000, Inner Traditions/Bear & Company est déjà allé bien plus loin que ce que Gerry et moi aurions pu accomplir, vu l'état d'esprit dans lequel nous étions après la perte de Matthew.

En 2004, Bear publia *The Mayan Calendar* de Carl Johan Calleman et me l'envoya pour que je l'évalue. Je fus stupéfaite par les révélations de ce livre et je leur renvoyai immédiatement un texte de présentation dithyrambique. Puis je pris du recul pour examiner les inquiétantes implications de ce que Calleman avait découvert au sujet du Calendrier.

Ce qui arriva alors fut étrange : je fis immédiatement parvenir à mon frère Bob Hand une copie du livre. Tom, mon fils de quarante et un ans, qui travaillait avec Bob, l'emprunta ou plutôt le lui chaparda. La curiosité de Tom au sujet du Calendrier maya avait été éveillée par notre doyen maya Hunbatz Men qui lui avait donné tous les codes des guerriers mayas Quiché durant la « journée initiatique Maya de 1989 » dans le Yucatan, réunion réservée aux enseignants indigènes. Tom et moi avions fait ce voyage ensemble, et je pus voir que les initiations masculines secrètes qu'il avait subies en avaient fait un guerrier mystique ; il était très fier de cette prouesse, mais n'était pas autorisé à partager les détails de son expérience, même avec moi. Lors du passage de Vénus devant le soleil, le 6 juin 2004 — un événement clé du Calendrier maya — Tom se pendit à un arbre. Avant que son corps ne fût retrouvé, quelqu'un vola le sac à dos de Tom. Nous sommes sûrs que le Calendrier maya était dans ce sac, car Bob ne retrouva jamais sa copie.

Le fait que, juste avant de se donner la mort, Tom eut été en train de lire le livre original de Carl Johan Calleman n'est pas sans signification. Cela accentue l'importance de l'accès de l'esprit vers une plus grande perception durant le passage de Vénus. J'ai si intensément ressenti la présence de Tom pendant que j'écrivais *le Code maya* que j'ai cru devoir raconter son histoire : je pense qu'il a écrit ce livre avec moi. En fait, son âme a pu choisir de devenir esprit pendant le passage de Vénus afin de pouvoir exercer une puissante influence depuis l'autre côté. Personnellement, comme maman de Tom, je le connaissais bien : Tom a choisi de devenir esprit parce qu'il avait eu suffisamment de peine sur cette Terre avec la perte de son frère Matthew en 1998, puis de son père, John Frazier, en 2001. Ceci étant dit, je me demanderai toujours ce qu'a pensé Tom de la perception qu'avait Calleman du Calendrier maya, et je respecte son droit de mettre un terme à sa propre vie.

À quoi sert que je partage cela avec vous ? Vous ne seriez pas en train de lire ce livre si vous n'étiez pas désireux de considérer des définitions de la réalité plus larges que celles auxquelles adhèrent les paradigmes du matérialisme scientifique, de l'histoire dogmatique et de la religion fondamentaliste. L'expérience que j'ai acquise au cours de ma vie m'a transformée en un être plus profond. En tant qu'enseignante, je sais les défis que chacun d'entre vous a vécus à sa façon depuis 1998. Je crois que chacun a enduré autant de peine que moi. Chacun d'entre nous va mourir, comme Tom et Matthew, mais cela ne change pas le fait que vous et moi soyons vivants à un moment exceptionnel dans le temps : l'achèvement du Calendrier maya en 2011. Tous, nous vivons à une période qui nous demande beaucoup de courage et de clairvoyance.

Depuis 1998, je me suis souvent sentie au bord de la déraison, mais à chaque fois j'ai réussi à retrouver mon chemin vers la santé mentale. Ce qui va suivre est une évaluation claire de la façon dont les choses fonctionnent sur le plan terrestre dans lequel plusieurs mondes dimensionnels s'entremêlent, la dimension la plus complexe étant le temps. Comme j'ai décrit l'Agenda Pléiadien dans *The Pleiadian Agenda* en 1995 et que j'ai analysé ses enseignements dans *Alchemy of Nine Dimensions* en 2004, je me sens particulièrement outillée pour méditer sur le côté immatériel du temps et des cycles.

Dans ces deux précédents ouvrages j'ai exploré le Calendrier maya tant comme générateur de temps que comme force d'évolution de la neuvième Dimension pilotée par le temps. Ces découvertes, je les ai trouvées étranges, incompréhensibles, jusqu'en juin 2005. Pourtant ces idées avaient une vie propre ; elles tenaient leurs origines des Pléiades. Après tout, les Pléiadiens disaient que la neuvième Dimension était le Calendrier maya ! Eh bien, je n'aurais jamais imaginé qu'un autre écrivain, Carl Johan Calleman, présenterait une version similaire quoique nettement plus élaborée de cette idée du temps sacré.

À titre professionnel, il est important pour moi d'énoncer mon propre point de vue sur la date exacte de la fin du Calendrier maya. Nombre de chercheurs ont bataillé sur la question de savoir si c'était 2011 ou 2012, et même Mel Gibson s'est lancé dans la discussion avec son *Apocalypto*. Comme vous le verrez dans ce livre, je suis convaincue que Calleman a découvert le but du Calendrier : suivre la piste de l'accélération évolutive du temps. Cependant, je pense également que les équinoxes et les solstices de l'année 2012 (plus certains facteurs astrologiques expliqués dans l'appendice B) seront d'une énorme influence sur la capacité du genre humain à atteindre l'illumination. J'ai donc ajouté ce facteur en détail.

La découverte de Calleman sur l'accélération vicésimale* du temps est une nouvelle et immense réussite qui, en fait, m'incita à écrire *Le Code maya*. (Le système numérique vicésimal est basé sur les multiples de vingt et incorpore le concept du zéro). De plus, ma propre connaissance de l'astrologie et des cycles historiques me permet de constater la nécessité d'une analyse des influences planétaires pendant l'année 2012, en partant du principe que la théorie évolutionniste de Calleman est correcte.

Ainsi, de mon point de vue, l'accélération du temps et de l'évolution seront parachevées le 28 octobre 2011, mais les Mayas, clairvoyants, savaient que le Compte long s'achèverait le 21 décembre 2012, sous l'influence de cycles astrologiques critiques. L'astrologie n'est guère plus qu'une prévision météorologique dans la troisième dimension. Mais nous aimons tous savoir quand va venir l'ouragan. L'accélération du temps qui pilote l'évolution est une force agissante dans les neuf dimensions*. J'ai exploré le sujet dans *The Pleiadian Agenda*. Je suis persuadée que le temps dans la neuvième dimension est à la fois le pilote et le véritable moteur de l'évolution dans la Voie Lactée. Je crois aussi que ce concept est très proche de ce que les Mayas Classiques eux-mêmes pensaient. Il se peut que cette idée du temps soit la seule théorie qui puisse expliquer pourquoi l'année sacrée Maya faisait 360 jours comme cela existait dans nombre d'autres cultures anciennes, mais que l'année agricole appelée Haab (l'année vague) dans le calendrier solaire faisait 365 jours. Nous ne pouvons discuter de telles idées qu'en reconnaissant tout d'abord la contribution considérable des grands intellectuels venus avant nous, y compris les archéologues qui, avec dévotion, se sont penchés sur les glyphes du Calendrier et en ont déchiffré le sens.

Selon Calleman, le 2 juin 2005 marqua le milieu de la période qu'il appelle «l'Inframonde galactique» qui commença le 5 janvier 1999 et continuera jusqu'au 28 octobre 2011. Au point médian de l'un quelconque des neuf Inframondes, les développements évolutifs survenus durant ce cycle deviennent visibles. Le milieu analogue du grand cycle historique qui s'est déroulé de 3115 av. J.-C. jusqu'au 28 octobre 2011 ap. J.-C. se situe en 550 av. J.-C., exactement lorsque de grands maîtres tels que Pythagore, Zoroastre, Platon, Isaiah, Lao-tse, Confucius, Mahavira et Bouddha sont apparus sur la planète. Les Mayas ont très probablement composé leur Calendrier vers 550 av. J.-C., ce qui signifie que c'est un guide vers l'illumination. Depuis juin 2005, les instructeurs de l'Inframonde galactique sont parmi nous. Alors, continuez à lire !

1

Le Calendrier maya

La découverte

La découverte et l'interprétation du Calendrier maya, c'est l'histoire d'une recherche minutieuse et réfléchie conduite par un groupe de personnes aventureuses. Ce petit nombre de chercheurs intrépides a mené à bien une tâche presque impossible : déchiffrer les 5 125 années du Compte long du Calendrier* et, ce faisant, probablement révéler le Dessein du Créateur pour l'évolution des êtres humains et de la Planète. Le fruit de leurs travaux est sans aucun doute notre seule chance d'interpréter correctement une culture sacrée très ancienne et hautement avancée. Vers 1930, lorsque suffisamment de dates eurent été déchiffrées et mises en corrélation, les érudits purent voir que les Mayas Classiques (de 200 av. J.-C. à l'an 900) étaient littéralement obsédés par le temps et la détermination de sa signification.

En travaillant à décoder le sens du temps et de ses cycles, les Mayas ont inventé ce qui pourrait être le système de calcul mathématique le plus sophistiqué de l'histoire de la culture humaine. En fait, l'origine de ce système de datation précède considérablement la période des Mayas Classiques, et vous allez vous rendre compte que plusieurs dates gravées sur les sites Mayas Classiques remontent à des milliers, des millions, voire des milliards d'années. Ces longues dates sont calculées et enregistrées au moyen d'un système simple mais brillant de barres, de points et d'un symbole représentant le zéro : c'est un système de notation absolument précis. La culture olmèque est la mère de la civilisation maya, et des éléments du tzolkin*, le fameux compte de 260 jours toujours en usage aujourd'hui, ont été trouvés sur des sites olmèques datant d'environ trois mille ans. C'est une indication supplémentaire de l'ancienneté du système de datation maya.

La plupart des archéologues pensent que la culture olmèque du Mexique central remonte à une époque antérieure à l'an 2000 av. J.-C. Sachez cependant que les archéologues des deux cents dernières années ont la réputation notoire d'avoir sous-estimé les âges réels des origines des cultures. Les données archéologiques montrent que les Olmèques utilisaient les premiers vestiges du Calendrier. C'est pourquoi je débute ce livre en suggérant que la première arrivée ou la première concentration de culture olmèque a dû avoir lieu aux environs de 3113 av. J.-C., au début du Compte long. Puisque ce dernier décrit les origines, le développement, la fin et le legs de la civilisation Méso-Américaine, et parce que les Mayas sont les descendants des Olmèques, les germes mayas ont dû être semés dès le début du Compte long.

Dans la mythologie maya, la domestication du maïs est associée à l'origine du peuple, et le maïs fut découvert dans la région il y a sept mille ans[1]. Le Calendrier a été appelé « Calendrier maya » et non calendrier olmèque parce que ce sont les Mayas Classiques qui en perfectionnèrent tous les aspects. Ils calculèrent comment le temps influençait l'histoire et laissèrent un rapport clair et complexe de leurs découvertes. Lorsqu'ils furent suffisamment développés pour faire entrer leurs origines dans un cadre mythologique, ils lièrent dans le *Popol Vuh**, récit de leur création, le développement du maïs à leurs propres origines dans le temps. De nos jours, le maïs demeure un point central de la culture et des cérémonies mayas. Le Compte long débute aux environs de 3113 av. J.-C., juste au moment où des civilisations complexes, dotées de temples et de villes, se développèrent soudain dans l'Égypte ancienne, en Sumer, et en Chine. Comme la civilisation maya possédait également pyramides, hiéroglyphes, mythologie et astronomie, et du moment que leur Calendrier décrivait avec précision les cycles historiques de son développement, pourquoi ne pas reconnaître que les origines réelles des Mayas remontaient bien au début de leur Calendrier ? D'autant plus que le maïs a connu une utilisation domestique bien auparavant. Ceci constitue un point important parce que la totalité des treize baktuns* doivent être pris en considération, et principalement le baktun originel où des civilisations complexes se sont organisées entre 3113 et 2718 av. J.-C. Souvenez-vous qu'un baktun est une période de 394 ans. Les baktuns sont les principales divisions des 5 125 années d'histoire décrites par le Compte long.

Je ne perdrai pas de temps avec les vaines disputes entre savants sur les origines mayas : nous nous intéresserons principalement à leur Calendrier. Avec mon regard d'indigène, mon opinion diffère souvent de celle des archéologues et des anthropologues. Je trouve qu'ils ont fréquemment tort quant aux origines des cultures et à leur niveau de complexité, spécialement en ce qui concerne les cultures des peuples indiens d'Amérique. Dans le cas des Mayas, par chance, le temps a déjà mis fin à nombre des arguties d'antan au sujet du Calendrier, ce qui me permet d'exprimer le fruit de ma propre réflexion. Tous les chercheurs s'accordent sur les dates de début et de fin du Calendrier : de 3113 av. J.-C. à 2012 de notre ère, ou de 3115 av. J.-C. à 2011 en ce qui concerne Carl Johan Calleman.

Ce sur quoi peu de spécialistes sont d'accord, c'est la signification exacte du Calendrier. L'idée, proposée par Calleman, que le Calendrier décrit l'évolution culturelle historique durant 5 125 années ou l'évolution due au temps en général durant 16,4 milliards d'années est loin de faire l'unanimité. Les universitaires spéculent rarement sur la signification du Calendrier si ce n'est pour insister sur le fait que les Mayas étaient obsédés par le temps. Les écrivains dont je parle souvent dans ce livre ne sont pas des universitaires. Ce sont cependant des érudits, et ils s'attachent d'une façon studieuse à découvrir le sens du Calendrier maya et à déterminer la raison pour laquelle les Mayas étaient si obsédés par le temps.

De toute façon, libre à chacun d'entre nous d'envisager des points de vue radicaux sur ce que les Mayas ont pu penser, parce que la cosmologie moderne a fait suffisamment de progrès pour que cela soit possible. Il n'y a que quatre cents ans, à peu près vers le moment où le dernier baktun du Compte long a commencé, que nous sommes passés d'une perspective géocentrique (tournée vers la Terre) à une vision héliocentrique (tournée vers le Soleil). Actuellement, tandis que ce baktun touche à sa fin, nous sommes en train de passer rapidement à une perspective galactocentrique (orientée vers la galaxie). La plupart des gens n'ont que très récemment appréhendé la rotation de notre système solaire autour du centre de la Voie Lactée, notre galaxie, l'une parmi des milliards d'autres galaxies dans l'univers. Presque tous les chercheurs sont persuadés que le Calendrier maya retrace le développement de la culture par le temps; c'est cela qui aiguise la curiosité des gens. Nous ne comprenons que peu de choses sur la pensée des Égyptiens anciens parce que la tournure d'esprit matérialiste des Occidentaux a bridé les premières interprétations de cette grande culture sacrée. La culture maya a pu faire l'objet d'interprétations plus réalistes parce que la découverte des Mayas ne remonte qu'à 150 ans et que la plus grande partie de la recherche dans ce domaine s'est faite durant les 100 dernières années.

Le public a pris connaissance des conclusions des premières études sur le Calendrier dans les années 1950, lorsque des érudits tels que Sylvanus Morley et Éric Thompson ont publié leurs livres sur les systèmes numériques et mathématiques des Mayas [2]. Les gens étaient intrigués de voir les Mayas utiliser le système vicésimal* (basé sur le zéro et les multiples de vingt) pour compter à l'aide de points et de barres. Peu de gens pouvaient appréhender l'effrayante complexité de ces grandes dates sur le Calendrier. Le fait est que la science maya était incroyablement avancée : le concept du zéro n'existait même pas en Europe avant que les Musulmans ne l'introduisent en Occident par l'Espagne en l'an 1000 ap. J.-C.

Continuité dans la culture Méso-Américaine

Le public était tout spécialement intrigué de voir que les descendants des Mayas vivaient encore nombreux dans des villages à proximité de leurs si romantiques pyramides dans la jungle. Comme des gardiens fantômes, les Mayas, de nos jours, persistent à vivre à proximité de cités que leurs ancêtres avaient abandonnées il y a mille ans. Je n'oublierai jamais mes premières cérémonies avec les Lacondon Mayas près de Palenque dans le Chiapas au Mexique en 1989. Comme des Esséniens ou des Gnostiques, les hommes portaient des tuniques faites de tissu d'un blanc pur tissé à la main, qui retombaient au-dessous de leurs genoux. Leur longue chevelure noire, lisse, descendait plus bas que leur taille. Leurs visages étaient absorbés, dans un autre temps, alors qu'ils tendaient les coupes qu'ils venaient de préparer pour la cérémonie dans la forêt.

Des clans isolés de Mayas du Chiapas au Mexique et des hautes terres au Guatemala continuent de tenir les calendriers originaux en comptant les jours. Ils ont aussi préservé plusieurs rituels anciens et conservé certaines compétences de guérisseurs. Par chance, depuis les années 1960, des érudits sensibles sont partis vivre avec les Mayas pour documenter leurs savoirs anciens, ce dont les clercs des conquistadors espagnols s'étaient si mal acquittés en leur temps. Les spécialistes qui ont vraiment vécu avec les Mayas et appris leur langue ont produit d'importantes contributions concernant le sens de leurs mythes d'origines et leurs systèmes de datation. Ces contributions sont arrivées juste à temps car elle permettent de réfréner les habituelles étroitesses d'idées des cultures occidentales. Il ne serait pas possible à des chercheurs plus spéculatifs dans mon genre de considérer et d'analyser le Calendrier maya sans l'aide des découvertes de ces chercheurs originaux travaillant sur place.

La continuité de l'art et de la mythologie olmèque, maya, toltèque, aztèque et des Mayas actuels sur une aussi longue période de temps est impressionnante. La meilleure dénomination pour cette culture indigène est «Méso-Américaine», car elle met à l'honneur la participation des peuples d'aujourd'hui à des traditions anciennes. Vers les années 1970, une convergence notable des études sur les Mayas se fit jour : tant de faits étonnants avaient été découverts. Certains des plus brillants penseurs de notre temps, comme Terence McKenna ou José Argüelles, que l'on peut regrouper sous l'appellation de «chercheurs du Nouveau Paradigme*», portant leur attention sur le Calendrier maya, sont arrivés à la conclusion que ce calendrier était important aussi bien pour les Amériques que pour le reste du monde, et je suis d'accord avec eux. Certaines personnes, dont moi, pensent que ces avancées Méso-Américaines sont le chaînon manquant qui explique pourquoi l'Occident a perdu son âme au cours des quatre cents dernières années. Les Mayas sont les ancêtres spirituels de peuples vivant dans les Amériques (dont font partie aussi bien les Indiens des États-Unis, les peuples des Premières Nations du Canada, et les divers peuples anciens de l'Amérique Centrale et de l'Amérique du Sud). Pourtant le sens et le caractère viable de leurs traditions leur ont été déniés et ont presque été éradiqués.

Il y a cinquante ans, la prise de conscience grandissante de la magnificence de la culture maya commença à ouvrir de remarquables perspectives dans l'histoire des idées. Enfin déchiffrées, les glyphes mayas livrèrent des dates remontant des millions, des milliards, des trillions d'années en arrière, notamment à Coba, dans le Chiapas sud, au Mexique. Lorsqu'en 1927 ces dates mayas furent corrélées avec les calendriers modernes (la corrélation GMT : Goodman-Martinez Hernandez-Thompson), la plupart des chercheurs furent d'accord sur la date de début du Compte long vers 3113 av. J.-C.[3].

Nombreux étaient ceux qui s'étonnaient que les Mayas aient évalué la même date que les archéologues pour l'avènement simultané de civilisations censément émergées de nulle part avec des systèmes complexes d'écriture et des cités-temples élaborées. Les écrivains spécialistes du Nouveau Paradigme* se sont laissés aller à des commentaires désabusés sur le grand nombre de « soudainement » dans les dogmes historiques. Ils pensent qu'il y a quelque chose derrière tout cela. Je suis tout à fait d'accord. Si vous y réfléchissez, l'émergence planétaire simultanée de civilisations en 3113 av. J.-C. semble organique, comme si l'humanité avait reçu un signal provoquant son évolution il y a 5 125 ans. Eh bien, comme vous pourrez le voir, elle l'a reçu !

Les cycles du temps dans le Calendrier

Ce qui passionne les lecteurs, c'est que le Compte long se divise en cycles au lieu de simplement se dérouler sans fin en un temps linéaire. Au départ, il est possible que les cycles mayas ne vous fascinent pas du tout et vous paraissent aussi impénétrables que du grec. Pour vous permettre de vous familiariser avec ce vocabulaire nouveau, Chris a fait quelques croquis du genre dessins animés basés sur mes ébauches, qui dépeignent les rudiments des signes calendériques mayas. En ce qui me concerne, je me dois de comprendre mathématiquement le Calendrier pour pouvoir écrire sur le sujet, mais vous, vous pouvez vous contenter de le visualiser juste pour comprendre ce que vous lisez. En fait, les Mayas eux-mêmes ont fait comme ça. C'est pourquoi, très probablement, ils furent nombreux à être parfaitement au courant des symboles et des nombres (du Calendrier) comme ils le sont encore aujourd'hui.

Le Compte long de 5 125 années est divisé en 13 cycles d'environ 394 ans, appelés baktuns. Chaque baktun est divisé en vingt cycles appelés katuns* et composés de vingt tuns* de 360 jours. Puisque l'unité de base, le tun, comporte 360 jours, le temps recule petit à petit de cinq jours par année solaire (une année solaire comprend 365 jours), ce qui nous éloigne du temps linéaire.

Dans les sites Classiques majeurs, Copan au Honduras par exemple, Palenque au Mexique, ou Tikal et Quirigua au Guatemala, durant le baktun neuf, de 435 av. J.-C. à 830 ap. J.-C. selon le Compte long, les dates en katuns inscrites sur les stèles étaient souvent accompagnées de dessins artistiques et mythologiques dépeignant des événements historiques et des cérémonials. Le

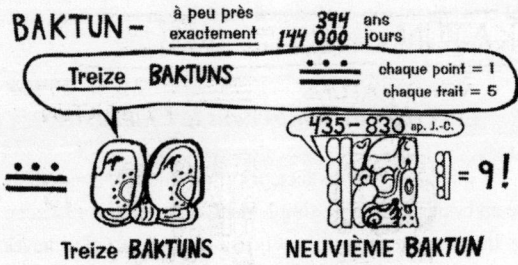

Fig. 1.1. Les baktuns.

baktun neuf n'est qu'une section de temps au milieu du Compte long de treize baktuns, mais ce fut la période pendant laquelle les Mayas approfondirent leur conception de ce qui se passe réellement avec le temps. Nous savons que pendant le baktun neuf, les cérémonies et la divination s'accomplissaient constamment durant d'importants katuns et des tuns notoires. Nous pourrions dire que les Mayas rendaient le temps divin pendant le baktun neuf.

Les Mayas Classiques ont dû étudier les qualités intrinsèques des phases du temps, car ils érigèrent et datèrent des stèles et des peintures dépeignant contenu et mythologie. Ils représentèrent également leur mythologie sur des milliers de vases datés comme des calendriers. En d'autres mots, ils précisaient le moment de leur histoire et de leur divination. Ils semblent avoir voulu découvrir les qualités uniques de chaque katun* (19,7 années correspondaient à peu près à une génération), qui s'appliqueraient ensuite aux katuns de tout futur baktun.

Le tzolkin, un compte de 260 jours, est basé sur treize nombres et vingt signes ou symboles de Jours (voir l'annexe C). Dans le tzolkin, chacun des signes de Jour a des qualités uniques qui sont altérées par le nombre spécifique qui le caractérise. Par exemple le kan 1 est différent du kan 8.

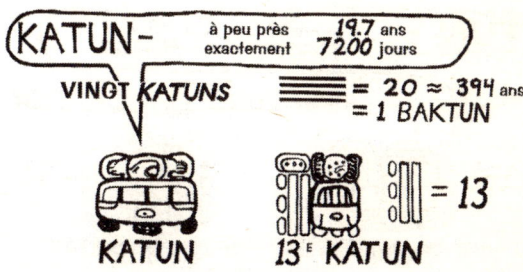

Fig. 1.2. Les katuns.

Fig. 1.3. Le tzolkin.

Les divisions qui impliquent des qualités sont celles des signes de vingt Jours (qui sont aussi altérés par le nombre qui les caractérise), dont les Mayas firent la découverte en premier en examinant les différents Jours sur une période de plusieurs années. Dès qu'ils eurent compris les vingt Jours et les treize nombres — le tzolkin de 260 jours — ils explorèrent l'année sacrée — le tun de 360 jours — pour comprendre les qualités en incréments vicésimaux* de plus en plus grands, ce qui implique une accélération du temps de 20 par 20. Comme vous le verrez, l'accélération du temps* par l'expression de la multiplication d'unités de bases par vingt est un concept clé dans le Calendrier qui a commencé par la multiplication de vingt tuns pour obtenir un katun. Puis un katun est

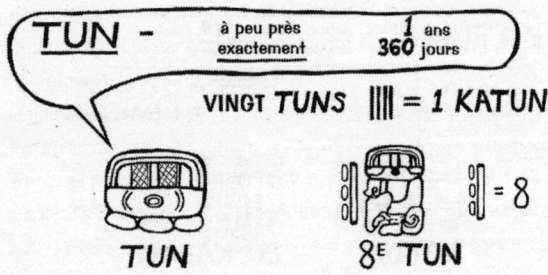

Fig. 1.4. Les tuns.

LE CODE MAYA

multiplié par vingt pour obtenir un baktun, à son tour multiplié par vingt pour obtenir un piktun*, et ainsi de suite. Donc le tun est l'unité de base de l'accélération du temps dans le Calendrier.

Le compte tun de 360 jours est en résonance avec le tzolkin de 260 jours parce que les nombres principaux sur lesquels est basé le tzolkin — treize et vingt — sont tous deux en résonance avec les treize plus longs baktuns (comprenant vingt katuns) qui constituent le Compte long. Chaque baktun a sa propre qualité, qui est numérique, de même que les treize jours numériques du tzolkin. Je sais que cela est déroutant et je vous promets de l'expliquer plus en détail par la suite. L'important au début, c'est de ressentir une résonance dans les cycles du temps. En d'autres mots, si j'ai bien compris, il semble que les Mayas jouaient avec l'éventualité qu'une période d'environ 400 ans puisse être comme un Jour ou qu'un piktun de sept mille neuf cents ans puisse être d'une manière ou d'une autre comme un Jour. Tout ceci nous amène éventuellement tout droit vers la théorie de l'accélération vicésimale du temps.

Les Mayas Classiques finirent par avoir une vision très organique et très mystérieuse du temps, qui continue d'intriguer des millions de gens de nos jours. Il semble qu'ils aient essayé de comprendre comment le temps s'accroissait et s'étendait, ce qui revenait à une tentative d'appréhender la nature de l'évolution par l'accélération du temps. Comme vous le verrez lorsque nous entrerons dans le détail des théories de Carl Johan Calleman, il est hautement probable qu'ils cherchaient à étudier le potentiel d'accélération du temps. Pensez à la lenteur des minutes et des heures quand vous attendez de revoir votre petit(e) ami(e), et comme le temps s'envole lorsque vous êtes avec lui (elle). Je pense de l'accélération du temps maya qu'elle est l'essence de l'amour divin parce qu'elle étoffe notre relation personnelle avec le Créateur. Elle décrit la capacité de l'univers à donner la vie.

Le calendrier maya

Visite des temples mayas

Lorsque je me rends en des sites Mayas Classiques, j'ai l'impression d'être dans une bibliothèque vivante gravée dans la pierre. Les stèles et les inscriptions me parlent parce qu'elles sont à la fois sculpturales, littéraires et mathématiques. Si je n'arrive pas à comprendre ce que je ressens, alors, tandis que je contemple les messages, les animaux, les insectes, par leur comportement, m'en révèlent les codes. C'est pour cela que je suis toujours à la recherche de signes de la nature quand j'explore les secteurs des temples. Les stèles et les inscriptions sont gardées par des êtres palpables dans d'autres dimensions qui parfois m'ouvrent avec joie leurs secrets, parfois me repoussent avec rudesse. Occasionnellement, j'utilise de l'encens ou une crécelle pour entrer en contact avec les esprits gardiens des pierres. Un jour, alors que je faisais crépiter ma crécelle de la Turtle Nation dans le Temple de la Croix Foliée à Palenque, deux archéologues arrogants tentèrent de m'interrompre. Ils faillirent tomber du plateau supérieur lorsque les gardiens invisibles du temple les repoussèrent !

Je suis restée des heures assise à méditer auprès des stèles qui parfois finissaient par prendre vie pour révéler leurs transcriptions. En 1988 à Tikal au Guatemala, dans une grande cour contenant de nombreuses stèles, je pus sentir des données me traverser l'esprit et s'y inscrire comme sur un disque dur. J'en fus si surprise que, ce jour-là, je demandai, pour pouvoir y croire, qu'un signe me confirmât ce qui venait de m'arriver. Plus tard, alors que je marchais sur un chemin perdu, un jaguar noir apparut près de la piste, me regarda dans les yeux et s'esquiva lentement à pas feutrés. C'était particulièrement insolite parce que, dans cette région, les jaguars sont dorés à pois blancs. Pourtant, le noir que j'ai vu semblait bien physiquement réel. J'ai réalisé que je devais croire ce que les pierres m'avaient soufflé et il me vint à l'esprit de l'écrire dans ce livre.

Il est fascinant de constater que Carl Johan Calleman utilise la pyramide principale de Tikal comme modèle pour son Calendrier basé sur les tuns.

Comme les acteurs dans les grands drames, les stèles se dressent aujourd'hui muettes, année après année, attirant notre œil, motivant nos entrailles et éveillant notre conscience.

Plus les savants approfondissaient leurs études des dates et des symboles gravés sur les stèles, plus la conclusion s'imposait que les Mayas Classiques avaient dépeint les cycles culturels en phases de temps pour indiquer en ces dates les sens cachés qu'ils avaient découverts. En même temps, les stèles sont des ouvrages d'art pour le moins fantastiques qui communiquent avec autant de criante clarté qu'un chef-d'œuvre de Vermeer ou une magnifique sculpture de Michel-Ange. Bien sûr, cela dépend de la vision de chacun.

Interprétations des cultures anciennes à l'aune du Nouveau Paradigme

Durant les années 1980, un nouveau groupe de savants a commencé à s'interroger sur le sens du Compte long et à se poser la question des accomplissements scientifiques et spirituels des Mayas. Pendant la même période, la griffe du paradigme néo-Darwiniste, qui posait en principe que l'humanité était en constante évolution vers un niveau de plus en plus avancé, se relâchait. La théorie aussi bien que le dogme prétendant que les anciens peuples étaient moins évolués alors que les êtres humains modernes étaient de plus en plus avancés, s'effondrait à mesure que se révélait l'éclat des cultures anciennes. Il devenait clair que, pendant les deux cents dernières années, les archéologues avaient mal interprété les cultures anciennes. Après avoir ouvert les yeux sur les cultures modernes, de plus en plus de gens en vinrent à douter de la supposée constante progression en avant de l'humanité.

Ceux qui résistaient aux projections néo-Darwinistes désiraient de nouvelles interprétations des cultures anciennes. Les écrivains du Nouveau Paradigme, Graham Hancock, John Michell et Peter Tompkins entre autres, répondirent aux attentes de ce public curieux et furent facilement à même de montrer qu'il existait nombre de civilisations anciennes nettement plus avancées que les civilisations actuelles[4]. Pendant ce temps, les archéologues académiques ignoraient dédaigneusement et tournaient en ridicule ce Nouveau Paradigme et ses adeptes dans la culture populaire. Mais le Nouveau Paradigme s'est imposé suffisamment récemment dans la recherche maya pour permettre aux chercheurs de découvrir que les Mayas avaient développé un système mathématique et astronomique très avancé.

Le concept du Nouveau Paradigme — l'observation de la sagesse très avancée des anciennes cultures — fut de plus en plus suivi à mesure du désenchantement du public pour l'orientation que prenaient les civilisations barbares modernes du genre de celle des États-Unis. Beaucoup de gens commencèrent à penser qu'il nous fallait une bonne dose de sagesse ancienne si nous voulions que la civilisation moderne perdure. Et, bien sûr, c'est notre credo ! Une littérature riche, qui s'attachait à imaginer le vrai potentiel de l'humanité en se basant sur les accomplissements les plus importants des anciennes civilisations, émergea et vint à maturité dans les années 1990. C'est cela, je crois, qui aujourd'hui donne toute son importance au Calendrier maya.

L'héritage des Mayas

Depuis que nous sommes entrés dans le vingt et unième siècle, le Calendrier maya s'est emparé de l'imagination du public, en partie à cause de sa fin prochaine, et en partie du fait de la fascination qu'il suscite. Tenter de comprendre le Calendrier est très décourageant, mais comme vous le verrez dans ce livre, nous sommes au milieu d'un bond quantique dans le décodage de celui-ci. Les Mayas ont sauvé leur calendrier pour les générations futures en le gravant dans la pierre alors que nous n'avons que de parcimonieux vestiges des calendriers des autres cultures anciennes. Vous verrez que les Mayas ont avec prudence constitué un héritage qui nous permettra peut-être d'accéder à de nouveaux niveaux de compréhension des héritages égyptiens, minoens, sumériens, chinois, et indiens védiques. Bien que les Mayas eussent employé pour leur utilisation journalière un calendrier solaire de 365 jours qu'ils appelaient Haab, le Calendrier maya lui-même était basé sur des incréments ou des « crans » de 360 jours appelés tuns.

Si vous portez une attention soutenue à ces cultures anciennes que nous avons mentionnées plus haut et dont certaines apparurent « soudainement » il y a 5 125 ans, vous noterez qu'elles possèdent des vestiges de calendrier sacré à 360 jours comme ceux basés sur le Compte long, particulièrement chez les Égyptiens et dans les cultures védiques d'Inde, bien que nombre d'entre elles aient également le calendrier agricole de 365 jours basé sur le Soleil [5]. Personne n'avait pu trouver la raison pour laquelle des calendriers de 360 jours avaient été utilisés dans le passé lointain jusqu'à ce que Carl Johan Calleman eut entrepris ses recherches sur le sujet. Ce qui nous préoccupe, c'est que ce calendrier basé sur 360 jours fut sauvegardé en Méso-Amérique alors qu'il fut perdu partout ailleurs. En d'autres mots, le calendrier à 360 jours reflète ce qui était à une certaine période une conception universelle du temps. Comme vous le verrez, je pense que cela signifie quelque chose de très important concernant les dix mille dernières années d'expérience humaine. Notons avec intérêt que les nouveaux arrivants espagnols firent tout ce qu'ils purent pour détruire ces données. En clair, ils se sentaient menacés pour quelque raison par la science indigène.

L'un des buts de ce livre est de découvrir la raison de cette division du temps par 360 au lieu de 365, calcul qui avait tant d'importance pour les Mayas il y a deux mille ans. Par exemple, si le temps de rotation de la Terre autour du Soleil s'est allongé de cinq jours dans une période relativement récente, qui sait si cela n'a pas changé les harmoniques de la Terre dans le système solaire et dans la Galaxie? Est-ce que la Terre aura tendance à retourner vers une résonance à 360 jours dans le futur? Si c'était le cas, comment cela se ferait-il, et quelles en seraient les conséquences? Est-ce que la date de fin du Calendrier maya pourrait être l'annonce d'un tel changement d'harmonique?

Les contributions de John Major Jenkins

Vers la fin des années 1980, dès que les informations concernant le Calendrier maya eurent été suffisamment développées et publiées, des chercheurs non académiques commencèrent à proposer de hautement spéculatives, excessivement fascinantes et très créatives interprétations du Calendrier. Comme je l'ai mentionné dans l'introduction, j'étais partie prenante dans la publication des œuvres de nombre de ces écrivains et une bonne partie de ce livre est consacrée à leurs travaux aussi bien qu'à mes propres spéculations sur le Calendrier.

Je commence par John Major Jenkins, brillant chercheur du Nouveau Paradigme, parce que John a redonné vie pour moi à un site maya préclassique, Izapa au Mexique [6], d'une manière qui correspond bien aux sensations intenses que j'ai eues sur des sites comme Tikal au Guatemala, et Palenque ou Téotihuacan au Mexique. Je dois vous dire que lorsque j'arrive à pénétrer les codes d'un site, je me trouve soudain comme au milieu d'une pièce de théâtre mystérieuse où tout prend vie. Les images commencent à se révéler comme des photos de fresques prenant leurs premières nuances de couleurs. Les personnages dépeints ouvrent leurs yeux et remuent leurs lèvres. Les stèles émettent des informations. Les animaux et les insectes réagissent à la reconstitution historique qui se déroule. Ils m'indiquent le sens de la cérémonie. Une fois, trois perroquets Quetzal tournoyaient au-dessus de ma tête tandis que je méditais dans le Temple Bat de Tikal. Une autre fois, un serpent fer-de-lance apparut juste en face de moi exactement au moment où je venais de comprendre le sens de Manik, un signe de Jour. Voilà le genre de grandes extases que j'ai vécues sur des sites sacrés. Dans *Maya cosmogenesis 2012*, John Major Jenkins fait revivre Izapa de la même façon. Parce que son savoir est souvent plus pointu que celui de la plupart des spécialistes fréquemment publiés sur les presses des universités, j'ai confiance en sa vision des choses, même si je ne suis pas toujours d'accord avec lui.

La première fois que j'eus le plaisir de lire *Maya cosmogenesis 2012* ce fut lorsque je reçus le manuscrit pour me faire une opinion sur l'opportunité de sa publication. Son livre m'incita à devenir astronome à Izapa, contemplatrice de la position au zénith de l'étoile polaire, des Pléiades, du centre de la Galaxie de la Voie Lactée dans la nébuleuse sombre. C'était amusant parce que je pratiquais l'astrologie en ce temps-là. Je m'imaginais jouant à la balle à Izapa ou donnant la vie sur le trône cosmique. Conduisant le lecteur dans un tour virtuel de stèles choisies à Izapa, John l'entraîne à travers des étapes d'initiation datant de plusieurs milliers d'années. Personnellement, je ne suis jamais allée à Izapa, mais son livre m'y a directement conduite et m'a encouragée à m'y attarder le temps d'apprendre ce qu'il me fallait savoir.

Jenkins a élucidé une théorie effarante sur la cosmologie en deux parties que les Méso-Américains ont échafaudée avec les positions zénithales des Pléiades et le centre de notre Galaxie. Ces idées n'ont pas beaucoup été appréciées par les spécialistes des Mayas, mais Jenkins avait décidé d'en maîtriser la connaissance avant de les dépasser vers de nouveaux territoires. Les savants auraient intérêt à faire grand cas de ses conclusions qui sont d'ailleurs basées sur leurs difficiles travaux personnels. Par exemple, avant que *Maya cosmogenesis 2012* ne fût publiée en 1998, Linda Schele et David Friedel avaient tenté de faire revivre l'astronomie et les cérémonials en 1993 dans leur *Maya Cosmos*[7]. Malheureusement, *Maya Cosmos* se lançait dans des spéculations académiques sur la cosmologie maya dans la mauvaise direction, en se concentrant sur l'anticentre galactique au lieu du Centre Galactique[8].

J'ai déjà trouvé que, dans le monde entier, les cultures sacrées qui apparurent soudain vers 3115 av. J.-C. faisaient usage de calendriers basés sur des systèmes similaires au calendrier des Mayas. En 1994, mon professeur égyptien, Abdel Hakim Aywin de Gizeh, et moi-même, avons procédé à des cérémonies dans la Tombe de Maya, dans la section de la dix-neuvième Dynastie de Saquarra près de la pyramide de Unas. Hakim avait mis sur pied ces cérémonies parce qu'il estimait important que je comprenne les liens entre les Mayas et les Égyptiens vers 1200 av. J.-C., en gros à l'époque où le Calendrier fit son apparition en Méso-Amérique.

Hakim est le moderne Porteur des clés de Thoth, une école de la sagesse égyptienne vieille de cinq mille ans. Il dit qu'il y a exactement 360 Neters — les gardiens sacrés du Jour — ce qui est le même concept que l'année basée sur les tuns des Mayas[9]. Cela s'apparente aussi aux symboles astrologiques Sabéens en ce que, nous, les astrologues, utilisons l'année de 360 jours comme méthode d'enregistrement des dates sacrées. Je ne pense pas que les divisions en tuns, katuns, et baktuns aient été totalement comprises par les Mayas deux mille ans en arrière. Comme je l'ai fait remarquer, ils n'en ont compris le véritable sens qu'au cours du millénaire suivant. Jusqu'à maintenant, la date la plus ancienne basée sur le Compte long trouvée sur un monument à Izapa est 37 ans av. J.-C. Mais les éléments du système sont bien plus anciens.

Nous avons commencé cette section avec le bond critique que Jenkins a fait en appréhendant la façon dont les Mayas avaient trouvé le Compte long. Pour y arriver, Jenkins a utilisé l'astronomie archéologique, c'est-à-dire l'étude de la façon dont les cycles dans le ciel reflètent les cycles sur Terre. L'archéoastronomie utilise le principe hermétique «tout ce qui est en haut est comme ce qui est en bas» pour déterminer comment les cultures anciennes construisaient leurs sites sacrés en utilisant comme plan directeur la position des étoiles et des constellations. Les anciens sites sacrés sont orientés vers des positions dans le ciel correspondant à une

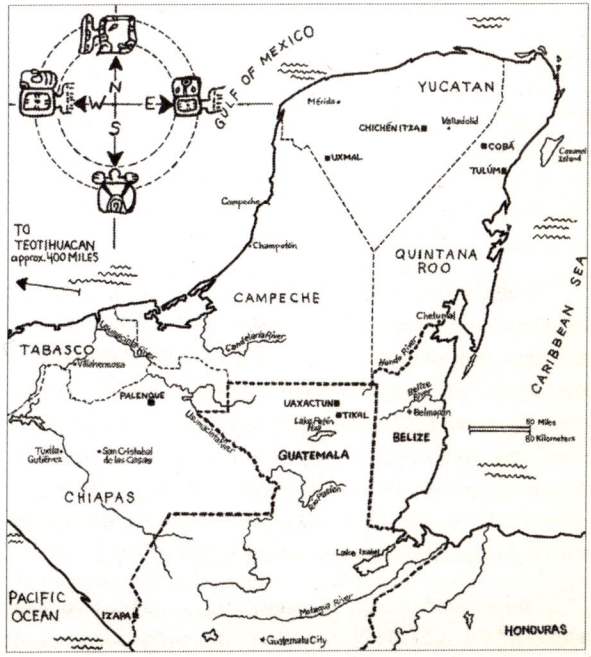

Fig. 1.5. Sites archéologiques mayas.

période spécifique. Il nous est possible de dater ces sites en étudiant ces orientations. Ensuite, nous pouvons tenter d'en déduire quel peuple avait été à l'origine de la construction de ceux-ci en cherchant à trouver ce sur quoi ils concentraient leur attention. Nous pouvons faire usage de leur propre science pour apprendre à les connaître. Bien que les archéologues reconnaissent plus ou moins la validité de cette méthode, ils ignorent souvent superbement les découvertes de l'archéoastronomie, probablement parce qu'ils confondent cette science avec l'astrologie. Notons, s'il en est besoin, que l'archéoastronomie n'est que de l'astronomie ancienne. Comme précisé plus haut, regarder l'espace et le temps au moyen de l'archéoastronomie nous conduit à des trouvailles sur ce à quoi les peuples pensaient vraiment. John Major Jenkins excelle à ce type d'investigation. À mon avis, sa théorie sur la façon dont les Mayas ont pu trouver la date de fin du Calendrier maya est fondamentale pour comprendre comment ils ont trouvé quand il a commencé.

La chute du Dieu polaire

Jenkins trouve que les astronomes d'Izapa furent tout d'abord obsédés par l'observation du Pôle Nord [10]. Comme le Pôle Nord est difficilement visible depuis Izapa au Sud du Mexique, cette obsession suggère que certains de leurs ancêtres, sinon tous, étaient arrivés à Izapa de nombreuses années auparavant en provenance du grand nord. Ironiquement, ceci soutient bien la théorie anthropologique conventionnelle du peuplement des Amériques, bien qu'il soit tout à fait possible que la théorie de la diffusion, qui suppose que les peuples vinrent par bateau, soit également exacte.

Aujourd'hui encore, les peuples des latitudes nordiques retrouvent dans le Pôle Nord et les étoiles circumpolaires leur centre cosmique. Puisque le Pôle Nord fut le centre cosmique originel des ancêtres des habitants d'Izapa, ce sont des peuples très anciens. En décodant leurs sites de cérémonials, et prenant en compte la bible des Mayas, le *Popol Vuh*, Jenkins démontre ensuite comment les Izapiens traquèrent la position zénithale des Pléiades ainsi que le Zénith du soleil jusqu'en 50 av. J.-C. environ [11]. Après, ils commencèrent à se concentrer sur la Voie Lactée.

Qu'est-ce qu'ils cherchaient ? Ils recherchaient un centre transcendant fixe dans le ciel pour en faire leur dieu, leur sens du divin dans l'univers. Étant donné qu'ils étaient un peuple principalement originaire du Nord des milliers d'années auparavant, leur premier dieu fut le Pôle Nord parce que, vu sous l'angle des latitudes Nord, tout semble tourner autour du Pôle.

Au début, les Pléiades haut dans le ciel semblaient ne pas bouger. Cette impression est due au fait que les Pléiades, situées près de l'anticentre galactique, sont à l'opposé du Centre Galactique. Lorsque vous observez le Centre Galactique en Sagittaire, vous regardez dans la Galaxie depuis la Terre, et quand vous observez les Pléiades, vous regardez hors de la Galaxie en direction de l'Univers. Comme les Pléiades semblaient immobiles, elles devinrent leur centre, leur dieu. Quand ils commencèrent à développer leur culture sous les tropiques (entre 23 degrés Nord et 23 degrés Sud de latitude) à Izapa, le changement de positions des étoiles circumpolaires dû à la précession était très déconcertant : leur dieu était tombé dans le ciel.

La Nébuleuse Sombre dans la galaxie de la Voie Lactée

À force d'observations, les astronomes Izapiens purent voir que non seulement les Pléiades se déplaçaient à cause de la précession, mais qu'en plus elles approchaient du Zénith à Izapa. Ce qui ne bougeait jamais, cependant, c'était la Nébuleuse Sombre de la Galaxie de la Voie Lactée, l'endroit que pointait la flèche du Sagittaire et la queue du Scorpion. Les shamans ont certainement voyagé par l'esprit dans cette zone et ont dû ressentir l'inversion du temps dans le Trou Noir ainsi que la naissance de nouvelles étoiles. Pour la Terre, le Centre Galactique devient alors le centre divin! Vu de la Terre, c'est le seul point fixe dans le ciel, en plus de l'énergie terrifiante qui s'en dégage.

L'axe de la Terre a une précession de 23,5 degrés lors de son orbite autour du soleil, ce qui cause les changements de position du soleil à l'horizon suivant les saisons. De même, l'endroit où le soleil se lève dans les constellations change continuellement du fait de la précession. Le plan du système solaire, l'écliptique, coupe le plan de la galaxie selon un angle de 60 degrés. Vous pourrez le constater depuis la Terre lorsque le bord de la galaxie est visible au moment où les planètes et le soleil traversent l'écliptique. Vu des tropiques, où je vis une partie de l'année, cela fait une saisissante croix penchée dans le ciel. Les six angles de la fameuse étoile de David sont des angles de soixante degrés et je pense que cette merveilleuse étoile est un symbole galactique.

Il y a deux mille ans, les Izapiens remarquèrent que le soleil levant du solstice d'hiver se rapprochait de leur centre sacré, le Centre Galactique en Sagittaire. Leur dieu, le Soleil, source de toute vie sur Terre, se rapprochait de leur centre cosmique! Ensuite, selon Jenkins, en calculant la précession, les Izapiens ont déterminé que le soleil levant de solstice d'hiver allait entrer en conjonction avec le Centre Galactique approximativement deux mille ans plus tard[12]. Cela était visible alors, comme vous pouvez le voir dans l'illustration adaptée de *The Maya cosmogenesis 2012*. Les calculs de précession des anciens astronomes étaient très précis et les Mayas n'y faisaient pas exception. Jenkins avance que lorsqu'il leur apparut que cette conjonction aurait lieu deux mille ans plus tard, les Izapiens utilisèrent leur propre système numérique (Tzolkin) pour concevoir le Compte long basé sur cette date finale[13]. Je crois également qu'ils pressentaient la date de leurs origines, et ce sens du début et de la fin de l'histoire leur permit d'étonnantes révélations. Mais j'anticipe. Dès que les Mayas eurent défini le Compte long, ils commencèrent à dater les stèles sur cette base. Et pourtant ces dates étaient au milieu de leur Calendrier. Ils ont mis sur pied un calendrier ciblé sur une fin en 2012 et qui remonte à 5 125 au temps de leurs origines à l'intérieur de ce cycle. N'est-ce pas étonnant ? Le Compte long englobe leurs origines, leur développement et leur parachèvement sur une période de 5 125 années.

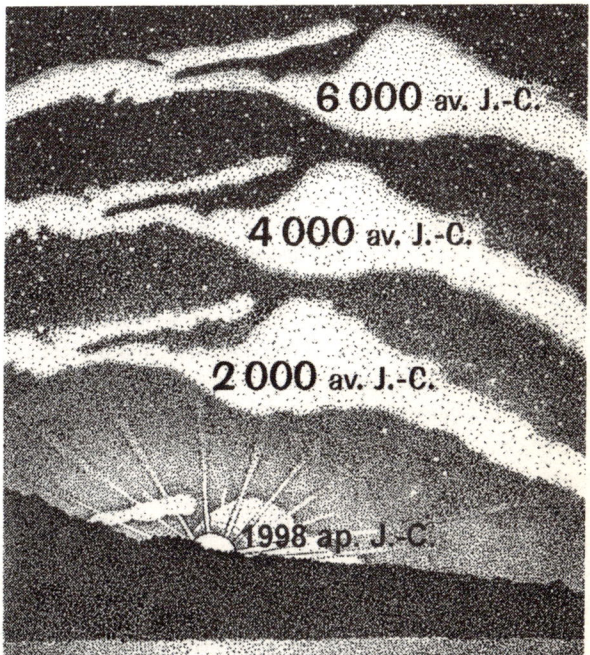

Fig. 1.6. La Voie Lactée « tombe » vers le soleil du solstice d'hiver de 6000 av. J.-C. jusqu'à 1998 ap. J.-C., comme nous pouvons le voir d'Izapa au Mexique (Illustration adaptée de *The Maya cosmogenesis 2012* de Jenkins).

Du moment que bien d'autres civilisations complexes apparurent simultanément aux Mayas, il est probable que tant le Calendrier que la date de fin du Compte long ont des conséquences mondiales. Pourquoi ? Qu'est-ce que cela signifierait pour vous et moi ? Est-ce que vous voyez pourquoi certains chercheurs ont presque perdu leur santé mentale pour arriver à répondre à cette question ? Eh bien, comme vous le verrez lorsque nous étudierons les affirmations de Carl Johan Calleman, il se peut que cette date de fin s'applique à 16,4 milliards d'années d'évolution sur Terre, et que ces 16,4 milliards d'années culminent en 2011 !

L'obsession du temps chez les Mayas

Étant, depuis 1970, en plein milieu de cette phase finale de l'étude du Calendrier maya, un domaine qui en a rendu fou plus d'un, je suis tout aussi obsédée que les autres dans ma recherche du sens de ce Calendrier. Tout ce dont je dispose à cette fin, à part mes recherches continuelles et approfondies, sont mon rôle de femme-médecine et l'usage de mon intuition qui a souvent été mon meilleur guide. Ce que je sais me vient d'un important nombre d'heures de méditation auprès des pierres de Méso-Amérique et pendant mes travaux sur les cérémonials, et de découvertes faites par d'autres. Comme le fruit de mes intuitions se trouve en général vérifié par la suite, je conserve souvent ce que je crois être vrai même si d'autres le rejettent. Ce que je veux vous offrir, c'est plus le sentiment de ma propre perspective qui finalement est très intuitive. C'est le fondement de ce livre. Si vous recherchez la logique 101 du Calendrier maya, vous ne l'y trouverez pas.

En ce qui concerne ma propre intuition, mon premier guide est mon grand-père Cherokee-Celtique Hand, qui me légua un héritage codé dans le temps (une description de l'histoire et de l'évolution basée sur des cycles de temps), et la vérification subséquente du bien-fondé de cet héritage par Hunbatz Men du Yucatan, qui lui-même reçut un héritage de sa famille. Abdel Hakim d'Égypte reçut son héritage comme Porteur des clés de Thoth. Je fus formée depuis toute petite et jusqu'à mon âge adulte à me souvenir de toutes les informations qui m'étaient données. On comptait sur moi pour les restituer au peuple pendant la fin du Calendrier. On m'apprit à attacher une importance obsessionnelle à cet héritage quand j'étais petite, et pendant les tranquilles années 1950 en Amérique, mes parents n'aimaient pas du tout l'influence de mon grand-père sur moi. Celui-ci me convainquit que si je déviais de cette recherche, je perdrais le contact avec ma source, le système stellaire des Pléiades. Ma grand-mère Écossaise l'approuvait. Ils eurent une influence primordiale dans ma vie. Comme les Mayas, les Cherokees retiennent certains aspects du Calendrier, mais à leur différence, ils n'ont pas gravé les données dans la pierre ni n'ont conservé le Compte long depuis 2 500 ans. Le seul véritable indice que j'aie eu concernant le Centre Galactique est que nous, les Cherokees, nous avons une grande tortue de cristal qui prodigue au peuple son enseignement sur l'anticentre galactique. En effet, dans le ciel, Orion est le dos de la tortue d'où vint la Turtle Nation d'Amérique du Nord. Quand j'entamai mon travail avec Hunbatz Men dans les années 1980, je fus grandement soulagée de l'entendre parler constamment de la Galaxie et des Pléiades, sujet dont je m'entretenais régulièrement avec mon grand-père jusqu'à sa mort en 1961. La constellation d'Orion est très proche des Pléiades et de l'anticentre galactique. Orion et les Pléiades sont comme des gares routières pour les voyageurs shamaniques quittant la galaxie. Pour moi aussi. Portez votre regard dans le ciel nocturne. Remarquez l'ouverture au bord de la Galaxie près d'Orion et des Pléiades.

À l'âge adulte, on m'enseigna à prier en psalmodiant vingt prières, quatre dans chaque direction et la cinquième vers le centre, des prières pour toutes les plantes, tous les animaux, les minéraux et les êtres de l'univers. Ces prières Cherokees sont similaires au système de calcul maya. La partie la plus importante de l'héritage de grand-père que je puisse ajouter à ce livre est son enseignement concernant un cataclysme, il y a 11 500 ans, qui a pu générer le besoin des peuples à avoir des calendriers. J'ai déjà parfaitement exploré ce grand cataclysme dans mon livre *Catastrophobia*, mais comme il se peut qu'il soit la véritable raison de l'invention du Calendrier de 360 jours, je vais le résumer de nouveau dans ce livre. Ce sont des renseignements significatifs sur ce que décrit le Calendrier maya, chose que je ne pouvais voir par moi-même avant de comprendre, en juin 2005, le travail de Carl Johan Calleman.

La Convergence harmonique du 16-17 août 1987

Je me trouvais donc, dans les années 1980, éditrice et consciente de la place «centrale» de la Galaxie. Puis le professeur de Lakota, Tony Shearer, m'informa de l'importance du 16-17 août 1987 pour les peuples indigènes. Il me dit que cette date marquait la fin des Neuf enfers et le début des Treize paradis dans le Calendrier aztèque, ce qui signifiait la fin de l'éradication de la sagesse de Méso-Amérique [14]. Je ne suivais pas le Calendrier aztèque, mais je sentis que cela était important. Peu de temps après, Argüelles vint à mon bureau avec *The Mayan Factor*, un livre traitant du 16-17 août 1987, événement qu'il appelait la Convergence harmonique. Bear & Company le prépara rapidement pour une publication début 1987 tandis que je l'étudiais diligemment [15].

Nous entrâmes dans les cérémonies de pré-convergence harmonique quand Gerry, Argüelles et moi, en février 1987, nous rendîmes à Palenque avec quelques autres personnes. Juste au moment où la Supernova 1987 déposait ses neutrons profondément dans la Terre — un effet cosmique confirmé par les scientifiques — José, doté de grands pouvoirs shamaniques, fit revivre le Court des neuf bolontiku* (Le principal court de cérémonie près du palais à Palenque)[16]. *The Mayan Factor* parle d'un « Faisceau de synchronisation galactique » dont Argüelles dit qu'il a activé la Terre durant toute la période de 5 125 ans du Compte long[17]. Il était d'une importance capitale que les gens aillent sur les sites sacrés pratiquer des cérémonials pour se connecter avec ce faisceau les 16 et 17 août 1987.

Durant la Convergence harmonique, Gerry, notre fils Matthew, et moi-même sommes allés à Teotihuacan, la grande cité toltèque au nord de la ville de Mexico, « là où les dieux descendent sur Terre ». Le point culminant pour nous fut une cérémonie de pipe sacrée avec White Eagle Tree, mon frère-médecine Cherokee, dans le Temple du Quetzal-Papillon ; les cérémonies furent magnifiques. À contempler la métamorphose des peuples indigènes ce jour-là, je compris que la planète était réellement en train de changer et je ne suis pas prête de l'oublier. Avant l'aurore le matin du 17 août, notre petit groupe, une centaine d'individus qui devaient participer aux cérémonies, parvint aux temples. Plus d'une centaine de milliers de Mechicas (indiens du Mexique) grouillaient allègrement dans Teotihuacan pour les cérémonies, et faillirent bien nous écraser : pour arriver, ils avaient marché pendant des jours de tous les coins du Mexique.

Des rassemblements pour la Convergence harmonique comme celui-ci étaient un phénomène général. Et depuis 1987, pendant les périodes clés, les mexicains ont continué à organiser des cérémonies de ce type. Les médias, quant à eux, ne purent s'empêcher de faire la satire de cet événement. Par exemple, mon vieil ami Garry Trudeau, qui avait trouvé ce que je faisais rigolo, en a fait un dessin animé mettant en scène « Boopsie » en plein vol au-dessus de Teotihuacan durant la Convergence harmonique. Même le *Wall Street Journal* a étrillé les événements, et sur le *Tonight Show*, Johnny

Carson a henni doucement au sujet de la Convergence harmonique. Mais plus les médias riaient, plus les Américains, qui en temps normal n'auraient jamais entendu parler de cérémonies indigènes, se trouvaient informés de cette importante date. Des millions de personnes autour du monde réagirent spontanément à cet événement. Comme j'avais plutôt l'habitude de pratiquer des rites très secrets, cette histoire étonnante me fit pour la première fois prendre conscience du potentiel réel de l'influence galactique sur le grand public. À part m'aider à prendre la mesure de cette influence, *The Mayan Factor* m'impressionna par la qualité de l'analyse historique que fit José Argüelles des treize batktuns (étapes de développement de 394 ans) du Compte long de 3113 av. J.-C. à 2012 de notre ère. Argüelles découvrit que le Compte long décrivait une longue époque de l'histoire qui retraçait l'avènement et la chute de plusieurs civilisations de par le monde [18]. Son analyse est considérée comme provocante.

Ses conclusions m'amenèrent à me demander pourquoi les Mayas s'intéresseraient à retracer les histoires des cultures autour du monde. Je me contentai de réfléchir à divers cycles. Les treize baktuns décrivent certainement les cycles d'histoire des 5 125 années qui culminent en une vague grandissante de matérialisme menaçant la planète. Cela suggère que, à la fin de ce long cycle, le matérialisme doit se dissiper pour faire place à d'autres façons de créer des réalités humaines. Ces idées m'incitèrent à écrire mon livre de 2001, *Catastrophobia*, qui me semble être un élément essentiel de cette discussion [19]. La mentalité créée sur Terre par le cataclysme de 9500 av. J.-C. a grandement altéré les consciences et les émotions de l'humanité. Les rapports les plus clairs de cette souffrance se trouvent dans les enregistrements de Méso-Amérique et de la Turtle Nation*, patrie des Américains indigènes et des peuples de la Première Nation du Canada.

Aujourd'hui, pour un nombre grandissant de gens, les théories évolutionnistes de Carl Johan Calleman sur le Calendrier maya sont tout à fait irrésistibles. Pour aller plus loin dans nos investigations, je vais mettre fin à cette discussion sur les sources du Calendrier maya et me consacrer aux hypothèses sur ses significations possibles. Le chapitre suivant se concentre sur les deux livres de Calleman concernant le Calendrier maya.

2

Le temps organique

La théorie évolutionniste au regard du Calendrier maya

Carl Johan Calleman, qui a aimablement écrit l'avant-propos de ce livre, est un biologiste suédois qui commença à étudier le Calendrier maya en 1979. En utilisant le Calendrier comme un gabarit pour l'étude de l'évolution biologique, il remarqua ce qu'il appelle «une structure relativement simple et très parlante»[1]. Il s'aperçut que le Second Inframonde du Calendrier, dénommé Inframonde Mammalien*, contenait une série de treize dates (les treize Paradis) décrivant les transitions majeures de l'évolution biologique pendant 820 millions d'années, période durant laquelle les animaux multicellulaires se développèrent. Aussi surprenant que cela puisse paraître, le premier cycle précédent, de 16,4 milliards d'années dans le Calendrier soit exactement 20 fois les 820 millions d'années du cycle mammalien, est très proche de l'époque où les cosmologistes situent la création de l'univers.

D'autres avaient remarqué que les grands nombres enregistrés par les Mayas Classiques dans leur Calendrier étaient en étroite concordance avec les dates de transition de la science cosmolo-

	Inframonde national	Inframonde planétaire	Inframonde galactique	Inframonde universel
Énergie directrice	13 baktuns 5 125 ans 13 Jours/Nuits de 394,3 années	13 katuns 256 ans 13 Jours/Nuits de 19,7 années	13 tuns 12,8 années 13 Jours/Nuits de 360 jours	13 uinals 260 jours 13 Jours/Nuits de 20 jours
Le Jour 1 est le Paradis 1 **Semailles** Xiuhtecuhtli Dieu du feu et du temps	Du 11 août 3115 à 2721 av. J.-C.	Du 24 juillet 1755 à 1775	Du 5 janvier 1999 au 31 déc. 1999	Du 11 fév. 2011 au 3 mars 2011
La Nuit 1 est le Paradis 2 **Assimilation intérieure de la Nouvelle Vague** Tlaltecuhtli, dieu de la Terre	De 2721 à 2326 av. J.-C.	De 1775 à 1794	Du 31 déc. 1999 au 25 déc. 2000	Du 3 mars au 23 mars
Le Jour 2 est le Paradis 3 **Germination** Chalchiuhtlicue, Déesse de l'eau	De 2326 à 1932 av. J.-C.	De 1794 à 1814	Du 25 déc. 2000 au 20 déc. 2001	Du 23 mars au 12 avril
La Nuit 2 est le Paradis 4 **Résistance à la Nouvelle Vague** Tonatiuh, dieu du soleil et des guerriers	De 1932 à 1538 av. J.-C.	De 1814 à 1834	Du 20 déc. 2001 au 15 déc. 2002	Du 12 avril au 2 mai
Le Jour 3 est le Paradis 5 **La pousse** Tlacoteotl, déesse de l'amour et du don de vie	De 1538 à 1144 av. J.-C.	De 1834 à 1854	Du 15 déc. 2002 au 10 déc. 2003	Du 2 mai au 22 mai
La Nuit 3 est le Paradis 6 **Assimilation de la Nouvelle Vague** Mictlantechutli, dieu de la mort	De 1144 à 749 av. J.-C.	De 1854 à 1873	Du 10 déc. 2003 au 4 déc. 2004	Du 22 mai au 11 juin
Le Jour 4 est le Paradis 7 **Prolifération** Cinteotl, dieu du maïs et de la subsistance	De 749 à 355 av. J.-C.	De 1873 à 1893	Du 4 déc. 2004 au 29 nov. 2005	Du 11 juin au 1er juillet
La Nuit 4 est le Paradis 8 **Expansion de la Nouvelle Vague** Tlaloc, dieu de la pluie et de la guerre	De 355 av. J.-C. à 40 ad	De 1893 à 1913	Du 29 nov. 2005 au 24 nov. 2006	Du 1er juillet au 21 juillet
Le Jour 5 est le Paradis 9 **Bourgeonnement** Quetzalcoatl, dieu de la lumière	De l'an 40 à 434	De 1913 à 1932	Du 24 nov. 2006 au 19 nov. 2007	Du 21 juillet au 10 août
La Nuit 5 est le Paradis 10 **Destruction** Tezcatlipoca, dieu de la nuit	De 434 à 829	De 1932 à 1952	Du 19 nov. 2007 au 13 nov. 2008	Du 10 août au 30 août
Le Jour 6 est le Paradis 11 **Floraison** Yohualticitl, déesse de la naissance	De 829 à 1223	De 1952 à 1972	Du 13 nov. 2008 au 8 nov. 2009	Du 30 août au 19 septembre

La Nuit 6 est le Paradis 12 **Réglage fin des nouvelles protoformes** Tlahuizcalpantecuhtli, Dieu avant l'aube	De 1223 à 1617	De 1972 à 1992	Du 8 nov. 2009 au 3 nov. 2010	Du 19 septembre au 9 octobre
Le Jour 7 est le Paradis 13 **Maturation** Ometeotl/Omecinatl, Dieu duo-créateur	De 1617 au 28 oct. 2011	De 1992 au 28 oct. 2011	Du 3 nov. 2010 au 28 oct. 2011	Du 9 octobre au 28 oct. 2011

Fig. 2.1. Un tableau de prophéties, la Matrice Calleman, illustre les périodes dominantes des treize déités dans les Inframondes National, Planétaire, Galactique et Universel. (Illustration tirée de *The Mayan Calendar and the Transformation of Consciousness*, de Calleman).

gique et évolutionniste, mais il a fallu un biologiste pour voir la signification incroyable de ce fait. Pour Carl Johan Calleman, s'assurer de la signification de ces banques de données concordantes est devenu le travail de toute sa vie. Il se demanda comment les Mayas Classiques pouvaient avoir connu les cycles d'évolution, alors que la science moderne ne les a découverts que dans les deux cents dernières années, et n'est parvenue à se mettre d'accord sur ces données que dans les cinquante dernières années.

Avant d'explorer cette merveilleuse question, permettez-moi de vous faire remarquer que ce qui focalise actuellement l'attention du plus grand nombre sur les Mayas, c'est précisément le Calendrier maya qui décrit en effet de vastes périodes de temps pouvant concorder avec les banques de données scientifiques sur l'évolution. Je ne vais pas passer beaucoup de temps sur la culture et l'archéologie mayas dans ce livre puisqu'il y a déjà tant d'autres bons ouvrages sur le sujet. Les dates lointaines du Calendrier sont d'une importance critique parce qu'apparemment elles mettent en exergue les processus de l'évolution de l'univers, et aussi parce que le Calendrier finit dans quelques courtes années. Et si cette fin nous disait quelque chose sur le processus d'évolution lui-même ? Et si une phase de l'évolution ou le parachèvement lui-même de l'évolution était ce que le Calendrier voulait décrire ?

Nous devons également avoir le plus profond respect pour tout savoir que les peuples indigènes ont su conserver en dépit de la destruction de leur culture au cours des quatre cents dernières années. Les descendants des Mayas au Guatemala et au Mexique protégèrent les vestiges du Calendrier en conservant le compte des jours, le tzolkin, pendant au moins 2 500 ans. Pour autant que nous le sachions, les Mayas contemporains n'ont pas retenu le concept du Compte long (de 3113 av. J.-C. à 2012 ap. J.-C.). Notre connaissance du Compte long vient donc directement des inscriptions et des livres conçus par les Mayas anciens.

Comme vous le verrez aisément dans ce chapitre, les treize Paradis de l'Inframonde mammalien cités par Calleman décrivent bien la façon dont la force de l'évolution s'est exprimée dans la nature. En ce qui concerne les neuf Inframondes, la théorie de Calleman est brillante : elle pourra expliquer pourquoi nous sommes arrivés où nous en sommes en tant qu'espèce. Ma réflexion sur l'hypothèse de l'évolution biologique au regard du Calendrier maya est le thème central de ce livre : je suis convaincue que Calleman a découvert le vrai sens du Calendrier. Si l'évolution biologique, le Calendrier, ou les deux vous intéressent, je vous recommande chaudement de lire son œuvre afin de comprendre pleinement ce débat.

Les neuf Inframondes de la Création

Au chapitre précédent, j'ai principalement évoqué le sixième des neuf Inframondes, le cycle historique de 5 125 ans que Calleman appelle l'Inframonde national. Selon des sources érudites, ce cycle est le même que le Compte long ou la Série initiale de 3113 av. J.-C. à 2012 ap. J.-C. Les dates lointaines, telles que 16,4 milliards d'années, ne sont que des multiples de vingt d'éléments du Compte long, ce qui signifie que le Calendrier est un système vicésimal qui utilise des blocs de vingt. Comme nous l'avons déjà remarqué,

Calleman appelle le Compte long la Grande année parce que, dans son système, il correspond à tous points de vue au cycle de 5 125 ans sauf qu'il commence en 3115 av. J.-C. et finit en 2011 ap. J.-C.

À partir de maintenant dans ce livre, j'utiliserai la façon de dater de Calleman pour tous les cycles du Calendrier maya plutôt que d'aller et venir de la Grande année au Compte long. Au fur et à mesure de votre lecture, vous comprendrez pourquoi j'utilise ce système de datation, mais ne vous en préoccupez pas, la différence est tellement minime, à peine une année. Comme vous le verrez si les dates de Calleman sont correctes, la différence en ce qui concerne les dates passées est sans conséquence. Mais savoir laquelle, de 2011 ou de 2012, est l'année exacte sera pour nous humains modernes une importante affaire. Pourquoi Calleman mentionne-t-il une date de fin légèrement différente ? Parce qu'il croit que les Mayas Classiques de Palenque ont légèrement déformé la date environ mille ans après que le Compte long fut imaginé [2]. Dans ce chapitre, nous étudierons les neufs Inframondes de Calleman qui englobent 16,4 milliards d'années de temps. Je rechercherai des preuves que les Mayas Classiques eux-mêmes ont peut-être pensé de la sorte, ou au moins qu'ils sont tombés sur le « squelette du temps » qui régit l'évolution. Il semble certain que les Mayas étaient vraiment au fait des cycles de temps allant jusqu'à la création de l'univers. C'est une idée que les cosmologistes n'ont découverte et comprise que très récemment. Si vous pouvez appréhender l'envergure et l'exactitude des dates du Calendrier maya, vous verrez que les Mayas étaient très en avance sur la science moderne jusqu'à il y a à peine quelques années. Entre-temps, la théorie évolutionniste du biologiste Calleman, qui affirme qu'une force codée dans le temps conduit l'évolution, est une pensée incroyablement radicale. C'est pourquoi nous devrons d'abord replacer cette discussion dans le contexte de la théorie courante de l'évolution qui est actuellement un sujet litigieux dans la culture populaire des États-Unis.

La théorie évolutionniste Darwinienne par opposition au Dessein intelligent

La théorie de l'évolution selon Darwin explique que des forces non dirigées guidées par le hasard ont fait évoluer l'univers grâce à un mécanisme appelé la sélection naturelle. Le Dessein intelligent pose en principe qu'une force consciente (certains l'appellent Dieu) existe, qui conçoit et guide tout y compris le processus de la sélection naturelle. Vu que la nature dans son ensemble obéit à des lois géométriques et à un ordonnancement complexe, cette possibilité est parfaitement raisonnable. Pensez à la géométrie d'une coquille, d'un cyclone, d'un tournesol. Selon la théorie du chaos, même le désordre n'est pas le fruit du hasard. Les Européens ont largement accepté la théorie darwinienne il y a moins de cinquante ans, tout en remarquant que la théorie du Dessein intelligent ne contredisait pas les lois de la sélection naturelle. Inversement, des batailles juridiques font rage aux États-Unis sur la légalité de l'enseignement des deux théories d'évolution dans les écoles.

Aux États-Unis, un intense débat concernant la théorie de l'évolution est en train de contribuer au développement rapide d'un mouvement fondamentaliste judéo-chrétien. En se raccrochant encore à des théories théologiques sur la création, probablement la moitié de la population croit que Dieu créa le monde il n'y a pas plus de six mille ans. Sans tenir compte de l'opinion publique, la plupart des écoles publiques américaines ont enseigné la théorie Darwinienne sur l'évolution durant les cinquante dernières années et, ce faisant, ont créé une dichotomie mentale sévère et la tension sociétale qui en résulte. Pour illustrer la façon dont cela s'est manifesté, citons le cas de nombreux enfants retirés de l'école par leurs parents fondamentalistes qui ont décidé de les éduquer à la maison.

La réaction contre la théorie de l'évolution de Darwin a grossi régulièrement parmi les très prosaïques fondamentalistes américains. Les gens en général, y compris certains fondamentalistes, ont adopté une théorie de l'évolution scientifiquement crédible, le Dessein intelligent, dont le postulat est qu'un processus ordonné et structuré d'évolution sur des milliards d'années doit être guidé par une certaine forme d'intelligence. Toutefois, la plupart des fondamentalistes croient que le Dessein intelligent est aussi le « créationnisme » qui pose en principe que le monde fut créé il y a six mille ans, sur la base des calendriers judéo-chrétiens.

Les théories du Dessein intelligent de l'univers sur la longue période de temps décrite par la science sont tout aussi valides que la théorie Darwinienne de l'évolution, peut-être même plus. Évidemment l'univers a évolué sur des milliards d'années, ce qui ne signifie toutefois pas que la théorie de Darwin ni tous les éléments de datation de la science soient corrects. Comme vous le verrez au chapitre 3, je diffère beaucoup du point de vue conventionnel couvrant les quarante mille ou même probablement les cent mille dernières années. Toujours est-il que Darwin et la science moderne ont surtout raison sur le long cycle de temps et sur le fait que l'homme ait évolué d'hominidés descendant des singes. Cependant la théorie Darwinienne pousse trop loin le concept de la sélection naturelle par lequel la survie du mieux adapté détermine le succès de la reproduction. Le processus d'évolution implique plus que la seule survie du mieux adapté et la sélection au hasard. Plus significativement, la sélection naturelle se focalise trop sur l'évolution physique et minimise grossièrement le rôle de la conscience. Dans la théorie qui marie l'évolution et le Dessein intelligent, l'état de conscience est la force directrice de l'évolution et les changements physiques suivent les intentions créatrices.

À vrai dire, pour revenir au créationnisme pendant un instant, les fondamentalistes devraient tenir compte des nouvelles théories évolutionnistes récemment trouvées par Calleman dans le Calendrier maya. Ses arguments fournissent une preuve tangible de l'inspiration divine pendant de très longs cycles de temps. Son interprétation du Calendrier nous convie à faire nôtre l'idée que seul une conscience supérieure pouvait avoir créé le Calendrier maya aussi bien que l'univers. Je pense sincèrement que ce qui rend les fondamentalistes mal à l'aise, c'est l'idée que les humains ont évolué à partir des animaux. Pourquoi cela devrait-il les offenser, si c'est leur Dieu nouvellement arrivé qui a créé le tout ? Considérant tous les efforts qu'ont déployé les Mayas anciens à concevoir leur Calendrier, on peut penser qu'ils ont réalisé que nous aurions aujourd'hui besoin de leur savoir. Peut-être ont-ils pensé que nous, leurs descendants, serions à même d'être co-créateurs de l'évolution grâce à l'accélération du temps vers la fin du Calendrier, une fois que nous aurions compris ce qu'était l'accélération du temps et sa chronologie détaillé inscrite dans le Calendrier ? Qu'en d'autres mots, nous prendrions conscience de notre capacité à être d'actifs participants dans le développement de la vie elle-même. Comme vous le verrez, le Calendrier maya est la théorie la plus avancée qui soit du Dessein intelligent. Son esprit large ne requiert pas de Jéhovah Judéo-chrétien, en scène depuis si peu de temps selon les dates du Calendrier (durant les 5 125 années de l'Inframonde national), car il ne découle pas du concept de Dieu, même s'il est basé sur les prémisses d'un grand créateur.

Ceux qui sont fatigués des débats publics stupides pour savoir si c'est la théorie créationniste ou la Darwiniste qui est correcte pourraient s'apercevoir qu'ils ne veulent même pas réfléchir à celle que formule Calleman. Certains pourraient même chasser ces nouvelles possibilités compliquées en concluant que Calleman est un fondamentaliste de cabinet. C'est pourquoi je vais clarifier ce qu'est le fondamentalisme* et ce qu'il n'est pas. C'est important, parce que certains pensent que le Calendrier maya est un scénario de fin du monde en 2011 ou 2012, ce qui n'est pas le cas. Attendre la fin du monde, c'est ce que j'appellerais de la Catastrophobie, la peur d'une catastrophe. Lorsque je me suis étendue sur ce syndrome dans *Catastrophobia*, j'ai montré comment cela a amené l'humanité à devenir une espèce multitraumatisée pendant les 11 500 dernières années [3]. Cette phobie primaire a bloqué l'esprit humain, a réduit son intelligence, et a profondément retardé les progrès de l'évolution humaine. Comme la plupart des fondamentalistes sont affligés de catastrophobie, leur tournure d'esprit craintive est capable d'éclipser l'anticipation pleine de joie de millions d'indigènes qui attendent avec impatience la fin du Calendrier. J'ai été quelque peu inquiète que les cultes fondamentalistes, témoins de Jéhovah et autres, ne s'avisent d'accaparer le marché de la date de fin du Calendrier en présentant 2011 ou 2012 comme leur prochaine date de fin du monde.

Le fondamentalisme judéo-chrétien en Amérique

Qu'est-ce exactement que le fondamentalisme ? Les gens qui adoptent à l'égard de la théologie la démarche du fondamentalisme judéo-chrétien, appelés ci-après fondamentalistes, basent toutes leurs interprétations des réalités sur la Bible bien qu'ils ne soient ni traditionnellement religieux, ni conservateurs. Ce sont des radicaux qui interprètent la Bible comme cela leur convient pour ensuite prétendre qu'ils détiennent la plus pure vérité. Il est triste de constater que la plupart des Américains sont si pauvrement instruits en matière de mythologie, de théologie et d'histoire ancienne qu'ils s'excitent dès que les prêcheurs fondamentalistes débitent leurs récits bibliques des origines de l'humanité.

L'approche arrogante et simpliste des fondamentalistes m'a beaucoup irrité des années durant parce que j'ai une maîtrise en Théologie centrée sur la création du *Matthew Fox's Institute for Creation-Centered Theology*, et j'adore la Bible. Comme le *Popol Vuh*, histoire mythologique des origines des Mayas, la Bible est un récit mythologique complexe de l'émergence des peuples judéo-chrétiens dans l'histoire. Les gens désirent ardemment connaître cette histoire parce qu'ils vivent dans une culture basée sur le matérialisme qui a perdu tout sens et dévalue le passé. La culture agnostique américaine qui en résulte est si ennuyeuse que, durant les trente dernières années, les prêcheurs fondamentalistes ont eu beau jeu à séduire le marché par leurs récits des origines. C'est vraiment dommage, et j'ai toujours ressenti une profonde compassion pour les fondamentalistes qui sont souvent sérieusement affligés d'une puissante dépendance mentale à Dieu.

Deuxièmement, et pire encore, une fois que les fondamentalistes ont interprété la Bible à leur façon, ils appliquent ces interprétations à la société contemporaine. Ils concoctent des scénarios de fin du monde qui attisent frénésie apocalyptique et sentiments d'insécurité parmi la population. Les scénarios apocalyptiques servent à justifier des guerres contre les « infidèles » parce que nous nous approchons de la fin. Le fondamentalisme exacerbe des nerfs profonds chez les croyants judéo-chrétiens. Jésus n'était-il pas né dans une culture apocalyptique dans laquelle les juifs attendaient le Messie et la fin de l'oppression romaine? La fin du monde n'arriva jamais, Rome triompha et nombreux sont les chrétiens et les juifs qui attendent toujours le Messie. Il est difficile de conserver sa propre santé mentale et plus encore son intelligence lorsqu'on a tendance à vivre hors de la réalité de tous les jours et à être ballotté par toutes sortes d'obsessions mythologiques. Le fondamentalisme judéo-chrétien devrait être classifié comme religion nouvelle : « le Christianisme apocalyptique », produit naturel des réactions craintives aux rapides niveaux de changements qui ont lieu depuis le milieu des années 1700. De plus en plus de gens semblent perdre leurs facultés critiques tandis qu'ils se débattent farouchement pour éviter d'apprendre l'histoire scientifique stupéfiante de l'univers qui a émergé dans les deux cents dernières années. Le fondamentalisme nourrit la peur du changement.

L'intégration du Nouveau Paradigme scientifique

Dans le système de Calleman, cette période tendue où la banque de données scientifiques émergea est le Septième Inframonde, l'Inframonde planétaire (de 1755 av. J.-C. à 2011 ap. J.-C.), lorsqu'une grande accélération de la conscience (la capacité de perception) se fit sentir. Selon les lois du Calendrier telles que les interprète Calleman, les changements évolutifs durant cette période sont vingt fois plus rapides que ceux qui eurent lieu durant l'Inframonde national, de 3115 av. J.-C. à 2011 ap. J.-C. Pendant les 256 années de l'Inframonde planétaire, l'humanité a développé une capacité de perception planétaire, la globalisation, déclenchée par l'essor de l'industrie. Souvent considérée comme l'époque des Lumières en Europe, ce fut, c'est encore, la période pendant laquelle la démocratie se fit jour ; elle s'est développée tout au long des cycles de l'Inframonde planétaire. Durant cette accélération vertigineuse, les vieilles formes de contrôle social rigide qui s'étaient développées au cours de l'Inframonde national, long de 5 125 années, se sont progressivement désagrégées. Cependant, durant l'Inframonde planétaire, l'agenda ne fut pas réellement la démocratie qui n'était qu'une idée utilisée pour distraire le peuple du plus important programme économique. La vérité, c'est que les peuples qui étaient divisés en castes durant l'Inframonde national devinrent des rouages de la machine industrielle pendant l'Inframonde planétaire. La démocratie introduisit bien l'idée que les gens devaient avoir droit à leurs libertés individuelles quel que soit leur statut économique. Ironie du sort pour certains, cet aspect de la démocratie fut, et il est toujours, une menace qui a poussé la montée du fondamentalisme. La liberté force les gens à penser droit, ce qui n'est pas possible pour ceux qui ne peuvent pas s'accommoder de la liberté et sont affligés de rigidité mentale.

Une autre accélération par vingt commença en 1999. Le huitième Inframonde, commença le 5 janvier de cette année et causa une accélération encore plus importante de l'évolution, vingt fois plus vite que l'Inframonde planétaire, lui-même vingt fois plus rapide que l'Inframonde national. Arrêtez-vous un instant pour penser à la façon dont le temps s'est accéléré durant l'Inframonde planétaire, avec l'essor de l'industrie en un laps de temps d'à peine 256 ans. Et pourtant, c'est vingt fois plus lent que l'Inframonde galactique d'une durée de 12,8 ans (voir ci-dessous), dans lequel le taux de changement est mesuré en milliards de cycles par seconde, les gigahertz, et durant lequel beaucoup plus de choses peuvent arriver en beaucoup moins de temps. Alors que j'écris ces lignes, nous venons juste de passer le point médian de l'Inframonde galactique durant lequel des changements d'une rapidité exponentielle intensifient nos peurs et nos émotions à l'état brut. Souvenez-vous que ces trois Inframondes adviennent simultanément de même que tous les neuf Inframondes, puisqu'ils se terminent tous en 2011. Ce fait est le grand mystère découvert par Carl Johan Calleman. Durant l'Inframonde planétaire, un laps de 256 ans, les gens sont passés d'un état de prisonniers d'un système de castes hiérarchisées à celui de rouages d'une machine. Maintenant, les individus sont à peine plus que des cartes de crédit ambulantes constamment menacées de vol d'identité! Et surtout ils ne veulent entendre personne dire qu'ils descendent du singe, vu qu'ils se sentent déjà singes lorsqu'ils essaient de faire usage de la technologie moderne.

Au chapitre 6, je présente des informations détaillées au sujet des Inframondes national, planétaire et galactique. À ce stade, vous devez vibrer à l'idée de ces cycles, surtout si vous êtes au fait de l'histoire récente. Pour comprendre pleinement ce que Calleman est en train de nous dire, nous allons étudier tout d'abord le plus long et le plus lent des Inframondes du Calendrier. (Si quelqu'un se demande d'où vient le terme Inframonde, je précise que c'est un terme maya que Calleman a exprimé en anglais par *Underworld*, pour faire référence aux mondes du dessous qui conduisent les forces d'évolution de notre monde. En français, l'idée est mieux rendue par le préfixe latin « infra »). Nous avons besoin d'avoir un ressenti pour les temps longs, lents de notre évolution avant de pouvoir traiter des plus rapides, qui sont si déroutants pour la plupart des gens de nos jours. Notons également que lors de changements rapides, la contemplation du passé peut être très réconfortante, ce qui explique pourquoi le public est actuellement obsédé par lui. Considérons les 16,4 milliards d'années d'évolution durant les cinq premiers Inframondes. Contrairement à la théorie évolutionniste néo-Darwinienne, credo du matérialisme scientifique, le Calendrier ne voit pas l'évolution comme une série d'événements aléatoires dans un univers sans dieu.

Le Calendrier maya nous encourage à constater que tout ce qui existe est l'expression d'une intelligence ordonnée et profonde ; il y a partout des traces d'une intelligence supérieure dont tous les accomplissements ont un dessein. Darwin avait totalement raison pour la longueur de la période de temps, mais seulement partiellement concernant la façon dont cela fonctionne, surtout si l'on s'en tient à l'interprétation de certains de ses adeptes fanatiques, les néo-Darwiniens. Observons certaines de ces longues périodes avec les yeux des Mayas Classiques des années 200 av. J.-C. à 900 ap. J.-C.

La stèle de Coba et les neuf Inframondes

À Coba, site maya du Yucatan, est érigée une haute et étroite stèle décrivant des trillions d'années. Comme nous pouvons le voir figure 2.2, seule une partie des tuns, multiples de vingt, sont nommés, comme les baktuns, les piktuns, les kalabtuns, et ainsi de suite. Au-dessus du dernier cycle nommé, les hablatuns*, il y a quatorze puissances de vingt sans nom.

Les cycles portant des noms décrivent des cycles d'évolution couvrant 16,4 milliards d'années. Les cosmologistes disent que l'univers fut créé il y a environ 15 milliards d'années, mais ils auraient peut-être plus de précision en disant 16,4 milliards d'années. Les autres dates de la stèle sont soit les mêmes que celles annoncées par les théories scientifiques pour les transitions évolutives majeures, ou assez proches. Pourtant ce n'est que dans les 150 années passées que les géologues et les biologistes ont commencé à réaliser que l'histoire des êtres humains avait débuté il y a longtemps. Darwin publia *Origine des espèces* en 1859, mais les réels progrès dans l'étude de la culture d'hominidés se firent durant la deuxième moitié du vingtième siècle grâce aux travaux et aux découvertes à Olduvai Gorge en Tanzanie de Louis et Mary Leakey. Les dates de la stèle de Coba furent déchiffrées vers les années 1950, ce qui fait que ces banques de données similaires furent découvertes en des périodes de temps parallèles. Fascinant, n'est-ce pas ? Ces faits sont indubitables : les Mayas de Coba gravèrent cette stèle il y a environ 1 300 ans et les dates qui y sont correspondent exactement aux théories scientifiques modernes qui furent rassemblées il n'y a pas plus de cinquante ans.

Sur la stèle 1 à Coba, le Compte long (cycle de 5 125 années) a été inscrit au milieu de cycles portant des noms qui, chacun, étaient des multiples de vingt ; cela permettait aux Mayas d'estimer de longs laps de temps précédant la période commençant il y a

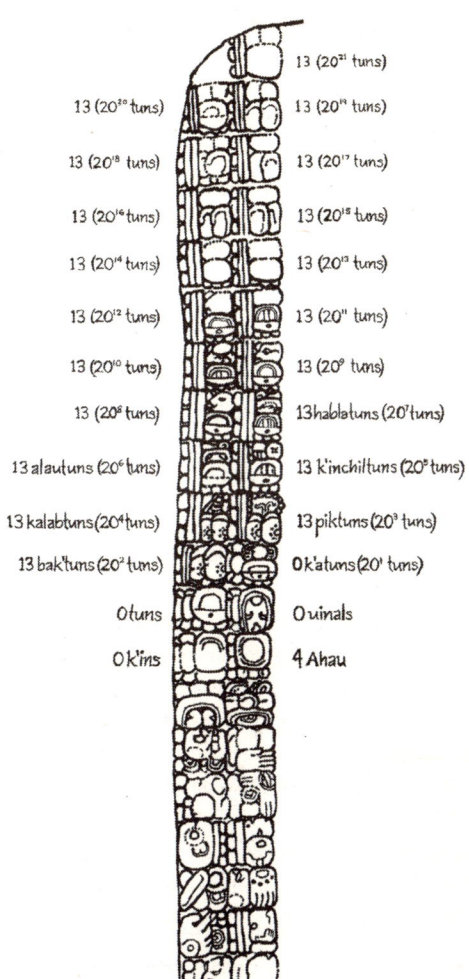

Fig. 2.2. La stèle de Coba. (Illustration adaptée de *Maya Cosmos*, Freidel, Schele, et Parker)

16,4 milliards d'années. Qu'est-ce que ces dates pouvaient signifier pour les Mayas ? Comme l'exprime Calleman, ici la création est considérée comme un composite de créations ou des cycles d'évolution, et ils sont tous imbriqués, se développent tous les uns par-dessus les autres, ce que vous pouvez voir Figure 2.3[4]. Chacun de ces neuf cycles ou Inframondes est divisé en treize Paradis, et le Compte long de treize baktuns (que Calleman appelle la Grande année) n'est que l'un des grands cycles.

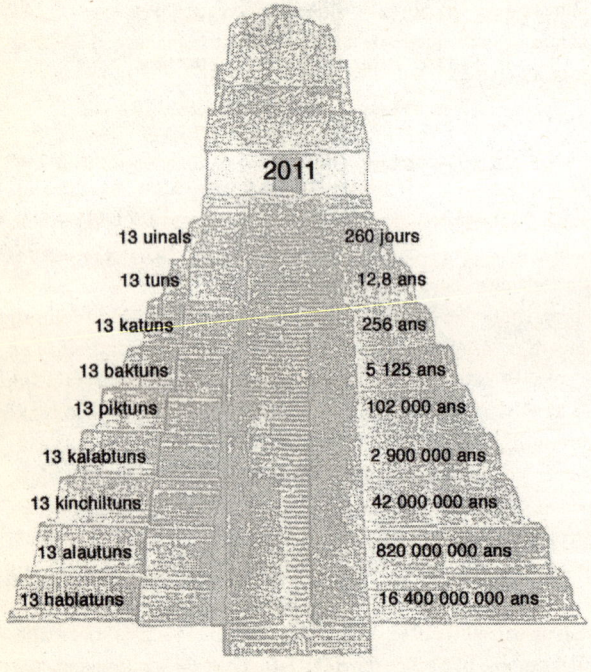

Fig. 2.3. Les neuf Inframondes de la création. (Illustration de Calleman, *The Mayan Calendar and the Transformation of Consciousness.*)

Nous en savons beaucoup sur ce qui s'est passé au cours de cette Grande année, parce que des civilisations apparurent soudain à son début dans tous les coins de la planète. En somme, c'est là que l'histoire de l'homme a commencé. Cela explique peut-être la croyance inflexible des fondamentalistes que le monde fut créé lorsque le calendrier hébreu commença. Pourtant le calendrier hébreu ne fait que décrire l'avènement de la civilisation humaine, laissant de côté le long et difficile combat de l'évolution de l'être humain qui précéda la civilisation. Il ne tient aucun compte des autres espèces, de toute l'histoire de la création. Peut-être est-ce là la raison pour laquelle, de nos jours, la gent humaine est si destructrice à l'égard de toutes les autres espèces.

La résonance du tzolkin

Quels sont exactement les aspects essentiels de la Grande année ? (N'oublions pas que le Compte long et la Grande année sont une seule et même période appelée l'Inframonde national par Calleman) Pour répondre à cette question, nous devons d'abord comprendre que le tzolkin, long de 260 jours (façon de compter encore en usage chez le peuple maya contemporain) entre en résonance par sympathie avec la Grande année par des facteurs de treize et de vingt, comme expliqué plus haut. Nous n'avons pas besoin d'en connaître beaucoup sur le tzolkin, heureusement, parce que le tzolkin est très subtil. (Afin de réellement sentir le pouvoir du tzolkin et d'être motivé à manipuler les nombres et les glyphes, vous devez tout d'abord trouver votre propre signe de Jour et examiner sa signification, ce que vous pouvez accomplir au moyen de l'appendice D). La Grande année et tous ses multiples sont un calendrier basé sur les tuns, parce que les tuns sont multipliés par une puissance de vingt. Souvenez-vous que chaque tun comporte 360 jours. Le tun n'est donc pas identique à l'année solaire de 365 jours. Les tuns font référence aux forces divines et non pas aux cycles physiques ou astronomiques.

Le tzolkin, long de 260 jours, est un calendrier de tous les jours pour les Mayas, tandis que le Calendrier basé sur les tuns fut créé pour comprendre les longs cycles de l'évolution. Le tzolkin est en résonance avec la Grande année parce qu'il est basé sur des facteurs numériques de treize et ses vingt glyphes sont les archétypes centraux qui sont multipliés par vingt. Lorsqu'un objet entre en résonance avec quelque chose d'autre, cela vibre à l'unisson, ou en harmonique, comme lorsque les cordes de chaque octave correspondant d'un piano vibrent alors que seul une note a été frappée sur une seule octave. Les longs cycles décrits par les tuns sont en résonance avec les vingt glyphes, ce qui constitue le grand mystère déconcertant la plupart des gens qui tentent de pénétrer le sens profond du Calendrier.

J'insiste sur le facteur résonance parce que ce concept est très important pour les Mayas contemporains, même si je ne le ressens toujours pas beaucoup au jour le jour. Quant à cette capacité de résonance, disons que le neuvième Inframonde, l'Inframonde universel, n'est que de 260 jours, exactement comme le tzolkin. Ce que je veux dire, c'est que ce dernier Inframonde se voit chargé jour après jour des neuf autres Inframondes par la résonance 360/260. Je ne crois pas qu'il soit possible d'appréhender une idée aussi fantastique si ce n'est en tentant d'imaginer comment les Mayas ont pu la découvrir. Je vais donc un instant user de ma propre imagination. Le tzolkin est probablement bien plus ancien que la Grande année, peut-être de près de trois mille ans, aussi vais-je prendre une certaine liberté artistique pour exprimer l'idée qui va suivre.

Comment les Mayas anciens découvrirent le Calendrier

Revenons en arrière dans la nuit des temps, l'époque où le peuple domestiqua le maïs. L'année solaire de 365 jours, le Haab, était alors essentielle pour l'agriculture. Les hommes abandonnèrent la cueillette et la chasse comme mode de subsistance pour se livrer à la culture vivrière. Les cycles du soleil prirent une plus grande importance. Tout en se sédentarisant, ils ne voulaient pas perdre les brillantes compétences shamaniques qu'ils avaient acquises tandis qu'ils cherchaient et chassaient les animaux. Après tout, ils avaient appris à voyager à travers les mondes inférieurs, moyens et supérieurs pour développer leurs connaissances, mondes auxquels ils pouvaient accéder par l'Arbre sacré, cet arbre magique qui connecte les différents mondes entre eux. Quand ils devinrent planteurs, ils conçurent des cérémonies spéciales pour créer des ponts entre leur nouveau monde sédentaire et l'ancien monde mobile. Ils découvrirent le tzolkin, un système de divination 13 par 20 qui tient le compte des jours, ce qui les maintint en contact avec les mondes spirituels.

Dès lors qu'ils se sont sédentarisés, ils se sont demandés comment leurs villages étaient connectés au ciel et ont développé une astronomie et des rituels saisonniers sacrés. Le peuple gardait un compte des jours, cadeau sacré de leurs ancêtres. De plus en plus, les gens se demandaient d'où ils venaient et de combien de temps cela datait. Ils fabriquèrent des vases spéciaux, les placèrent sur des autels profondément enfouis dans des grottes calcaires, et leurs ancêtres venaient habiter ces vases. Le peuple se demandait à quoi correspondaient ces images ocre rouge de grands reptiles tracées sur les murs des grottes. Ils savaient qu'ils étaient les peuples du maïs parce que leurs ancêtres leur avaient dit qu'ils avaient créé le maïs ensemble avec les dieux.

Ils faisaient des pèlerinages au tombeau sacré dans la montagne où la graine originale, la téosinte*, poussait encore, et s'extasiaient de l'habileté de leurs ancêtres à amadouer cette graine dure pour en faire leur maïs nourricier. Le ciel réfléchissait leur vie sur Terre : ils scrutèrent les cieux en quête d'un point central. La connaissance de ce centre donna la possibilité de voyager sans risque partout dans le ciel, dans le monde du haut, bien au-dessus de l'Arbre sacré.

Un jour, les shamans firent quelque chose d'étonnant. Les peuples du maïs, qui avaient développé la graine nourricière avec le Créateur et gardaient fidèlement un compte des jours, trouvèrent des vagues et des cycles de création journalière dans le tzolkin. C'est pour cela qu'ils étaient le peuple du maïs ! Il faut 260 jours pour concevoir et donner naissance à un enfant, si bien que le compte des jours était comme créer leurs propres enfants, et ils étaient les enfants des dieux. Les deux nombres sacrés, treize et vingt, devaient contenir des codes secrets, et c'est pourquoi ils jouaient avec. Les ancêtres des Mayas anciens leur avaient dit que l'année sacrée avait 360 jours. Et si le nombre 360 était une unité, tout comme le Haab de 365 jours constitue une année solaire ? Cette unité devait être sacrée : ils lui donnèrent donc un nom, le tun*, qui était exactement de 18 fois 20 jours. L'année solaire était leur vie et leur travail journaliers, tandis que 360 marquait leur temps divin. Cherchant à connaître le moment de leur commencement, pourquoi n'utiliseraient-ils pas le tun pour créer des cycles plus longs ? Ils multiplièrent donc les tuns par vingt, juste comme les signes de vingt jours qu'ils avaient comptés depuis des milliers d'années.

Durant le tzolkin de 260 jours, certains jours, les signes ou les glyphes leur indiquaient que ce jour-là pouvait servir à guérir, tandis que d'autres comportaient de nombreux problèmes. Il devait en être de même pour des périodes plus longues. Tout comme les glyphes dirigeaient leurs jours, peut-être le Calendrier les aidait-il à définir quand et où ériger des temples, ou quand simplement vivre dans leurs villages, dans leurs maisons orientées vers le ciel.

Ils multiplièrent donc les tuns par vingt, ce qui donna les katuns, longs de près de vingt années, la durée d'une génération. Tout comme les transformations par des nombres treize dans le tzolkin, ils divisèrent le katun en treize phases de création, les treize Paradis. Miraculeusement, ces treize phases décrivaient les étapes du développement dans leur civilisation sur des périodes de vingt ans ; ainsi, ils pouvaient anticiper ce qui arriverait dans leur société ! Ils étaient prêts à construire d'exquises cités dotées de beaux temples car à partir de ce moment-là ils savaient quand construire et quand se contenter de rêver.

Ils étaient éberlués par la découverte de ce calendrier sacré car ce devait être la façon dont les dieux créaient. Afin d'aider leurs descendants à se souvenir de cette connaissance, ils écrivirent des livres, gravèrent sur des stèles et sur des murs l'enregistrement des cycles du Calendrier sacré. Ils étaient heureux de pouvoir prédire quand il fallait dédier un temple aux dieux et quand ils devaient connecter leurs rois et leurs reines aux pouvoirs sacrés. Ils faisaient fonctionner les choses par leurs intentions et ils étaient presque tout le temps en extase. Des périodes de temps plus longues commencèrent à donner la même impression organique qu'un jour.

À la suite de la découverte du katun, ils le multiplièrent par vingt pour retrouver le cycle décrivant le début, la croissance et la fin de leurs cités. Subséquemment, ils divisèrent ce nombre par treize pour découvrir les treize baktuns du Long Compte sacré.

Le développement des cités et des rois rituels sur une longue période était comme la pousse du maïs sacré, le processus de croissance de treize jours qui commençait lorsque la Nouvelle lune était d'argent dans le ciel jusqu'à ce qu'elle soit pleine comme une femme prête à donner la vie. Ce synchronisme les stupéfiait. Lorsqu'ils observaient un baktun entier (environ 394 ans), ils pouvaient voir que chaque baktun décrivait des cycles historiques plus longs. Comme ils comprenaient les nombres treize, ils pouvaient prophétiser les événements à venir durant le baktun suivant.

Entre-temps les astronomes avaient déjà découvert le point final de leur civilisation, là où le soleil de solstice d'hiver traverserait leur centre, le Centre Galactique, environ deux mille ans plus tard. Ils utilisèrent donc le compte nouvellement trouvé de treize baktuns pour concevoir un calendrier remontant à la date de leur commencement, l'an 3115 av. J.-C., pour se terminer en 2011 ap. J.-C. Ayant acquis cette connaissance, ils ne s'arrêtèrent pas en si bon chemin. Les ancêtres les avaient enjoints à ne jamais oublier qu'avant leur ère existaient d'autres mondes ou « Soleils ». Ils conçurent de nouveaux cycles plus longs par multiples de vingt allant plus loin dans le passé. Ils s'arrêtèrent à neuf cycles qui devaient tous finir en 2011, parce que leurs ancêtres leur avaient dit qu'il y avait neuf niveaux de développement guidés par neuf Bolontiku : c'était leur histoire de la Terre sous le ciel.

Chacun de ces cycles était composé de treize phases de croissance de la semence à la maturation. De par leur légende des grandes époques ou « Soleils », ils savaient qu'ils avaient été peuples de singes, et les singes sacrés faisaient toujours partie de leurs cérémonies. Avant d'être singes, ils avaient été reptiles, et bien avant cela, ils avaient été étoiles. Lorsque tout cela eut été correctement appréhendé, l'un de leurs plus grands enseignants et prophètes grava la stèle de Coba qui remonte de nombreux cycles avant le cycle des Hablatuns (16,4 milliards d'années), bien qu'ils n'aient pas eu de nom pour ces périodes si lointaines.

Le plan de la Création

Il est possible que les Mayas qui découvrirent le Compte long, innovation vraiment étonnante émanant du tzolkin, y parvinrent tout à fait par hasard. Cependant cela a pu être un héritage dû au fait que, il y a cinq mille ans, comme je l'ai écrit précédemment, la plupart des cultures anciennes, égyptienne et hindoue védique par exemple, utilisaient un calendrier de 360 jours [5]. Puisqu'un calendrier de 360 jours avait un don d'ubiquité il y a cinq mille ans, les anciens Mayas pouvaient avoir retenu le souvenir du nombre 360 comme étant la période sacrée de base dans leur tradition orale.

Contre toute attente, nombre de cultures indigènes ont fait usage de leurs traditions orales pour sauver les savoirs archaïques, tout particulièrement dans les Amériques. Tout de même, ils ont dû être étonnés de voir qu'en période de croissance par vingt, un katun fonctionne comme un tun, et mystifiés qu'un baktun puisse fonctionner comme un katun par vingt. Comme ils suivaient la croissance de leur propre civilisation grâce à ces cycles, il se peut qu'ils soient, par hasard, tombés sur le facteur d'accélération de l'évolution du temps, le plan de la création lui-même.

Ce doit être la raison pour laquelle les peuples indigènes se sont efforcés de protéger, pendant des milliers d'années, le compte des jours qui est en résonance avec le Calendrier basé sur le tun. Je doute qu'ils aient pu voir ce que nous savons aujourd'hui être vrai grâce à la science moderne, mais je les sous-estime peut-être. La mythologie aztèque des cinq grandes époques, les Cinq Soleils, est entièrement basée sur l'émergence de l'homme à partir des animaux. Ce savoir leur vient de leurs ancêtres les Toltèques, bâtisseurs de la grande cité de Teotihuacan qui possède plusieurs peintures murales dépeignant, à mon avis, des cycles d'évolution. En d'autres mots, les Cinq Soleils des Aztèques pourraient fort bien être analogues aux cinq premiers Inframondes des Mayas.

Il est probable que, comme les Mayas Classiques avaient une notion tangible des qualités des cycles, ils aient eu un sens clair de leur avenir. En 1989, alors que j'assistais à un Concile avec trois cents sages mayas à Uxmal au Yucatan, j'entamai une discussion avec trois personnes appartenant à des tribus différentes, soit Tzotzil ou Tzutuhil, je ne suis pas sûre parce qu'ils peinaient à se comprendre en parlant un mélange d'espagnol, de nahuatl et d'anglais, tout en faisant grand usage du contact visuel et gestuel. Ils étaient déterminés à trouver quelque chose à mon sujet, et j'étais surprise qu'ils veuillent bien communiquer avec moi. Nous persistâmes, jacassant quelque peu comme des singes. Tom était avec moi, et à ce stade, il grimpa sur un arbre pour avoir un peu de paix. Je m'amusai de voir que le doyen des sages lui reprochait de s'être élevé au-dessus d'eux et lui demandait de descendre de l'arbre ! Je venais de passer deux semaines d'intenses travaux de cérémonials durant lesquels personne ne se parlait, et j'étais toute heureuse de pouvoir enfin le faire. Tom, quant à lui, avait toujours préféré le silence. Mes interlocuteurs des tribus voulaient savoir où je vivais et ce que je faisais. Je le leur dis et lorsqu'ils réalisèrent que, travaillant à Santa Fe, Nouveau-Mexique, j'étais l'éditrice de deux des shamans présents au meeting, Hunbatz Men et Alberto Ruz Buenfil, ils me demandèrent si je savais ce qui allait arriver à mon fils et à moi-même aux États-Unis. Puis, à force d'intense énergie, de gestes, de mimiques, de sons et de mots, ils me projetèrent au visage le film de l'effondrement total de l'Amérique ! Ils me donnèrent cette vision parce qu'ils étaient inquiets pour moi au cas où je ne saurais pas ce qui allait arriver. En fait, je le savais, comme vous le constaterez aux chapitres 6 et 7. Tout vient à point et je vous assure que les Mayas savent vraiment ce que la fin du Calendrier signifie pour les États-Unis. Ce sont sans aucun doute de puissants visionnaires : ils sont capables de faire apparaître le futur. Nous étudierons ces niveaux de travail plus tard, mais maintenant, retournons à la théorie évolutionniste de Calleman.

L'accélération du temps par vingt

Maintenant que nous en savons un peu plus sur le modèle de Calleman, figure 2.3, il est temps de réfléchir à quelques idées très radicales : les créations passées sont devenues des parties des créations ultérieures, et cette évolution est générée par des cycles qui sont vingt fois plus courts que le précédent Inframonde. Du moment que chaque cycle est vingt fois plus court que le précédent, le temps s'accélère par un facteur de vingt durant l'ouverture de chaque Inframonde.

Si vous vous embrouillez entre les multiples de vingt et le processus d'évolution par treize phases, laissez-moi vous rappeler que le tun est multiplié par des puissances de vingt pour obtenir la longueur de chaque Inframonde (sauf l'Inframonde universel, de 260 jours). Ensuite chaque Inframonde est divisé en treize phases de croissance appelées Jour et Nuit. Que sont exactement ces Jours et ces Nuits, et le neuvième Inframonde ? Calleman dit que les neuf Inframondes sont des « structures cristallines activées séquentiellement dans le noyau central de la Terre »[6]. La Figure 2.4 montre comment les tuns sont multipliés par des puissances de vingt pour obtenir les dates des neuf Inframondes, et elle compare les dates des Inframondes avec la façon scientifique de dater l'amorce des phénomènes évolutifs. Comme vous pourrez facilement le voir, une stèle gravée il y a environ 1 300 ans, qui s'est dressée, muette, durant toutes ces années, à Coba, décrit effectivement les cycles scientifiques d'évolution sur lesquels la science est d'accord depuis moins de cinquante ans ! Certes, il vous faudra lire Calleman par vous-même en ce qui concerne les données profondes et les moyens multiples de considérer cette idée, notamment comment les êtres humains peuvent appréhender la structure cristalline dans le noyau central de la Terre.

La figure 2.5 montre les multiples des tuns de 360 jours et la durée de chacun dans le temps. Les multiples de tuns sont toujours par vingt, bien que le tun lui-même soit de 18×20, base de l'année sacrée de 260 jours. Comme vous pouvez le voir, le tun est dérivé de la multiplication de 18 jours (kins) par 20 jours (uinal). Bien sûr, $2 \times 9 = 18$ et nous avons déjà noté que neuf est un chiffre ancestral qui est devenu le neuvième Inframonde ; cela veut dire que 2×9 est le facteur de résonance du tun. Comme neuf dimensions est le nombre clé de mon propre travail, je me livrerai plus tard dans ce livre à des spéculations concernant ce que les Mayas savaient du pouvoir du neuf. La seule chose que vous ayez réellement besoin de voir avant que je ne joue avec ces cycles, c'est que chacun des neuf Inframondes est associé avec des phases évolutives ou des

Inframonde	Temps cosmique spiritu	Temps terrestre physique	Phénomène de départ	Datation scientifique du phenomène de départ
Universel	13×20 kins	260 jours	?	
Galactique	13×20^0 tuns	4680 jours (12,8 années)	?	
Planétaire	13×20^1 tuns	256 ans	Industrialisation	Ad 1769
National	13×20^2 tuns	5 125 ans	Langage écrit	3100 av. J.-C.
Régional	13×20^3 tuns	102 000 ans	Langage parlé	100 000 av. J.-C.
Tribal	13×20^4 tuns	2 millions d'années	Premiers humains	2 millions d'années
Familial	13×20^5 tuns	41 millions d'années	Premiers primates	40 millions d'années
Mammalien	13×20^6 tuns	820 millions d'années	Premiers animaux	850 millions d'années
Cellulaire	13×20^7 tuns	16,4 milliards d'années	Matière ; Big bang	15 à 16 milliards d'années

Fig. 2.4. La durée des neuf Inframondes (Illustration de Calleman, tirée de *The Mayan Calendar and the transformation of consciousness*)

sortes d'états de conscience qui sont des fréquences de création s'accélérant par facteurs de vingt, et que tous les neuf culminent simultanément. C'est-à-dire que les neuf fréquences de création fonctionnent en même temps, comme la neuvième symphonie de Beethoven, comme si c'était $20 \times 20 \times 20$ et ainsi de suite. Revenons à la figure 2.3 : en remontant la pyramide, le temps s'accélère ; en descendant la pyramide, le temps se ralentit. Ainsi l'accélération de l'évolution est exponentielle. Aujourd'hui, nous sommes au milieu du huitième Inframonde (galactique) qui a commencé en 1999 et ne dure que 12,8 années ! Les différents cadres de conscience ne se remplacent pas, ni ne s'additionnent, et ils se terminent simultanément. C'est une idée aussi difficile que séduisante qui réduit à néant la notion de temps linéaire.

Nom maya de la période	Temps cosmique spirituel	Temps physique terrestre
kin	1 kin	1 jour
Uinal	20 kins	20 jours
Tun	1 tun	360 jours
Katun	20 tuns	7.200 jours ou 19,7 ans
Baktun	20^2 tuns	144.000 jours ou 394 ans
Piktun	20^3 tuns	2.888.000 jours ou 7.900 ans
Kalabtun	20^4 tuns	158.000 ans
Kinchiltun	20^5 tuns	3,15 millions d'années
Alautun	20^6 tuns	63,1 millions d'année
Hablatun	20^7 tuns	1,26 milliards d'année

Fig. 2.5. Les cycles basés sur le Tun (Illustration de Calleman, tirée de *The Mayan Calendar and the Transformation of Consciousness*).

Les enchaînements simultanés de la Création

La théorie de l'arrivée finale simultanée des phases de l'évolution en 2011 est une idée très radicale, mais c'est exactement ce que les mathématiques du Calendrier maya décrivent. L'idée de fils continuellement interactifs de création qui se terminent tous simultanément peut décrire avec brio la façon dont nous, les humains, avons évolué de cellules, rochers, animaux, vers les singes et les hominidés, et cela peut expliquer pourquoi nous évoluons encore à tous les niveaux de plus en plus vite. Nous allons si vite que je trouve essentiel de se faire une idée de la manière dont l'accélération du temps maya fonctionne. Sinon, être vivants serait comme être collé par la force centrifuge aux parois d'un panier en rotation effrénée ou être rejeté en arrière dans la montagne russe la plus rapide d'un parc de jeux peu rigoureux sur la notion de sécurité. C'est un peu à cela que la vie sur Terre ressemble, ces temps-ci !

L'idée que toutes les formes de vie dérivent les unes des autres rend les fondamentalistes chèvres. Ironiquement, si le monde n'a été créé qu'il y a cinq mille ans, la durée de l'Inframonde national, alors l'humanité n'est rien de plus que l'ego d'un sanglant patriarcat, profondément éloigné de la création elle-même. Pour moi comme pour nombre d'êtres humains sensibles, l'idée est un cauchemar.

La contemplation des neuf Inframondes nous invite à visualiser nos origines dans la Galaxie elle-même, à imaginer notre propre naissance comme la naissance d'une supernova. J'introduis ici le sujet des supernovas parce que j'ai souvent pensé que les inventeurs du Calendrier avaient dû voyager à la façon shaman dans le centre de la Voie Lactée pour s'informer. Après tout, je le fais régulièrement avec mes élèves pendant les Activations en Neuf Dimensions, dans lesquelles ils apprennent à voyager dans les neuf dimensions avec leur conscience. À partir de 2003, la science a décidé qu'il y avait un trou noir au centre de la Voie Lactée. Dans un trou noir, le temps est radicalement altéré, avalé, et l'on ressent comme un ralentissement ou une accélération exponentielle quand on y entre. Si vous êtes à même de comprendre la physique des trous noirs — ces objets dont les cosmologistes disent qu'ils doivent exister pour que l'univers lui-même existe — il est alors aisé de comprendre la physique du temps exponentiel. Je crois que nous pouvons entrer dans les trous noirs avec notre seule conscience. Il serait impossible d'y entrer matériellement. Je crois également que c'est le trou noir de la Voie Lactée qui génère les codes des séquences évolutives.

Nous approfondirons ces idées tellement complexes plus tard. Ce dont nous avons besoin maintenant, c'est d'une meilleure compréhension des neuf Inframondes de Calleman. Toutefois ce débat ne peut progresser que si nous acceptons un paradigme fondamental : les cycles décrits par les dates du Calendrier maya sont les mêmes que les cycles d'évolution décrits par la science moderne. En fait, lorsque les dates diffèrent légèrement, ce sont les dates mayas qui sont les plus précises, particulièrement en ce qui concerne la création de l'univers, souvent appelée le Big Bang. Dans cette étude, nous ne pourrons découvrir la signification du Calendrier tant que nous ne serons pas certains de ce qu'il décrit : le Calendrier maya décrit les cycles d'évolution de l'univers.

Les Jours et les Nuits
de l'Inframonde mammalien

Vous pouvez vous référer aux illustrations précédentes pour suivre les sujets que je vais couvrir maintenant. Le premier Inframonde, l'Inframonde des cellules, de treize hablatuns, dure 16,4 milliards d'années. Il doit décrire la création de l'univers, puisque les

Inframonde	Durée	Niveau de conscience Phénomènes évolutifs Cadres de vie
Universel (neuvième)	13 uinals	Évolution de la conscience cosmique Aucune pensée limitatives, intemporalité Aucune frontière d'organisation
Galactique (huitième)	13 tuns	Évolution de la conscience galactique Transcendance du cadre matériel de vie, Télépathie, vie sur la lumière, technologie génétique Organisé en galaxies
Planétaire (septième)	13 katuns	Évolution de la conscience planétaire Matérialisme, industrialisme, Américanisme, démocratie, Républiques, électrotechnologie Organisé en planètes
National (sixième)	13 baktuns	Évolution de la conscience civilisée Langage écrit, constructions majeures, Religions historiques, science, les arts Organisé en nations
Régional (cinquième)	13 pictuns	Évolution de la conscience humaine Homo sapiens capable de fabriquer des outils complexes, Maîtrisant le langage parlé, l'art, les rudiments de religion Organisé en cultures régionales
Tribal (quatrième)	13 kalabtuns	Évolution de la conscience d'hominidés Être humains (Homo) sachant fabriquer des outils complexes, communication orale rudimentaire Organisé en tribus
Familial (troisième)	13 kinchil- tuns	Évolution de la conscience anthropoïde Lémuriens, singes, australopithèques capables de marcher debout et d'utiliser des outils Organisé en familles
Mammalien (second)	13 alautuns	Évolution de la conscience mammalienne Évolution des organismes multicellulaires, polarisations sexuelles, un royaume de plantes et de structures conti- nentales qui soutient une vie supérieure Mammifères plus évolués
Cellulaire (premier)	13 hablatuns	Évolution de la conscience cellulaire Évolution pas à pas de l'univers physique : Galaxies, étoiles et planètes ; Évolution des éléments chimiques Cellules plus évoluées

Fig.2.6. Déroulement des phénomènes principaux durant chacun des neuf Inframondes (Illustration de Calleman, tirée de *The Mayan Calendar and the transformation of consciousness*).

cosmologistes disent que la date de son commencement se situe aux environs de 15 milliards d'années. Chaque hablatun*, une phase des treize stades de cette création, est longue de 1,26 milliards d'années.

Il n'y a pas grand-chose à dire sur les phases de l'Inframonde cellulaire puisque le système solaire s'est formé il y a à peine 5 ou 6 milliards d'années durant le cinquième Jour de l'Inframonde cellulaire. Le second Inframonde, l'Inframonde mammalien de treize alautuns de 63,1 millions d'années chacun, est celui où les animaux évoluèrent et nous disposons de beaucoup plus de données sur cet Inframonde, qui s'écoule sur 820 millions d'années. Les premiers animaux étaient des éponges multicellulaires et des algues. Ces animaux évoluèrent en poissons, en amphibiens, en reptiles, en mammifères, en primates et ainsi de suite. La science dit que ce processus a commencé il y a 820 millions d'années ; toutefois le Calendrier maya est très probablement plus précis.

Pour comprendre comment l'évolution biologique est retracée par le Calendrier, nous devons d'abord connaître les Jours et les Nuits, qui sont des mouvements ondulatoires alternant entre créations et intégrations. Dans chaque Inframonde, il y a sept Jours et six Nuits ce qui fait treize. Les nouvelles créations se passent pendant les Jours et l'intégration de cette croissance se fait pendant les Nuits. Notez, figure 2.7, que les transitions majeures de l'évolution mammalienne arrivent toutes au début d'un Jour et qu'ensuite ces échelons de développement sont intégrés durant les Nuits. Pour le moment, remarquez que les dates des nouvelles créations durant les Jours enregistrées par le Calendrier maya sont très proches de la façon de dater l'apparition des différentes classes d'organismes par les scientifiques. Un tel niveau de concordance est sidérant ! Je quitte maintenant l'Inframonde mammalien en vous demandant de retenir la précision des enregistrements de dates de ces longues périodes de transitions biologiques que la science n'a elle-même définies avec précision que récemment. Il est impor-

Alautun	Jour	Début il y a xxx millions d'années	Catégorie d'organisme (hypothèse moderne)
0	1	820,3	Premiers groupes de cellules (il y a 850m. d'années)
2	2	694,1	Premiers animaux symétriques à chair molle Faune des collines Ediacara d'Australie (680 m. a.)
4	3	567,9	Explosion cambrienne : trilobites, ammonites, mollusques (570 m. a.)
6	4	441,7	Poissons (440 m. a.)
8	5	315,5	Reptiles (300 m. a.)
10	6	189,3	Mammifères (190 m. a.)
12	7	63,1	Mammifère placentaires (65 m. a.)

Fig 2.7. Le développement d'animaux multicellulaires durant l'Inframonde mammalien (Illustration de Calleman, tirée de *Solving the Greatest Mystery of Our Time: The Mayan Calendar*).

tant d'apprécier clairement cette concordance qui prouve que les Mayas ont découvert des rythmes d'évolution reconnus par la science. Réfléchissez à l'importance que ce facteur ondulatoire pourrait avoir pendant les phases plus courtes d'évolution telle que celle au milieu de laquelle nous nous trouvons actuellement, l'Inframonde galactique, long de 12,8 années seulement. C'est pour cela que les humains ressentent si profondément l'accélération du temps et les changements rapides qui l'accompagnent. N'êtes-vous pas plus heureux d'avoir trouvé une sorte de raison à la façon dont les choses tournent actuellement ?

Pour aborder les Inframondes, nous devons comprendre le fonctionnement cyclique des treize divisions numériques en Jours et en Nuits parce que chacune d'entre elles décrit la phase qualitative des neuf Inframondes. Comme je l'ai mentionné plus haut, la compréhension maya des Treize paradis vient de ce qu'ils avaient appris sur les treize nombres en travaillant avec le tzolkin de 260 jours. Ces treize nombres progressent des semailles le premier Jour jusqu'à la maturation le dernier Jour. Il y a, partout en Méso-Amérique, des pyramides à treize marches : six pour monter, une septième au sommet, et six pour descendre. Ces pyramides codifient le principe de croissance de treize, tout comme les pyramides à neuf niveaux, Tikal par exemple, se rapportent aux neuf Inframondes. Il est facile de ressentir ces principes divins dans l'architecture maya. Les pyramides enseignent aux gens d'interagir avec elles consciemment ou inconsciemment.

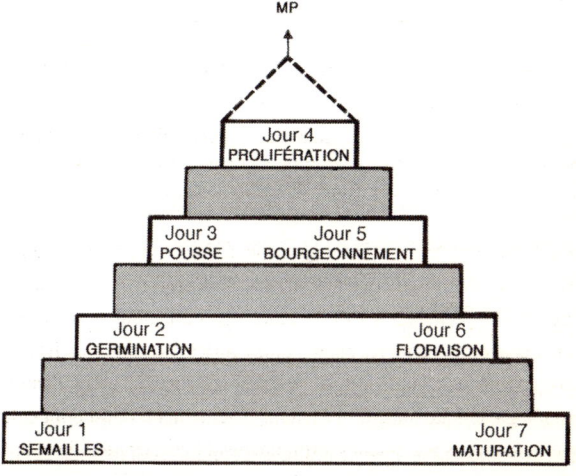

Fig. 2.8. La pyramide des Jours des Treize paradis (Illustration adaptée de Calleman, tirée de *The Mayan Calendar and the Transformation of Consciousness*).

Comme les Sages mayas, nous devinons et nous enseignons en utilisant cette architecture. Chaque niveau de la pyramide est régi par un dieu ou un principe divin, de même que chaque nombre. En tenant compte de la nature de ce dieu ou de cette déesse, nous pouvons nous assurer de la qualité de ce niveau. En ce qui concerne la pyramide à neuf niveaux de Tikal, elle nous renseigne sur l'accélération du temps. En 1988, j'ai passé la nuit dans la salle supérieure de cette pyramide. J'ai le sentiment que, cette nuit-là, j'ai accédé aux codes de l'accélération du temps, et c'est peut-être la raison pour laquelle je peux reconnaître les processus d'accélération des neuf Inframondes.

Les principes architecturaux mayas sont très importants, parce qu'ils démontrent comment le divin fonctionne dans le royaume matériel ; ils montrent que les nombres et les glyphes sont des attributs divins. Ces superbes exemples de co-création nécessitaient des meneurs disposant d'un haut niveau de perception, d'un grand talent, d'une grande connaissance de la géométrie, et d'une remarquable dévotion à leur travail. D'une manière générale, les dieux et les déesses qui régissent les paradis définis par des nombres pairs sont plus nourriciers, plus féminins, et les dieux et les déesses qui régissent les paradis aux nombres impairs sont plus mâles et plus combatifs. Les six premiers nombres représentent la création et la construction d'une chose, le septième est une explosion créative, et les six derniers ajoutent de la complexité qui résulte en nouvelle création.

Revenant à l'Inframonde mammalien, lorsque les plantes et les animaux évoluèrent, plusieurs extinctions de masse eurent lieu très près des changements d'Alautun, comme par exemple l'extinction des dinosaures il y a 65 millions d'années. Tout de suite après, il y a 63,1 millions d'années, le septième Jour de l'Inframonde mammalien, les animaux placentaires apparurent. Pendant le septième Jour de n'importe quel Inframonde, les processus évolutifs culminent, et, souvent, des extinctions massives se passent juste avant. Le même facteur s'actionne durant chacun des Inframondes, bien que les phases qui culminent durant le Jour Sept soient celles le plus susceptibles d'être précédées par des extinctions.

De même, lorsqu'un nouvel Inframonde s'ouvre, il y a une tendance aux extinctions et aux grands changements dans le précédent Inframonde. Par exemple, l'Inframonde lamilial (41 millions d'années) se situe quand les premiers singes apparurent, ancêtres directs des hominidés qui se développèrent durant l'Inframonde tribal (2 millions d'années). Les australopithèques apparurent durant le Jour Sept de l'Inframonde du familial, qui culmina il y a 3,15 millions d'années. Ensuite quand l'Inframonde Tribal arriva il y a 2 millions d'années, l'*homo habilis* apparut soudainement.

Lorsqu'un nouvel Inframonde commence, des formes plus sophistiquées de vie s'organisent avec des cerveaux plus élaborés destinés à recevoir plus d'informations de l'univers. Bien que l'évolution du précédent Inframonde continue, le nouvel Inframonde apporte de gros changements parce que l'accélération du temps est si intense. Ces sauts critiques d'accélération du temps sont les modifications qui confondent le plus les archéologues et les anthropologues, parce qu'ils semblent émerger de nulle part. Pour comprendre ce processus, regardons de plus près l'Inframonde tribal des deux derniers millions d'années, parce que c'est l'histoire de notre émergence humaine.

L'Inframonde tribal et l'Homo habilis

L'illustration ci-dessous est adaptée de *Making Silent Stones Speak*, l'excellent récit des anthropologues Kathy Schick et Nicholas Toth sur les derniers 2 à 4 millions d'années.

Ici, nous voyons une belle représentation de ce qui arriva à deux branches d'*australopithecus afarensis*. Nous apprenons que l'une produisit l'*homo habilis*, arrivé durant le Jour Un de l'Inframonde tribal (il y a 2 millions d'années) et qui évolua plus tard en *homo sapiens* lorsque l'Inframonde régional commença (il y a 102 000 ans).

Ensuite, nous notons que la seconde branche généra l'*australopithecus aethiopicus*, une lignée à structure de cerveau sans réorganisation cérébrale dont les espèces dérivées disparurent finalement un million d'années environ après. L'*homo habilis* préférait utiliser sa main droite, ce qui facilita probablement la fabrication d'outils. « Le résultat, écrivent Schick et Toth, fut une créature plus intelligente, plus prévoyante, dotée d'un comportement plus complexe capable d'apprendre et de transmettre plus d'informations. Pour la première fois dans l'évolution de la vie sur Terre, un retour complexe d'information entre la culture et la biologie commença à émerger »[7].

Schick et Toth ne semblent pas savoir quoi que ce soit sur le Calendrier maya, et expriment un étonnement marqué sur l'apparition « soudaine » d'une augmentation de la capacité du crâne et de la latéralisation du cerveau il y a exactement 2 millions d'années lorsque l'*homo erectus* adopta l'usage d'outils. Les auteurs retracent le développement des technologies des outils, qui, au début, étaient très rudimentaires et s'affinèrent au cours du reste de l'Inframonde tribal. L'*homo habilis* évolua en *homo erectus* il y a environ 1,7 millions d'années, durant le Jour Deux de l'Inframonde tribal. Des preuves émanant de Olduvai Gorge montrent que durant la même période, l'*homo erectus* accéléra son rythme d'évolution en adoptant des outils qui mettaient en avant des capacité à « penser, partager des informations culturelles et planifier un futur plus éloigné que les seules préoccupations immédiates »[8]. Cette technologie évolua d'une façon significative durant chaque Jour suivant de l'Inframonde tribal.

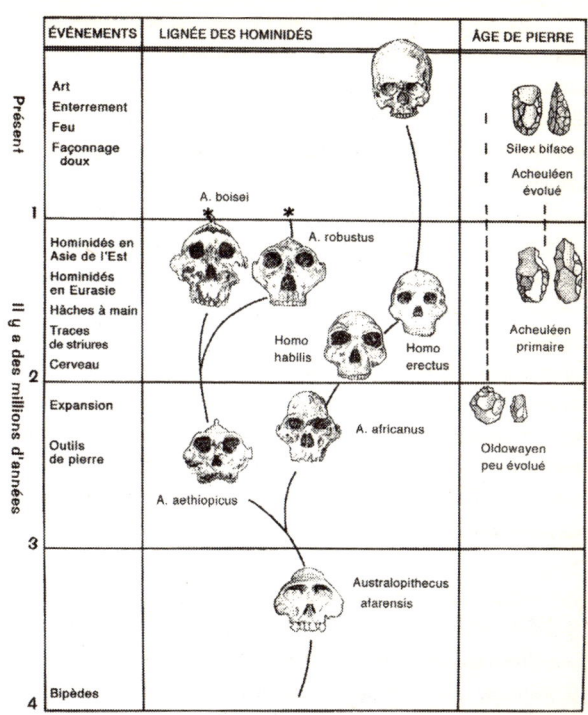

Fig. 2.9. Piste de l'évolution possible des premiers hominidés en premiers humains (Illustration adaptée de *Making Stones Speak* de *Schick and Toth*)

L'*homo erectus* commença à migrer vers l'Eurasie, propageant sa culture. Ses outils évoluèrent au point de devenir esthétiques, indiquant qu'il prisait la beauté artistique, ce qui suggérait un certain degré de communication symbolique ou de langage. Schick et Toth font remarquer que durant ces 2 millions d'années d'hominidés fabricants d'outils, il y eut remarquablement peu de changements dans la forme des outils, les haches manuelles Acheuléennes.

Compte tenu de l'habileté de l'*homo erectus* à propager sa culture, Schick et Toth écrivent : « Ce conservatisme [de l'*homo habilis* et de l'*homo erectus*] est absolument stupéfiant. Nous ne voyons rien de similaire dans notre préhistoire récente ni dans notre histoire »[9]. « Préhistoire récente et histoire », dans ce cas, s'appliquent aux cent mille dernières années. Certes, en référence à ce que j'ai déjà écrit dans ce livre, nous savons ce qui s'est passé. Il a fallu les Treize paradis de l'Inframonde tribal (2 millions d'années) pour inspirer à l'*homo erectus* ce qu'il fallait pour qu'il évolue en *homo sapiens*, proche parent des humains modernes. Contrairement aux 2 millions d'années qu'il fallut pour apprendre à faire des outils, phase protégée par le conservatisme endémique des précédents hominidés, tout s'accéléra soudain il y a cent mille ans. Ce changement brusque brouilla les esprits des anthropologues. Pourtant le principe d'une périodique accélération par un facteur de vingt dans le Calendrier maya explique parfaitement ces transitions radicales.

L'Inframonde régional et l'Homo sapiens

Des changements soudains et saisissants arrivèrent il y a 102 000 ans : les outils devinrent plus petits, plus sophistiqués, plus artistiquement conçus, et l'*homo sapiens* commença à enterrer ses morts. Puis durant l'Inframonde régional, il y a environ quarante mille ans, survint d'une façon abrupte une innovation radicale et créative dans tous les aspects de la vie des hominidés (déjà humains à cette période).

Il y a environ dix mille ans, de nombreux groupes adoptèrent l'agriculture, révolution néolithique. L'*homo sapiens* développa rapidement une anatomie moderne avancée avec un potentiel de beaucoup plus grande intelligence que les espèces hominidés dominantes. Comme l'*homo sapiens* était anatomiquement un humain moderne, Schick et Toth détectent un grand fossé entre la culture potentiellement sophistiquée que l'*homo sapiens* aurait pu créer en utilisant sa biologie moderne par opposition à la culture relativement primitive qu'il créa en réalité. Comme le disent ces auteurs, « Il y a entre 100 000 et 40 000 ans, ces modernes hominidés ne semblent pas avoir fait quoi que ce soit de foncièrement différent des autres hominidés durant la même période, y compris les formes archaïques d'*homo sapiens*, Neandertal et autres hominidés d'Afrique du milieu de l'Âge de Pierre » [10]. Considérant les Jours et les Nuits de l'Inframonde régional, le commencement du Jour Cinq date de 37 500 ans. C'est le Jour où s'opèrent des percées majeures dans le cycle. Le cinquième Jour de n'importe quel Inframonde nous laisse entrevoir le potentiel du reste de l'Inframonde. Les quarante mille dernières années sont généralement appelées la fin du paléolithique supérieur, lorsque les humains commencèrent à montrer leurs capacités de grands artistes et de co-créateurs, avec les principes divins, l'amour et l'architecture sacrée.

Comme vous avez pu le voir jusqu'à maintenant, Calleman, avec son analyse du temps au moyen des neuf Inframondes, ajoute plus d'informations à l'histoire de l'homme que ne le font l'anthropologie, la biologie et l'archéologie. J'ai eu réellement grand plaisir à me pencher sur la recherche scientifique moderne et à l'utiliser pour voyager mentalement de nombreuses années en arrière. Résultat, j'ai un respect nouveau pour les études anthropologiques des deux derniers millions d'années de l'évolution des hominidés. Mais à mon avis nombreux sont les anthropologues et les archéologues qui n'ont pas assez de considération pour les accomplissements les plus récents de l'espèce humaine, tout particulièrement ceux qui furent initiés par l'arrivée de l'Inframonde régional il y a 102 000 ans.

Je vais terminer ce chapitre par le commentaire suivant, car il me faut maintenant diverger de la science moderne et lui préférer certaines sources du Nouveau Paradigme. Dans le prochain chapitre, nous levons le rideau sur l'Inframonde régional. En me basant principalement sur mes propres recherches publiées en 2001 dans *Catastrophobia*, je vous révélerai comment durant les cent mille années écoulées, les humains développèrent une culture bien plus avancée que ne le supposent l'archéologie et l'anthropologie modernes. De plus, ayant fait mienne la théorie du Dessein Intelligent de Calleman dans le Calendrier maya, j'ajouterai de nouveaux points de vue sur le sujet.

3

La civilisation maritime mondiale

L'âge néolithique

Selon l'anthropologie et l'archéologie académiques, l'âge néolithique commença il y a environ dix mille ans, lorsque les humains manipulèrent pour la première fois leur environnement par la culture vivrière, la domestication des animaux et la sédentarisation dans des villages. Cette interprétation largement acceptée présume que les humains n'avaient pas tellement manipulé leur environnement auparavant, mais cela ne fut pas le cas. Dans ce chapitre, je vous donnerai quelques exemples de manipulations majeures de l'environnement par les humains datant de plus de dix mille ans.

En ce qui concerne la datation conventionnelle, les chercheurs académiques veulent nous faire croire qu'il y a environ cinq mille ans lorsque l'Inframonde national commença (en 3115 av. J.-C.), une civilisation avancée « surgit soudain » partout dans le monde, venue de nulle part. Pourtant ces sociétés nécessitaient une élite pour concevoir et contrôler les plans des constructions, la protection et leurs économies. Alors, d'où venaient-elles, ces élites ? Bien sûr, dans ce livre, je suis les enseignements des recherches de Calleman et je dis qu'en théorie la soudaine évolution aux alentours de 3 115 av. J.-C. fut déclenchée par le facteur d'accélération de l'évolution de l'Inframonde national. Cependant, même avec cette accélération, l'endroit dans lequel la civilisation émergea devait déjà être prolifique pour la construction de cités. En fait, à l'étude de sites archéologiques très avancés, tels que Çatal Hüyük dans la Turquie actuelle, de 7000 à 5000 av. J.-C., le sol était propice à une avancée. L'avènement radical de civilisations en 3 115 av. J.-C. ne cadre pas avec ces sites Moyen-orientaux parce qu'ils sont patriarcaux et hiérarchisés, alors que les précédentes cultures étaient matrilinéaires et adoraient des déesses comme Çatal Hüyük. Des civilisations qui pratiquent une architecture avancée, la politique, l'écriture, la comptabilité et la mythologie n'émergent pas du néant. Cette vision archéologique et anthropologique surannée n'a aucun sens, et malgré cela ce dogme inepte est lourdement conforté.

Selon la thèse de Calleman, le temps s'accélérant par vingt aurait généré, il y a 5 125 ans, un changement énorme dans la lente et idyllique vie qui caractérisait les 102 000 ans de l'Inframonde régional. Selon l'anthropologie, les chasseurs et les cueilleurs ouvrirent le premier chapitre de l'histoire de l'humanité il y a environ cent mille ans, au temps où la vie était aussi proche du paradis qu'elle ne l'a jamais été[1]. Ils disent que cette harmonie commença à se détériorer quand l'horticulture, la culture vivrière dans des jardins sédentarisés, fut adoptée durant l'âge néolithique inférieur.

J'analyserai l'éventualité que certains peuples adoptèrent l'horticulture ou même une forme primaire de l'agriculture, et qu'ils édifièrent des villes maritimes il y a vingt mille ans, et que l'harmonie de la période précédente fut altérée par la survenue de changements climatiques et terrestres qui commencèrent il y a douze mille ans. Les changements terrestres sont la raison pour laquelle les archéologues et les anthropologues ne trouvent que peu de vestiges d'activité humaine avancée avant dix mille ans. Nous ne trouvons pas beaucoup de vestiges des premières cultures ni des premières cités parce qu'un grand cataclysme, il y a 11 500 ans, dévasta la plus grande partie de la planète et détruisit les restes d'une civilisation paléolithique mondiale. Il s'agit d'un monde perdu, que certains appellent l'Atlantide, et récemment plusieurs écrivains du Nouveau Paradigme l'ont décrit comme une civilisation maritime mondiale [2].

Sans tenir compte d'un monde plus ancien perdu, lorsque la culture des cités se développa il y a cinq mille ans, la vie idyllique des chasseurs-cueilleurs et des premiers horticulteurs de l'Inframonde régional disparut. Cette perte ou cette déconnexion dont le souvenir persiste dans notre subconscient a été causée par l'accélération de l'évolution de l'Inframonde national ainsi que par le traumatisme résiduel du grand cataclysme. Cet anéantissement est resté gravé dans nos mémoires comme « la chute », la période où l'homme fut chassé du jardin d'Éden.

L'Inframonde régional vu comme l'Éden

Les récits concernant « la chute » suggèrent que l'émergence de cultures temples-cités fut une expérience pénible pour la plupart des gens. Le nouveau patriarcat d'élite acquit de nombreux privilèges à cette occasion tandis que la vaste majorité regrettait l'Éden. Pendant près de cent mille ans, les femmes étaient des cueilleuses de plantes, d'herbes et de champignons. Elles aussi expertes dans l'art de la guérison. Les femmes étaient les professeurs et les médecins de l'Éden. Certains anthropologues pensent que les hommes ne chassaient que trois heures par semaine, ce qui signifie qu'ils disposaient de longues heures pour les cérémonies, les arts et les rêves [3].

Au cas où vous douteriez de ce ratio de distribution du travail entre l'homme et la femme, sachez que les sociétés actuelles de cueilleurs-chasseurs ont le même mode de vie aujourd'hui. N'oubliez pas que l'Inframonde régional est toujours en cours sur Terre jusqu'à 2011. Les sociétés de cueilleurs-chasseurs, les Pygmées ou les broussards d'Afrique, les Tiwis de Bathurst et des îles Melville au nord de l'Australie, les Jarawas des îles Adaman se battent pour conserver leur mode de vie qui leur permet tant de temps libre, d'activités agréables et peut-être plus sûres que la civilisation![4] Après le tsunami Indonésien de 2004, les sauveteurs voulurent voir si les tribus Jarawa des îles Andaman avaient survécu. Tout comme les animaux sauvages au Sri Lanka qui s'étaient sauvés vers les hautes terres juste avant que le tsunami ne frappe la côte, les Jarawas surent comment lire les signes de la nature. Ils s'échappèrent vers les collines et la plupart d'entre eux survécurent[5].

Dans ce chapitre, nous considérerons sérieusement l'éventualité qu'en quelque manière les peuples de l'Inframonde régional jouissaient d'un mode de vie plus équilibré que les humains modernes. Pourquoi ? Les chasseurs-cueilleurs ne contrôlent pas leur habitat, ils en font partie[6]. Les êtres humains modernes sont radicalement séparés de leur environnement. Ils ont en général perdu leurs pouvoirs spirituels, ces pouvoirs qui permettent aux humains de travailler en phase avec la nature. J'ai acquis la conviction que, profondément ancré dans leurs esprits, beaucoup d'entre eux gardent encore le souvenir des sensations idylliques et puissantes qui dominaient l'Inframonde régional. Pourtant nous sommes peu nombreux à pouvoir en saisir la mentalité parce que nous percevons notre monde, notre habitat d'une manière rationnelle. Les humains modernes ont généralement un cerveau gauche dominant, ce qui bloque les signaux de la nature qui sont normalement perçus par l'hémisphère droit du cerveau. Les gens du Régional possédaient une science de la participation dans la nature qui n'écartait pas la technologie et à laquelle nous pouvons toujours accéder aujourd'hui.

Le seul moyen de retourner au jardin d'Éden est de percevoir totalement la nature. Alors que nous explorons ces idées très nouvelles et pourtant si anciennes, souvenez-vous de ce que nous avons dit précédemment : chaque Inframonde est superposé au précédent et ils se développent tous simultanément. Au cours du présent Inframonde galactique, nous connaissons la plus rapide accélération du temps que nous ayons jamais connue. Il est possible de décoder ce tourbillon de temps barattant synchronistiquement, en considérant les phases parallèles des autres Inframondes.

L'Inframonde régional continue de se dérouler actuellement, et je me concentre dessus dans ce chapitre parce que je pense que la plupart d'entre nous sommes encore en train d'analyser l'accélération de l'Inframonde national à l'intérieur du Jardin d'Éden régional il y a cinq mille ans, lorsque nous sommes devenus pour la première fois identiques aux humains modernes. Bien sûr, cette accélération s'est intensifiée de nouveau en 1755 avec l'avènement de l'Inframonde planétaire, et nous sommes maintenant en train de nous débattre avec la furieuse accélération de l'Inframonde galactique depuis à peine 1999 ! Il est temps maintenant de considérer un événement récent qui a gravement perturbé notre compréhension du temps.

Le grand cataclysme en 9500 av. J.-C.

Il y a tout juste 11 500 ans, un grand cataclysme cosmique secoua notre planète. Ce traumatisme mondial est enregistré dans les replis les plus profonds de nos cerveaux et de nos corps. Il arriva durant une riche phase de maturation du long et lent Inframonde régional, et contre toute attente, les peuples de toute la planète se rappellent l'histoire du jour où la planète faillit périr. Des légendes similaires concernant le jour où la Terre a tremblé existent dans presque toutes les cultures les plus anciennes du monde. Durant les 256 dernières années (l'Inframonde planétaire) lorsque les scientifiques étudièrent les preuves géologiques et biologiques, ils réalisèrent qu'ils avaient découvert une énorme quantité de preuves physiques d'une grande destruction qui avait altéré radicalement notre planète.

L'implication émotionnelle du souvenir de ce qui a dû se produire était tellement accablante que les scientifiques ont été très lents à accepter leurs propres données. Une fois que les géologues et les paléontologues eurent étudié les couches de roches, les sols et les fossiles, ils eurent la surprise de constater que la période remontait à si longtemps. Après tout, selon les théologiens de leur temps, l'univers fut créé il y a six mille ans. Ensuite de nombreux scientifiques émirent l'hypothèse que l'évolution se fit par lentes touches sur des millions d'années, bien qu'il y en ait eu certains qui arguaient sur l'existence des preuves de catastrophes périodiques.

Vers les années 1960, tant de preuves de catastrophes périodiques mondiales avaient été accumulées que certains géologues et certains biologistes supposèrent que l'évolution était ponctuée de désastres périodiques. Toute ma vie, j'ai vu la science essayer d'éviter de regarder du côté du récent cataclysme le plus important, les extinctions du Pléistocène. Au lieu de cela, ils se concentrent sur des extinctions bien plus lointaines, comme celles des dinosaures il y a 65 millions d'années. Peut-être est-ce parce que nous savons que des bandes de chasseurs-cueilleurs erraient sur Terre il y a 11 500 ans. C'est-à-dire que nous résistons à ce récent cataclysme parce que des humains ont fait l'expérience de la quasi-totale annihilation de la vie sur Terre. La preuve de cette catastrophe se retrouve dans les corps gelés intacts de bœufs, de bisons, de chevaux, de moutons, de tigres, de lions, de mammouths à poils longs et de rhinocéros laineux retrouvés enterrés dans le permafrost* de Sibérie et d'Alaska[7].

Lorsque l'activité minière augmenta au dix-huitième siècle, on déterra encore plus de preuves des extinctions massives qui choquèrent le psychisme humain moderne durant l'accélération de l'Inframonde planétaire. Et, maintenant que le permafrost est en train de fondre pour la première fois depuis le cataclysme, l'on découvre encore plus de preuves de ces terribles décès massifs. Comment la récente douleur de ces morts d'un temps relativement proche a-t-elle endommagé la conscience humaine ? Dernièrement, le climat est en train de changer dans des proportions inquiétantes, et conduit les gens à se soucier plus des changements climatiques et des mutations passées de la Terre il y a des milliers d'années. De plus en plus, le monde se demande comment nos ancêtres géraient le stress des changements climatiques.

Pendant ce temps, les peuples indigènes ont sauvegardé les légendes anciennes et le savoir nécessaire à la survie sur Terre. Par exemple, comme précédemment mentionné, la culture Jarawa est vieille de soixante mille ans et provient d'Afrique, et pourtant durant le tsunami, ils ont su quoi faire ! Cette découverte aussi est précieuse car nous avons rarement l'occasion d'entrevoir la façon de survivre des cultures de chasseurs-cueilleurs : il a fallu un tsunami pour révéler ces remarquables capacités des Jarawas. Il y a longtemps, lorsque les peuples commencèrent à se rassembler de nouveau et à réassembler leurs vies après le désastre de 9500 av. J.-C., les conteurs qui se rappelaient les détails de la catastrophe étaient traités comme des dieux. Ils voyaient bien que la population croyait que l'environnement était hostile, surtout le ciel. Les gens cherchaient, la nuit dans le ciel, les signes d'un nouveau risque de destruction venue d'en haut et, autour de leur feux de camp, ils répétaient sans cesse la vieille histoire du jour où la Terre faillit disparaître. « Que nous est-il arrivé ? Qu'est-ce que cela aurait pu être ? »

Le monstre se présenta entre Sirius et Regulus, à travers les Pléiades, entra dans le système solaire et s'approcha de la Terre, et alors l'horrible cauchemar commença. L'atmosphère terrestre se chargea d'électricité, et l'air et l'eau se réchauffèrent si vite que les gens tombèrent à genoux dans une extrême terreur. Le ciel se zébrait de serpents et de dragons rougeoyants. Alors la Terre bascula vers la chimère, puis il y eut une explosion assourdissante. La magnétosphère et la chimère s'entrecroisèrent et il y eut un craquement retentissant ! En quelques heures, des blocs de glace, de la grêle, des masses gigantesques d'eau assaillirent les humains.

De formidables orages électromagnétiques submergèrent les champs bioélectriques des animaux, des humains, des plantes et même des rochers, et c'est pour cela que nous avons encore aujourd'hui un blocage mental au sujet de cet événement. Ce jour-là, la peur fut instillée profondément dans notre cerveau reptilien, et ce souvenir a changé notre relation à notre environnement depuis lors. Ensuite le chaos a régné lorsque les volcans explosèrent et que les océans et les lacs se mirent à bouillir ; des vibrations et des craquements démentiels secouèrent toute la Terre [9].

La preuve scientifique du grand cataclysme vous est donnée en détails dans mon livre de 2001 *Catastrophobia*, et dans celui de D. S. Allan et J. B. Delair publié en 1997 *Cataclysm ! Compelling Evidence of a Cosmic Catastrophe in 9500 B.C.* Le défunt D. S. Allan était historien scientifique et J. B. Delair est géologue et astronome. Ils m'aidèrent à décrire la nature globale du cataclysme pour que je puisse en explorer les effets sur la conscience humaine.

Quant à la cause du cataclysme, ils trouvèrent des preuves que des fragments de la supernova Vela étaient entrés dans le système solaire et avaient heurté la magnétosphère terrestre. Il est difficile de savoir avec certitude quel corps céleste provoqua l'événement, mais il est sûr et certain que celui-ci eut lieu. La lithosphère terrestre

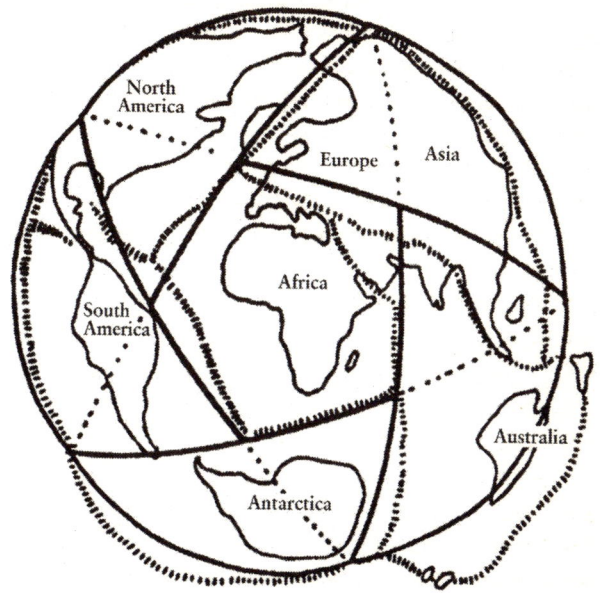

Fig. 3.1. La Terre icosaédrique. (Illustration de Allan and Delair, *Cataclysm! Compelling Evidence of a Cosmic Catastrophe in 9500 B.C.*)

s'en trouva disloquée verticalement et horizontalement et des plaques tectoniques se formèrent qui donnèrent à la Terre la forme d'un polyèdre à vingt faces ou icosaèdre, comme vous pouvez le voir sur l'illustration ci-jointe. Ce détail apparemment extravagant et ésotérique est très important. Les plaques ont vraiment cette forme, mais il a fallu que Allan et Delair s'en aperçoivent pour que nous le sachions. Cela m'attira l'œil parce que dans la tradition Cherokee, la science de la Terre est appelée « médecine-tortue » et les carapaces de tortues sont faites de vingt plaques. Je suis certaine qu'il s'agit là d'un souvenir de la dislocation de notre planète ; j'ai d'ailleurs entendu une femme-médecine Iroquoise parler de la sorte de la médecine-tortue en 1986. Durant la Période classique, le Premier Père est souvent dépeint émergeant d'une tortue représentée par les trois étoiles de la ceinture d'Orion qui en forment le dos [10].

Le syndrome du stress post-traumatique et de l'habitat

Il est de la plus cruciale importance de comprendre la magnitude de cet événement parce que cela implique que la plupart des changements violents de la Terre sont passés. La Terre se calme maintenant et entre dans une phase plus harmonique. La prise de conscience que le pire est passé et que la Terre se rééquilibre atténue la crainte que la fin du Calendrier maya signifie la destruction de la planète. Certes, cela n'exclut pas de possibles changements terrestres puisque la Terre est toujours en train de s'assagir.

Pour ce qui est de savoir si l'humanité va être détruite en 2012, cela nous regarde, puisque c'est nous qui nous faisons la guerre les uns aux autres et qui détruisons notre environnement. L'un des buts de ce livre est d'attirer l'attention sur le fait que les blocages mentaux et émotionnels humains nous empêchent de nous souvenir et d'analyser le récent cataclysme, et sont la raison pour laquelle l'humanité est si destructrice de son propre habitat. Un désastre cosmique a chassé notre espèce du Jardin d'Éden et pourtant nous vivons encore sur la planète. Parce que nous bataillons si fort pour éviter d'analyser notre propre souffrance, nous avons tendance à projeter dans un futur proche un événement qui s'est déjà produit : c'est ce que les gens font quand ils disent que le monde arrive à sa fin en 2012. L'une de mes contributions à la recherche sur le Calendrier est d'attirer l'attention sur cette vision des choses. La catastrophobie présuppose que les humains modernes ne puissent pas faire le lien avec cet événement dévastateur ni, par conséquent s'en souvenir parce que nous utilisons un compte du temps inadéquat qui brouille les données du passé récent. Cette idée part du principe que nous avons un souvenir du passé profondément ancré en nous-mêmes au moyen de notre mémoire ethnique, génétique et des vies antérieures. Les peuples indigènes protègent les récits anciens de leurs propres peuples parce que les humains sont moins intelligents lorsqu'ils perdent la mémoire du passé. Grand-père Hand, Gardien de la mémoire Cherokee, insista sur le fait que le souvenir du grand cataclysme serait nécessaire de nos jours. Tout est beaucoup plus clair si l'on admet que la date de 9500 av. J.-C. est la charnière de la dichotomie de l'évolution humaine. L'idée de base est que l'humanité évoluait progressivement à travers les 102 000 années de la phase Régionale qui fut brusquement interrompue il y a 11 500 ans lorsque la planète fut presque détruite. Notre incapacité à comprendre ce qui s'était passé a provoqué la détérioration de notre conscience, de notre perception. Il est crucial que nous recouvrions ce souvenir.

En retrouvant et en reconnaissant un compte du temps correct, je crois fermement que nous pourrons reprendre notre évolution crânienne normale. Qu'est-ce que cela pourrait être ? Pour survivre, nous devons rouvrir notre cerveau droit sans perdre les avances du cerveau gauche des cinq mille dernières années. Nous ne pouvons tout simplement pas évoluer en dehors de la nature : notre demeure, c'est la Terre et non quelque autre planète. Cette analyse pourrait être beaucoup plus aisée si les gens cessaient d'y résister, surtout les scientifiques. Si vous êtes à même d'ouvrir votre esprit, la recherche de la vérité devient une quête, un voyage. Il y a beaucoup de preuves que peu de temps après le désastre en question, la connaissance humaine était bien supérieure par certains côtés à ce qu'elle a été depuis et jusqu'à récemment. Andrew Collins, Graham Hancock, moi-même et quelques autres, avons écrit sur une « Culture de Sages » qui existait il y a onze mille ans et enseignait à des sociétés humaines sélectionnées à sauvegarder la sagesse ancienne.

La civilisation maritime mondiale

Des mentions concernant les Sages ou les Aînés existent dans les récits des Védas, des Égyptiens, des Indiens d'Amérique et des Aymaras ainsi que chez de nombreux autres peuples. Les Sages ont aidé l'humanité pendant des milliers d'années après le cataclysme; ils s'intégraient aux peuples indigènes et nous partageons le même sang. Des témoignages de cette culture demeurent encore sur les plateaux continentaux, qui étaient au-dessus du niveau de la mer entre vingt mille et douze mille ans en arrière [11]. Des preuves de cette civilisation mondiale ont aussi été trouvées sur des cartes de la planète tracées il y a des milliers d'années. Ces cartes furent compilées par Charles Hapgood dans *Maps of the Ancient Sea Kings*, son livre dans lequel il conclut que treize cartes vieilles de plusieurs milliers d'années servaient d'outils à une civilisation scientifiquement avancée qui parcourait à la voile les océans il y a six mille ans [12].

Platon sauvegarda quelques relations historiques des cultures maritimes mondiales, l'Atlantide, l'Égyptienne, la Grecque et la Magdalénienne [13]. Selon l'archéologie, il y a entre vingt mille et douze mille ans, la culture magdalénienne dominait l'Europe du Sud-Ouest [14]. Ces preuves ont fait l'objet de descriptions détaillées dans *Catastrophobia*. Je ne mentionnerai ici que les éléments de preuves appropriés à cette discussion.

Certains écrivains du Nouveau Paradigme font des suggestions de nouveaux comptes du temps basés sur la reconnaissance de l'existence par le passé d'une civilisation maritime mondiale avancée. Mais la plupart d'entre eux ne font pas assez attention à

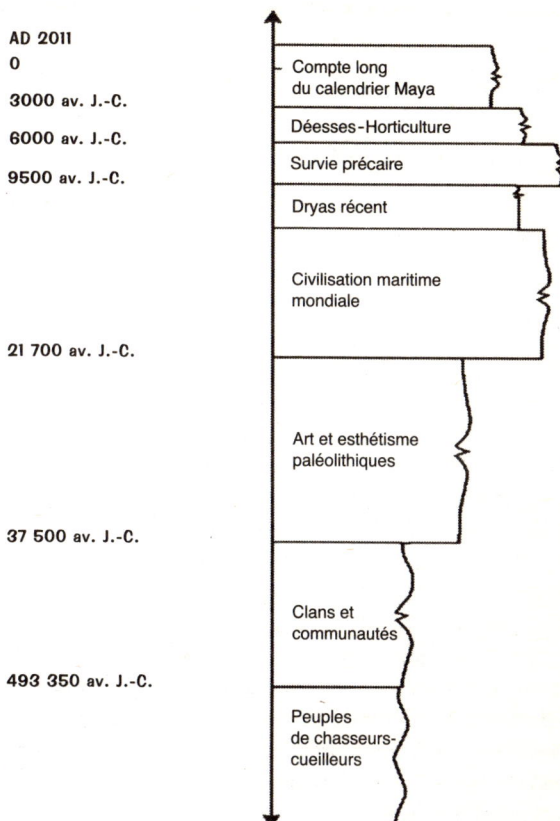

Fig. 3.2. Proposition d'un nouveau Compte du temps.

l'influence du cataclysme de 9500 av. J.-C. sur la civilisation mondiale en créant les conditions d'une survie très précaire et parfois même pire que la mort. Bien que ces écrivains soient sûrs, autant que moi, que l'humanité était autrefois plus avancée, ils ne fournissent pas d'explications adéquates sur ce qui était en ce temps-là la massive régression de la civilisation, parce qu'il n'utilisent pas 9500 av. J.-C. comme date charnière de la dichotomie dans le compte du temps. Sans cette borne, il est beaucoup plus difficile de voir ce qui s'est passé alors : nous avons besoin de comprendre la régression de notre propre espèce sous peine de voir l'humanité commettre un écocide. Pour corriger notre décompte du temps, il faut tenir compte de quelques cataclysmes localisés qui ont suivi parce que trois événements majeurs subséquents se sont mélangés dans les rapports. Il y eut une inondation en 5600 av. J.-C., l'inondation de la Mer Noire, qui eut une immense influence sur les cultures de l'humanité en causant la dispersion des premières sociétés avancées dans la région de la Mer Noire [15]. Chassés de leurs villages par des inondations rapides, les peuples partirent et emmenèrent avec eux leurs cultures dans nombre d'endroits, au Moyen-orient, en Europe de l'Est, et finalement en Europe et dans les Îles Britanniques. Aussitôt après furent bâtis des sites mégalithiques complexes comme Carnac en Bretagne. Pour ces peuples, comme pour ceux qui vécurent les inondations du Tigre et de l'Euphrate, le Déluge de Noé aux environs de 4000 av. J.-C., ces inondations localisées réveillèrent la mémoire du grand cataclysme. Ces trois événements sont tout emmêlés dans le récit du Déluge dans la Bible et leurs fils compliqués en sont démêlés dans *Catastrophobia*. J'ai noté dans la description du cataclysme que les champs bioélectriques humains furent saturés durant le cataclysme, ce qui a affecté nos esprits et nos corps. Nous remarquons que, quand les gens retrouvent une chronologie du temps adéquate, ces systèmes neurologiques se réorganisent. De nombreux thérapeutes parmi ceux qui ont lu *Catastrophobia* ou assisté à mes conférences m'ont relaté que lorsqu'ils se concentrent avec leurs clients sur ces banques de données profondément ancrées, ils s'aperçoivent que ceux-ci s'en trouvent moins craintifs, moins paranoïaques. Le cataclysme et la subséquente période de lutte pour la survie sont un nœud profond de traumatisme pour le cerveau humain, et les autres expériences traumatisantes qui suivirent semblent s'être accumulées et avoir durci ce nœud.

D'un autre côté il me semble que l'accélération du temps déclenche un rétablissement massif de l'amnésie induite par le cataclysme. Durant l'Inframonde planétaire, de 1755 à 2011, cela nous a permis de recouvrer l'histoire scientifique physique de la Terre, et maintenant, pendant l'Inframonde galactique entre 1999 et 2011, les gens recherchent la véritable histoire de la culture humaine. La curiosité obsessive du public au sujet du passé caché est en train de provoquer un bond quantique de l'intelligence humaine. La théorie de Calleman sur l'accélération de l'évolution complète mon hypothèse sur la dichotomie de la chronologie du temps.

La fusion de ces deux théories peut représenter un grand potentiel pour arrêter la régression et permettre d'aller de l'avant. À savoir aussi que le grand cataclysme fut un événement d'extinction évolutive classique qui fit place à une nouvelle phase d'évolution. Il arriva juste au point médian de la Nuit Six de l'Inframonde régional quand il détruisit presque la civilisation maritime mondiale, dont les restes flottaient encore vers 9500 av. J.-C. Cela donna un peu d'espace à une nouvelle évolution qui commença à l'ouverture du Jour Sept de l'Inframonde régional en 5900 av. J.-C. Quelques preuves tangibles datant entre 6000 et 3000 av. J.-C. soutiennent l'idée que des cultures éclairées adorant des déesses comme celle de Çatal Hüyük accomplirent des progrès remarquables après le désastre. J'en parle en détail dans *Catastrophobia*.

L'important, c'est que l'humanité ne fut pas rayée de la surface du globe comme les dinosaures, mais se contenta de perdre certaines connexions de son cerveau. Je pense intensément à ce souvenir de l'homme et je crois fermement que la plupart des données sur les premiers Inframondes sont retenues dans des blocs traumatiques émotionnels et qu'elles sont encore gravées dans ce que les chercheurs appellent «l'ADN non codée». D'après la science, seul 10 à 15 % de l'ADN humaine est utilisée pour la programmation biologique, et le reste est appelé «Junk DNA» en anglais. À ce stade de notre évolution, compte tenu du facteur de convergence de l'accélération du temps des neuf Inframondes, nos cerveaux se reprogramment rapidement. En supposant que j'aie raison sur le fait que les blocages dus au traumatismes émotionnels sont enregistrés dans notre ADN non codée (aussi bien que des souvenirs du passé), il se peut que les accélérations du temps activent cette ADN et permettent son utilisation par nos corps et nos esprits. Si mes idées peuvent paraître présomptueuses, je vois pourtant beaucoup de preuves d'activation de l'ADN parmi nos étudiants : parfois ils s'ouvrent brusquement à un nouveau savoir bien au-delà de ce à quoi ils semblaient avoir accès, comme si une lumière les envahissait. L'important savoir que nous portons tous à l'intérieur de nous-mêmes se réveille. Et quand nous enseignons, Gerry et moi utilisons des guérisseurs parce que ce réveil passe d'abord par le douloureux éclatement des blocages traumatiques.

Comme vous le verrez dans ce livre, les peuples avancés du Régional avaient une relation étonnante à la nature. Et si l'ADN des Peuples de l'Inframonde régional avait été totalement activée ? Et si cela s'avérait nécessaire pour parachever une harmonisation avec la nature ? Et si ces pouvoirs étaient en train de revenir ? Après tout, nous sommes actuellement au Jour Sept de l'Inframonde régional : la période de maturation.

Maintenant que nous avons survécu et de nouveau recouvert le monde de notre espèce, il est temps d'évaluer et d'intégrer les accomplissements de la civilisation maritime mondiale, phase avancée de l'Inframonde régional. Nous devons comprendre notre déclin et la perte de mémoire qui y est associée. Ce que nous eûmes à faire pour survivre après avoir perdu notre vie merveilleuse a peut-être réellement blessé nos esprits et nos cœurs. Est-ce la raison pour laquelle les humains sont si hideusement violents et agissent comme des chiens qui mordent par désespoir ?

Les fondamentalistes sont souvent agressifs, hostiles et négatifs. Peut-être ne peuvent-ils pas supporter l'idée que, dans le temps, les humains couraient par groupes, dégoûtants charognards d'animaux morts parfois même poussés à un cannibalisme contre nature ? Et comme elles doivent être réelles, ces horribles expériences doivent être sournoisement tapies dans leurs esprits et dans leurs âmes. Les endroits les plus sombres et les plus déniés de l'âme humaine me sont devenus visibles alors que je passai quelque temps avec les Torajans Tana de Sulawesi en Indonésie. Notre famille était invitée à des funérailles qui s'avérèrent être une cérémonie de sacrifices de taureaux. Par respect, comme nous avions déjà fait l'offrande du tabac au parent mort, il nous fallut rester des heures à contempler ces taureaux vivants se faire abattre et découper tout autour de nous. Le soir, après avoir enduré ce rituel, notre fils Chris fut violemment malade et cela eut tant d'effet sur notre fille Liz qu'elle en devint végétarienne. Cette expérience m'aida à réaliser que certains éléments des cultures archaïques peuvent être très oppressants. Pendant ce rituel d'abattage des taureaux, j'abandonnai une bonne partie de mes idées trop romantiques sur un passé meilleur que le présent ou le futur.

La plupart des Torajans étaient encore des chasseurs-cueilleurs à peine cinquante ans auparavant lorsque les fondamentalistes chrétiens, déterminés à faire cesser les pratiques anciennes, avaient commencé à infiltrer leur culture. Les cercles de pierres mégalithiques Torajans et les sépultures taillées dans d'énormes rochers sont parmi les plus beaux de la Terre, et au début du vingtième siècle, les Torajans savaient encore ériger et faire tenir debout des pierres pesant plusieurs tonnes. Pourtant, vers les années 1970, quand vint le moment d'ériger une pierre pour l'installation du futur Roi de Toraja, ils avaient oublié cet art. Ils amenèrent une énorme grue mais furent bien incapables de faire tenir la pierre qui gît encore aujourd'hui sur le flanc au milieu du cercle de pierres royal. Comment avaient-ils fait pour ériger toutes ces autres pierres ? Ils l'avaient oublié. Et peut-être significativement, ce Roi en l'honneur duquel ils avaient essayé de dresser une pierre fut leur dernier Roi[16].

En tout cas, si nous sommes capables de croire que des individus ont autrefois effectivement érigé des pierres qui pesaient plusieurs tonnes, cela nous ouvre l'esprit sur le fait que, peut-être, les peuples du passé étaient capables de faire des choses que nous ne pouvons plus faire aujourd'hui. À Tana Toraja en 1997, j'ai découvert que les activités culturelles ataviques telles que leurs rituels de funérailles-boucheries sont des points d'entrée dans les banques de données traumatiques de l'esprit humain. Ce spectacle dont je fus témoin à Tana Toraja m'a littéralement poussée à écrire *Catastrophobia*. Le rituel que nous avons observé est le même que la cérémonie du sacrifice du taureau d'Atlantis que Platon a décrit comme ayant eu lieu il y a douze mille ans [17] ! Des vestiges de ce rituel ont lieu tous les ans dans les arènes espagnoles. Tana Toraja est un site ancien de première importance. Il fait maintenant partie de Wallacea, une région d'Indonésie séparée de Amparan Sunda (Sundaland) par une ligne tracée par le naturaliste du dix-neuvième siècle Alfred Russell Wallace. Wallace tira cette ligne pour séparer Sulawesi (où est situé Toraja) de Sundaland, le continent Indonésien, dont la plus grande partie fut submergée par les flots il y a huit mille ans. Toraja ne fut pas affecté par cette submersion, et sa culture, qui se réclame des Pléiades, est l'une des plus anciennes de la Terre [18]. Si les restes de Sundaland dans Tana Toraja donnent une indication, cette culture doit avoir été incroyable avec ses rites très vivants des temps archaïques. Le grand tremblement de terre de 2004 et le tsunami au large des côtes de Sumatra réveillèrent

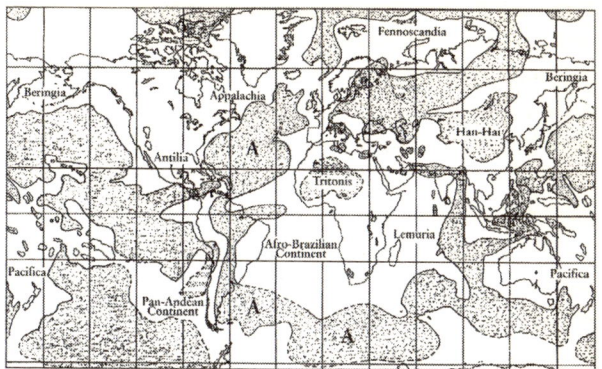

Fig. 3.3. Tentative de reconstitution du monde pré diluvien par D. S. Allan et J. B. Delair. (Illustration de Allan et Delair, dans *Cataclysm! Compelling Evidence of a Cosmic Catastrophe in 9500 B.C.*)

d'anciens souvenirs de Sundaland, qui est essentiellement un continent perdu sauf les grandes îles restantes, Sumatra, Sulawesi, Borneo, et Java.

Mon grand-père Hand avait insisté sur le fait que l'histoire de la quasi-destruction de la Terre était aujourd'hui la clé de la guérison de notre espèce. Il possédait un globe terrestre Rand McNally avec une lampe à l'intérieur et, le soir, nous passions des heures à contempler l'état de la Terre avant cette terrible période. Lorsque je vis la reconstitution du monde antédiluvien par Allan et Delair en 1996, j'en perdis presque la respiration tant cela complétait bien ce que l'on m'avait enseigné quand j'étais petite ; cela m'a aidé à me souvenir de plein de détails sur ce que grand-père Hand m'avait appris. Mon éducation scolaire me fut pénible parce que je n'y ai jamais rien entendu concernant la véritable histoire du temps dont mon cerveau était empreint. La fréquentation de l'école me fit même oublier temporairement l'histoire du temps.

D'une manière ou d'une autre, grand-père savait que la véritable histoire s'imposerait à moi au cours de ma vie parce que la science finirait bien par rattraper les récits des peuples indigènes. À ma connaissance, il n'avait pas retenu la date de fin du Calendrier maya. Pourtant il savait qu'il se devait de transmettre l'histoire préservée par les gardiens de la mémoire Cherokee à sa petite-fille plutôt qu'à l'un de ses cinq fils, mon père par exemple, qui mourut en 1982. Grand-père était également un Maçon haut placé dans la hiérarchie, et je me suis souvent demandée si ce n'était pas la raison de sa grande connaissance du passé et du fait qu'un éveil surviendrait durant le cours de ma vie. De toute façon, les mémoires cherokee et maya ont beaucoup en commun, mais ce sont les Mayas qui ont sauvé le Calendrier.

Ce qui arrive réellement alors que nous nous éveillons durant la fin du Calendrier est vraiment étonnant, et il me faudra tout ce livre pour révéler à temps cette merveilleuse vision. Mais avant, je vais vous proposer l'une de mes plus radicales suppositions : l'étude de la tectonique des plaques de la Terre démontre que notre planète est une sphère icosaédrique flottant dans l'espace, ce qui, selon Allan et Delair, est une forme très récente [19]. L'icosaèdre est l'un des cinq solides platoniciens, formes géométriques qui sont la base de la formulation de la matière. En d'autres mots, la Terre s'est transmuée en une forme géométrique sacrée il y a 11 500 ans. Durant l'Inframonde régional, les humains étaient éclairés parce qu'ils faisaient un avec la nature. Pourtant une accélération plus importante de l'évolution était à venir. Il se peut que le cataclysme n'ait pas été un accident dû au hasard, mais plus le déclencheur de l'avènement d'un état harmonique plus élevé. Peut-être que devenir une sphère icosaédrique était fondamental à la Terre pour atteindre l'illumination, et revêtait en cela une grande importance pour toute la Galaxie.

Les vestiges de la civilisation maritime mondiale

On sait bien peu sur l'évolution de l'humanité durant l'Inframonde régional, vu que le cataclysme en a détruit les témoignages. Je suis convaincue que quelques unes des constructions dues à la civilisation maritime mondiale ont en fait survécu et confondent les archéologues et les anthropologues. L'Osireion d'Abydos et le Temple de la Vallée de Guizeh en Égypte, bien plus vieux de cinq ou six mille ans que les monuments aux alentours comme la Grande pyramide, sont un exemple de cette éventualité.

L'Osireion d'Abydos et le Temple de la Vallée de Guizeh, deux temples cyclopéens non gravés, sont situés près de ou dans l'enceinte de sites archéologiques dynastiques. Les archéologues les datent en partant des ruines les plus récentes, alors qu'il est clair que ces deux temples furent construits par des peuples bien antérieurs ; il n'y a aucune raison de les englober avec les temples prédynastiques qui les entourent. Selon certains chercheurs, les couches de sol avoisinantes remontent à au moins douze mille ans et même le géologue très respecté Robert Schoch leur donna des

Fig. 3.4. L'Osireion d'Abydos en Égypte.

dates bien plus anciennes que celles avancées par les archéologues conventionnels[20]. Ils sont des milliers d'années plus anciens que les sites dynastiques.

Mon fils Chris a fait ces dessins pour aider le lecteur à voir que les cultures datant d'avant le cataclysme étaient esthétiques et technologiquement avancées ; il y a plus de six à douze mille ans, des peuples bâtirent des temples architecturalement exquis en

Fig. 3.5. Le Temple de la Vallée du plateau de Guizeh en Égypte.

taillant et en sculptant des pierres pesant plusieurs tonnes. Comment firent-ils ? Et comment les Torajas déjà mentionnés purent-ils ériger et faire tenir des pierres énormes il y a moins de cent ans ?

L'Osireion est fait de pierres cyclopéennes pesant plusieurs tonnes et certains chercheurs disent qu'il fut bâti il y a plus de douze mille ans [21]. Dans *Catastrophobia*, j'ai montré des preuves que le Temple de la Vallée et l'Osireion furent enterrés dans le limon du Nil durant le cataclysme, et qu'ils furent redécouverts et restaurés par les Égyptiens dynastiques [22]. Étant au courant de la précédente civilisation près du Nil, ces Égyptiens dynastiques restaurèrent le Temple de la Vallée et l'Osireion pour rappeler au peuple l'existence de leurs ancêtres. Les Égyptiens dynastiques étaient les fiers héritiers de la culture des Sages maritimes mondiaux, les Shem-su Hor, et ils vénéraient ces vestiges de la précédente civilisation. Eh bien, s'il n'y a même qu'une construction sur Terre qui fut créée par une civilisation avancée il y a plus de douze mille ans, alors les quarante mille années écoulées doivent être complètement réinterprétées. Même s'il n'y a qu'une carte du monde dépeignant la Terre avant le cataclysme, alors la géologie et la géographie doivent être réinterprétées. En fait, il y a de telles cartes, la carte Piri Reis que Charles Hapgood a analysée dans *Maps of the Ancient Sea Kings*. Il y a aussi l'énigmatique pierre de Ica, dont j'ai parlé en détail et que Chris a illustrée dans *Catastrophobia* [23]. En bref, les pierres de Ica sont une cachette de pierres gravées découverte en 1961 près de la plaine Nasca au Pérou. Les pierres furent trouvées à côté de la rivière Ica dans une grotte découverte à l'occasion d'une inondation, et elles sont vieilles de plus de vingt mille ans. Certaines sont gravées de cartes de la Terre vue du ciel ainsi que d'humains cohabitant avec des dinosaures !

Lorsque le Pharaon Seti I commença la construction du Temple d'Abydos vers 1200 av. J.-C., l'Osireion fut découvert cinquante pieds (quinze mètres) au-dessous du niveau du nouveau temple qu'il avait conçu. Engendrant ainsi l'un des meilleurs exemples de préservation historique, Seti restaura le temple ancien et le relia au nouveau qui a sept pièces alignées très inhabituelles. Ces sept pièces, preuve d'une connaissance très ancienne, sont l'endroit où Abd'El Hakim Awyan m'instruisit sur le « principe de sept ». Cette expérience m'aida à comprendre les pyramides à sept niveaux, base des Treize paradis du Calendrier maya, parce que ces pièces représentent les Sept Jours de chaque Inframonde. L'héritage de Hakim est vieux d'au moins cinquante mille ans et il m'a permis de pénétrer l'Inframonde régional.

Décodage de l'Inframonde régional

Les Jours et les Nuits des Treize paradis peuvent servir d'outil pour décoder l'Inframonde régional qui commença il y a 102 000 ans. En considérant les choses de cette façon, nous remarquons que l'Inframonde régional fut une période de créativité très avancée pour l'humanité. Le point médian du Jour Quatre il y a environ cinquante mille ans se situe au moment où les peuples du paléolithique ont profondément compris leur habitat, consolidé leur culture et se sont préparés à devenir mondiaux. Puis la grande percée dans l'art symbolique se fit durant le Jour Cinq de l'Inframonde régional au milieu de la période paléolithique juste après 40 000 av. J.-C. lorsque se produisit une explosion créatrice qui brouilla l'esprit des archéologues et des anthropologues. Les anthropologues Schick et Toth notent que ce fut la période où « une expression symbolique totalement moderne » émergea[24].

Pour commencer, quelle était cette nouvelle culture qui émergea lorsque la période de l'Inframonde régional commença il y a 102 000 ans ? Nous savons grâce à l'anthropologie que soudain, il y a environ cent mille ans, des bandes de peuples errants se formèrent en clans, et les hommes et les femmes déléguèrent le

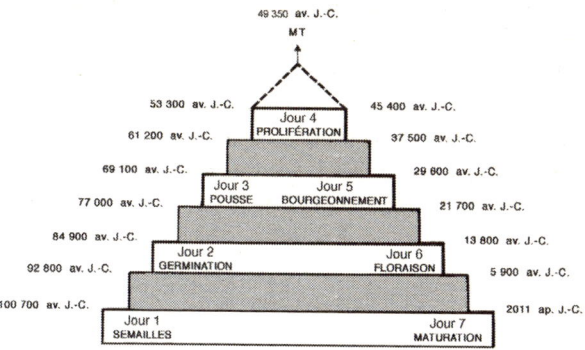

Fig. 3.6. Les Jours de l'Inframonde régional. (Illustration adaptée de *The Mayan Calendar and the Transformation of Consciousness* de Calleman.)

travail[25]. À cause de ce nouveau niveau de communication, ils ont dû découvrir l'amour, l'éthique, la loyauté et la créativité. Après avoir développé ce nouveau mode de vie très agréable pendant cinquante mille ans, il était naturel de vouloir avoir de nouvelles relations avec tous les autres clans. Chaque clan avait ses formes spéciales d'art et de croyances, et il était temps alors d'échanger les uns avec les autres, d'apprendre et de partager la sagesse de tous les peuples. Pour aller à la rencontre des autres, ces clans curieux construisirent de grands bateaux permettant de voyager sur de longues distances à la recherche d'autres lieux sacrés et de nouveaux peuples. D'après Calleman, la principale percée de chaque Inframonde se passe durant le Jour Cinq qui, dans le cas de cet Inframonde, se situe il y a 37 500 ans. Ainsi, si l'on considère la « phase bourgeonnante » du Cinquième Jour dans l'illustration ci-jointe, l'art et l'esthétique advinrent dans les exquises grottes peintes du paléolithique et les figurines de déesses qui suggèrent qu'en ces temps-là les femmes étaient grandement respectées car elles pouvaient créer la vie elles-mêmes.

Les anthropologues sont surpris de cette percée esthétique parce qu'ils sous-estiment les niveaux de culture réellement atteints en ce temps-là. Dans *Catastrophobia,* j'émets l'hypothèse que les grottes et les premiers gisements d'habitats anciens ne sont que les vestiges ayant survécu au cataclysme alors que les cités maritimes infiniment plus sophistiquées furent complètement détruites et inondées par l'élévation du niveau de la mer.

Je suis assez en phase avec ce que l'archéologie et l'anthropologie avancent au sujet de l'évolution humaine jusqu'au moment de cette percée esthétique approximativement en 37 500 av. J.-C. [26]. Mais après, je pense que la science conventionnelle interprète vraiment mal ce que les cultures humaines faisaient sur Terre. Certes, les peuples de l'Inframonde régional ne créèrent pas autant que durant l'Inframonde national ou le planétaire. Si vous tenez compte de la technologie des pierres mégalithiques et cyclopéennes, il semble évident que les Peuples du Régional possédaient des technologies utilisant la force de la nature.

Il y a une barrière mentale moderne qui empêche de comprendre leur technologie, parce que les humains modernes qui utilisent leur cerveau gauche séparent et font la distinction entre le travail et les inventions d'une part, et la nature de l'autre. Les peuples de l'Inframonde régional créèrent la réalité tout d'abord à l'aide d'idées, et ce n'est qu'ensuite qu'ils matérialisèrent les choses dans le monde solide. Ils ne créèrent rien dont ils pouvaient penser que cela nuirait à leur habitat. Ils savaient que s'ils essayaient, cela ne marcherait pas de toute façon parce qu'alors ils perdraient la force de la nature [27].

Une nouvelle foi — la matière avant l'esprit — est née durant l'Inframonde national et s'est perfectionnée durant l'Inframonde planétaire. C'est pourquoi il est si difficile aux humains modernes d'imaginer ce que les peuples du paléolithique faisaient, et encore plus d'éprouver du respect pour eux. Les peuples d'antan savaient que la nature réclamait toujours la restitution de sa force ; les humains modernes auront à la fin à faire face à une mise à niveau, spécialement lorsque le pétrole s'arrêtera de couler. Nombre de nouvelles idées sur ce que les peuples anciens étaient capables de faire sont remises en avant durant l'accélération rapide de l'Inframonde galactique.

Unicité et dualité de l'état de conscience

Pourquoi, nous les modernes, sommes-nous si éloignés de la nature ? Le concept de Calleman sur le Cercle Planétaire de Lumière est une intéressante tentative de réponse à cette question. Il pense que les neuf Inframondes ont chacun une polarité noir/lumière ou yin/yang conçue pour transporter l'humanité sur le chemin de l'illumination [28]. Chacun des Inframondes favorise un hémisphère spécifique du cerveau humain et ces façons alternatives d'accès au cerveau sont influencées par la géographie de la Terre et la position de l'Arbre du monde*, premier moteur de la dynamique de l'accélération du temps selon Calleman [29]. Je le cite : « Parce que les cerveaux et les esprits des êtres humains sont en résonance holographique avec la Terre, comme la pyramide est gravie [neuf Inframondes], leur niveau de conscience qui en résulte sera dominé par les polarités yin/yang correspondantes » [30]. C'est une idée très complexe et intrigante, et il vous faudra lire Calleman pour comprendre complètement ce qu'il a dit. Plus tard, je développerai le sujet de l'influence sur la Terre de l'Arbre du monde et des polarités alternantes. Ce qui importe ici, c'est que ce concept de polarité yin/yang est très ancien et se retrouve dans de nombreuses cultures ; cela soutient la conclusion de Calleman sur l'importance de ce point pour la perception humaine et le fonctionnement du cerveau.

L'idée de base est que pendant la progression des Inframondes dans le temps, la conscience (perception) va d'un état d'unicité à un état de dualité et revient à un état d'unicité, générant ainsi des processus de transformation. Connaissant ce facteur, nous pouvons nous laisser porter par le courant et mieux anticiper ce qui pourrait arriver ensuite ; comme le temps s'accélère, cette capacité semble être cruciale. La conscience de l'Inframonde national, qui est l'influence la plus intense pour l'humanité, fonctionne en totale dualité. C'est la raison pour laquelle nous nous sommes si radicalement séparés de la nature au cours des cinq mille dernières années, vu que la dualité favorise une excessive dominance mâle. Durant l'Inframonde cellulaire de 16,4 milliards d'années, l'Inframonde régional de 102 000 ans, et l'Inframonde universel de 260 jours, la conscience est unitaire et occupe tout le cerveau sans séparation entre le cosmos divin (la nature) et l'homme ou la femme ; les humains sont éclairés[31]. Comme nous le savons déjà, nous traversons actuellement des phases variées des huit premiers Inframondes, et l'Inframonde universel est toujours à venir en 2011. Cependant, les aspects non unitaires de la conscience, tels que les développements de type cerveau gauche, dualistes, de l'Inframonde national se forment tous simultanément. Je vais me concentrer sur les trois Inframondes unitaires et intéressant tout le cerveau pour voir comment l'illumination peut se manifester d'une façon plus complexe chez les gens dont le cerveau gauche est relativement plus développé. C'est-à-dire que l'illumination des humains fonctionnera différemment pour les hommes de l'Inframonde universel que pour les hommes vivant durant l'Inframonde régional. En quelque sorte, nous ne pouvons pas retourner en arrière dans le temps.

Pendant l'Inframonde cellulaire, les cellules sont éclairées, c'est pourquoi la guérison cellulaire est la forme la plus puissante aujourd'hui. Par exemple, vous ne pouvez pas gagner un combat contre le cancer, mais vous pouvez aligner vos émotions et vos pensées avec vos cellules de façon à soigner tout votre corps qui à son tour pourra régler le problème du cancer. Comme nous l'avons déjà vu, durant l'Inframonde régional, la nature et les humains sont des co-créateurs éclairés, c'est pourquoi nous avons besoin de guérir la nature de façon à pouvoir gérer l'accélération par vingt en 2011. Aussi merveilleuse qu'ait pu être la vie dans l'Inframonde régional, nous avons encore des stades meilleurs à atteindre.

Durant l'Inframonde universel en 2011, une conscience, une perception unitaire, occupant tout le cerveau, reviendra sur Terre pour la troisième fois, pendant que nous serons alignés avec la Galaxie. Cette période arrive tandis que nous conservons le niveau de connaissance que nous avons atteint durant l'Inframonde national et le Planétaire ; à ce stade, il nous faudra intégrer ce savoir pour parachever cette illumination en 2011. Cette « intégration cérébrale » va se passer en une période dont la durée sera de moins d'un an tandis que nous subirons une autre accélération par vingt. Pour être absolument clair, le premier, le cinquième et le neuvième Inframondes sont les périodes où tout ce qui existe sur Terre est en pleine résonance holographique avec le cosmos. Fort heureusement, j'ai remarqué que plusieurs personnes nées après 1970 étaient tout à fait en harmonie avec la prise de conscience unitaire, mais elles luttent douloureusement pour survivre parmi les braises mourantes de notre civilisation dualiste.

Technologie de la pierre mégalithique et cyclopéenne

Sur l'illustration ci-dessous, notez la taille des pierres de ce beau temple (en prenant comme échelle la silhouette de ce Péruvien) et les techniques sophistiquées requises pour les mettre en place, et, ceci posé, essayez de comprendre comment ce temple aurait pu être construit il y a plus de dix mille ans avant l'ère de la Grèce classique.

Les personnes qui ont bâti ce temple ont dû découvrir une technologie avancée leur permettant de déplacer de grosses pierres, peut-être en les faisant vibrer pour les rendre moins lourdes. Je voudrais rappeler aux lecteurs qui tendraient à rejeter ces faits concernant une technologie de la pierre que tant qu'ils ne pourront pas montrer, par les moyens de la technologie moderne, comment ces gens ont déplacé et érigé ces grosses pierres, ils n'auront aucun argument. La taille des pierres que ces gens ont soulevées est quelque chose d'incompréhensible. Certains des exemples les plus fantastiques que nous ayons vus s'appellent dolmens. Les dolmens sont fait d'un seul énorme rocher posé sur trois supports de pierre qui sont eux-mêmes énormes. On trouve des dolmens dans toutes les îles Britanniques, l'ouest de la France et l'Espagne, et j'en ai vu aussi aux Etats-Unis [32].

Un jour, Gerry et moi nous promenions en voiture en Bretagne lorsque nous vîmes un panneau qui disait : « Hôtel des Pierres ». Occasion à ne pas rater ; nous nous arrêtâmes donc sur le parking. Nous pûmes discerner au bout d'une allée dans le fond d'un jardin bucolique un vieil hôtel accueillant. Puis nous regardâmes sur le côté du parking. Une énorme pierre sombre en forme d'œuf, aussi grande qu'un bus de tourisme, trônait joyeusement au-dessus de trois pierres pesant chacune quelques tonnes ! La grosse pierre pesait trois

Fig. 3.7. Le Temple de Sacsayhauman au Pérou.

cent tonnes ou plus. J'en ai vu une aussi grosse sur le côté droit de Connecticut Highway 6 juste en quittant Rhode Island, à l'entrée du Connecticut[33]. D'expérience, j'ai constaté que lorsque les gens regardent ces choses, ils annulent ce qu'ils sont en train de voir. J'ai une amie, cerveau gauche, au Nord de l'état de New York, qui possède un merveilleux petit dolmen (dix tonnes) dans son arrière-cour. Elle ne peut même pas le voir. Le fait est que il y a huit mille ans quelqu'un a soulevé ces pierres comme si elles étaient légères comme des plumes ! Parfois je pense qu'ils l'ont fait pour jouer un bon tour à l'humanité moderne. Ils y ont réussi !

L'ingénieur Chris Dunn a exploré la nature de la technologie avancée dans son livre *The Giza Power Plant,* qui émet la théorie que la Grande Pyramide était en son temps une usine énergétique[34]. Dunn a commencé par prouver que les Égyptiens dynastiques gravaient les pierres à l'aide d'outils énergétiques il y a plus de

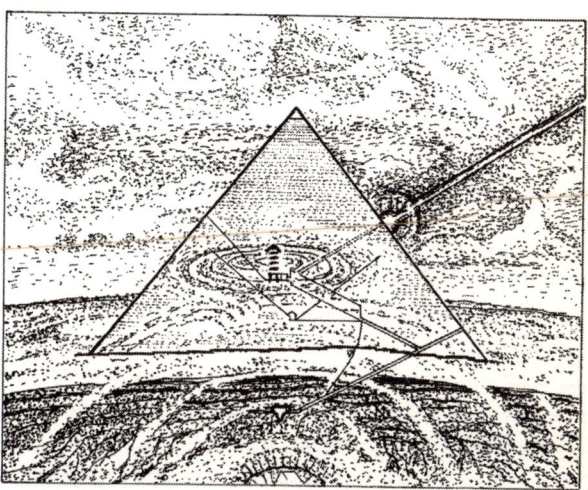

Fig. 3.8. Oscillateurs couplés. (Illustration adaptée de la couverture de *The Giza Power Plant* par Christopher Dunn.)

cinq mille ans, ce que l'archéologue renommé Flinders Petrie avait déjà conclu il y a un siècle. L'archéologie ne donna pas suite aux découvertes de Petrie, parce que cela aurait signifié que les Égyptiens dynastiques maîtrisaient la technologie ; il fallut donc un ingénieur moderne pour le faire. Puis Dunn se demanda quelle source d'énergie pouvait bien faire fonctionner ces outils. Il recueillit tous les éléments prouvant que la pyramide était une usine énergétique construite pour drainer l'énergie de la Terre, un oscillateur couplé qui pouvait tirer de l'énergie une fois amorcé[35]. L'illustration 3.8 vous donne une idée de la chose.

Puis Dunn, désirant avoir quelque preuve moderne que cette technologie pouvait avoir existé dans les temps très anciens, étudia les laboratoires de Floride d'Edward Leedskalnin, qui prétendait connaître les secrets des méthodes des anciens Égyptiens concernant le travail des pierres. Dans les années 1930, Leedskalnin avait construit Coral Castle en Floride en soulevant des pierres pesant plus de trente tonnes et en les plaçant dans les murs de son château[36]. Dunn en conclut que Leedskalnin avait construit un dispositif antigravité, et c'est de cette façon que les dolmens ont dû être soulevés[37].

Je voudrais ajouter que les Égyptiens dynastiques ont fait quelque chose d'autre de très frappant. Ils ont construit d'énormes cryptes et y ont enterré de gigantesques bateaux à voiles en cèdre à côté de la Grande Pyramide, près de la chaussée de Saquarra, et dans les sites dynastiques près d'Abydos. Vous pouvez en voir un au musée situé juste à côté de la Grande Pyramide. Ces bateaux sont un rappel des peuples de la civilisation maritime mondiale qui naviguèrent tout autour du monde il y a plus de douze mille ans et qui retournèrent il y a six mille ans sur la terre sacrée aux bords du Nil. Ce sont les bateaux des Sages qui ont très bien pu enseigner des technologies aux peuples, la façon de soulever les grosses pierres, par exemple, l'utilisation des coupleurs de résonance et des appareils antigravité que les inventeurs modernes sont en train de réinventer. Je crois vraiment que les Égyptiens dynastiques enterrèrent les bateaux près des grandes pyramides et à Abydos pour rappeler à leurs peuples et aux peuples futurs l'existence de la civilisation maritime mondiale.

Le Jour Six de l'Inframonde régional

En utilisant la pyramide à sept niveaux de Calleman, illustration 3.6, remettons la civilisation maritime mondiale un peu plus dans son contexte. Comme nous le savons, nombre de chercheurs du Nouveau Paradigme sont convaincus qu'une civilisation maritime mondiale très avancée avait existé dans le monde entier il y a entre vingt mille et dix mille ans. Cette civilisation avait été florissante principalement durant le Jour Six de l'Inframonde régional, entre 21770 et 13800 av. J.-C., au moment où je situe la construction de l'Osireion, Temple d'Osiris, et du Temple de la Vallée.

Une fois que la percée de l'art et de l'esthétique paléolithique du Jour Cinq fut atteinte, durant le cinquième Jour de l'Inframonde régional (de 37500 à 29600 av. J.-C.), les peuples progressèrent vers le niveau suivant durant le Jour Six : ils naviguèrent partout dans le monde et construisirent des cités autour de leurs ports, faisant le commerce de la nourriture et des produits avec les peuples des alentours. Tout comme nous aimons le faire aujourd'hui, les gens construisaient leurs cités au bord de la mer, ce qui facilitait les départs vers des lieux lointains pour commercer. Ils exploitaient la mer et faisaient pousser leur nourriture dans les sols alluviaux riches des vallées dont les rivières drainaient les montagnes. Pour leur religion, ils ont dû visiter les anciennes grottes rituelles de leurs ancêtres.

Comme ces cités et ces villages fermiers de la civilisation maritime mondiale furent détruits durant le cataclysme d'il y a

11 500 ans, les grottes sacrées sont presque les seuls vestiges de leur culture. C'est pourquoi l'archéologie pense sérieusement que ces peuples étaient artistiques mais primitifs. Je pense qu'une fois devenus des peuples habitants des cités sophistiquées et navigant partout dans le monde, ils ont protégé cet art visionnaire parce qu'il offrait des enseignements sur la façon de demeurer en phase avec la nature. Par exemple, durant les temps mégalithiques qui nous sont plus accessibles, toutes les spirales et tous les cercles gravés dans la pierre nous instruisent sur l'équilibre dans la nature.

Comme vous le verrez plus tard dans ce chapitre, les postures corporelles rituelles découvertes par le Dr Felicitas Goodman suggèrent qu'il y a une continuité de culture de quarante mille à dix mille ans en arrière. Cependant, durant des années après le cataclysme, le niveau de la mer s'éleva de plusieurs centaines de pieds tandis que les rives des continents s'élevaient ou s'immergeaient et que les rivières et les vallées s'ensablaient ou étaient inondées. Les ruines de la civilisation maritime dorment sous ces mers et sous des couches de limons dans les vallées inondées un peu partout sur la planète, d'où la difficulté à reconstituer cette culture. C'est pour cela que Seti I fut si enthousiasmé par la découverte de l'Osireion sous cinquante pieds (quinze mètres) de limon du Nil! En ce temps-là, les œuvres d'art dans les grottes paléolithiques étaient d'un grand intérêt pour les Européens parce qu'ils ressentaient une parenté avec les artistes qui étaient en fait leurs ancêtres.

Les grottes paléolithiques

Entre vingt mille et douze mille ans en arrière, l'Europe du sud-ouest était dominée par la culture Magdalénienne, principale floraison de l'Inframonde régional. Des vestiges de cette culture ont été retrouvés dans les grottes, à Lascaux par exemple, aux alentours de fleuves se jetant dans l'Atlantique dans l'Espagne et la France d'aujourd'hui. On trouve dans les profondeurs de ces grottes d'exquises peintures rupestres de taureaux et de chevaux qui furent l'objet de nombreux commentaires sur leur sophistication artistique et leur inquiétante beauté [38]. Il existe dans certaines de ces grottes des preuves que les Magdaléniens bridaient les chevaux ! [39] Comme vous le verrez plus tard, l'une des postures rituelles dont nous parlons dans ce livre fut trouvée dans une peinture de la grotte de Lascaux.

En 1991, un plongeur trouva une grotte encore inexplorée, la grotte Cosquer ; son entrée se situait à 137 pieds au-dessous du niveau de la mer sur la côte méditerranéenne en France [40]. La grotte Cosquer était utilisée il y a entre vingt-sept mille ans et dix-huit mille ans, alors que l'entrée devait être située juste au-dessus d'une plaine qui descendait lentement vers un port. Puis cette plaine s'est trouvée submergée par la mer ; elle est devenue plateau continental près de la côte. C'était l'endroit idéal pour un port de la civilisation maritime, situé près de la Marseille d'aujourd'hui.

Chris a dessiné sa propre vision artistique d'une ville maritime qui pourrait être en ruine aujourd'hui, engloutie sur le plateau continental prolongeant l'emplacement de la grotte Cosquer. Dans l'illustration, remarquez le grand temple qui ressemble au Parthénon d'Athènes. Il y a des milliers d'années, l'entrée de la grotte aurait été juste derrière le temple. Le niveau de la mer est maintenant à 37 mètres au-dessus de l'entrée et probablement à 90 mètres au-dessus de la cité imaginaire. Comme c'était une culture de marins, lorsque survint le cataclysme, certains s'échappèrent probablement en bateau. (Une fuite similaire du lieu d'un cataclysme se produisit en 2004 : le tsunami de Sumatra balaya les gens sur la plage, tandis que certains, sur les côtes du Sri Lanka, survécurent en s'échappant en bateau).

Fig. 3.9. Une cité maritime imaginaire sous l'entrée de la grotte Cosquer en France.

Platon comprenait l'importance des souvenirs d'avant le cataclysme. De son temps il y a 2 500 ans, seules quelques pierres éparpillées et quelques fragments de mémoire du monde perdu existaient toujours, et même en ce temps-là nombre de ses contemporains ne croyaient pas que l'histoire du cataclysme fut vraie ! Ainsi il rédigea comme de l'histoire vraie le récit de l'Atlantide, source de toutes les spéculations au sujet de ce continent perdu. Nous aurions beaucoup plus de sources d'information sur l'Atlantide si la bibliothèque d'Alexandrie n'avait pas été partiellement incendiée par Jules César en 48 av. J.-C., et plus tard brûlée par des fanatiques chrétiens. Platon est la source historique la plus importante de la civilisation maritime mondiale, et pourtant les universitaires estiment que l'histoire racontée par Platon est de la mythologie.

Le fait demeure, cependant, que le récit de Platon sur l'Atlantide est la plus ancienne description historique de la civilisation précédent immédiatement le cataclysme et c'est de là que les historiens auraient dû démarrer. Il décrit une guerre entre les Atlantidéens, les Grecs et les Égyptiens, qui naviguaient tous sur la Méditerranée et l'Atlantique il y a 11 500 ans. Platon rapporte que l'Atlantide contrôlait la région Magdalénienne, un détail qui fait le lien entre des cultures florissantes il y a entre 30 000 et 11 500 ans. Cela signifie que les Magdaléniens faisaient partie de la civilisation maritime mondiale, aussi bien que les Grecs, les Égyptiens et les Atlantes [41]. Quels que soient les vestiges que nous ayons concernant cette culture, ils constituent un lien direct avec le passé de l'Inframonde régional ; il faut donc s'y intéresser.

Lithophones paléolithiques*

L'archéologue Britannique Paul Devereux fit récemment une découverte vraiment impressionnante concernant les grottes paléolithiques. Il a montré qu'elles ne renfermaient pas que de l'art visuel et rituel ; on y faisait également de la musique. Devereux étudia les propriétés acoustiques de ces grottes utilisées entre quarante mille et douze mille ans en arrière.

Certaines grottes paléolithiques clés présentent des points et des lignes ocre rouge et noirs, et des symboles qui ont étonné nombre de gens. Devereux découvrit que ces symboles simples marquaient les propriétés acoustiques des stalactites et des stalagmites, comme si celles-ci étaient des tuyaux acoustiques similaires à ceux des orgues. Les marques indiquent quelles stalactites et quelles stalagmites frapper pour produire des tons variés dans les grottes. Devereux appelle ces stalactites et ces stalagmites des lithophones [42].

Fig. 3.10. Les Lithophones. La grotte paléolithique de Cougnac en France avec ses stalactites et ses stalagmites qui semblent êtres des tuyaux acoustiques.

L'une des cérémonies rituelles les plus étonnantes de ma vie fut une danse du feu dans la grotte de Lol Tun au Yucatan ; d'énormes stalactites étaient heurtées, produisant des sons délicieux qui résonnaient dans toute la grotte [43]. Il semblerait que les peuples paléolithiques utilisaient leurs grottes rituelles comme des systèmes phoniques évolués, des instruments de musique, et cela arrive encore de nos jours.

Devereux trouva également des preuves d'une science acoustique avancée dans les intérieurs de temples faits de main d'homme, comme les cairns ou les tombes passages. Devereux découvrit qu'ils étaient construits pour améliorer la portée des voix mâles, ce qui aurait intensifié les effets des chants des hommes [44]. Il fut capable d'atteindre ce niveau de perspicacité parce qu'il était parti de l'hypothèse que les artistes originaux étaient intelligents. Cette information est traitée plus en détail dans mon livre de 2004, *Alchemy of Nine Dimensions*.

L'Université géologique mégalithique de Carnac en France

Les peuples paléolithiques utilisaient une technologie phonique avancée et il y a de nombreuses indications qu'ils poursuivirent après le cataclysme (durant la phase mégalithique). Un ingénieur Français, Pierre Mereaux, étudia les complexes mégalithiques de Carnac ainsi que ceux du golfe du Morbihan en Bretagne. Ces complexes remontent à sept mille ans et continuèrent d'être utilisés jusqu'à il y a quatre mille ans.

Bien que peu de gens soient au courant des recherches de Mereaux, il a essentiellement prouvé que les peuples qui construisirent Carnac l'utilisèrent comme université géologique mégalithique où une élite sacerdotale enseignait à des étudiants la force des ondes acoustiques et du mouvement tectonique [45]. Il conclut que

Fig. 3.11. Carnac en France.

ces peuples anciens savaient exploiter le magnétisme pour améliorer l'intelligence humaine, la génétique, la reproduction et les pouvoirs de guérison, et il suppose que les pierres étaient érigées à cause de leurs effets de champ sur le corps humain[46]. J'ai suggéré, dans *Alchemy of Nine Dimensions*, que les peuples de Carnac ont peut-être utilisé les technologies curatives des mégalithes pour éliminer le stress post-traumatique causé par le cataclysme et l'élévation du niveau de la mer[47]. De même qu'il a pu y avoir une cité immergée sur le plateau continental au large de Marseille, il est possible qu'il y en ait eu une au large du golfe du Morbihan. Les archéologues ont découvert bien d'autres cercles de pierres, d'autres tombes passages et d'autres cairns sur le plateau continental au large du golfe du Morbihan.

Gerry et moi avons passé une soirée merveilleuse sur la plage près de Carnac à regarder le soleil se coucher derrière une tombe passage à demi recouverte d'eau sur une ile partiellement immergée dans le golfe. Nous aurions pu prendre un bateau et visiter d'autres sites en train d'être engloutis par la mer. Carnac possède des cairns exquis et j'espère que Paul Devereux pourra en étudier les propriétés acoustiques pour voir si les premiers habitants de Carnac utilisaient le son pour guérir. J'ai ressenti cette possibilité en de nombreux sites mégalithiques, ce qui me porte à croire qu'une science acoustique et magnétique avancée a dû exister dans la civilisation maritime mondiale et que nous en trouvons des vestiges diminués dans les sites mégalithiques. Est-il possible que nous soyons très sensibles au magnétisme parce qu'il harmonise le cerveau ?

J'ai connaissance de techniques curatives modernes par les sons. Gerry et moi avons suivi le séminaire de John Beaulieu *Sound-and-Healing* en l'an 2000 [48]. John Beaulieu est un maître dans plusieurs techniques curatives ; il développe des techniques de soins physiques utilisant des diapasons. Durant le séminaire, nous avons appris à harmoniser les fréquences des organes humains en faisant usage de diapasons calibrés pour ajuster les fréquences d'organes désaccordées. Lorsque je promenais ces diapasons au-dessus des corps des gens, je pouvais entendre leurs organes vibrer à différentes tonalités ! Ces sons étaient impressionnants.

Cette méthode peut provoquer une guérison quasi instantanée des cellules, mais les clients évitent cette façon de soigner parce que les vibrations adéquates déverrouillent très vite des blocages émotionnels. Par exemple, un patient très en colère peut éprouver une énorme délivrance émotionnelle quand on fait vibrer son foie et cette sensation n'est pas nécessairement agréable compte tenu de son intensité. Je crois fermement que les diapasons relaxent souvent les anciens traumatismes résultant du cataclysme (ainsi que des blocages de la vie courante). Ce que nous savons des vestiges mégalithiques nous porte à penser que les shamans du Régional utilisaient les pierres, les grottes et les cairns pour guérir les gens et les aider à rester en harmonie avec la nature ; certains aspects de cette technologie nous reviennent actuellement.

La raison pour laquelle si peu de gens sont au courant de ces découvertes étonnantes est que dès qu'il s'agit de déduire la vérité en partant de vestiges anciens, les archéologues sont parfois enclins à la *rigor mortis** crânienne comme les fondamentalistes le sont concernant les longs cycles de l'évolution. Quoi qu'il en soit, en dépit des dogmes prévalents et imposés, les chercheurs du Nouveau Paradigme tels que Pierre Mereaux, Paul Devereux, et Graham Hancock ont fait de fantastiques progrès dans l'analyse des données dans les vingt dernières années. Pourtant, ils furent nombreux à passer beaucoup de temps à essayer de démolir l'orthodoxie qui les ignorait souverainement ou les tournait en ridicule. Je pense que de débattre de l'ancien paradigme est une grande perte de temps aujourd'hui parce que l'accélération du temps est en train d'éveiller les gens et que plus ils sont jeunes, plus ils sont étonnés que ces idées limitatrices aient pu prévaloir. Si les archéologues n'ont pas la curiosité de prendre en compte les idées brillantes de Mereaux, du moment qu'ils n'étaient pas capables d'imaginer à quoi servait le site, pourquoi devrions-nous nous préoccuper de leurs réflexions dénotant un esprit étroit ? Il est bien plus facile, amusant et productif de suivre les chercheurs du Nouveau Paradigme ; considérons donc les idées de mon professeur favori, le Dr Felicitas Goodman.

Les postures rituelles du corps et la transe extatique

Feu le Dr Felicitas Goodman était une brillante anthropologue utilisant les forces de l'intuition féminine pour explorer l'Inframonde régional. Je ne pouvais plus supporter les cours d'anthropologie « mâle dominant » de l'université lorsque je rencontrai Felicitas. Nous avons besoin de quelque révision radicale de l'anthropologie, et la sagesse féminine est essentielle à cet égard. Goodman a ouvert la voie à une vision anthropologique nouvelle et rafraîchissante et, comme vous avez dû le deviner, l'anthropologie orthodoxe a marginalisé ses découvertes.

J'ai travaillé avec Goodman de 1994 jusqu'à sa mort en 2004, à l'âge de quatre-vingt-onze ans. Elle a découvert une série de postures rituelles qui furent utilisées pendant au moins quarante mille ans comme outil pour maintenir l'harmonie avec la nature. Actuellement, je suis instructrice dans son institut anthropologique, le Cuyamungue Institute de New Mexico [49], où je propose des ateliers de transes extatiques, technique shamanique utilisée pour entrer dans des états modifiés de conscience. L'une des raisons qui me font aimer cette technique est qu'elle permet à n'importe quelle personne de n'importe quelle culture d'expérimenter d'autres mondes. Et c'est mon travail sur les postures rituelles qui m'a donné les meilleures perceptions concernant les peuples du Régional.

Goodman avait découvert que certaines figurines anciennes et certaines peintures rupestres étaient des « instructions rituelles » permettant d'entrer dans la « réalité alternative », expression qu'elle utilisait pour désigner les autres mondes [50]. Lorsqu'une personne prend une certaine posture combinée à une stimulation rythmique, crécelle ou tambourin, et entre en transe, écrivit Goodman, « le corps subit des changements neurophysiologiques temporaires et des expériences visionnaires surviennent qui sont spécifiques à la posture en question » [51]. Pendant l'apprentissage normal, la charge négative du cerveau est de 250 microvolts, mais pendant les transes les charges négatives de certaines personnes peuvent monter de 1 000 à 2 000 microvolts [52]. Je trouve que les expériences de transes activent la perception du cerveau droit, et les tests des ondes du

Fig. 3.12. Les peintures dans la grotte rituelle de Lascaux en France. L'homme ithyphallique montre une posture rituelle d'il y a quinze-mille ans !

cerveau semblent également le suggérer, vu que l'activité électrique du cerveau est alors dans la bande thêta [53]. Peut-être est-ce parce que l'hémisphère gauche du cerveau s'équilibre avec l'hémisphère droit quand nous sommes dans la zone de fréquence thêta.

À l'institut Cuyamungue, nous appelons cette expérience la «transe extatique», et véritablement, cette pratique est ce qui m'a donné le courage de tenter de pénétrer la conscience de l'Inframonde régional. Je suis en plein projet de recherche pour explorer les Inframondes par la transe extatique et un jour je rendrai compte de mes trouvailles. Quoi qu'il arrive dans le phénomène des transes, il peut donner un accès direct à la perception du Monde régional lorsque nous empruntons des postures d'il y a douze mille ans. Les postures rituelles trouvées par Goodman ne sont pour la plupart vieilles que de quelques milliers d'années, mais elles sont tout de même du monde des cueilleurs-chasseurs, parce que soit les cultures qui les inventèrent datent du temps des cueilleurs-chasseurs, soit les cultures horticoles qui suivirent en héritèrent. Je soupçonne aussi que nombre de postures des trois milles années passées sont des versions nouvelles jalousement gardées d'anciennes reliques. Nous n'en avons trouvé que peu remontant au paléolithique, comme la posture Vénus de Galgenburg datant de trente-deux mille ans, la posture Vénus de Lausel, remontant à vingt-cinq mille ans, et la posture de la grotte de Lascaux, de quinze mille ans en arrière [54].

Regardez l'illustration de la Vénus de Galgenburg et imaginez que vous voyagez avec elle dans son monde. En prenant des postures paléolithiques, le corps d'une personne dégage une énergie bien plus intense que tout ce que j'ai jamais pu ressentir. Beaucoup de gens ne peuvent même pas maintenir cette véritable posture ancienne pendant plus de quelques minutes. Les peuples du Régional ont dû vivre avec de très intenses niveaux d'énergie dans leurs corps et dans la nature, que nous ne ressentons plus

Fig. 3.13. La Vénus de Galgenburg.

aujourd'hui. Les découvertes de Pierre Mereaux et Paul Devereux nous conduisent sûrement dans cette direction.

Vous devez vous demander où je vais vous emmener maintenant ! Il y a de nombreuses évidences de perception avancée durant la civilisation maritime mondiale et dans l'Inframonde régional, ainsi que dans les cultures avancées entre 9000 et 3000 av. J.-C. Il m'est difficile de ne pas présenter un peu plus de ces données qui sont si fascinantes. Si vous voulez en savoir plus, vous pourrez lire certains de mes précédents ouvrages et ceux des écrivains du Nouveau Paradigme. À mesure que le savoir ancien nous atteindra grâce aux progrès de l'archéologie et de l'anthropologie aussi bien que par l'utilisation des postures anciennes, je continuerai probablement à vous en faire part.

Dans le prochain chapitre, nous étudierons l'influence de la synchronisation galactique de 1998, encourageant tous les êtres humains à évoluer vingt fois plus vite durant l'Inframonde galactique qui a débuté le 5 janvier 1999. Comme nous allons évoluer encore vingt fois plus vite durant l'Inframonde universel en 2011, il est temps pour nous de prendre de la vitesse et d'apprendre comment vibrer de nouveau en phase.

4

L'entrée dans la galaxie de la Voie lactée

L'alignement du soleil de solstice d'hiver avec le plan galactique en 1998

À un certain moment durant l'année 1998, le soleil du solstice d'hiver est arrivé à l'alignement avec le plan galactique de la Voie Lactée. Comme je l'ai expliqué au chapitre 1 et comme je vais le résumer ici, John Major Jenkins émit l'hypothèse que, en remontant à l'année 100 av. J.-C., les astronomes mayas à Izapa ont calculé l'emplacement du soleil du solstice d'hiver et son approche vers le Centre Galactique. Après avoir observé pendant environ cent ans le soleil de solstice sur son écliptique, ces astronomes calculèrent qu'il croiserait le plan galactique aux environs de deux mille ans plus tard, soit en 2011-2012. Jenkins avance que, prenant pour cible la fin du Calendrier, ils construisirent un Calendrier à compte long basé sur le début de la civilisation et sur sa fin à venir.

Comme le plus proche alignement du méridien du solstice avec le plan galactique — le croisement du plan galactique avec l'écliptique — est en fait arrivé en 1998, les astronomes d'Izapa ne s'étaient trompés que d'environ quatorze ans, ce qui est pour le moins étonnant. Il s'avère que, si nous tenons compte du facteur d'accélération du temps de la théorie de Calleman, ils étaient beaucoup plus intelligents que nous ne pouvions l'imaginer : l'alignement de 1998 créa en fait des changements physiques sur la Terre qui ont pu être nécessaires pour la prochaine accélération par vingt de l'évolution durant l'Inframonde galactique ! Le début de l'Inframonde galactique le 5 janvier 1999 marque le moment où notre conscience, notre perception s'est accélérée vingt fois plus vite que durant l'Inframonde planétaire (1755-2011 de notre ère). Je vais explorer la possibilité que les Mayas savaient qu'il faudrait l'alignement du Centre Galactique pour amener l'humanité à ce niveau rapide de changement qui arriverait à la fin du Calendrier.

Comme vous le verrez dans un moment, lorsque l'alignement se fit en 1998, il y eut des changements géologiques et astrophysiques monumentaux sur Terre et dans l'univers. Utilisant la date de 9500 av. J.-C. comme une dichotomie dans le compte du temps de l'évolution, certains des changements en 1998 ont pu altérer des schémas sur la Terre qui avaient été mis en place il y a à peine 11 500 ans. En d'autres mots, l'alignement galactique a un effet énorme sur l'adaptation en cours de notre planète au cataclysme, spécialement à l'égard de notre conscience. Même au-delà de cela, je vais explorer la possibilité que cette période, de 9500 av. J.-C. à 2011 ait été décrite dans les écritures sacrées de l'Inde, les Védas, et que les savoirs mayas et védiques soient issus de la même source. Ce sont là des idées très radicales, mais l'Inframonde galactique est une période très radicale.

Le Jour Sept de l'Inframonde national

Lors du septième jour de n'importe quel Inframonde, nous vivons la maturation de cet Inframonde, le moment où l'essence de toute cette accélération devient très apparente. La table ci-jointe montre les créations durant le Jour Sept des sept premiers Inframondes. Certes, nous ne saurons pas avant 2011 ce que seront les créations des Jours Sept des Inframondes galactique et universel.

Considérant l'Inframonde national de 5 125 années de long, le Jour Sept commença en 1617. En 1648, le traité de paix Westphalien fut signé ; il mit un terme à la guerre de trente ans, qui avait commencé à l'ouverture du Jour Sept. Cette guerre et éventuellement ce traité marquent la naissance des États-nations modernes en reconnaissant le principe de souveraineté, les droits individuels des nations, maturation de l'évolution longue de 5 125 ans de la civilisation historique. Simultanément, la science moderne s'éveilla au dix-septième siècle. Juste avant que nous entrions dans le Jour Sept de l'Inframonde national, Giordano Bruno fut brûlé vif sur le bûcher en 1600. Bruno était membre d'un groupe de savants persuadés que la Terre tournait autour du soleil (théorie héliocentrique). Et en 1619, Johannes Kepler publia *De Harmonie mundi*, où Calleman remarque que, pour la première fois, les mathématiques supérieures furent utilisées pour formuler les lois de la nature[1].

Début des cycles (dates scientifiques) des plus importantes évolutions du septième jour		
Universel	2011	?
Galactique	2011	?
Planétaire	1992	Réseaux d'ordinateurs (1992)
National	1617	Nation moderne (1648)
Régional	YA 8000	Agriculture (YA 8000)
Tribal	YA 160 000	Homo sapiens (YA 150 000)
Familial	YAMn 3,2	Australopithèque afr (YAMn 3,0)
Mammalien	YAMn 63,4	Mammifères placentaires (YAMn 65)
Cellulaire	YAMd 1,26	Cellules Eukaryotiques (YAMd 1,5)
YA = Il y a ; YAMn = il y a Millions ; YAMd = il y a milliards		

Fig. 4.1. Les Jours Sept des Neuf Inframondes (Illustration de Calleman tirée de *Solving the Greatest Mystery of Our Time: The Mayan Calendar*).

Cette apparente nouvelle, mais de fait très ancienne perspective, signifiait que les gens avaient réalisé que leur compréhension courante des cieux était une totale illusion ; le Soleil en était le centre et non la Terre. À partir de là, ce fut le commencement de la remise en mémoire de savoirs anciens, étant donné qu'il y a de nombreuses preuves que les Mayas Classiques, les Égyptiens, les civilisations védiques et bien d'autres cultures anciennes savaient déjà que la Terre tournait autour du Soleil. Ces cultures savaient même que notre système solaire se déplaçait autour du centre de la Galaxie, et ils croyaient que notre position par rapport à la Galaxie influençait les événements sur Terre, comme vous le verrez dans ce chapitre.

Durant le Jour Sept de l'Inframonde national, les Européens s'éveillèrent de l'Âge Sombre, qui fut une période de régression massive pour nombre de peuples de l'Ouest. Imaginons à quoi ressemblait leur vie. Après la chute de l'Empire Romain au cours du cinquième siècle et la régression de l'Occident, imaginez combien il était sécurisant et stabilisant durant l'Âge Sombre de croire que vous viviez en plein centre de l'univers de Dieu.

Lorsque l'Europe se réveilla au dix-septième siècle, l'idée commença à poindre dans les esprits de quelques scientifiques que la Terre tournait autour du Soleil qui lui-même se déplaçait dans l'espace dans un univers immensément étendu. Cette idée était très inquiétante, aussi le Vatican utilisa-t-il Bruno comme bouc émissaire, permettant ainsi aux autres savants de clairement se visualiser en train de rôtir. Ceci signifia que quand les Copernic, Kepler, Galilée, et autres scientifiques travaillaient sur leurs calculs d'astronomie nouvelle, la mécanique céleste, ils étaient totalement seuls dans leur nouvelle quête. Ils étaient vivement intéressés par leurs études des globes et leurs calculs, mais ils ne pouvaient communiquer entre eux qu'en secret.

À cause de ce qui arriva à Bruno, les théories de ces visionnaires étaient potentiellement hérétiques et par conséquent immédiatement rejetées par les intellectuels orthodoxes et les autorités culturelles de l'époque. Nous savons maintenant que ces théories radicales étaient exactes. Et tandis que les humains s'adaptaient progressivement à l'idée que la Terre n'était pas le centre des cieux, ironie du sort, ils n'étaient qu'en train de recouvrer la mémoire d'une science ancienne datant de plusieurs milliers d'années !

L'état de conscience galactique depuis 1998

Les physiciens, les astronomes et les astrophysiciens ont cartographié avec succès l'univers depuis les années 1950. Une grande partie du public sait maintenant que notre Soleil tourne autour du centre de la Voie Lactée en une orbite de 225 millions d'années, et qu'il est approximativement à trente années-lumière du centre. Notre galaxie fait partie d'un amas de galaxies appelé le super amas Virga et il y a bien d'autres super amas dans l'univers [2].

Mystérieusement, les cosmologistes découvrirent en 1998 que l'expansion de l'univers s'accélérait soudainement ! Ce changement pourrait fournir la preuve ultime de la théorie des supercordes*(l'idée que l'univers est fait de cordes vibrantes fonctionnant en dix dimensions) parce qu'il laisse à penser que la quintessence*, une énergie étrange qui peut exercer une antigravité, a en quelque sorte « commuté » en 1998. C'est-à-dire que les cosmologistes considèrent la possibilité que la quintessence ait commencé à accélérer l'expansion cosmique en 1998 ! [3] Cela ne peut être qu'un effet d'une autre dimension, qui dans mon modèle serait la neuvième dimension, la dimension du Calendrier maya.

Les cosmologistes ont pénétré juste à temps la vraie nature de notre Galaxie et notre place dans celle-ci, parce que l'agenda de l'Inframonde galactique prévoit de ré-atteindre la conscience galactique. Il semblerait que quelques forces cosmologiques fondamentales ont changé en 1998, ce qui nous aide à comprendre comment l'accélération par vingt qui commença le 5 janvier 1999 était vraiment possible. Et quels changements y aura-t-il dans l'univers quand l'accélération de l'Inframonde universel va s'enclencher en 2011 ? La science est le langage de notre temps et plus nous serons informés sur la Voie Lactée, mieux cela sera. Comme vous le verrez dans ce chapitre, il est très probable que les Mayas et d'autres civilisations anciennes hautement développées ont mieux connu la galaxie que nous-mêmes aujourd'hui. En ce qui concerne l'accélération par vingt de l'évolution, il est temps maintenant de comprendre la distorsion du temps de l'Inframonde galactique empilé sur l'Inframonde planétaire (1755-2011), empilé sur l'Inframonde national (3115 av. J.-C.-2011), et ainsi de suite. L'Inframonde planétaire a accéléré notre ascension hors de la période plus lente de l'Inframonde national en accélérant vingt fois le temps ; cette reconquête d'une vision scientifique précise de l'univers a bénéficié d'un deuxième apport depuis 1992 grâce aux réseaux d'ordinateurs. Entre-temps, durant le Jour Sept de l'Inframonde national et la totalité de l'Inframonde planétaire, la science matérialiste a éliminé la compréhension spirituelle de la science.

Cette approche ne persistera pas durant l'Inframonde galactique car tant l'approche matérialiste que l'approche spirituelle de la science sont nécessaires maintenant. Au regard du Cercle de Lumière Planétaire de Calleman au chapitre 3, l'Inframonde galactique est une phase dualiste qui favorise l'accès au cerveau droit, lequel est très spirituel [4]. C'est pourquoi notre culture porte un plus grand intérêt à la science spirituelle. À titre d'exemple, je citerai l'engouement éperdu pour *Les messages cachés de l'eau* du Dr Masaru Emoto [5].

Comme je l'ai noté précédemment, je trouve fascinant que la stèle de Coba ait été déchiffrée dans les années 1950, lorsque le

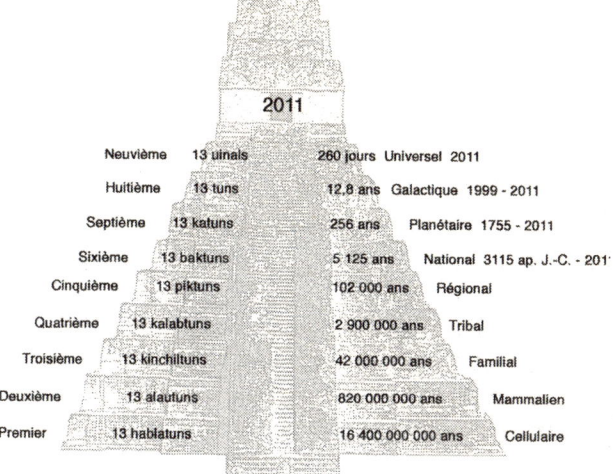

Fig. 4.2. La symbolique de la pyramide cosmique à neuf niveaux des neuf Inframondes de la création. Chacun d'entre eux développe un certain niveau de conscience, et tous sont parachevés le jour 13 ahau*, le 28 octobre 2011 (Illustration adaptée de *The Mayan Calendar and the Transformation of Consciousness de Calleman.*)

compte du temps de l'évolution fut également assemblé. La phase florissante de l'Inframonde planétaire au Jour Six se déroula justement de 1952 à 1972 : encore les années 1950 ! Nous pouvons comprendre la convergence de tant de théories scientifiques à cette période en portant un regard plus attentif sur l'Inframonde planétaire, qui nous aidera à comprendre la nature des accélérations par vingt pendant l'Inframonde national.

L'accélération de l'Inframonde planétaire : de 1755 à 2011

Calleman remarque que le meilleur moyen de voir l'influence de l'accélération par vingt en 1755, juste au milieu du Jour Sept de l'Inframonde national, est de suivre le développement des télécommunications, ce qu'il fait figure 4.3.

Tout comme l'Inframonde mammalien long de 820 millions d'années, la création dans l'Inframonde planétaire se situe durant les Jours et l'intégration se fait durant les Nuits. Comme vous pouvez le voir le télégraphe apparut en 1753, et évoluant jusqu'au début du Jour Six en 1952, nous eûmes la première émission de télévision publique. Je n'oublierai jamais ce moment. Nous avions un grand piano dans notre salle de séjour. J'avais commencé à apprendre à l'âge de cinq ans et à neuf ans, en 1952, j'étudiais avec un grand professeur. Mais, tant pis, lorsque la télévision vint sur le devant de la scène, c'en fut fini du piano. La Télé était Reine !

Y a-t-il quelque chose qui ait changé notre mode de vie plus que la télévision ? Pensez aussi à la façon dont les ordinateurs ont changé notre existence. Comme le fait remarquer Calleman, l'Inframonde planétaire fut le temps où l'industrialisation germa, et la communication par messages écrits de l'Inframonde national n'était plus assez rapide [6].

À cause de l'accélération, il y eut une poussée de développement des technologies et un réseau de communication commun, Internet, était devenu nécessaire. Cette poussée commencée avec le télégraphe a évolué tout du long jusqu'au développement d'Internet ; elle est le moteur de ce niveau de créativité humaine. Je crois fermement que les technologies quantiques seront en place d'ici 2011. La figure 4.3 est réellement la vérification de l'accélération durant les Jours de l'Inframonde planétaire, tout comme nous l'avons remarqué avec les Jours de l'Inframonde mammalien ; les concordances sont saisissantes et pleines de sens.

Sachant que les années 1950 et 1960 englobent le Jour Six de l'Inframonde planétaire (la floraison des systèmes de communication), nous pouvons voir pourquoi tant de données complexes

État de la croissance N° du Jour et du Paradis Déesse ou dieu dominant	Période de temps	Invention ou développement
Semailles Jour 1, Paradis 1 Dieu du feu et du temps	De 1755 à 1775	**La théorie du télégraphe** Anonyme (1753) Bozolus (1767)
Germination Jour 2, Paradis 3 Déesse de l'eau	De 1794 à 1814	**Le télégraphe optique** Chappe, Paris-Lille 1794 Suède (1794)
Pousse Jour 3, Paradis 5 Déesse de l'amour et du don de vie	De 1834 à 1854	**Le télégraphe électrique** Morse (1835) Ligne Washington-Baltimore (1843)
Prolifération Jour 4, Paradis 7 Dieu du maïs et de la subsistance	De 1873 à 1893	**Le téléphone** Dépôt de modèle par Bell (1876) Premier central téléphonique (aux USA en 1878)
Bourgeonnement Jour 5, Paradis 9 Dieu de la lumière	De 1913 à 1932	**La radio** Premières émissions régulières (aux USA en 1910 ; en RFA en 1913)
Floraison Jour 6, Paradis 11 Déesse de la naissance	De 1952 à 1972	**La télévision** 1ère diffusion publique (UK : 1936) 1ère émission TV couleur (USA : 1954)
Maturation Jour 7, Paradis 13 Dieu duo-créateur	De 1992 à 2011	**Les réseaux d'ordinateurs** Internet 1992 Canaux de télé mondiaux Téléphones mobiles

Fig. 4.3. L'évolution des télécommunications durant l'Inframonde planétaire (Illustration de Calleman, tirée de *The Mayan Calendar and the Transformation of Consciousness*).

furent formulées durant les années 1950. Ce déchaînement de créativité nécessitait des liens solides entre les gens et la télévision le fit savoir au monde entier. Vous souvenez-vous des jours heureux où la télévision vous apportait des informations importantes ? Maintenant, seuls Internet et le téléphone cellulaire sont assez rapides et libres pour les individus. Pourtant, de même que la télé passa sous contrôle dans les années 1990, des contrôles globaux de l'élite sont en train de se mettre en place sur Internet et le téléphone portable pendant que j'écris ces lignes.

Toutefois, contrairement à la télévision, l'accélération du temps est trop rapide pour que l'on puisse stopper le flot d'informations, et les communications quantiques prendront le relais bientôt, les gens devenant plus télépathiques. Ceci est dû à la nature dualiste et cerveau droit de l'Inframonde galactique et à ce qui arrive à la perception humaine lorsque les gens sont galactocentriques. Tout comme l'éclat incroyable du Calendrier maya, l'humanité est juste au milieu d'un irrésistible processus d'éveil intellectuel. Je prédis que en 2011 durant l'Inframonde universel, nous serons tous psychiques, exactement comme les peuples l'étaient il y a des milliers d'années durant l'Inframonde régional.

Pour réellement comprendre l'accélération du temps, la multiplication par vingt qui eut lieu en 1755 durant le Jour Sept de l'Inframonde national est le meilleur accès que nous ayons pour ressentir comment l'accélération du temps fonctionne, parce que beaucoup d'entre nous sommes bien informés sur l'Inframonde planétaire et le national, et la plupart des gens se sont sentis tout drôles depuis 1999. Réfléchissez à la force et à l'efficacité du changement qui a débuté à une date relativement récente, en 1755, avec l'industrialisation, et à la plus grande rapidité des années 1755 et suivantes comparées à 1500. Puis si vous l'osez, regardez en arrière l'année 1999 quand le monde devint étrange une fois que l'énergie de l'Inframonde galactique se fut fortement libérée.

En janvier 1999 dans la chapelle Kripalu à Lenox, Massachusetts, mes étudiants et moi-même étions en train de procéder à la première activation de l'agenda Pléiadien avec une musique nouvellement composée par Michael Stearns. Puis nous assistâmes à un concert dans la chapelle avec un groupe appelé le *Galactic Gamelan*, de l'Institut technologique du Massachusetts, qui avait été formé par un maître de gamelan Balinais. Nous ne savions pas qu'ils devaient se produire juste après notre activation ; je prolongeai donc la classe pour assister au concert. Je fus bouleversée de voir que, juste derrière l'autel de la chapelle qui était couvert de statues de saints Indiens, trônait une composition en mosaïque de Saint Ignace de Loyola debout sur un haut promontoire, pointant les Pléiades du doigt ! Cet événement fut magique, et nous sentîmes tous que quelque chose de totalement nouveau se passait. Ces genres de retours en arrière-début 1999 nous confirment bien que les convergences qui surviennent dans la recherche scientifique et sur le Calendrier maya arrivent à point nommé. Il y a une explosion virtuelle de création qui est conduite par le maître du Dessein intelligent, et je trouve que le facteur d'accélération du temps de Calleman est la seule explication qui puisse nous aider à faire face au rythme étourdissant des événements. Il est bon que vous retourniez au 5 janvier 1999 et réfléchissiez à ce que vous avez fait depuis, en vous basant sur le système maya du tun de 360 jours. J'ai ajouté, en appendice C, une pyramide pour vous permettre cet exercice, avec des instructions sur la façon de l'utiliser.

Astronomie et astrophysique galactocentriques

Parce que ce chapitre est dédié à une meilleure compréhension du transfert galactocentrique de l'humanité durant l'Inframonde galactique, nous allons retourner à la contemplation de l'astronomie et de l'astrophysique. Tandis que, pour nous, cette nouvelle cosmologie est encore plus radicale et plus difficile à accepter que la notion d'héliocentricité, les anciens, eux, savaient que pénétrer le Centre Galactique était le véritable secret pour entrer dans l'univers.

Comme vous le savez probablement, lorsque vous regardez vers l'espace lointain, vous êtes en train de regarder vers le passé lointain. À ce jour, les astronomes, avec leurs télescopes modernes, ont pu regarder 15 milliards d'années en arrière, et en 2011 ils regarderont 16,4 milliards d'années en arrière. C'est-à-dire que plus les astronomes regardent loin dans l'espace avec leurs télescopes, plus ils vont loin dans le temps. Lorsque j'ai essayé de comprendre ce que cela signifiait réellement de dire que vous pouvez regarder en arrière et observer le début de la création, je me suis trouvée collée par le concept, bien que je sache qu'il est basé sur la vitesse de la lumière. Les shamans mayas ont dit qu'ils regardaient en arrière les événements de la création, et ils ont ensuite élucidé la chronologie de notre développement jusqu'à maintenant. Spécifiquement, les shamans mayas ont dit que nous nous développons avec l'esprit divin à travers diverses ères cosmiques dans un processus évolutionniste de naissances, de destructions et de renaissances. Comme Douglas Gillette l'exprime dans son livre fascinant *The Shaman's Secret*, « La similitude entre L'univers que découvre notre science la plus avancée et le cosmos que les mayas ont imaginé est troublante »[7].

J'ai débuté ce chapitre en essayant de montrer quelques-uns des changements littéralement fantastiques que l'esprit humain a subis durant les quatre cents dernières années. Je propose ces idées parce que l'intensité pour nous de l'intégration de la pensée durant l'Inframonde galactique est véritablement sidérante. La création des communications modernes a commencé dans l'Inframonde planétaire, et lorsque la télévision eut créé un appareil-esprit mondial, le public fut soudain requis de visualiser la Terre à une autre place dans l'univers, essuyant tous les coups dans les ténèbres de l'espace alors que nous n'étions que des singes quelque temps auparavant !

Depuis les années 1950, nous avons tous reconsidéré notre identité et notre place dans l'univers et nous sommes au milieu d'une incroyable percée tellement mystique que les gens vont bientôt faire abstraction de leurs différences. Par exemple, le monde contemporain paraît très différent lorsque l'on tient compte de la nature de l'Inframonde galactique. Son influence sur le cerveau droit provoque un éveil spirituel de l'Est tandis que l'Ouest perd sa dominance. L'Inframonde galactique étant dualiste, ce processus s'est caractérisé initialement par une agressivité extrême de l'Ouest à l'égard de l'Est plus spirituel. Ainsi, en envahissant une nation souveraine (l'Irak) en 2003, l'administration Bush enterra le principe de souveraineté que le traité de paix Wesphalien de 1648 nous avait fait gagner. Cependant, de plus en plus au cours des stades finaux de l'Inframonde galactique, la dominance de l'Ouest va s'effondrer, et l'Est et l'Ouest s'équilibreront. D'une façon similaire à ce qui se passa durant la Guerre de trente ans, les agresseurs vont perdre leur énergie et leur motivation. Je mentionne ici cette régression parce que je voudrais que vous preniez un moment pour ressentir tout ce que vous objectez en réalité à la haineuse scène politique pendant que votre esprit s'élargit dans la Galaxie. Eh bien, allons-y !

Le croisement du plan galactique et de l'écliptique en 1998

La très bonne nouvelle mondiale, c'est que, à partir de 1998, le Soleil du solstice d'hiver s'est aligné avec le plan de notre Galaxie ! L'énergie spéciale générée, avec sa nouvelle lumière d'hiver, nous aide à découvrir notre place dans la Galaxie, et nous sommes en train de connaître des niveaux d'énergie maximaux venant du Centre Galactique pendant toute la durée de cet événement. De peur que quelqu'un ne pense qu'il s'agit là d'âneries New Age, j'ajouterai que les astronomes appellent cela l'alignement du méridien du solstice avec l'équateur galactique ; il est indiqué fig. 4.4.

S'agissant du Plan galactique ou de l'équateur de la galaxie, il y a quelque désaccord sur la date exacte à laquelle eut lieu cet alignement ; cependant, la date la plus généralement avancée est mi-1998. L'observatoire naval américain dit qu'il survint le 27 octobre 1998, et les astronomes anglais s'accordent sur l'année 1998 mais quelques mois avant, le 10 mai ; ils donnèrent même une grande réception ce jour-là pour le célébrer [8]. J'ai déjà donné force détails sur l'alignement dans *The Pleiadian Agenda*, *Catastrophobia*, et *The Alchemy of Nine Dimensions*. John Major Jenkins a également

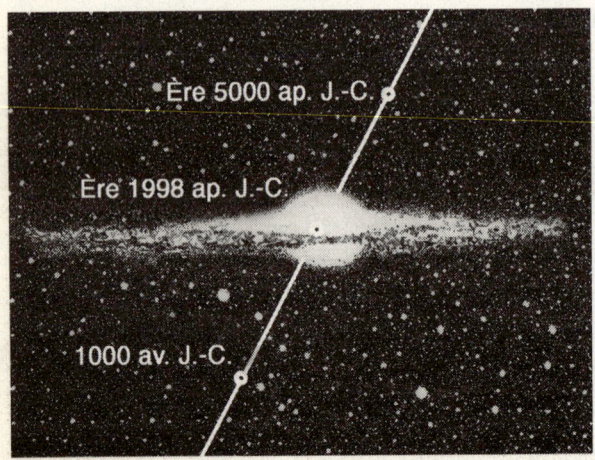

Fig. 4.4. L'alignement du méridien du solstice avec l'équateur galactique (Illustration adaptée du *Galactic Alignment de Jenkins*).

beaucoup écrit sur ce sujet, de même que d'autres chercheurs. Comme j'ai débuté ce livre en indiquant que je croyais Jenkins fondé à dire que les astronomes d'Izapa furent les premiers à situer l'alignement galactique vers 2012, j'intégrerai ses découvertes avec d'autres idées dans ce chapitre.

Ce qui compte ici, c'est que l'alignement eut lieu en 1998, et cela se vérifia par quelques changements réels sur Terre. Dans *Alchemy*, j'ai fait remarquer que cet alignement se passe tandis que notre système solaire est au périgalacticon*, (lorsque le système solaire est le plus proche du centre de la galaxie) [9]. C'est-à-dire que nous subissons le contact le plus intense des temps modernes avec les forces du Centre Galactique ; 1998 fut l'apex de cette intensité, et ceci constitue une énorme confirmation de la date de Calleman pour l'ouverture de l'Inframonde galactique juste au début de 1999. Bien sûr, cela signifie qu'en 1999 le temps s'accéléra par vingt en passant à l'Inframonde planétaire, ce qui était détectable ; les changements sur Terre sont la grande nouvelle de l'alignement galactique.

Le renflement de la Terre en 1998

Durant l'année 1998, il y eut de nombreuses preuves d'une énorme modification sur Terre pendant l'alignement. Entre 11 500 ans en arrière et 1998, les régions de haute latitude de la Terre étaient rebondies du fait du poids des glaciers (ou du modelage tectonique dû au cataclysme), qui porta graduellement la masse de la Terre aux pôles. Soudain en 1998, le champ gravitationnel commença à devenir plus fort à l'équateur et plus faible aux pôles, et la rotation de la Terre ralentit légèrement [10]. Puis une hernie mystérieuse se forma à l'équateur ! [11] Il s'agit là d'un changement sans précédent de notre planète depuis 11 500 ans.

En 1995, quand je rapportai l'Agenda Pléiadien, je vis qu'ils parlaient de nombreux changements radicaux durant 1998. Ils disaient, à travers moi, qu'en 1998 « les ondes samadhi commenceraient à altérer radicalement la nature »[12]. Imaginez ma surprise quand en août 1998, un formidable bombardement de rayons X et de rayons Gamma issus d'une étoile en déconfiture foudroya la Terre. Pendant quinze minutes le ciel fut zébré de lumière qui bloqua bon nombre d'instruments scientifiques. Plus significativement, des astronomes dirent que ce moment fut « le premier changement physique observé d'une étoile autre que le Soleil »[13]. Avant de connaître quoi que ce soit de l'Inframonde galactique, je dis dans *Alchemy of Nine Dimensions,* « Nous, les humains, avons connu une secousse évolutionniste de haute énergie en 1998 qui finira peut-être par être vue comme l'initiatrice d'un nouvel état de conscience évolutive »[14]. Dans un moment, nous allons voir ce que pourrait être ce nouvel état d'évolution.

La période allant du 5 janvier 1999 au 28 octobre 2011, est tellement significative que les chapitres 6 et 7 sont consacrés à l'Inframonde galactique. Avant cela, permettez-moi de replacer le Galactique dans le contexte d'un tout plus large, le nouvel alignement de notre système solaire dans la Galaxie de la Voie Lactée. L'alignement de 1998 semble avoir créé un nouveau champ de fréquence sur notre planète, probablement un champ magnétique qui nous permet de supporter et d'intégrer les changements de l'Inframonde galactique. Par exemple, en ce qui concerne le bombardement d'août 1998, les scientifiques ont noté que des explosions cosmiques similaires de rayons X près de la planète ont pu être la cause de précédentes extinctions sur Terre dans le passé, qui souvent sont liées à des stades rapides de nouvelle évolution, comme la période Cambrienne il y a 570 millions d'années (567,9 millions d'années selon Calleman)[15].

Je présume qu'il a pu y avoir une extinction de quelque forme de conscience humaine en août 1998, les formes de conscience qui ne peuvent pas survivre dans un environnement aussi activé. Ce qu'a pu être exactement cette extinction ne sera apparent que dans le futur. Cependant, au fur et à mesure, plus nous comprendrons la nature de ces changements, plus aisé il sera de se laisser porter par les courants plutôt que d'y résister. Notre espèce est influencée par des forces astronomiques qui ne se sont jamais manifestées sur Terre auparavant, et certainement pas depuis que les humains y sont. La quantité d'intégration intellectuelle par l'humanité au cours des cinquante dernières années est incompréhensible pour la plupart des gens, et un fondamentalisme défensif est la réaction à tout ce changement. Je comprends le problème et j'y compatis, mais cela ne diminue pas le caractère rétrograde et dangereux du fondamentalisme. Cela inclut bien sûr le fondamentalisme islamique.

Quiconque en Amérique a une sœur, un frère, un parent ou un enfant non-pensant sait que la montée du fondamentalisme est créatrice de grandes souffrances. À force d'écrire autant sur le sujet et d'avoir l'occasion d'observer comment nos étudiants gèrent la prodigieuse synchronisation galactique, je veux ensuite passer quelque temps à présenter une entité que nous devons traiter en amie maintenant, le trou noir au centre de la Voie Lactée. Le trou noir est de l'obscurité consommée, et nous devons traiter en amie l'obscurité de peur qu'elle ne consume tout ce qui est sur Terre. Les fondamentalistes ont peur de l'obscurité, mais ils créent des ombres énormes qui menacent toute vie : leur ombre la plus importante est l'adoration de la guerre. La base même du fondamentalisme est que celui qui a raison a le droit de tuer. Cette croyance n'est pas la vérité, elle est rétrograde du point de vue de l'évolution, et comme vous pouvez le voir figure 4.5, cette forme d'adaptation humaine est maintenant en train de cesser.

Trous noirs et Singularités

Un Trou noir se forme lorsqu'une étoile subit un effondrement gravitationnel et se trouve aspirée dans un entonnoir profilé par la courbure de l'espace-temps. Une fois que la matière est aspirée dans cet entonnoir, elle est comprimée en une densité inimaginable. Mais comme la matière est énergie, elle devient une Singularité, un point de taille zéro, puis cette matière apparaît dans un «univers différent» dont on peut penser qu'il est un nouvel univers, comme ce que feu Itzhak Bentov, brillant explorateur de la physique et de la conscience pensait être un «Trou blanc»[16]. La figure 4.6 illustre ce concept, avec 2012 crayonné au point de singularité, une façon d'imaginer vers où nous allons nous diriger bientôt.

La figure 4.6 a 2012 au lieu de 2011 sur la singularité parce que 2012 est le moment ou l'accélération du temps est parachevée, et durant 2012 l'accélération sera dans la Voie Lactée. Bentov fait remarquer que tandis que nous nous déplaçons dans l'espace, nous progressons également sur un axe de temps, ce qui correspond exactement à ce qu'est l'onde de temps du Calendrier maya. Ce qui s'étend, c'est notre espace-temps (qui, je le pense, est semblable au facteur d'accélération de 20 x 20), et le plus grand taux d'expansion intervient au point où la matière inverse sa direction[17].

Le bord externe du trou noir est appelé «l'horizon des événements», qui est une limite au-delà de laquelle la lumière ne peut s'échapper. Une fois que la matière le passe, elle est aspirée par le trou. Si vous pouviez regarder en arrière une fois que vous auriez été aspiré, vous auriez un flash de l'histoire future de l'univers devant vos yeux. Mais une fois dans le trou noir, vous n'auriez aucun moyen de communiquer quoi que ce soit à quiconque à l'extérieur[18].

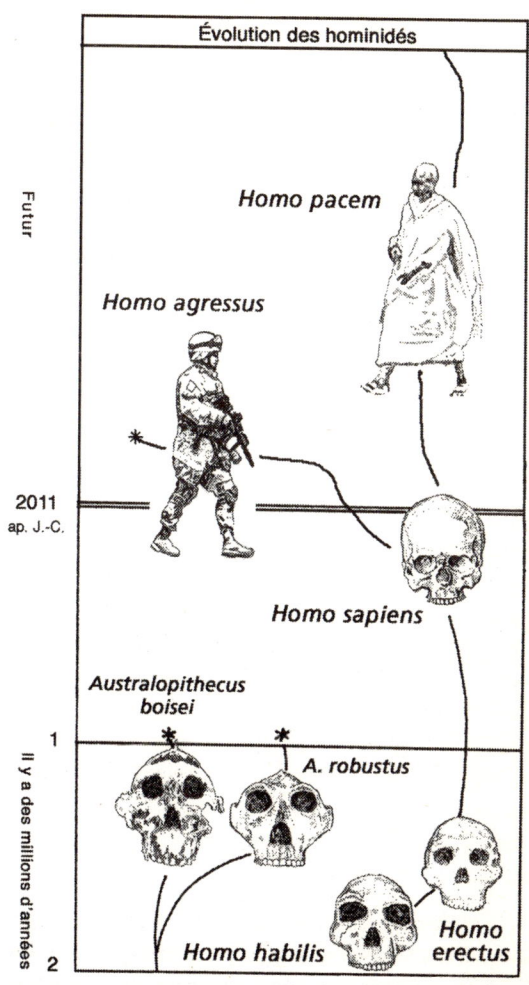

Fig. 4.5. *Homo pacem*. Les astérisques indiquent les lignées disparues ou en voie de disparition. Voir fig. 2.9.

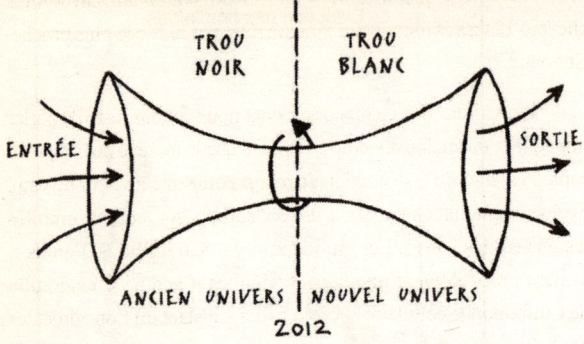

Fig. 4.6. Le nouvel univers (Illustration adaptée de *Stalking the Wild Pendulum* de Bentov).

Considérant cette vague description d'un Trou noir, les scientifiques doivent voir la cosmologie sur ce sujet dans le respect des lois de la physique moderne, mais ils admettent que leur propre description leur brouille l'esprit. Ce qui compte réellement, c'est comment chacun d'entre nous, individuellement, se sentirait dans un Trou noir. En approchant la Singularité (à l'endroit où vous ressortez dans un autre univers), vous vous sentiriez déchiré atome par atome. À la Singularité, tout ce que vous saviez sur l'univers part en pièces. Quand vous passez, vous vous réveillez comme si vous étiez né adulte et vous voilà dans un nouveau monde, le Trou blanc. L'illustration peut vous aider à imaginer ce qui arrive à celui ou celle qui va trop vite sur son skateboard et tombe accidentellement dans un trou noir.

J'adore regarder les enfants avec leurs pantalons baggy sur leurs skateboards ou leurs snowboards. Je pense qu'ils se forment eux-mêmes aux trous noirs ! Pour moi, adulte, l'Inframonde galactique ressemble au premier stade de la chute dans un trou noir, et quand j'y pense je me sens comme sur une planche à roulettes. Le problème, c'est que si je montais sur un skateboard, avec mes cheveux blancs et tout, je me ferais arrêter par le flic le plus proche. Et vous ?

Remarquez que ce processus dont nous venons juste de parler implique la distorsion du temps. Je pense que le modèle de Calleman capte l'essence de la distorsion du temps parce que les neuf niveaux évoluent simultanément et qu'ils sont superposés, comme empilés les uns sur les autres. Les animaux, il y a 820 millions d'années, avaient probablement quelques difficultés à gérer l'accélération de l'Inframonde cellulaire ! Pourtant, dès l'instant où l'on admet les neuf dimensions de conscience, comme avec mon modèle, cela devient possible à imaginer. C'est ce que nous allons voir plus tard. Entre-temps, nous en avons plus à apprendre sur les trous noirs.

Dans *The Pleiadian Agenda*, les Pléiadiens disent que le trou noir au centre de notre galaxie est la source du temps sur l'axe vertical qui connecte entre elles les neuf dimensions. Ils expliquent que le trou noir est un noyau tournant gravitationnel se manifestant dans les ondes du temps qui créent des événements

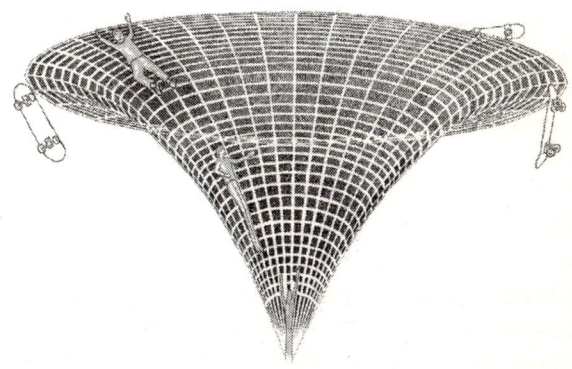

Fig. 4.7. La chute dans un trou noir.

sur Terre[19]. Ils ajoutent qu'une fois que le trou noir aura commencé à vraiment nous activer (en 1999), nous serons forcés de traiter les traumatismes profonds et de dépasser une simple mentalité de survie ; c'est exactement pour cela que l'Inframonde galactique est si intense. Une autre façon de le dire serait que durant l'Inframonde galactique quelque chose se passe qui permet aux humains de sentir les dynamiques du temps des trous noirs.

En 1998, des physiciens suggérèrent que la gravité était comparable aux trois autres forces fondamentales parce qu'elle était diluée par sa propagation à travers les dimensions invisibles. Ceci laisse à penser que la gravité pourrait être la force liant les dimensions invisibles qui pourraient causer l'accélération du temps, que la gravité est le lien vers ces dimensions invisibles[20]. Pensez au trou noir comme un noyau gravitationnel tournant qui crée des ondes de temps propageant des événements dans toutes les dimensions invisibles. Si par hasard vous y arrivez, je vous dirai où mon esprit se projette avec cette idée : il atteint la pensée d'un shaman maya qui, il y a deux mille ans, traversa le trou noir et ramena sa vision du futur, le Calendrier maya.

La science dit qu'une fois que vous êtes aspiré dans le trou noir, vous voyez l'histoire future de l'univers, mais que vous ne seriez pas à même de la communiquer. C'est là que la science perd par son matérialisme, vu que la seule façon que vous aurez d'aller dans un trou noir est par votre esprit. La perception de votre esprit n'est pas limitée par le temps ni l'espace ; dans votre esprit, vous pouvez voyager n'importe où dans l'univers, et en revenir. Ce fait est la seule chose qui explique le brio des Mayas. Comme vous le verrez dans le dernier chapitre, je n'ai pas encore écorché la surface de ce que les Mayas avaient compris. Ce qui doit être absorbé, c'est qu'accéder à l'intelligence du trou noir de la Voie Lactée est l'essence du présent stade de l'évolution.

Une fois qu'il avait vu le futur, notre shaman était encore capable de le ramener et il était capable de communiquer le plan divin de l'univers qui fonctionne par l'accélération du temps. Je pense que le concept de l'accélération provoquée par neuf Infra-mondes prédit le futur jusqu'en 2011, et nous sommes en train de vivre les cycles qui nous arrivent en spirales du Centre Galactique. Ce doit être la raison pour laquelle, en 1995, les Pléiadiens* mirent le temps dans la neuvième dimension et l'appelèrent tzolkin (Calendrier du Jour), la plus haute Dimension à laquelle les humains puisse accéder à ce jour. Ceci dit, le grand Créateur est le temps, qui est dans la plus haute Dimension d'après les Pléiadiens. Puisque nous avons la capacité de communiquer avec toute intelligence dans l'univers, nous pouvons communiquer avec l'Être suprême, le Créateur. Les Mayas ont prouvé cela, et nous nous en rendons compte seulement maintenant. Par exemple, le neuvième Infra-monde, qui peut correspondre à la neuvième Dimension tzolkin, n'a que 260 jours, une seule tranche du tzolkin.

La science matérialiste dénie la possibilité d'accéder à toute intelligence de cette façon, et pourtant le niveau de précision évolutionniste du Calendrier maya (tel que Calleman l'a interprété) prouve que c'est possible. Comment les Mayas auraient-ils pu connaître les dates de la chronologie des évolutions géologiques et biologiques de la création de l'univers si ce n'était pas le cas ? Comment auraient-ils pu savoir autrement ce qui arriverait à la Terre après 1998 ? Nos étudiants voyagent tout le temps à travers le Centre Galactique et le trou noir pour recueillir des informations. Pourtant, nous sommes encore nombreux à avoir de réelles difficultés ces temps-ci à cause du simple volume d'émotions dues à l'accélération à traiter.

Pourquoi est-ce si difficile de gérer cette accélération ? Nous sommes des êtres humains qui fonctionnons avec quatre niveaux de conscience : les niveaux physique, émotionnel, mental et spirituel.

À cause du cataclysme de 9500 av. J.-C. et des ajustements nécessaires par la suite, nos corps émotionnels sont saturés de craintes et de traumatismes non traités ; c'est le thème de *Catastrophobia*. J'ai acquis la conviction que la Terre avait un axe vertical avant le désastre lorsqu'elle tournait autour du Soleil. Allan et Delair, et d'autres encore, croyaient que notre axe avait été déplacé de 23,5° il y a seulement 11 500 ans. En d'autres mots, non seulement nous sommes devenus une sphère icosaédrique avec des plaques tectoniques en cours d'ajustement, mais aussi une planète penchée.

La Terre icosaédrique a un axe incliné

Les preuves de Allan et Delair en faveur de ce changement d'orientation de l'axe sont si convaincantes que j'ai adopté leurs idées comme hypothèse de travail quand j'écrivais *Catastrophobia*, bien que je n'aie pas été à même de les prouver. Je ne le peux toujours pas ; il faudrait un important groupe d'astrophysiciens pour le confirmer vu que l'ensemble du système solaire est concerné. Il y a de nombreuses sources mythologiques et des récits de peuples indigènes suggérant que dans des souvenirs récents l'axe de la Terre était vertical. L'appendice A, qui couvre les preuves scientifiques de la récente inclinaison axiale, vient de *Catastrophobia*. Je l'ai inclus parce que je pense que l'information est d'une monumentale importance et parce qu'il me faut en donner ici quelques détails.

Remarquez que, dans l'appendice A, Allan et Delair ont dit qu'« un renflement équatorial demeurerait un dispositif de stabilisation essentiel » si l'axe de la Terre ne s'était pas incliné (s'il était resté vertical). Comme nous en avons déjà discuté, la Terre développa un renflement équatorial en 1998 lorsque l'alignement galactique eut lieu. Je me suis souvent demandé si notre planète était en train de lentement revenir à une position d'axe vertical, et le renflement équatorial de 1998 va dans le sens de cette possibilité.

Est-ce cela que notre planète ferait s'il est vrai que nous nous sommes inclinés il y a seulement 11 500 ans ? Est-ce là la signification du Calendrier maya ? Comme beaucoup d'entre vous le savent peut-être, le champ magnétique de la Terre a diminué régulièrement depuis au moins deux mille ans, ce qui porte de nombreux savants à penser qu'une inclinaison polaire pourrait être imminente. Peut-être qu'un alignement axial pourrait être plus plausible ?

D'une manière générale, en ce qui concerne l'appendice A, ce qui peut être simplement dit sur la verticalité ou l'inclinaison, c'est qu'un axe vertical serait bien plus attendu pour notre planète qu'un axe incliné et que l'inclinaison existante ressemble plus au résultat d'un désastre comme celui que décrivent Allan et Delair. En supposant que l'axe était à peu près vertical il y a 11 500 ans, l'humanité s'est ajustée à une Terre radicalement différente depuis lors. Par exemple, s'il n'y avait pas eu d'inclinaison jusqu'au cataclysme, il n'y avait donc pas de précession des équinoxes avant 9500 av. J.-C. Malheureusement, cette question est trop complexe pour ce livre, mais elle doit être incluse néanmoins parce que la vraie raison de l'alignement galactique est que la précession cause l'alignement du Soleil de solstice d'hiver avec le Centre Galactique. Le fait est que je pense que la précession est un très récent phénomène pour l'humanité.

La nouvelle précession et le Rig Veda

S'il est vrai que la précession commença il y a seulement 11 500 ans, alors le rapprochement actuel du Soleil de solstice d'hiver vers le Centre Galactique est l'apex de cet alignement. C'est cet alignement qui projette la conscience humaine dans la Galaxie. Je pense que l'humanité n'a commencé une nouvelle relation avec la Galaxie qu'il y a 11 500 ans, ce qui nous amène à toutes sortes d'idées. Par exemple, cela signifierait que la planète est très différente pour nous maintenant par comparaison à son état durant la civilisation maritime mondiale du paléolithique. Nous avons toutes raisons de penser que cela est le cas, et je crois que c'est pourquoi la culture des Sages a instruit les peuples au sujet de la nouvelle planète penchée. L'essence de la culture des Sages se retrouve dans le Véda parce que les Hindous ont si fidèlement protégé leur savoir cosmique que nous y avons un accès direct aujourd'hui. Veda signifie «connaissance», tandis que Maya est le mot védique pour «illusion du temps», les neuf Inframondes!

Il y a des preuves raisonnables qu'une culture védique des Sages remonte à au moins 11 500 ans. L'auteur Indien B. G. Sidharth a décodé l'astronomie du Veda, plus vieille littérature sacrée du monde [21]. Il fut à même de dater le Rig Veda, le plus vieux des Védas, à approximativement 10 000 av. J.-C. Cette date est si proche de 9500 av. J.-C. que j'ai vérifié la façon de dater de cet auteur. Il note que cette date est «12 000 divines années», ou le Grand Âge, ou le Mahayuga* [22]. Les années divines védiques sont de 360 jours au lieu de 365, comme l'année divine maya. J'espère que quelqu'un y a prêté attention là-bas. En d'autres mots, les Védas sont basés sur l'année divine maya elle-même basée sur le tun! Donc, j'ai calculé douze mille années divines de 360 jours au lieu de compter en années solaires de 365 jours, et la date solaire devient donc exactement 9400 av. J.-C.! Par conséquent cela signifie que le Mahayuga védique commença tout de suite après le cataclysme, au moment où je dis que la précession a commencé. Cela signifie que, entre autres sujets, le Rig Veda a pu être écrit pour décrire la précession, phénomène totalement nouveau. Les effets de la précession dans le ciel (ainsi que l'axe incliné) auraient été très surprenants pour les peuples qui survécurent au désastre. Le décrire était nécessaire pour aider les gens à comprendre la nouvelle astronomie qui a pu être l'inspiration des premiers fragments restants du Rig Veda. Sidharth conclut que le Rig Véda fut «composé par un peuple hautement intelligent doté d'une connaissance de travail de l'astronomie assez avancée, suffisamment inspirée pour inclure des concepts tels que la précession, l'héliocentrisme et la sphéricité de la Terre, et qui recoupe la connaissance du dix-septième siècle en astronomie » [23]. Sidharth est un érudit Indien hautement respecté et ses conclusions sont très bien étayées.

Les Védas sont d'un grand intérêt ici parce que les cultures tant mayas que védiques faisaient état de dates très lointaines remontant à des millions, des milliards d'années et parce que les deux cultures connaissaient la précession et en tenaient compte. Cependant les astronomes védiques utilisèrent bien plus que les Mayas la précession pour analyser l'avènement et la chute des cycles culturels.

Une assez récente étude des écritures védiques au regard de la précession faite par Swami Sri Yukteswar, un saint très adulé et très érudit en Inde, mort en 1936, avance que l'avènement et la chute des sociétés humaines sont déterminés par la position des étoiles dans leurs périples circulaires autour des pôles durant leurs cycles précessionaires [24]. En appliquant la théorie de Calleman, les Mayas avaient un sens complètement différent du temps en ce que le temps s'accélère par des facteurs de vingt durant neuf Infra-mondes qui atteignent un apex en 2011. En d'autres mots, les cycles védiques sont répétitifs tandis que le temps maya s'accélère jusqu'à une phase finale.

Certaines longues dates védiques sont proches des longues dates mayas, comme par exemple le fait que 4,32 milliards d'années est proche du quart de 16,4 milliards d'années, date de la création. Il est possible que l'accélération du temps par vingt ait existé un jour dans le Rig Véda ; cette idée intéressante vaudrait la peine d'être approfondie. Après tout, Calleman découvrit le facteur d'accélération du temps dans le Calendrier maya il n'y a que quelques années. Sidharth remarque qu'au cours de l'histoire, dans les premiers siècles de l'ère chrétienne, les écrivains Hindous avaient perdu le souvenir des astronomes védiques illuminés d'avant, si bien que certains fragments comme le facteur d'accélération pourraient avoir été perdus [25]. Si le Rig Veda a effectivement été composé en 9400 av.J-C, il a alors une importante signification pour ce livre, parce qu'il a probablement été le premier outil pour instruire les humains traumatisés après le cataclysme. Des constats comme celui-ci m'incitent à imaginer combien les cultures védiques et celles des Sages étaient avancées, alors que l'astronomie moderne n'a rattrapé les connaissances en astronomie contenues dans le Rig Veda que depuis cinquante ans à peine !

Si l'évolution exponentielle par multiples de vingt existe dans le Rig Véda, il nous faut alors nous ouvrir à la possibilité que les Mayas aient tenu cette idée de la civilisation védique. Cela aurait signifié que les Sages védiques avaient donné les plans divins de l'évolution à l'humanité juste après le cataclysme, et que les Védas ont influencé plus tard la pensée maya. Dans *Mayan Genesis*, Graeme R. Kearsley explora les quantités de preuves existant pour corroborer l'influence culturelle védique sur les cultures olmèques et mayas [26]. Je suggère que l'objet des révélations védiques pourrait avoir été de communiquer les grands changements dans le ciel, compte tenu que l'inclinaison de l'axe de la Terre avait soudain causé la saisonnalité, phénomène totalement nouveau. Notons aussi que le Rig Véda a fait de nombreux récits qui ressemblent à des souvenirs frais du cataclysme, comme certaines légendes sur le barattage des océans par des dieux et des démons.

Les super-vagues galactiques et la précession

Si la précession débuta il y a seulement 11 500 ans, alors de nouvelles dynamiques existent qui connectent la Terre avec les forces du Centre Galactique. Par exemple, le Centre Galactique est à environ 26 000 années-lumière de la Terre et un cycle complet de précession est d'environ 26 000 ans. Cela signifie que le nombre d'années qu'il faut à la lumière pour voyager du Centre Galactique à la Terre est à peu près égal à un cycle complet de précession [27]. Est-ce que ce fait frappant n'est qu'une sorte de coïncidence ? Je ne le pense pas. Maintenant que nous sommes en train de nous aligner avec la Galaxie durant la fin du Calendrier, peut-être le potentiel de cette synchronicité de l'année-lumière est-il en train d'activer la Terre. John Major Jenkins a d'intéressantes idées sur cette relation. Il note que l'astrophysicien Paul LaViolette dit que cette relation entre les ans et les années-lumière est susceptible de créer une sorte « d'entraînement entre les explosions de super-vagues galactiques et le cycle précessionnaire » [28].

Les explosions de super-vagues galactiques sont l'hypothèse de LaViolette selon laquelle de grandes vagues partent périodiquement du Centre Galactique. Jenkins rapporte la suggestion de LaViolette que « quand le pôle nord est incliné du côté opposé au Centre Galactique, une super vague arrivant à ce moment-là pousserait la Terre à osciller sur son axe », et que ces explosions pourraient entraîner la Terre à osciller à la périodicité des super vagues [29]. Jenkins remarque « ce qu'il en ressort, c'est que quelque chose émanant du Centre Galactique est responsable de la précession » [30].

LaViolette a présenté des preuves formelles d'une explosion il y a 14 200 ans de super-vagues émanant du Centre Galactique et dont il pense qu'elle a déclenché la supernova de Véla (qui, selon Allen et Delair, causa le cataclysme d'il y a 11 500 ans) [31]. Les recherches de Paul LaViolette sont parfaitement pertinentes au regard des discussions de ce livre parce que les Mayas étaient absolument concernés par l'influence solaire et galactique sur la Terre durant la fin du Calendrier. Examiner ces idées en détail à ce point serait trop compliqué, mais plus tard au chapitre 8, je les couvrirai en profondeur. L'important ici est que le champ dans lequel fonctionne la Terre est plus intense depuis 1998, et que les anciens savaient d'une façon ou d'une autre que cette courte période serait très significative. Ils firent d'énormes efforts pour informer leurs descendants, pour Nous informer, sur ces sujets. Désireux de pénétrer plus avant leurs relations, Jenkins se livre à une fascinante étude sur les travaux du brillant philosophe du vingtième siècle Oliver Reiser, captivé par la question du Centre Galactique. Reiser croyait que l'évolution humaine était liée aux mouvements de la Galaxie ; il s'intéressait aux liens entre les forces du champ géomagnétique et l'évolution humaine. Selon Reiser, le champ d'énergie au-dessus de la Terre qui influence l'évolution humaine, qu'il appelle le Psi-Bank, est le point où nous recevons l'information galactique [32]. Reiser montre comment l'évolution biologique est conduite par la dynamique changeante des champs du Psi-Bank, qui sont spécifiquement affectés par les douches de rayons cosmiques qui nous viennent de la Galaxie. En ce qui concerne le bombardement en août 1998 de rayons gamma précédemment décrit, le Psi-Bank a dû changer d'une certaine manière pour accommoder la prochaine étape de l'évolution humaine, l'*homo pacem*, l'homme de paix, comme nous l'avons déjà montré figure 4.5.

Dans le prochain chapitre, nous explorerons le mystérieux Arbre du monde, mécanisme qui, selon les Mayas, gère l'accélération de l'évolution. Nous allons étudier la façon dont l'Arbre du monde nous affecte en tant qu'espèce ; il nous faut sentir l'Arbre du monde dans notre corps.

5

L'Arbre du monde

Les cultures sacrées* et les Mondes

Maintenant que vous avez examiné la théorie de Carl Johan Calleman sur l'accélération du temps qui semble être décrite par les dates du Calendrier maya — base de l'activation de l'évolution dans l'univers — il est temps de se poser la question : quel est le mécanisme qui conduit ce remarquable système d'évolution ? Selon Calleman, le pilote de l'évolution à travers le temps est l'Arbre du monde*, un arbre magique décrit dans le *Popol Vuh*. C'est également l'arbre que tous les shamans utilisent pour accéder à tous les mondes.

Dans l'horizon spirituel maya, l'Arbre du monde génère les quatre directions sacrées allant hors du centre sacré, le Yaxkin*, système destiné aux humains, qui façonne les mondes spirituels et permet d'y accéder. En terre maya, l'arbre sacré* est le ceiba*, un grand et bel arbre qui s'élève très haut et forme des sortes d'auvents dans la jungle[1]. L'arbre analogue dans la culture celtique est le chêne, et dans la spiritualité indienne le banian, sous lequel Bouddha vivait ses illuminations. Selon la mythologie, l'Arbre du monde fut créé en premier dans l'univers et tout le reste émane de lui. Dans les cérémonies, les Mayas nourrissent l'Arbre du monde, ce que j'ai personnellement vécu plusieurs fois.

Depuis 1995, j'ai pratiqué des activations de l'Agenda Pléiadien, mais ce n'est pas avant 2005 que j'ai réalisé que ces activations résonnaient en phase avec ce que j'appelle le « frisson » de l'Arbre du monde. Lorsque cette vision me vint, je compris enfin complètement l'objet de mon travail. Parce que les neuf Inframondes progressent simultanément, la relation est que l'accélération exponentielle des fréquences de l'Arbre du monde cause la transformation des mondes dans les neuf dimensions. L'accélération du temps est un sujet extrêmement stimulant, et nos activations semblent aider les étudiants (ainsi que Gerry et moi) à intégrer la rapide accélération du temps de l'Inframonde galactique entre 1999 et 2011. Si Calleman a raison dans son interprétation du Calendrier, nous, les humains, ne sommes pas simplement pris dans le tourbillon des cycles répétitifs de la roue du temps. Au lieu de cela, nous sommes en train de connaître une spirale d'évolution en perpétuel renforcement qui nous aspire vers sa propre apothéose, la transformation de l'homme en lumière. Lorsque je considère les progrès qu'ont faits nos étudiants grâce à cette méthode, je suis très optimiste sur la question d'un dénouement positif sur la planète Terre. Par nécessité, ce chapitre est très théorique, puisque nous étudions la théorie de Calleman concernant l'Arbre du monde, mécanisme pilote central de croissance et de changement sur Terre. Commençons par la question : quelle est l'idée générale de l'arbre sacré, l'Arbre du monde ? Les cultures sacrées ont de tout temps utilisé des arbres pour organiser l'intelligence de la Terre, et les shamans ont toujours voyagé en eux pour visiter de nombreux mondes. Qu'est-ce que j'entends exactement par « cultures sacrées* » ? Les cultures sacrées croient que le monde matériel émane du monde spirituel et utilisent des symboles clés pour montrer comment le monde spirituel est organisé. Les arbres sacrés ont tous quelque chose en commun, des racines qui plongent dans les entrailles du monde inférieur, un gros tronc dans le monde du milieu, et des branches et des feuilles qui atteignent le monde supérieur, le cosmos. Nous pouvons voyager dedans pour accéder à des mondes parce que les arbres sacrés sont une structure vivante de tous les mondes. Que ce soit Yggdrasil en Scandinavie, l'Arbre de vie Sacré de la Kabbale, ou l'Arbre Sacré du Monde du Milieu Celtique, toutes les sciences sacrées des cultures anciennes considéraient ces arbres comme des moyens de circulation pour la conscience, la perception humaine. Tous les shamans finissent par apprendre à voyager dans les trois mondes. En ce qui concerne les postures sacrées et les transes extatiques qui sont l'outil le plus accessible que j'aie trouvé dans le genre pour le shaman moderne, nous avons des techniques spécifiques pour voyager à travers les trois mondes de l'Arbre du monde. Je pourrais écrire un livre sur le symbolisme des arbres sacrés, mais d'autres l'ont déjà fait, et je me contenterai donc de me concentrer sur un certain nombre d'aspects pertinents pour le sujet de mon livre. Nous observerons l'Arbre du monde de la mythologie maya de la création, l'*axis mundi* de la Terre, comme le vortex central qui pilote le système de notre planète. Les sources sont le *Popol Vuh*, la plus importante des écritures sacrées des Mayas, de nombreuses inscriptions mayas et les poteries cosmologiques qui dépeignent l'Arbre [2].

Les mondes matériel et spirituel

Le *Popol Vuh* indique qu'au moyen de l'imagination du Créateur Dieu Premier Père, son fils le Premier Seigneur, et un certain Hunapu, poussèrent vers le haut l'Arbre du monde au commencement du temps, pour créer un nouveau monde. Comme le décrit Douglas Gillette, «ce merveilleux arbre plongeait ses racines dans le monde souterrain. Sur le plan de la Terre il façonnaît le temps et l'espace. Ses branches supérieures s'étalaient au-dessus du monde où elles organisaient l'espace-temps des cieux et mettaient en mouvement les champs d'étoiles »[3].

Gillette montre en s'aidant des plats peints qui étaient enterrés avec les défunts pour les aider à voyager aisément dans les autres mondes, que les Mayas croyaient que les doubles dimensions spirituelles du monde inférieur et du monde supérieur entouraient totalement et enveloppaient notre monde d'espace et de temps normal[4]. Comme vous le verrez dans mes discussions concernant les postures sacrées, cette idée est pour moi réelle et du domaine de l'expérience, et, encore plus important, tous ces niveaux sont complètement accessibles à tout le monde. Durant nos activations de l'Agenda Pléiadien, l'ensemble des racines de l'arbre constitue la première et la seconde dimensions, le tronc est la troisième et la quatrième et les branches et les feuilles forment les cinq dimensions supérieures. Je ne peux pas imaginer être dans la réalité solide sans m'orienter grâce à cet enveloppement multidimentionel, parce que les nombreux mondes offrent 90 % de plus que ce que je perçois dans le monde matériel. Si votre esprit est ouvert à cette possibilité, il est alors plus facile de voir comment les Mayas et d'autres personnes travaillant à l'aide d'arbres sacrés étaient capables d'accéder à toute la connaissance de l'univers. Les membres des cultures sacrées savent beaucoup de choses, et les occidentaux contemporains ont souvent presque tout oublié en dehors de ce qu'ils peuvent voir tous les jours ; cette perte de perception transforme le monde solide en une prison inutile et contraignante. À mesure que plus de gens saisissent la façon dont est vraiment construite la réalité, ils se sentiront frustrés par une vie qui n'a pas d'accès aux autres royaumes, et ils commenceront à se tourner vers les accès multidimentionnels par pur ennui.

En commençant par le concept que le monde d'en bas et celui d'en haut enveloppent complètement le monde matériel, toutes les traditions sacrées trouvent un centre dans le monde matériel par les quatre directions sacrées. L'Arbre du monde génère les quatre directions sacrées du monde solide. Ces directions ne sont pas juste le Nord, le Sud, l'Est et l'Ouest géographiques. Le point de vue sacré des Indiens d'Amérique et des Mayas est que les qualités spirituelles arrivent dans le monde matériel de chaque direction, et quand nous « centrons », nous pouvons voir et entendre « l'esprit » en lisant les informations venant des directions. « Centrer » signifie générer l'arbre en nos corps et « l'esprit » est simplement le savoir qui existe dans les mondes invisibles, qui sont tout aussi réels que le monde visible. Pour l'exprimer simplement, dans un endroit spécifique, les énergies qui viennent de l'Est nous offrent une orientation spirituelle, du Sud la nourriture, de l'Ouest la transformation et du Nord un grand savoir cosmique. Par exemple, la plus grande partie de ce que je sais sur le Calendrier maya me vient du Nord. Lorsque je suis assise en cérémonie dans mon autel aux directions, l'autel est le centre de la cérémonie, et, pour la durée de cette cérémonie, le centre de l'univers. Parfois un temple sacré ou une pyramide à un endroit donné est le centre où l'énergie spirituelle arrive à cet emplacement. Quand j'officie une cérémonie, je prépare toujours un autel aux quatre directions, puis je prie dans sept directions. Cela ajoute les modes inférieur et supérieur et le centre, qui est mon cœur uni avec les cœurs de tous ceux qui participent à la cérémonie.

Durant les activations, je pense toujours à mon autel comme étant le centre de cet espace. En juin 2005, cependant, après avoir complètement appréhendé les travaux de Calleman, j'ai soudain réalisé que L'Arbre du monde était le centre durant les Activations Pléiadiennes*. Cette révélation a fondamentalement changé mon travail et ma vie. Sachant cela, je me dois d'enseigner le travail de Calleman avant mon propre enseignement, au moins jusqu'à ce que suffisamment d'étudiants aient appris par eux-mêmes ses travaux et ce livre. Je suis maintenant consciente que les Activations Pléiadiennes affectent directement le champ d'énergie global, ce qui est un constat à la fois exaltant et stimulant.

L'Arbre du monde, pilote de l'évolution sur Terre

Le sens de L'Arbre du monde de Calleman est révolutionnaire parce qu'il a développé une théorie viable sur la façon dont L'Arbre dirige l'évolution planétaire. Tout comme le développement d'un arbre s'accélère — commençant petite semence, poussant tronc et branches, feuilles et fleurs au cours de sa maturation — la force de l'évolution commence cellule pour enfin arriver animal complexe ; et maintenant, nous, humains complexes, exprimons cette force.

Pourquoi les humains ne sont-ils pas des animaux? Pour autant que je le sache, Rambo, mon chien, n'a pas changé durant l'Inframonde galactique, si ce n'est qu'il souhaiterait que je ralentisse mes activités et que je l'emmène promener plus souvent. Les Mechica, peuple indigène du Mexique, disent que notre ère est l'Âge des Fleurs parce que les arbres fleurissent maintenant. En parlant d'un Arbre du monde central, s'il n'y avait que des centres sacrés individuels, il n'y aurait pas d'évolution, pas de différence entre cultures, et pas de connexion entre quoi que ce soit. Les rituels mayas et aztèques se centrent sur L'Arbre du monde, ce qui suggère qu'il y a un centre-clé, même si de nombreuses cérémonies fonctionnent avec des centres individuels. Ceci signifie que le monde entier est généré, organisé et évolue selon L'Arbre du monde.

Après être parti du principe que L'Arbre du monde était réel, Calleman a fait un énorme saut critique : il s'est demandé où le centre géographique de L'Arbre du monde était situé. À ma connaissance, c'est la première personne qui ait posé cette question, même parmi les peuples indigènes. Indigène moi-même, j'ai officié des cérémonies depuis de nombreuses années, et pourtant cette idée est un tournant vraiment radical qui branche mon esprit à la planète d'une façon entièrement différente. À cet instant, je n'appréhende pas complètement les implications de cette éventualité mais je ressens que Calleman a raison et je le vis au niveau cérémonial jusqu'en 2011. Pour ce qui est de savoir si Calleman a raison et s'il a sélectionné le bon centre pour L'Arbre du monde ainsi que les bonnes dates des neuf Inframondes, nous verrons si cela sera en son temps prouvé ou rejeté par des gens, surtout des indigènes, résonnant en phase avec l'idée ou la rejetant. Et souvenez-vous qu'il y a des indigènes Scandinaves, Écossais, Gaulois, Égyptiens, Russes, etc. Je résonne en phase avec l'idée de Calleman d'un centre pour l'Arbre du monde. Puisque c'est une reconnaissance globale par les gens qui résonnent avec la Terre, je mettrai un point d'honneur à décrire son idée et à y ajouter la mienne.

Calleman fait remarquer qu'il y a une différence radicale entre les peuples et les cultures de l'Orient et de l'Occident. C'est évidemment vrai, et c'est la cause de formidables changements et d'instabilité dans le monde. Comme l'exprime Calleman, « tandis que l'Orient a été dominé par des structures collectives et a des tendances méditatives, l'Occident est individualiste, extraverti et orienté vers l'action »[5]. J'ai moi-même écrit ma façon de penser pour résoudre les différences entre l'Orient et l'Occident. Mon programme d'examen fut la théologie centrée sur la création, dirigé par le théologien Matthew Fox, qui pense que éveiller une conscience spirituelle méditative parmi les occidentaux aiderait à équilibrer et à alléger les tensions Est-Ouest ainsi que l'agressivité de l'Occident[6]. Nos activations de l'Agenda Pléiadien aident à équilibrer les différences Est-Ouest parce qu'elles offrent aux occidentaux non seulement un accès à l'esprit, mais aussi des connaissances de base, ce dont ils manquent sérieusement en général. Toujours est-il qu'au cours de ma vie les tensions Est-Ouest se sont intensifiées et, dernièrement, la guerre et le terrorisme ont submergé la planète largement parce que les forces destructrices (telles que les fabricants d'armes) manipulent les différences de perception élémentaires des peuples.

Pour les peuples, la violence n'apporte rien de bon. Elle n'en valait déjà pas la peine du temps des croisades. Se battre ne sera jamais une solution. L'une des raisons pour lesquelles je suis tellement attirée par le travail de Calleman est qu'il a réalisé que les Mayas et les Indiens d'Amérique étaient des cultures profondément spirituelles mais géographiquement occidentales. En d'autres termes, comprendre la spiritualité des Indiens d'Amérique et des Méso-Américains offrirait une solution au conflit Est-Ouest.

L'emplacement géographique de l'Arbre du monde

Pour trouver l'emplacement de l'Arbre du monde, Calleman chercha quelle ligne virtuelle pouvait séparer l'Est de l'Ouest. En dépliant une mappemonde avec à gauche l'extrémité Ouest de l'Alaska et à droite l'extrémité Est de la Sibérie, il sentit qu'une ligne médiane de longitude 12° Est, semblait clairement représenter cette

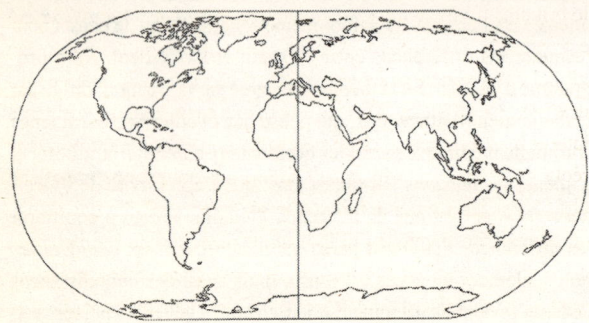

Fig. 5.1. La longitude 12° Est, ligne médiane de l'Arbre du monde.

frontière entre l'Orient et l'Occident. Mais il ne s'est pas arrêté à la seule géographie physique, il a cherché à en faire la preuve par une géographie plus « spirituelle », un système d'organisation influençant les événements humains[7].

Puisque les Mayas nous ont laissé des enregistrements précis de la façon dont l'Arbre du monde fut créé ainsi que l'affirmation qu'il génère des changements dans le temps, le Calendrier maya devait être la description de cette géographie spirituelle. Donc l'Inframonde national, là où l'accélération du temps fut assez rapide pour générer une histoire visible, était l'endroit logique où chercher des preuves de l'influence de l'Arbre du monde. Si l'emplacement de l'arbre pouvait être trouvé, les preuves de son influence devraient être visibles sous la forme de mouvements historiques durant les baktuns de 394 années du Compte long. Vous le verrez, l'influence de l'Arbre du monde est très détectable historiquement durant l'Inframonde national. Cela va plus loin que la façon dont José Argüelles a analysé les changements historiques globaux durant les treize baktuns du Compte long dans *The Mayan Factor*[8].

Lorsque Calleman considéra la manière dont les pensées humaines ont pu être influencées par l'Arbre du monde, il employa le principe hermétique « tout ce qui est en haut est comme ce qui est en bas » pour trouver des correspondances entre le cerveau global de la planète et son enveloppe d'énergie environnante (au-dessus), et le crâne et le cerveau humain (au-dessous)[9]. Cela m'a interpellée, parce que dans plusieurs traditions ésotériques il y a une réelle focalisation sur le crâne humain, surtout le crâne de cristal des Mayas. En 1990, j'ai fait une session de régression dans la vie antérieure dans laquelle j'ai lu le crâne de cristal de Dzibichaltun décrit dans *The Mind Chronicles Trilogy*[10]. Dans cette régression, le crâne était le gardien des souvenirs des neuf Inframondes, ce qui, selon les idées de Calleman, est tout à fait confondant. J'ai eu l'impression d'avoir accédé à une idée similaire sur les neuf Inframondes en 1990, mais en ce temps-là je ne pouvais pas imaginer ce que tout cela signifiait. Aussi, comme j'avais lu le phénoménalement brillant *Earth Ascending* de Argüelles, dans lequel il trace la carte des relations entre les champs terrestres et le cerveau humain, j'étais très ouverte à la possibilité de ces connexions énergétiques[11]. La théorie complète de Calleman s'appelle la latéralisation cérébrale ; elle est présentée en grands détails dans son livre. Pour faire simple, son idée est que le fonctionnement du crâne humain est en relation avec les structures géographiques et énergétiques de la Terre. Comme vous le verrez, il se peut qu'il ait raison. Et Argüelles semble également penser que cela est le cas, vu qu'il a écrit l'introduction du livre 2004 de Calleman. Selon ce dernier, en prenant par exemple la ligne médiane (longitude 12° Est) comme diviseur clé, on trouve que l'hémisphère Ouest de la planète est parallèle au cerveau gauche, celui des pensées rationnelles et analytiques, et que l'hémisphère Est est parallèle au cerveau droit, celui des pensées intuitives, spatiales et artistiques. En conséquence, l'Ouest est plus orienté vers l'action et le rationnel, et l'Est est plus méditatif et intuitif[12].

En examinant l'histoire à la recherche de ce qui se passait entre L'Ouest et l'Est durant l'Inframonde national avec la ligne médiane comme diviseur, Calleman découvrit une structure ondulatoire spécifique de l'histoire, qui devint visible pendant la fondation de Rome en 753 av. J.-C., début du Septième paradis de l'Inframonde national (N'oublions pas qu'il y a treize Paradis consistant en six Nuits et sept Jours dans chaque Inframonde). Remarquant les parallèles précédemment notées entre les emplacements sur la planète et la structure du crâne humain, Calleman conclut que la planète devait avoir un centre régulateur correspondant à celui du cerveau des mammifères, le complexe hypothalamo-hypophysaire. Au regard de la ligne médiane, il conclut que l'Italie et l'Allemagne représentaient ce centre régulateur[13]. Ce sont là les zones qui ont dominé l'histoire dans l'Ouest pendant environ 1 500 ans, et leurs structures historiques ressemblent à un nœud dans nos têtes qui a maintenant grand besoin d'être défait. Dans un instant, nous allons étudier l'histoire de l'Europe depuis 753 av. J.-C., mais tout d'abord il nous faut comprendre quelques autres idées géographiques.

Le croisement de l'Arbre du monde

La question suivante qui se pose est : où est le « croisement » géographique de l'Arbre du monde ? Calleman note que c'est le Gabon en Afrique, où la longitude 12° Est coupe l'équateur. Ce croisement de deux lignes géographiques est très proche des gorges de Olduvai en Tanzanie, où la plupart des vestiges de l'*homo erectus* furent découverts, ce dont j'ai parlé au chapitre 2. En d'autres mots, une fois que l'évolution des hominidés fut démarrée durant l'Inframonde tribal il y a 2 millions d'années, selon les preuves géologiques et ADN, les hominidés commencèrent à évoluer en *homo erectus* en un endroit très proche du croisement de l'Arbre du Monde. Il serait certainement fascinant de s'apercevoir que l'histoire d'Adam et Ève et du fruit cueilli sur l'arbre de la connaissance du bien et du mal soit une référence codée à la création des humains près de l'Arbre du monde.

Je soulève ce sujet parce qu'il semblerait, selon les légendes mayas, que les Mayas Classiques croyaient que l'Arbre du monde avait été généré dans l'imagination du Premier Père au début du Grand cycle long de 5 125 ans appelé Inframonde national ou Long compte. Même si cela était ce que les Mayas Classiques pouvaient avoir pensé, il y a des preuves majeures de l'influence de l'Arbre du monde sur l'évolution de la planète bien avant 3115 av. J.-C. Premièrement, la situation du lieu de vie des premiers hominidés qui aient évolué est proche de l'Arbre du monde. Deuxièmement, Pangée, le super-continent qui existait avant qu'il ne se brise et que des continents distincts ne dérivent vers leurs positions respectives actuelles, s'éloigna du croisement de la ligne médiane lorsqu'il commença à se diviser au milieu de l'Inframonde mammalien (820 millions d'années)[14]. Certes, l'Arbre du monde est un grand mystère qui mérite d'être exploré en détail, mais nous ne nous intéresserons ici qu'à son influence durant l'Inframonde national.

Comme la ligne médiane traverse l'Europe, l'analyse de Calleman est par nécessité eurocentrique, même si son livre traite des Mayas. Calleman note que durant la période que nous allons examiner, le Calendrier maya n'était pas en usage en Europe. Sur ce fait significatif, il fait le commentaire suivant : « nous savons pour certains que les mouvements observés ne sont pas le résultat de prophéties qui s'accomplissent d'elles-mêmes. Bien au contraire, ce sont les résultats objectifs des vents directionnels générés par l'Arbre du monde »[15].

De plus, en ce qui concerne l'influence de l'Arbre du monde sur les Amériques, les dogmes académiques américains au sujet du peuplement des Amériques ignorent la probable diffusion vers les Amériques de peuples naviguant à travers l'Atlantique et le Pacifique. Selon l'histoire la plus répandue, les ancêtres des Américains indigènes arrivèrent par le détroit de Bering il y a environ douze mille ans et coururent tout le long jusqu'en Amérique du Sud, et ce n'est que plus tard, en 1492, que Christophe Colomb découvrit l'Amérique par la mer. Donc, si des mouvements dans les Amériques furent influencés par les vents de l'Arbre du monde, cela ne sera pas détecté parce que les chercheurs académiques dénient la notion de diffusion des peuples au profit de celle du passage par le détroit. Fort heureusement nous pouvons regarder l'histoire de l'Europe de l'Ouest et de l'Est à la lumière de la ligne médiane parce qu'elle est bien comprise. Dommage que l'histoire soit si fortement centrée sur l'Europe : l'histoire réelle des Amériques est si passionnante. Mais ne nous inquiétons pas, la vérité éclatera bientôt !

L'influence de l'Arbre du monde durant l'Inframonde national

La première action sur la ligne médiane se situe au début du septième Paradis (749 av. J.-C.), quand Rome fut fondée, vers 753 av. J.-C. Une fois qu'une première culture historique fut activée sur la ligne médiane, une structure intéressante émergea durant le reste de l'Inframonde national. Avant cette époque, la civilisation se développait dans le Croissant fertile. Ensuite les peuples migrèrent progressivement vers l'Ouest. Vers 749 av. J.-C., il y avait suffisamment de poches de civilisations près de la ligne médiane pour que se puisse observer une tendance schématique au fur et à mesure que l'histoire devenait visible dans cette zone.

Observons l'influence de l'Arbre du monde autour de la ligne médiane durant des périodes bien antérieures : Nous constatons beaucoup d'activités près de la ligne il y a plus de douze mille ans : par exemple, la culture magdalénienne. Durant le septième Paradis, Rome fut fondée sur la ligne médiane où elle acquit une puissance et une influence significatives dont elle jouit encore aujourd'hui. N'oublions pas ce qui a été dit au chapitre 2 : les neuf Inframondes sont divisés en six Nuits et sept Jours qui font treize Paradis. Calleman a repéré une séquence géographique : pendant les Paradis impairs, l'histoire est générée sur la ligne, et pendant les paradis pairs, l'histoire est attirée par la ligne médiane et s'éloigne de l'Est [16]. Comme vous pourrez le constater, cette tendance est très prononcée, très spécifique. De plus, à mesure que l'histoire progresse, les événements ont tendance à se déplacer vers le haut de la ligne. Nous ne nous appesantirons pas sur cette tendance et je vous conseille vivement d'approfondir la question avec Calleman dans *Winds of History* [17]. Je vais seulement en préciser brièvement les séquences.

Rome fut fondée au commencement du septième Paradis, puis durant le katun de début du huitième Paradis (355-335 av. J.-C.), les Perses, sous Ataxerxes III, se déplacèrent vers l'Ouest, conquirent l'Égypte, l'Asie mineure et les Athéniens. Durant le premier katun du neuvième Paradis (ans 40-60), Rome, sur la ligne médiane, se réactiva, et les Romains conquirent au Nord l'Angleterre, le pays de Galles et une partie de l'Allemagne, à l'Ouest le Maroc et l'Algérie, et à l'Est la Bulgarie. Durant le premier katun du dixième Paradis (ans 434-454), les Huns d'Asie centrale, sous le commandement d'Attila, détruisirent l'Empire romain, plongeant l'Europe dans l'Âge sombre. Au premier katun du onzième Paradis (ans 829-849), la ligne médiane s'activa de nouveau, mais plus au Nord, avec le lancement mystérieux de vaisseaux ornés de serpents par les Vikings.

N° du Paradis	Période de temps	Mouvements à partir de la ligne médiane de longitude 12° Est	Mouvements à partir de l'Est
7	De 749 à 729 av. J.-C.	Sédentarisation de Rome	
8	De 355 à 335 av. J.-C.		Les Perses vont vers l'Ouest
9	An 40 à 60	Expansion de l'Empire Romain	
10	An 434 à 454		Les Huns vont vers l'Ouest
11	An 829 à 849	Raids de Vikings	
12	1223 à 1243		Les assauts Mongols
13	1617 à 1637	La Suède	

Fig. 5.2. Violents mouvements migratoires au départ et en direction de la ligne médiane mondiale (Illustration de Calleman, tirée de *The Mayan Calendar and the Transformation of Consciousness*).

Ceux-ci démarrèrent de la ligne médiane pour attaquer à l'Ouest les Îles Britanniques et à l'Est la Russie. Pendant la même période, les États-nations modernes de France et d'Allemagne émergèrent de l'Empire de Charlemagne [18].

Durant le premier katun du douzième Paradis (ans 1223-1243), les Mongols de Genghis Khan partirent en hurlant d'Asie Centrale, conquirent tout ce qu'ils trouvèrent devant eux, créant le « domaine unifié du continent eurasien » et le « plus grand empire de l'histoire de l'humanité » [19]. Enfin, durant le premier katun du treizième Paradis (ans 1617-1637), la Guerre de trente ans entre les Protestants et les Catholiques s'enflamma, et la Suède devint temporairement une puissance majeure (l'énergie se déplaçant le long de la ligne médiane en direction du Nord) durant cette lutte qui finit par affaiblir la papauté pour la première fois depuis 1 500 ans, laissant la place au réformisme Protestant [20].

Hélas, tandis que le Pape se battait pour conserver son influence, il condamnait de nouveaux savants tels que Galilée dont le combat contre le Vatican a marqué le premier katun du treizième Paradis. La crédibilité du Catholicisme fut graduellement érodée pendant les quelques centaines d'années qui suivirent, à cause de la façon dont le Vatican traita Galilée, d'autant plus qu'ensuite le monde s'aperçut que le savant avait raison. C'est pendant ce même katun que les « Pères Pèlerins », à bord du *Mayflower*, partirent pour l'Amérique qui devint une extension de l'Angleterre dans la lutte pour la suprématie en Europe. Nous vivons actuellement le dernier katun du treizième Paradis qui est également le Jour Sept de l'Inframonde national, la maturation de 5 125 années d'histoire.

La ligne médiane continue à générer beaucoup d'énergie à la fin de ce cycle, ce qui suggère que l'Union européenne va se renforcer tandis que l'Amérique s'affaiblit — à moins que l'admission par l'U.E. de tant de pays de l'Europe de l'Est ne compromette sa puissance. Si je le dis, c'est pour faire remarquer que connaître les séquences d'influence de la ligne pourrait être très utile politiquement et financièrement. Je vais me pencher sur ce type de questions dans le chapitre suivant concernant l'Inframonde galactique. Ensuite, nous devrons nous intéresser aux problèmes plus profonds qui découlent de ce schéma de tendances.

Le drame collectif et le croisement invisible

Considérant la forme de l'onde historique que l'on appellera «les vents de l'histoire», seules des frontières invisibles comme l'Arbre du monde peuvent expliquer une telle tendance dominante. Calleman remarque: «Cette limite de champ du Croisement de la création injecte une tension créatrice le long des lignes où elle est introduite, et cette force créatrice a pour résultat, entre autres, des mouvements migratoires de peuples qui s'éloignent de cette ligne»[21].

Comme nous l'avons dit, il s'agit d'une onde rythmique de l'histoire qui amorce des flux de dualité et d'unicité dans le champ humain, inspirant aux peuples des mouvements de masse. Autrement dit, c'est «le drame cosmique qui semble être mis en scène par les forces de l'Ouest et de l'Est, mâles et femelles, yin et yang, ou lumière et ténèbres»[22]. L'idée d'un drame impliquant des forces mâles et femelles va dans le sens du fait que les anciennes cultures reconnaissaient l'interaction entre l'unicité et la dualité. Dans la période la plus proche de l'Inframonde national, cependant, les gens sont inconsciemment balayés de droite et de gauche par la ligne médiane comme des détritus poussés par les vents dans une ville vieillissante.

Dans mon travail sur les neuf Dimensions* de conscience durant les activations de l'Agenda Pléiadien, la troisième Dimension (3D)* est le monde solide; et la conscience collective (là où l'Arbre du monde influencerait les gens) est la quatrième Dimension (4D)*. De même que la ligne médiane est invisible, 4D l'est aussi, et pourtant 4D contrôle la conscience collective des gens. Par exemple, considérez le conflit qui oppose les Judéo-chrétiens et l'Islam. La plupart des Américains, poussés par les médias, se rejouent continuellement dans la tête leur film favori : l'Islam, le Terrorisme et les Croisades. Pour eux, le monde est divisé entre le Bien et le Mal. Si l'on tient compte de l'analyse historique de la ligne qu'a faite Calleman, l'Ouest a de l'Est une crainte instinctive dont les racines sont l'arrivée des Perses, des Huns sous Attila et des Mongols sous Genghis Khan : pour les Européens habitant près de la ligne, les monstres sont soudain apparus. Ceux de l'Est ont dû être conscients de l'accroissement de la richesse et du pouvoir de l'Ouest durant les Paradis impairs. Durant les Paradis pairs, ils ont dû ressentir l'envie irrésistible d'aller vers l'Ouest pour piller et conquérir.

Nos cerveaux et nos systèmes nerveux semblent être parfaitement câblés suivant les schémas générés par l'Arbre du monde. Cela signifie que la conscience collective humaine est globalement câblée selon la périodicité des cycles de l'Arbre, cycles délinéés* dans le Calendrier maya. Cette idée étonnante peut expliquer la puissante poigne exercée par 4D que nous avons détectée dans l'esprit de nos étudiants durant les activations. Et si comme pour toutes les tendances qui s'agrippent à l'esprit humain nous pouvions l'identifier, voir en quoi elle affecte la planète et décider de créer une nouvelle voie, notre espèce pourrait sortir de cette routine ingrate de stupide dualité et de violence. L'important, c'est que la fin du Calendrier doit vouloir dire que l'influence de la ligne médiane va se terminer. Quelle bonne nouvelle cela serait, au regard des tendances nocives que je viens de décrire !

Résonance holographique entre le cerveau humain et la Terre

Au cours des activations de l'Agenda Pléiadien depuis 1995, nos étudiants ont exploré les racines de l'Arbre du monde en voyageant dans les entrailles de la Terre pour retrouver des informations nous permettant d'activer notre état de conscience. Comme je le dis dans *Alchemy of Nine Dimensions*, « l'incroyable vérité est que nous vibrons en phase avec le pouls de la Terre, ce qui nous aligne avec tous les autres êtres et avec la Lumière dans la chaîne de l'existence. Voilà l'axe vertical de l'état de conscience »[23]. Le système à neuf Dimensions avec lequel nous travaillons décrit vraiment les différents aspects de la conscience humaine, mais le contrôle qu'exerce 4D sur nos vies nous a souvent posé une colle. Il s'avère que le concept de Calleman concernant le fonctionnement de l'Arbre du monde explique bien comment cela marche, en considérant particulièrement le fait que les ondes de nos cerveaux sont irrésistiblement entraînées par les rythmes vibratoires de la Terre. Cela signifie que nos cerveaux enregistrent les vibrations de 4D que nous en soyons conscients ou non.

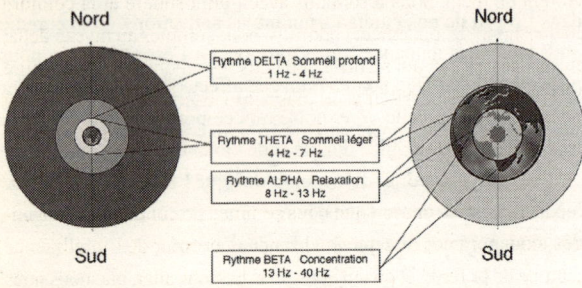

Fig. 5.3. La résonance du cerveau humain avec la Terre (Illustration de Calleman, tirée de *The Mayan Calendar and the Transformation of consciousness*).

Le noyau de fer cristallisé dans le centre de la Terre vibre à 40 Hertz (Hz) par seconde. Quand le cerveau est le plus actif et le plus créatif, il vibre avec le noyau à 40 Hz, au rythme bêta, ce qui signifie que nous sommes en résonance avec le noyau central terrestre. Quand l'esprit est relâché et méditatif, il vibre avec les sphères intérieures de la Terre situées entre le noyau et la croûte terrestre, dont le rythme diminue progressivement de 40 à 7 Hz, allant du rythme bêta au rythme alpha. Nous sommes alors en résonance avec l'intérieur de la Planète.

Nos cerveaux vibrent en alpha entre 13 et 8 Hz, donc notre résonance avec l'intérieur proche de la Terre est aussi bien en ondes bêta qu'en ondes alpha. La croûte terrestre vibre à environ 7,5 Hz, rythme de transition entre les ondes alpha et thêta. Dans les états de somnolence ou de sommeil léger, notre conscience commence à s'envoler vers l'atmosphère et notre cerveau vibre en ondes thêta entre 7 et 4 Hz. La ceinture intérieure dite de Van Allen, ceinture de radiation externe à la Terre, qui contient des particules chargées maintenues en place par le champ magnétique terrestre, vibre à environ 4 Hz. Les rythmes entre la Terre et la ceinture intérieure sont entre 7 et 4 Hz, ce qui veut dire que lorsque nos cerveaux vibrent en thêta, nous résonnons avec l'atmosphère et la ceinture en question. Profondément endormis, nous sommes au niveau delta, entre 4 et 1 Hz, ce qui signifie que nous résonnons avec la ceinture extérieure de Van Allen et la magnétopause*, frontière entre la magnétosphère, dominée par le champ magnétique de la planète, et le système solaire [24].

Autrement dit, lorsque nous sommes profondément concentrés, nous sommes directement branchés au cœur de l'intelligence centrale de la Terre, et quand nous nous laissons aller, que nous nous relaxons, que nous nous endormons, notre esprit se libère du champ terrestre. C'est quand nous pensons le plus intensément et que nous avons les flashes de créativité les plus géniaux que nous vibrons en phase avec les cristaux de fer sous pression du noyau, et c'est lorsque nous sommes dans les limbes que nous délaissons nos corps et la Terre et que nous évoluons dans les royaumes célestes. Dans mon système à neuf Dimensions, la première (1D) est le noyau de cristal de fer au centre de la Terre, 2D est la sphère intérieure incluant le noyau, 3D est la croûte terrestre et 4D est l'atmosphère de la Terre jusqu'à la ceinture intérieure et extérieure de van Allan et même la magnétopause. Les cinq Dimensions les plus élevées sont au-delà de la magnétopause.

Les étudiants très experts en la matière savent où ils sont dans les Dimensions en lisant simplement les fréquences de leurs propres cerveaux. Calleman fait remarquer que « la concordance entre les gammes traditionnelles de fréquences des différents types d'ondes cérébrales et le rayon des sphères de la Terre est remarquable » [25]. Sans aucun doute, nos cerveaux sont des transducteurs de tous les éléments de la Terre et du cosmos, et une fois que les gens auront réalisé cela, ils cesseront de détruire leur habitat. Par exemple les champs que nos cerveaux peuvent lire dans l'atmosphère sont altérés par les fréquences des micro-ondes créées par les grandes antennes de téléphonie mobile et les fours à micro-ondes, et ce que ces altérations risquent d'avoir comme conséquences sur la biologie planétaire devra bientôt être pris très au sérieux.

Calleman se demande ce que la résonance entre la fréquence de 40 Hz des ondes bêtas humaines et de celles du noyau central de la Terre signifie au regard des perspectives du Calendrier maya. Cette question est absolument fascinante compte tenu de ma théorie des neuf Dimensions, parce que la principale raison de chaque activation est de comprendre la nature de la conscience dans le noyau terrestre et le Centre Galactique. L'hypothèse de la science est que le centre de la Terre est une structure cristalline, chaude, dense et sous pression [26]. Des irrégularités ayant été détectées, il s'avère que cette masse n'est pas parfaitement sphérique. Calleman imagine que, comme les anciens dépeignaient souvent la Montagne du monde en forme de pyramide, le noyau central de la Terre pourrait être de structure octaédrique*, ce qui pourrait générer une ligne médiane [27]. C'est très important, parce que les Mayas disent que l'Arbre du monde est ancré dans la Montagne du monde au centre de la Terre et projette des plans perpendiculaires et des branches jusqu'à la surface [28]. Calleman conçoit la ligne médiane comme l'une des branches de l'Arbre du monde [29].

Plus important encore, Calleman suggère que les modèles de pyramides pourraient être à la source du terme Inframonde pour désigner les neufs niveaux de la création. Comme il le dit, « ces Inframondes, comme le laissent à penser les modèles pyramidaux à terrasse de la Montagne du monde, pourraient fort bien tenir leur origine de la structure cristalline du noyau » [30]. Et il se demande si « les neuf Inframondes ne correspondraient pas aux neuf couches activées séquentiellement de fer cristallisé du noyau interne de la Terre ? » [31]. J'ai cité ici sa pensée, parce que c'est exactement ce que plusieurs de nos étudiants découvrent dans leurs voyages extatiques vers le noyau de fer cristallisé au centre de la Terre. Après tout, les Dimensions sortent du noyau de la Terre sur l'axe vertical de la conscience. Celui-ci renferme donc bien la mémoire de toutes les Dimensions.

Durant les activations, lorsque nous entrons dans le noyau de la Terre par les prières et le respect, l'expérience la plus suivie et la plus persistante que les personnes vivent est celle d'un Eden intemporel, d'un endroit de création qui englobe toutes les espèces de plantes et d'animaux ayant jamais existé sur la surface de la Terre. Certaines personnes semblent voyager dans l'Inframonde cellulaire ou dans le tout début de l'Inframonde mammalien*, et nombre d'entre eux ont des révélations étonnantes à faire sur les espèces et leurs habitats changeants.

Le refrain est habituellement que toutes les espèces existent éternellement dans le noyau de cristal et pourraient revenir vivre à la surface si un habitat adéquat existait dans le royaume matériel terrestre pour le leur permettre. En d'autres mots, l'habitat à la surface détermine ce qui est en fait créé tandis que tous les aspects de la création existent sous forme potentielle au centre de la Terre. Comme nous l'avons vu, une réflexion profonde et une concentration intense lorsque nous sommes en fréquence bêta nous mettent en résonance avec le noyau terrestre. La fréquence Bêta est une très haute fréquence que l'on pourrait considérer comme l'illumination. Calleman dit « Élever nos fréquences et éveiller notre conscience par la résonance avec le noyau terrestre équivaut à suivre le chemin de l'illumination »[32].

Méditation active

Quand j'étais petite, j'adorais les spectacles de cow-boys : j'ai même une fois écrit une lettre d'amour à la star du genre, Roy Rogers. Sa femme, Dale Evans, m'envoya une photo dédicacée de Roy et me répondit que mes sentiments ne la dérangeaient pas, ce qui soulagea mon sentiment de culpabilité. Pour aussi séduisants qu'aient pu être Roy et les autres cow-boys, celui qui m'a vraiment influencée, je m'en rends compte maintenant, c'était Tonto, l'acolyte du Ranger solitaire. Tonto se contentait d'être sur son cheval et de grogner à tout bout de champ « Comment ? », « Comment ? » encore et encore. Très tôt, je fis mienne l'idée que la seule chose qui comptait vraiment, c'était la question « Comment ? ».

J'aime les activations pour atteindre l'illumination, et les postures sacrées pour voyager à travers les autres mondes, parce que ces choses-là marchent ! Et je ne terminerai pas ce chapitre sans mentionner quelques précieux aspects pratiques et quelques pensées sur la façon d'utiliser les postures pour travailler avec l'Arbre sacré. Pendant que je m'y attache, n'oubliez pas que Felicitas Goodman, qui redécouvrit les transes rituelles et les postures sacrées, remarqua que durant les transes sous stimulation rythmique le cerveau atteint la gamme thêta, comme nous en avons discuté en fin de chapitre 3. C'est-à-dire que quand nous sommes en transe et que nous voyageons dans l'Arbre du monde, nos esprits se déplacent dans la haute atmosphère au niveau de la ceinture intérieure de van Allen. Autrement dit dans les états de transes extatiques la réalité alternative nous est accessible en quittant la Terre. Selon mon expérience, c'est vrai et c'est pourquoi nos sessions de transes ne durent jamais plus de quinze minutes même si nous les ressentons parfois comme des heures.

D'un point de vue pratique, vous pouvez prendre un rendez-vous avec vous-même pour voyager dans l'Arbre du monde qui se manifeste dans la réalité alternative comme un royaume invisible co-existant avec le royaume matériel. Je dirais ici que ce travail est une forme de méditation active. Vous pourrez créer un espace de recueillement à quatre directions chez vous ou au temple et entrer dans des états de méditation profonde. Ensuite, en utilisant votre propre corps comme Arbre du monde, vous pourrez voyager de haut en bas sur l'axe vertical multidimensionnel.

La première question que vous vous poserez est : comment cela diffère-t-il de la méditation traditionnelle, des états d'immobilité inspirée de l'Orient par exemple ? Ces deux formes diffèrent absolument dans leurs buts parce que la méditation de l'Arbre du monde est très active et pleine de contenu, tandis que la méditation statique assise vous vide de toute pensée. Une technique n'est pas meilleure que l'autre, mais, d'après mon expérience, presque tous les gens nés dans une culture occidentale peuvent atteindre le stade de la méditation active mais ont des difficultés avec les formes orientales. J'ai remarqué au cours de nos activations que l'inverse est également vrai : ceux qui pratiquent les formes orientales souffrent lorsqu'ils tentent d'accéder à la méditation active. Cette dernière a relativement disparu depuis le Moyen âge où les nonnes et les moines la pratiquaient tous les jours en chantant, en peignant des enluminures sur les manuscrits, en se promenant dans des jardins sacrés et des labyrinthes et en psalmodiant les écritures sacrées. Durant ces activités, ils modifiaient intentionnellement les fréquences de leurs cerveaux pour accéder à des états de conscience modifiés. Ces exemples représentent peut-être la valeur extrême de la méditation active pour nous aujourd'hui : la méditation active est une technique contemplative qui permet aux occidentaux de communier avec le Divin.

Les enseignants spirituels orientaux utilisent aussi des techniques de méditation active, telles que yoga ou chanson, qui sont similaires aux méthodes occidentales en vogue au Moyen âge. Mais quand les techniques orientales parvinrent pour la première fois à l'Ouest dans les années 1970, une méditation passive et silencieuse commença par être offerte. Du point de vue de l'Oriental, les Occidentaux sont spirituellement sous-développés et souvent un peu fous. Je ne suis pas contre ce jugement parce que les banques de données intellectuelles qui se sont développées dans la culture occidentale durant les quatre cents dernières années — le dualisme cartésien — n'offrent que la moitié de la vie. Quant aux diverses formes de méditation à l'orientale, les enseignants ont eu raison de les préconiser aux gens pour vider totalement leurs esprits, parce qu'ils étaient de toute façon remplis de fadaises !

Honnêtement, la même situation a existé à l'Est car l'accès à la vérité profonde (comme le sens et l'ancienneté des Védas) a été perdu jusqu'à un passé récent. Nous en avons discuté au chapitre 4 au sujet de la recherche de B. G. Sidharth[33]. En attendant, maintenant que l'Ouest est en train de recouvrer sa propre histoire spirituelle par la recherche du Nouveau Paradigme*, la contemplation active est un très puissant moyen d'atteindre la conscience spirituelle.

Par exemple, en contemplant activement les cycles du temps, nous pouvons nous rendre directement dans la neuvième Dimension, le Centre Galactique, l'emplacement des états de conscience les plus élevés qui existent. Il s'agit de la contemplation de la vérité éternelle, le Samadhi. Et en parlant d'ondes cérébrales, le Centre de la galaxie vibre avec ses ondes gamma haute fréquence et vous pouvez vous poser la question de savoir comment cela affecte vos esprits.

La pratique des postures sacrées est un bon gros « Comment ? » ! Mais pour tirer parti de cette merveilleuse opportunité, vous devez parvenir à un niveau complètement nouveau de respect pour votre droit à explorer l'univers. Tant à l'Est qu'à l'Ouest, les religions ont adopté des schémas proscrivant le droit des individus à la Connaissance. Ces barrières doivent disparaître ! Que ce soit l'idée qu'il vous faut l'aide d'un gourou pour trouver l'illumination ou la pensée que la Connaissance est l'œuvre du démon, toutes ces croyances doivent disparaître. Dans l'Inframonde galactique où nous vivons actuellement, toute la connaissance acquise durant les Inframondes précédents s'est accélérée à un point que toutes les informations se déversent dans l'esprit humain plus vite que nous ne pouvons les assimiler. Les postures sacrées furent utilisées durant l'Inframonde régional et le national : ce sont des clés spéciales pour atteindre divers niveaux de perception.

Les postures sacrées et la réalité alternative

À l'institut anthropologique Cuyamungue du Dr Felicitas Goodman, au Nouveau-Mexique, nous continuons à retrouver d'anciennes postures, mais les catégories avec lesquelles nous travaillons ne vont probablement pas changer[34]. Nous en avons trouvé de nombreuses dont certaines nous aident à soigner et d'autres nous permettent de deviner le savoir nécessaire pour appréhender ce que nous souhaitons comprendre. Nous travaillons avec des postures qui nous aident à nous déconstruire et à nous régénérer par la métamorphose, et avec d'autres pour les voyages de l'esprit dans les mondes inférieurs, moyens et supérieurs. Certaines sont des postures d'initiation, d'autres nous servent pour les questions de mort et de renaissance. Enfin, il y a des postures pour accéder à des mythes vivants pour pouvoir voir les aspects spirituels de nos vies, et des postures de célébration pour honorer les joies de nos existences. Chaque choix nous permet de sélectionner l'état spirituel auquel nous voulons accéder afin de consulter la sagesse disponible dans la réalité alternative. Tout comme un moine ou une nonne existent la plupart du temps dans un état spirituel à cause de leurs pratiques de dévotion, nous pouvons être connectés à tous ces niveaux simplement en visitant régulièrement la réalité alternative.

La plus grande partie de la journée d'un moine ou d'une nonne est banale. Cependant leur harmonisation journalière avec Dieu spiritualise le monde banal. La vie de tous les jours peut être spiritualisée en visitant la réalité alternative suffisamment souvent pour rester consciemment enveloppé dedans. De plus, la vie dans une réalité alternative est étonnamment riche pour nous parce que nos ancêtres l'ont explorée pendant des milliers d'années, ils y vivent encore et ils attendent que nous y revenions. Cette banque de données est peut-être la plus riche, la plus libre de toute manipulation et de toute contrainte religieuse dont les humains modernes puissent disposer.

Certains d'entre vous peuvent se demander pourquoi je travaille également à l'aide d'activations de l'Agenda pléiadien. Nous faisons des activations parce que ce sont des expériences en larges groupes qui créent un entrelacement de mondes pour beaucoup de gens. En ce qui concerne les expériences de groupes et les transes extatiques, nous menons également à Cuyamungue des danses de transes masquées similaires aux danses indigènes parce que les esprits viennent à travers nous, les danseurs, et ensemble, nous créons un entrelacement de mondes. Habituellement, au cours d'une semaine complète, les danseurs fabriquent leurs propres costumes qui recouvrent complètement leurs corps. Nous nous mettons en transes deux ou trois fois par jour pour deviner l'animal que nous serons, et pour comprendre et créer la danse que les esprits réclament à ce moment précis. Pendant ce temps, nous ne sommes pas dans la réalité ordinaire, nous évoluons dans la réalité alternative. Durant une activation d'Agenda pléiadien, nous voyageons en groupe dans les neuf Dimensions tout en étant dans nos propres corps en harmonie avec nos propres fréquences d'ondes cérébrales. L'une des grandes fascinations des activations, c'est que nous entrons dans chaque Dimension par le mode sacré. Quand les étudiants font l'expérience de la troisième Dimension par la voie sacrée, où le temps et l'espace sont linéaires, ils découvrent le côté sacré de la Terre, ce qui les change pour toujours. Ils apprennent à détecter les autres mondes qui s'entrelacent avec le monde solide et leur perception des lisières entre les réalités s'en trouve affinée. Lorsque nous nous livrons à une danse de transe masquée, de vivre dans la réalité alternative pendant une semaine change totalement notre vision de la réalité ordinaire qui ne sera jamais plus la même.

Je voudrais également introduire l'idée que la lecture est une pratique sacrée qui peut activer les fréquences bêta de notre cerveau. L'éducation et la culture occidentales ont été bourrées de fausses données et d'idées mensongères au cours des quatre cents dernières années, je dirai même au cours des mille cinq cents dernières années. Pendant cette période, seuls ceux qui avaient accès à des banques de données centrales exactes, comme les mathématiciens, les physiciens supérieurs et les artistes ont eu la possibilité de faire l'expérience de la pensée dans la fréquence bêta. Maintenant que les écrivains du Nouveau Paradigme donnent enfin des informations correctes — celles qui ont existé naguère dans les milliers de textes détruits de la bibliothèque d'Alexandrie et de Méso-

Amérique — nombreuses sont les personnes qui ont de véritables orgasmes cérébraux, l'expérience «Aha*!» qui est haute pensée bêta. Je terminerai ce chapitre en vous demandant de me faire l'honneur de considérer qu'un orgasme cérébral avec un bon livre vaut bien le Samadhi dans un Ashram : l'illumination est simplement vérité et clarté avec la pure Lumière.

6

L'Inframonde galactique et l'accélération du temps

L'Inframonde galactique et l'Amérique en tant qu'empire mondial

Le moment est arrivé d'examiner la nature de l'accélération du temps durant l'Inframonde galactique qui commença le 5 janvier 1999. Je vais essayer d'être claire sur la façon dont le système fonctionne. Selon Calleman, la vitesse de l'évolution durant l'Inframonde galactique a augmenté d'un facteur de vingt par rapport à l'Inframonde planétaire (de 1755 à 2011), qui a lui-même augmenté d'un facteur de vingt par rapport à l'Inframonde national (de 3115 av. J.-C. à 2011).

Ci-dessous, je vais simplement employer les termes National, Planétaire et Galactique pour les sixième, septième et huitième Inframondes. Souvenez-vous que les treize étapes des neuf Inframondes sont les Paradis et ils ont également divers noms numériques mayas tels que baktuns, katuns, tuns. Durant le National, chacun des treize baktuns est d'environ 394 ans. Durant le Planétaire, chaque katun est d'environ 19,7 années et durant le Galactique chaque tuns, année divine, est de 360 jours. Pourtant les processus d'évolution qui se développent durant chacun de ces Paradis sont en accroissement d'intensité globale. Autrement dit, le processus d'évolution (y compris celui en cours puisque les neuf Inframondes sont empilés les uns sur les autres) sur 394 ans puis 19,7 ans se développe maintenant via des Jours et des Nuits de moins d'un an (360 jours) ! À savoir que tous les multiples de tuns par vingt en remontant 16,4 milliards d'années se sont accélérés en juste treize tuns durant le Galactique ! Vous voyez ce que je veux dire ?

Considérant le facteur d'accélération du temps durant le Galactique, je vais remonter en arrière et jusqu'aux plus lents baktuns du National et aux katuns du Planétaire pour rechercher les processus similaires qui se développaient. Afin que vous compreniez pourquoi tout semble aller plus vite maintenant, mon but dans ce chapitre est de vous donner un sens tangible de l'intensité de l'accélération du Galactique en rapprochant des événements actuels à des tendances correspondantes ayant existé dans les précédents Inframondes.

Comme il est impossible de couvrir en peu de pages tous les événements majeurs qui ont eu lieu depuis 1999, j'ai décidé de travailler sur un thème très pointu qui semble avoir un impact global à mesure que le Galactique se déroule. Ma tête d'affiche pour le drame galactique global est l'Amérique en tant qu'Empire, ce qui se trouve également être le titre d'un excellent livre de l'auteur américain Jim Garrison qui a adopté un point de vue sur la politique américaine similaire au mien [1]. Examiner le rôle de l'Amérique en tant qu'Empire mondial au regard de l'accélération du temps ajoute une nouvelle profondeur à cette courageuse quête américaine. Pour faire simple, les États-Unis, sous l'égide de l'administration Bush actuelle, les « Bushites », se sont emparés des pouvoirs du facteur de l'accélération du temps en l'an 2000, année du nouveau millénaire. Ils ont adroitement façonné l'unique potentiel créatif de ce moment en un programme visant à contrôler le monde.

Ces intentions claires ont amené un succès instantané et je me suis souvent demandé s'ils ne savaient pas déjà tout sur le Calendrier maya. Si vous pensez qu'une telle éventualité est trop improbable, constatez comment les Bushites ont fonctionné en équipe de football américain remarquablement dirigée : regardez comment l'équipe adverse ne peut même pas avancer ! En passant le ballon parfaitement et en courant rapidement dans la zone de repli, ils ont systématiquement réorganisé tous les mécanismes gouvernementaux. En ce qui concerne les dirigeants qui ne coopèrent pas avec leurs plans, les Bushites sortent chaque jour de nouveaux lapins de leurs chapeaux avant que quiconque ait pu réaliser ce qui s'était passé la veille ; les Bushites se régalent de surfer sur la vague du temps galactique !

Ce chapitre va aussi intégrer occasionnellement les tendances astrologiques en liaison avec les treize Paradis du Galactique, vu que l'astrologie de l'ensemble du cycle est de très bon augure. La grande finale d'une symphonie remarquable se joue dans ce ballet planétaire. Ces cycles astrologiques sont décrits en détail dans l'appendice B. Une conjonction astrologique de planètes — deux planètes qui se rejoignent dans le ciel — a eu lieu en 2000 et a permis aux Bushites de prendre le contrôle total. Je suis sûre que les astrologues Bushites l'ont utilisée comme guide, et si vous en doutez, souvenez-vous que l'utilisation d'astrologues par Nancy et Ronald Reagan était de notoriété publique au milieu des années 1980. Cette conjonction était celle de Jupiter et de Saturne en l'an 2000, ce qui arrive tous les vingt ans. Cette conjonction est l'outil le plus précis pour suivre les cycles politiques.

Par exemple, depuis 1840 tous les Présidents Américains en fonction quand cette conjonction eut lieu moururent avant la fin de leur mandat, sauf Bill Clinton, qui, pourrait-on dire, mourut d'embarras à cause de ses peccadilles sexuelles. Franklin D. Roosevelt et William Harding moururent de mort naturelle, mais Abraham

Lincoln, William McKinley, et John Kennedy furent assassinés, et une tentative d'assassinat fut perpétrée sur Reagan (qui fut peut-être la raison pour laquelle Nancy demanda conseil aux astrologues)! D'une manière générale, Saturne dirige la structure et Jupiter gère l'argent, donc si au moment d'un trigone un groupe crée des structures qui contrôlent l'économie, ils gagnent!

Le terme «Bushites» fait référence aux membres Judéo-chrétiens fondamentalistes néo-conservateurs de l'administration Bush (appelés ci-dessous les néo-conservateurs). J'utilise également le terme Bushites pour faire remarquer qu'ils ne vont pas partir après la fin du second mandat de Georges Junior. Cette administration a mis en place avec succès des changements de système qui resteront effectifs aux États-Unis jusqu'en 2020 (au temps de la nouvelle conjonction Jupiter/Saturne), comme le Homeland Security Department, qui a pris en charge notamment les systèmes de sécurité des lignes aériennes, et la réorganisation de la CIA et du FBI. À moins que les Américains ne mettent à la porte les Bushites et ne purgent le système, ils garderont le contrôle. De même, la formation politique de l'Amérique a commencé durant le premier katun (1755-1775) de l'accélération de l'Inframonde planétaire; les USA se sont donc saisis de l'agenda de l'Inframonde planétaire.

La réorganisation systémique à tous les niveaux du gouvernement et de l'armée est toujours l'objectif des régimes fascistes. Qu'est-ce que j'entends par «fasciste»*? Les systèmes fascistes cherchent à obtenir le contrôle total des individus par des corporations possédées par les amis des dirigeants du moment. Certes, la puissance des corporations a été l'objectif numéro un des systèmes US au moins depuis les années 1950. Néanmoins le fascisme est d'une façon flagrante en train de prendre le pouvoir aux États-Unis sous le joug des Bushites. Autrement dit les leaders du pays utilisent l'économie et la puissance du pays pour faire progresser les agendas privés de certaines corporations. Dans le cas présent, nous pouvons citer les industries pharmaceutiques, les fabricants d'armes et les bâtisseurs de nations, tels que Halliburton en Irak. Revenons au début de 1999 pour explorer ce thème et rechercher la nature de l'accélération du temps qui est maintenant vingt fois plus rapide que de 1755 à 2011. Nous suivrons également d'autres thèmes complètement nouveaux émanant de l'accélération de l'Inframonde galactique.

Jour Un de l'Inframonde galactique : du 5 janvier au 30 décembre 1999

Le Jour Un du Galactique, les semailles, doit être examiné en détail pour détecter les nouveaux agendas qui vont se dérouler tout au long des treize Paradis.

Durant 1999, il y eut une modification majeure dans la vie des gens due à l'impact de l'Internet et de l'e-mail (ou courriel) universels. Soudain, les individus qui n'étaient pas doués pour

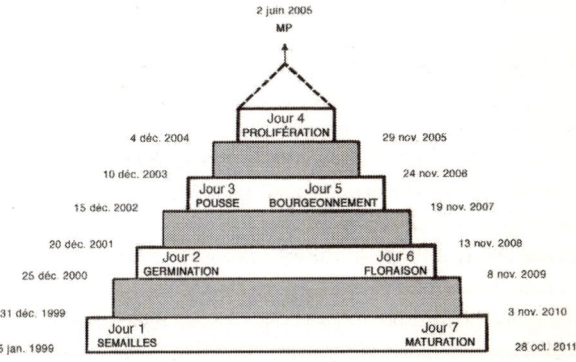

Fig. 6.1. L'Inframonde galactique (Illustration adaptée de *The Mayan Calendar and the Transformation of Consciousness* de Calleman).

l'ordinateur eurent des difficultés avec le monde du travail car presque toutes les affaires se mirent à passer par lui, et les jeunes qui étaient plus à l'aise avec les ordinateurs prirent un mordant qui rendit nerveux les directeurs plus mûrs et les propriétaires.

Les e-mails ou courriels devinrent bientôt une nécessité, et, bien évidemment, ceux qui n'adoptaient pas cette méthode de communication ressemblaient fort aux dinosaures de demain. Les chercheurs professionnels se mirent à pulluler sur Internet et les téléphones mobiles furent instantanément adoptés par le monde des affaires, ce qui mettait les employés au travail à temps plein sauf pendant leur sommeil. Les moyens plus personnels de communication, téléphone fixe et autre courrier escargot se dévaluèrent et les gens préférèrent envoyer des e-mails à leurs collègues de travail plutôt que de se déplacer à deux pas dans le couloir pour poser leur question ou papoter. Le temps s'accéléra radicalement via e-mails, Internets et mobiles. Vous souvenez-vous de cette accélération de temps altéré ? Cette phase fut très stressante pour tout le monde et particulièrement pour les personnes âgées. C'est le moment où, sous prétexte d'un système de datation trop vieux, les fabricants d'ordinateurs, le gouvernement et les médias mirent sur le devant de la scène la menace du bug de l'an 2000 qui était censé frapper à la fin de 1999. Cet étrange battage publicitaire, qui nous racontait que le passage au nouveau millénaire allait causer des ravages sous prétexte que les ordinateurs n'étaient pas prévus pour lire les dates ne commençant pas par « 19... », donna à tous la sensation d'être dépendants de leurs machines et en convainquit un grand nombre d'acheter le nouveau modèle. Les fournisseurs d'ordinateurs étaient pliés de rire. Ce qui s'est passé en réalité, c'est que les programmeurs ont travaillé d'arrache-pied pour inventer des moyens et des modules permettant de passer outre à cette difficulté et que le désastre a été évité. Mais les gens ont intériorisé le fait que leur monde devenait irrémédiablement informatisé. L'ordinateur devenait une question de survie ! L'économie des États-Unis était en condition optimale grâce à la vague des technologies de l'information (TI) et au fait que le Président d'alors, Bill Clinton, avait grandement réduit le déficit. À l'échelon mondial, les gens s'affairaient à des tas de spéculations boursières, principalement sur les nouvelles technologies qui engrangeaient une moisson énorme de taxes pour les États-Unis. En 1999, l'économie US était comme un jeune de vingt ans à l'activité sexuelle débordante tandis que le Président, lui, pensait avoir toujours vingt ans ! Pendant ce temps, une ombre financière (gênante pour l'Amérique) planait sur le monde : en janvier 1999, alors que la pédale d'accélérateur du Galactique était au plancher, l'Euro fut lancé par l'Union Européenne. Cette nouvelle monnaie laissait prévoir quelques challenges au dollar tout puissant. Rétrospectivement, nous savons que l'Euro fut en effet un défi pour le dollar et nous pouvons constater qu'il a lancé un signal aux autres pays à travers le monde de se ranger dans des groupes qui serviraient mieux leurs propres intérêts territoriaux. Par exemple, au moment où j'écris ces lignes en 2006, les Européens et les Sud-américains associent leurs intérêts communs dans leurs hémisphères respectifs pour régler le problème de la menace de domination américaine endiablée qui fait du Moyen-Orient une poudrière. Des pays tels que l'Iran au Moyen-Orient et la Chine en Extrême-Orient sont en train de tisser des alliances et d'accroître leur puissance en partie en réaction à la domination américaine. Également en 1999, un grand mécontentement se fit jour aux États-Unis (qui ne commença à se remarquer qu'en 2000) parmi les fondamentalistes religieux et les conservateurs. Ils s'insurgeaient contre les libertés individuelles du genre homosexualité affichée ou liberté de l'avortement que de nombreux Américains avaient avalisées et auxquelles ils s'habituaient.

Revenant au Jour Un de l'Inframonde national (de 3115 à 2721 av. J.-C.) sur des thèmes similaires, des cultures complexes hiérarchisées avec cités, temples et systèmes d'écriture surgirent soudain dans différentes régions de la planète. Le processus qui se déroule durant l'Inframonde national est le développement de la civilisation et de la communication, qui en est à son stade le plus avancé actuellement. Revenons maintenant au Jour Un de l'Inframonde planétaire (de 1755 à 1775 de notre ère) : l'industrie commençante a soudain transformé le monde agraire, rural qui produisait la nourriture des villes partout où une économie et un commerce organisé existait. Nombre d'individus furent tirés de leurs vies bucoliques à la campagne pour se retrouver à travailler comme des esclaves dans les nouvelles usines de ces villes. Les manufacturiers du début ont engendré des réseaux mondiaux qui arrivent actuellement à leur point culminant. En 1755, les colonies américaines commencèrent à demander leur indépendance du contrôle européen et cela mena à la ratification de la Déclaration d'indépendance de 1776 lors du second Congrès continental.

Les États-Unis se sont déterminés durant le Jour Un du Planétaire. Ils n'est donc pas surprenant qu'ils soient si dominateurs à l'époque du Jour Un du Galactique. Tout comme le Jour Un du National, le Jour Un du Planétaire poussa des désirs naissants à la surface qui accélérèrent la réalité, que cela plaise ou non, et c'est exactement la même chose actuellement. Durant le Jour Un du Galactique, la révolution des techniques de l'information choquait tout le monde sauf un petit nombre d'initiés comme Bill Gates de Microsoft et Steve Jobs de chez Apple. Soudainement en 1999, nous apprîmes que l'ancien monde de la recherche du confort matériel et de la sécurité arrivait à son terme et que les frontières s'érodaient partout ; les jours se succédaient comme autant de tourbillons.

Parfois je repense avec nostalgie à l'ère victorienne, au début du National quand les gens rêvaient à leur Eden. À partir de 1999, nous avons réalisé que nous serions forcés de nous connecter avec les autres d'une manière rapide et nouvelle, là aussi que cela nous plaise ou non. Insidieusement, la publicité prit un caractère plus dominant que jamais et les multinationales pharmaceutiques en particulier commencèrent à dépenser des sommes astronomiques en pub. Cette orientation nouvelle a fondamentalement détourné la médecine de son objectif premier de santé publique vers un objectif lucratif d'exploitation de la santé publique à des fins commerciales corporatistes. J'en parle parce que cette menace au bien-être est devenue une crise globale, et pourtant nous venons à peine de passer le point médian (2 juin 2005) de l'Inframonde galactique. La santé est si fondamentale pour le bonheur humain que je me permettrai de suivre la piste de l'oppression pharmaceutique à travers le Galactique d'autant plus que les sociétés pharmaceutiques sont un des pivots principaux de l'économie Bushite.

Début janvier 1999, des manifestations contre l'Organisation Mondiale du Commerce explosèrent à Seattle, état de Washington, et fleurirent en mouvements de jeunes contre l'OMC, le Fond monétaire international (FMI) et la Banque mondiale. À court terme, ce fut un mouvement clandestin, partiellement parce que tant de démonstrateurs furent jetés en prison sans avoir droit à un avocat, mais principalement à cause de l'intention évidente des Bushites d'éliminer les libertés individuelles. Pour contrebalancer les mouvements anti OMC, les jeunes chrétiens conservateurs travaillaient dur au niveau du peuple pour parvenir à être reconnus et à disposer d'un plus grand pouvoir dans le système politique américain.

Il est important de reconnaître les divers points de vue dans les jeunes générations en 1999, car le monde finira par leur appartenir. Des valeurs spirituelles se construisent tout au long du Galactique, les deux mouvements de jeunes luttant pour briser la mainmise matérialiste des grandes sociétés commerciales. La spiritualité éternelle et la spiritualité fondamentaliste vont toutes deux dominer en 2011 et ces forces opposées en apparence vont s'unir.

Enfin, nous pouvons maintenant voir apparaître des actions belliqueuses très fâcheuses durant les Jours du Galactique, comme par exemple l'invasion de l'Irak par Bush Junior en 2003 durant le Jour Trois. Au cours de 1999, la guerre occidentale de l'OTAN au Kosovo fut initiée pour contenir la puissance Serbe. Comme je l'ai déjà dit au chapitre 2, les créations nouvelles adviennent durant les Jours des Inframondes, et l'intégration de cette croissance durant les Nuits.

Puisque l'utilisation de la guerre pour faire avancer les agendas a été commune pratique pendant les Jours tant du National que du Planétaire, elle a toutes les chances de continuer durant les Jours du Galactique, ce qui a été le cas jusqu'à maintenant. Les Balkans, qui auparavant avaient été particulièrement calmes depuis 1992, sont brusquement venus sur le devant de la scène la dernière année du règne de Clinton en 1999. Vous souvenez-vous de votre surprise à ce sujet ? Je dirai que c'est un coup en traître suscité par le besoin que les choses se fassent durant les Jours du Galactique.

Les guerres sont ce dont l'économie militariste des États-Unis a besoin pour jouer à l'Empire. Cependant, pour l'amour de la survie de la planète, ceux qui s'aperçoivent que les guerres ne sont en fait que des questions d'argent doivent faire tout ce qu'ils peuvent pour s'assurer que la période de l'Inframonde galactique voie le dernier soubresaut de ce hideux moyen de l'homme. À la fin du chapitre 7, j'imagine comment le monde pourrait dépasser l'idée de guerre durant la fin de l'Inframonde galactique.

Nuit Un de l'Inframonde galactique : du 31 décembre 1999 au 24 décembre 2000

La Nuit Un du Galactique était une période d'intégration après la formidable accélération durant 1999. Le monde s'est éveillé après les fêtes de célébration du nouveau millénaire : les lumières et les ordinateurs fonctionnaient toujours! Le monde était sauvé du bug de l'an 2000! À cette date, seuls les néo-arnaqueurs et l'élite mondiale (un consortium mondial de banquiers et de dirigeants du complexe militaro-industriel) savaient que George W. Bush serait tiré du chapeau pour diriger le nouvel Empire mondial. L'empire nécessitait une dynastie et le Roi Daddy Bush en avait créé une: George, Neil, et Jeb.

L'ambiance était parfaite pour cette royale prise de pouvoir à l'époque où ce coquin de Bill Clinton avait dégrafé son pantalon aux mauvais moments et aux mauvais endroits. Nombre de gens étaient inquiets de la chute de 600 points du Nasdaq le 4 avril 2000. Après vingt ans de croissance et de prospérité dans une économie saine (le précédent cycle Jupiter/Saturne), la plupart des gens intelligents savaient que l'heure du crash était venue. La frénésie de spéculation sur les nouvelles technologies de l'information faisait rage parce que les gens agissaient par cupidité. Un instant de cette période est resté gravé à jamais dans ma mémoire.

Tandis que j'écoutais la radio nationale au printemps 2000, j'eus la surprise d'entendre le bégaiement à peine intelligible d'un politicien extraordinairement ignorant balançant ses inepties au cours d'une laborieuse interview. Son ton de voix ennuyeux, nasal, était suffisant, pugnace et arrogant. Je tendis l'oreille pour tenter de comprendre ce que cette personne bizarre essayait de dire. Quand vint la fin de l'interview, j'appris que l'orateur n'était autre que George W. Bush, fils de George Herbert Walker Bush! Un idiot, qui crachotait ses mots comme s'il avait des billes dans la bouche, était en train d'être propulsé comme un pantin à la Présidence des États-Unis!

La campagne présidentielle de 2000 fut étrange aussi, vu que le vilain petit canard, Bill Clinton, était au bord de la procédure de destitution, vilipendé pour sa conduite sexuelle inconvenante. L'attention des médias était focalisée sur le tailleur de Monica Lewinsky et sur les problèmes maritaux de l'infortunée Hilary Clinton, bien loin de l'importance critique de l'élection en cours. Pourtant cette élection était d'une portée capitale, Jupiter et Saturne entrant en conjonction dans le ciel en mai 2000. L'économie hyperactive des TI alternait croissances et crashes et les Américains étaient nerveux, critiques, vertueux et polarisés.

Enfin, beaucoup de gens pensent que l'issue de l'élection de 2000 fut frauduleuse à cause des machines à voter informatisées. C'est la société Diebold qui avait fabriqué les machines et son PDG était réputé s'être personnellement engagé à faire en sorte que les votes de l'Ohio sortent en faveur de Bush. La fraude électorale, plaie des démocraties, est un réel problème aux États-Unis [2]. L'antidote à cette fraude est la trace papier que permettent de conserver pratiquement toutes les autres machines (les ATM par exemple) que fabrique Diebold. Dans ces circonstances, la Cour Suprême jugea contre le recomptage manuel pour résoudre l'élection litigieuse et George W. Bush se saisit de la cape du chef pour le compte des néo-conservateurs pour les vingt ans à venir. Ce modèle audacieux — Les États-Unis, Empire mondial pour la gloire de Dieu — fut fermement mis en place durant la Nuit Deux.

Alors que nous avançons dans la Nuit Deux, je ne regarderai pas en arrière vers la Nuit Un ni aucune autre des nuits des Inframondes national et planétaire vu que les Nuits voient l'intégration des Jours qui sont les moments où l'action se passe. Voyons donc ce qui se passe durant le Jour Deux du Galactique. Vous souvenez-vous de cette année folle où les médias jacassaient sur les frasques sexuelles de Big Bill tandis qu'un hégémoniste sournois volait sa place sur la scène politique avec l'aide des cadres personnels de papa, les fameux «*Blues Meanies*», scélérats dont les Beatles se gaussaient dans *Yellow Submarine*?

Jour Deux de l'Inframonde galactique : du 25 décembre 2000 au 19 décembre 2001

Le Jour Deux du Galactique, la germination des semences, commença pendant la période où l'élection nationale aux États-Unis était contestée au tribunal. Les protestations contre l'OMC et le matérialisme s'intensifiaient et les mouvements en faveur de l'environnement prenaient de l'importance.

Derrière la scène, George W. Bush s'affairait à former son cabinet et à choisir ses autres délégués, sachant bien qu'il était en selle. Une fois que Gore eut concédé le titre, censément pour donner aux États-Unis une stabilité de gouvernement, Bush mit en place sa chaîne de commandement et fonça à toute blinde comme un train à grande vitesse. Le public fut entraîné par les brillants rapports sur la formidable équipe du Président dans les médias tandis que les bombardements quasi journaliers allaient bon train dans la zone démilitarisée en Irak et que les sanctions contre les aides à ce pays causaient la mort de milliers de civils Irakiens. Dans les médias, les Américains entendaient constamment des colportages inquiétants sur Saddam Hussein, tandis que dans les secrets du cabinet de Bush les plans d'invasion de l'Irak étaient déjà en préparation.

Il est bien connu que Bush avait prévu d'aller en Irak dès le début. Nous le savons parce que Paul O'Neill, le Secrétaire du trésor choisi par Bush, démissionna de sa position en janvier 2003 et écrivit avec le journaliste Ron Suskind un livre où il racontait tout. *The Price of Loyalty* couvre les deux premières années du règne de Bush, période où O'Neill s'inquiétait du manque d'engagement de Bush sur les sujets intérieurs tandis qu'il planifiait un « changement de régime » en Irak[3]. O'Neil fournit dix-neuf mille documents internes à Suskind, plus son propre témoignage détaillé sur ce qui s'était passé au gouvernement et au Conseil de Sécurité de janvier 2001 à janvier 2003. O'Neill exposa ainsi le véritable agenda de Bush prévu depuis le début. Dès que le livre d'O'Neil fut publié en janvier 2004 (il s'est vendu à cinq cent mille exemplaires en édition cartonnée et il est maintenant distribué en version brochée), de nombreux Américains connurent la vérité. Tous ceux du gouvernement le lurent certainement avec grande attention. Maintenant tout Washington le sait : comme dans le conte d'Andersen, l'Empereur n'a pas d'habit, mais personne ne le dit.

The Price of Loyalty exposa totalement ce qui se passa dans la cabale de Bush en 2001 durant la phase de germination du Galactique, et c'est pourquoi j'ai choisi ce thème de l'Empire mondial d'Amérique. Nous allons suivre cette puissante quête au cours des Jours et des Nuits du Galactique vu qu'il n'y a aucune excuse pour que les gens intelligents ne voient pas ce qui se passe ici. Des hommes tels que Paul O'Neill risquent leur vie pour informer le public. Est-ce que les Américains sous la coupe de Bush vont agir comme les Allemands l'ont fait sous la domination d'Hitler ? Puisque l'accélération galactique implique un éveil spirituel, il y a peu de chances que cela arrive.

Certes, la grande nouvelle pour l'Amérique au Jour Deux est l'attaque du World Trade Center à New York et du Pentagone à Washington, D.C., le 11 septembre 2001, l'événement le plus approprié pour la mise en œuvre du fascisme. Comme je n'ai ni le temps ni la place pour élaborer ma pensée, je parlerai clairement de ce terrible événement. Quelle que soit la personne ou l'organisation qui perpétra cet horrible tragédie, ce ne furent pas les seuls terroristes arabes accusés, qui d'abord furent identifiés parce que l'un de leurs passeports fut retrouvé en bon état dans la rue en dessous (peu importe que les avions détournés aient été incinérés dans les buildings). Sans le feu vert des militaires et des agences secrètes — et on peut suivre la trace jusqu'à la Maison Blanche — il est impossible que des groupes terroristes passent les contrôles des aéroports, détournent quatre avions et tentent de les écraser sur trois cibles intérieures (le World Trade Center, le Pentagone, et la Maison Blanche), un point, c'est tout ! Au vu de ce qui arriva à l'agent du FBI de Minnesota qui arrêta Zacarias Moussaoui pour conduite suspecte dans une école de vol du Minnesota, cette conspiration prend au moins partiellement ses racines aux États-Unis.

Début août 2001, un agent local du FBI arrêta Moussaoui et demanda immédiatement à son bureau national un mandat pour perquisitionner son ordinateur. Cette requête lui fut mystérieusement refusée. Comme nous le savons depuis le procès de Moussaoui en 2006, le 11 septembre aurait probablement pu être évité si le FBI avait pu examiner l'ordinateur de Moussaoui, car nombre des autres attaquants accusés avaient également des comportements suspects dans des écoles de pilotage américaines. Cette histoire de l'agent local du FBI et de l'instructeur de l'école de pilotage qui l'avait renseigné fut sur CNN constamment tout septembre 2001 et après. Il n'y a donc pas d'excuse pour le public de ne pas voir que trois mille Américains innocents pourraient être vivants aujourd'hui si ce n'était pour le FBI. La version Bushite de la cause du 11 septembre est pleine de trous, et si certains lecteurs en doutent, ils n'ont qu'à prendre connaissance de l'énorme quantité de livres parlant de conspiration que cet événement a suscités [4].

Je suis forcée de me concentrer sur le 11 septembre et sur la fausse version gouvernementale de l'histoire parce que cela provoque un blocage temporel critique sur l'ensemble de l'Inframonde galactique. Lorsque j'enseigne hors des États-Unis, de nombreux étudiants estiment que les Américains attachent beaucoup trop d'importance au 11 septembre par rapport à d'autres tragédies bien plus terribles telles que le tsunami asiatique du 26 décembre 2004, et je suis d'accord avec eux. Mais le monde entier doit le savoir : parce que le 11 septembre a bloqué le temps aux États-Unis, les Américains sont traumatisés et incapables de sauter sur l'occasion pour débarrasser l'Amérique des Bushites. L'intelligence et la volonté des Américains ont été prises en otages le 11 septembre, ce qui les a divisés en deux factions sans espoir, les pro Bush et les anti Bush que les médias soulèvent constamment les unes contre les autres.

Et pendant ce temps-là, les Bushites poursuivent gaillardement leur chemin et gèrent l'accélération galactique du monde entier. Les citoyens américains doivent se rendre à l'évidence : des milliers d'entre eux ont été assassinés uniquement pour que Junior puisse renforcer l'Armée afin d'envahir l'Afghanistan et l'Irak pour contrôler le pétrole du Moyen-Orient[5]. C'est sûr qu'ils ne sont pas en train d'appliquer ce programme pour trouver du parfum. Nous devons donc ajouter la crise du pic de production de pétrole que je vais suivre durant les Jours du Galactique.

En ce qui concerne le reste du Jour Deux, l'invasion de l'Afghanistan pour retrouver Ousama Ben Laden prit toute l'année, et le Patriot Act, censé être conçu pour capturer plus facilement les terroristes, passa rapidement le contrôle du Congrès de façon à ce que la destruction des libertés individuelles puisse commencer. Pour s'exprimer, les Américains brandirent des drapeaux, achetèrent des pins en diamant, en rubis et en saphir, pendirent des rubans jaunes aux arbres, tandis que des corps d'étrangers étaient mis en pièces par des bombes «made in USA». Et une grande partie du reste du monde contemplait avec horreur la prise de pouvoir totale de l'Amérique par les néo escrocs du fascisme, à l'insu de l'Américain moyen. Les autres pays se souvenaient d'avoir dû entrer en guerre pour stopper Hitler, et certains d'entre eux commençaient à craindre d'avoir un jour à arrêter ce régime insidieux, assoiffé de sang, des États-Unis.

Ensuite, nous allons étudier ce qui s'est passé durant le Jour Deux de l'Inframonde national et du planétaire. En cherchant des développements parallèles, je me dois de signaler que nous pouvons maintenant nous rendre compte que les événements du Jour Deux du Galactique furent le commencement d'une grande guerre de religions entre l'Est et l'Ouest. Bush a même fait un lapsus une fois lorsqu'il s'exprimait en public, en utilisant le terme «croisade» pour définir le plan américain au Moyen-Orient. Comme vous le verrez dans les Jours Deux analogues, la religion est une force motrice qui a été l'outil favori de manipulation du public depuis cinq mille ans. Autrement dit, la plupart des Américains ne peuvent pas réfléchir correctement au 11 septembre parce qu'ils sont subconsciemment en pleine croisade contre le démon, l'infidèle : un véritable blocage temporel. Revenant en arrière sur le Jour Deux du National, de 2326 av. J.-C. à 1932 av. J.-C., l'histoire d'Abraham et des patriarches est le thème-clé et la base de la judéo-chrétienté. J'ai mis en avant cette tendance (au lieu de l'Égyptologie, par exemple) parce que j'ai choisi ici pour thème de suivre la trace de l'Amérique en tant qu'Empire mondial durant le Galactique, et il se trouve que l'Amérique soutient intensément Israël, pays d'élection des juifs. Le grand Abraham est le fondateur du Judaïsme. Il fut plus tard adopté par le Christianisme, puis par l'Islam, ce qui fait que les trois religions se réclament de lui. Comme le remarque Calleman, les patriarches bibliques vivant pendant le Jour Deux «introduisirent la croyance de ce Créateur Dieu de Chaldée en Canaan», ce qui déplaça l'emphase hors du Sumer[6]. En remontant au Jour Deux du Planétaire (1794-1814), nous retrouvons qu'une fois les treize états mis en place, les Américains commencèrent à aller vers l'Ouest (le rachat de la Louisiane se situe en 1803).

La Révolution Française et l'avènement de Napoléon furent une grande affaire en Europe en ce temps-là. Ce fut un sujet d'importance également aux États-Unis car beaucoup d'Américains avaient de l'empathie pour l'essor du peuple français. Beaucoup d'Américains pensaient que les Français avaient eu le courage de renverser l'autocratie parce qu'ils avaient d'abord vu les Américains le faire.

Thomas Jefferson fut Président de 1801 à 1809, et dans l'ensemble, ce fut une période formatrice et positive de croissance pour les États-Unis. Donc le Jour Deux fut une phase majeure de germination de la démocratie américaine. Les États-Unis déclarèrent même la guerre à l'Angleterre en 1812, guerre qui se termina en 1814. Calleman note que les guerres napoléoniennes « secouèrent l'ordre établi des maisons royales d'Europe de telle manière que celui-ci ne serait plus jamais évident »[7]. La démocratie était en marche.

Nuit Deux de l'Inframonde galactique : du 20 décembre 2001 au 14 décembre 2002

La Nuit Deux du Galactique fut une période de grande instabilité économique causée par le crash du Nasdaq qui opportunément attira l'attention loin des tambours battant à Washington, DC. Les gens étaient si traumatisés par le 11 septembre qu'il leur tardait de revenir au bon vieux temps, mais ce n'était pas possible parce qu'ils se sentaient menacés financièrement et qu'ils ne pouvaient pas croire que le pays était entraîné dans la guerre. Il est intéressant de remarquer que durant la Nuit Deux du Planétaire, de 1814 à 1834, l'Europe fut balayée par une vague de romantisme et le désir de revenir au passé mythique après la chute de Napoléon en 1815[8].

Les Bushites et les médias créèrent un climat de terreur sans fin et les gens se mirent à acheter des Hummers et autres véhicules utilitaires sportifs pour se sentir plus à l'abri dans leurs voitures avec leurs téléphones cellulaires. Calleman dit que durant la Nuit Deux, « l'ordre ancien, la domination de l'Ouest par l'économie, la force militaire et les médias, fut fermement rétabli »[9]. Tout comme durant la guerre du Vietnam, le sentiment anti-américain se développait en Europe tandis que les Français tentaient de trouver un moyen de calmer Bush. Saddam Hussein, croyant évidemment que les États-Unis étaient au courant qu'il s'était débarrassé de ses armes de destruction massive après la première guerre du Golfe, se démena mollement pour prouver que l'Irak n'en avait plus. Nous le savons parce qu'un rapport secret de la CIA rendu public le 6 octobre 2004 révéla que celle-ci savait fort bien l'inexistence de telles armes [10] ! Donc, que les États-Unis aient eu ou non des raisons légitimes de pousser pour un changement de régime en Irak, les Bushites, durant la Nuit Deux, préparaient les plans d'invasion détaillés d'une nation souveraine tandis qu'un public américain ahuri et craintif était terrorisé par les alertes rouge, orange, jaune et les risques de gazage à l'anthrax.

Pour ajouter à la déprime ambiante, des fraudes de proportions monumentales visant les obligations légales et comptables de grosses sociétés venaient au-devant de la scène. De plus en plus d'Américains perdaient leurs plans de pensions, ce qui rendait l'avenir de plus en plus incertain. Pouvez-vous imaginer la colère et la dépression ressenties lorsqu'un futur pour lequel vous avez travaillé vous échappe et disparaît dans un océan de déficits et de bombes ?

Jour Trois de l'Inframonde galactique : du 15 décembre 2002 au 9 décembre 2003

Le Jour Trois du Galactique, le moment où la semence germe, fut le temps où les Bushites montrèrent leur jeu : le public n'en croyait pas ses yeux. Exactement à l'ouverture du Jour Trois à la mi-décembre 2002, les tambours de guerre commencèrent à battre furieusement pour annoncer l'invasion de l'Irak. Les États-Unis, malgré la forte pression internationale, envahirent imprudemment l'Irak à l'équinoxe de printemps 2003 aidés d'une vague de bombardements high-tech cruels et sans merci que les planificateurs militaires appelèrent « choc et terreur ». Cette technique massacra des civils tout autant qu'elle détruisit le respect du monde pour les États-Unis.

Évidemment nombre d'Américains écumaient de voir cette guerre étalée à la télévision comme un fabuleux jeu de football. Cependant, beaucoup d'autres n'arrivaient pas à comprendre pourquoi l'Amérique attaquait l'Irak pour destituer Saddam Hussein alors que Ousama Ben Laden (censé être le cerveau de l'attaque du 11 septembre) se cachait quelque part en Afghanistan ou au Pakistan, et que la plupart des pirates de l'air étaient Saoudiens. Les États-Unis prétendirent sans preuve que Saddam travaillait avec al Qaïda, tout comme les armes de destruction massive ne furent jamais trouvées. Calleman note que l'Inframonde galactique commença par une intensification du conflit Est-Ouest se manifestant sous la forme de batailles entre les religions judéo-chrétiennes et islamiques et que cela vint certainement aux oreilles du public en mars 2003![11] Il n'y a pas grand-chose à dire sur cette guerre triste et destructrice. Vers la fin 2005, une majorité d'Américains réalisèrent qu'ils avaient été dupés en 2003 et que cette guerre et l'occupation de l'Irak continueraient pendant des années, drainant la force de l'économie américaine tout en remplissant les poches d'un petit nombre de sociétés.

Tandis que le monde semblait devenir fou à la télé, des mouvements bien plus intéressants et pleins d'espoir prenaient naissance silencieusement en Amérique et dans le reste du monde : les nouveaux thèmes du Galactique commençaient à devenir visibles. Le renouveau de la fascination pour l'histoire ancienne et les aspects plus ésotériques de la spiritualité qui existaient toujours chez de discrètes minorités, commença à refaire surface. Par exemple, le *Da Vinci Code* écrit par le très populaire Dan Brown, qui suggère fortement que Jésus s'était marié à Marie-Madeleine et qu'il avait eu descendance, s'est vendu à des millions d'exemplaires[12]. De nombreux livres offrant des histoires alternatives des temps anciens devinrent très populaires, comme *L'empreinte des dieux* de Graham Hancock, et des millions d'Américains se remirent à pratiquer le yoga et la méditation[13]. Un plus grand nombre d'individus voyaient bien que la tournure d'esprit étriquée avec laquelle ils avaient grandi avait eu pour résultat des guerres sans fin et ils comprenaient qu'il leur fallait penser autrement, adopter les nouveaux paradigmes historiques par exemple. Des mensonges pas très catholiques avaient compromis leur intelligence innée et la version explosive de l'histoire officielle était probablement à l'origine de l'agressivité profonde de l'humanité. Nous commençons à réaliser que l'être humain est bien plus que ce qu'il paraît être, que l'état actuel de la planète exige que nous changions nos comportements sous peine de la détruire. Cet esprit critique émerge enfin et commence à orienter nos pensées.

Les changements climatiques apparurent comme un sujet d'une importance croissante courant 2003, année où le public se sentit plus concerné par le réchauffement de la planète compte tenu de la chaleur de l'été et de la douceur de l'hiver ressenties dans certaines régions du globe cette année-là. En Europe, une terrible vague de chaleur tua plus de dix mille personnes à Paris en été 2003. Pour un nombre croissant de gens, spécialement les Français, faire la guerre quand la planète est dans un tel état paraissait tout simplement insensé. Pourtant, le problème du climat n'était pas sur les tablettes des néo-conservateurs. À la lumière de ce que l'Amérique faisait en Irak, la rébellion islamique s'organisait et se préparait à offrir une opposition effective à l'invasion commandée par les USA.

Comme Goliath, les États-Unis se gaussaient de l'Est tandis que plus d'un petit David se sacrifiait dans des attentats suicides en Israël et en Irak. En attendant cela rendait les Américains intelligents nerveux et la vie en Amérique moins marrante. Lorsque le public allait à l'aéroport, l'administration de la sécurité des transports les traitait comme du bétail allant à l'abattoir : il était évident que la sécurité aérienne était une comédie. Ces programmes incessants de terreur dirigés contre le public le tendaient à l'extrême, si bien que les Américains grossissaient et demandaient à leurs médecins de leur prescrire les médicaments dont ils voyaient journellement la publicité à la télé. C'était l'année de *Super Size Me*, un excellent film sur les risques de santé liés à la restauration rapide.

Même le Soleil répondait à la douleur sur Terre : d'énormes orages solaires mitraillèrent la magnétosphère en novembre 2003. Vous souvenez-vous d'avoir été titillé par une énergie négative et avoir eu l'impression d'être en colère en 2003 ? Je vais rechercher des analogies durant l'Inframonde national et le Planétaire pour mieux comprendre les vieux archétypes que nous traitions en 2003.

Revenant au Jour Trois du National (de 1538 à 1144 av. J.-C.), le thème central qui apparut fut un début de monothéisme éventuellement guidé par Moïse. Le monothéisme est souvent décrit comme une grande avancée religieuse, mais cela est typiquement l'interprétation des événements par les gagnants qui ont concocté le livre, la Bible dans ce cas-là. En fait, le monothéisme était la croyance qui avait infligé des guerres contre la précédente religion consistant en une pléthore de dieux représentant les aspects variés du psychisme humain. Cette nouvelle croyance avait aussi causé une guerre contre les anciens adorateurs de déesses.

L'une n'est pas meilleure que l'autre, néanmoins les monothéistes furent les conquérants qui éradiquèrent tous ceux qui n'étaient pas de leur avis. Actuellement, le monothéisme est la force directrice derrière les néo-conservateurs qui éradique les infidèles en Afghanistan et en Irak au nom de Dieu. Pourtant les musulmans eux aussi sont monothéistes ! Pendant le Jour Trois du Planétaire (1834-1854), les États-Unis étaient au milieu d'une dépression — the hungry forties dans l'Est — provoquée par des paniques sur les investissements en 1819 et 1833. Nombre de gens ne savent pas que l'Amérique ne remboursa pas sa dette aux pays étrangers, ce que je mentionne ici parce qu'aujourd'hui, l'Amérique doit beaucoup à l'étranger.

En ce temps-là dans notre passé, de nouvelles «locomotives» économiques, telles que les chemins de fer ou les grands banquiers, se faisaient du muscle, et les États-Unis se préparaient à jouer un rôle économique global avec leur argent pour dieu. L'Est des États-Unis dominait l'économie du Sud, ce qui finit par provoquer des guerres entre États partiellement déclenchées par ces grandes forces émergentes. Les personnages religieux étaient les patriarches du National, les nababs de l'industrie étaient les patriarches du Planétaire et les milliardaires des TI étaient les pères du Galactique.

Vous souvenez-vous de vous être senti bloqué durant le Jour Trois par la montée de fanatismes qui semblaient n'avoir aucun rapport avec ce que vous croyiez ou que vous chérissiez ?

Nuit Trois de l'Inframonde galactique : du 10 décembre 2003 au 3 décembre 2004

La Nuit Trois de l'Inframonde galactique fut une période de profond malaise en Amérique due à une complète perte d'orientation. La guerre en Irak était incroyablement stressante et Ousama Ben Laden entraînait encore plus de terroristes. Tandis qu'aucune arme de destruction massive ne fut découverte en Irak, les États-Unis, eux, en utilisaient tant et plus sur des civils sans défense. Les Américains se polarisaient sur la crainte de se retrouver une fois de plus comme au Vietnam dans le même bourbier. Saddam Hussein fut extirpé d'un trou à rats au début de la Nuit Trois et les contribuables américains durent payer son procès. Les fondamentalistes et les amoureux de la guerre continuèrent à soutenir Bush parce que leur Président avait toujours raison, mais de plus en plus d'Américains estimaient que quelque chose clochait.

La bombe dans le train de Madrid, le 11 mars 2004, porta le conflit Est-Ouest au cœur de l'Espagne et montra que les terroristes étaient capables d'attaques de plus en plus sophistiquées sur des civils. C'était un signe que le terrorisme finirait par menacer tout pays soutenant les États-Unis, si bien que l'Espagne retira ses troupes engagées en Irak aux côtés de la «coalition», rendant la guerre dans ce pays encore plus évidemment américaine.

Pour compléter le tableau, des photos sexuellement sadiques, montrant quelques prisonniers mâles Irakiens nus promenés en laisse par des femmes soldats américaines, humilièrent l'Amérique et enflammèrent l'ire islamique, cette religion prônant tout particulièrement la pureté sexuelle. L'Euro et le dollar canadien montaient face au dollar américain tandis que les déficits des États-Unis s'empilaient.

Le changement climatique commençait à faire montre d'une capacité destructrice de mauvais augure. Comme si les dieux envoyaient des piques à Jeb, frère de Bush, de féroces ouragans (Ivan) mirent à mal la Floride. Les hommes de bon sens étaient extrêmement inquiets de ce qui se passait dans l'Océan Atlantique. Au tout début de la Nuit Trois du Galactique, Fortune magazine, source d'information influente dans le monde des affaires, publia un long article sur le ralentissement de la circulation thermohaline dont le courant dans l'Atlantique réchauffe la côte est des États-Unis et la côte ouest de l'Europe [14]. Comme ce ralentissement est capable de causer un nouvel âge glaciaire, tout le monde ressentait réellement la fragilité du précieux écosystème de la Terre.

Les USA continuèrent à balancer leurs bombes révoltantes. C'était à croire — et d'aucuns le pensaient — que les néo-conservateurs appelaient de tous leurs vœux la fin du monde parce qu'ils croyaient fermement qu'alors Jésus reviendrait. Comme de nombreux fondamentalistes chrétiens croient que les juifs doivent rebâtir le temple de Jérusalem à la fin des temps afin que Jésus puisse revenir, ils ont fait une alliance avec les fondamentalistes juifs pour reconstruire le Temple de Salomon : cette alliance est inscrite au cœur de l'agenda des néo-conservateurs. Ainsi des églises chrétiennes lèvent les fonds servant à envoyer des familles juives américaines en Israël pour mener à bien cet objectif. La Nuit Trois en 2004 fut l'année où une majorité d'Américains vinrent à savoir que leur pays était en grande difficulté et qu'ils allaient en supporter les conséquences. Après tout, la constitution américaine est basée sur la séparation de l'Église et de l'État. Ce trouble profond éveilla auprès d'un nombre croissant de citoyens le désir d'examiner des versions alternatives du passé. L'Église catholique, bien sûr, espérait que son silence tuerait Le *Da Vinci Code* de Dan Brown, mais de plus en plus, les gens voulaient simplement la vérité sur tout. Le génie était sorti de la lampe et les mensonges sur la façon de relater l'histoire faisaient l'objet d'attaques de toutes parts, avec l'aide d'Internet. J'ai eu la surprise de voir trois ou quatre personnes avec un *Da Vinci Code* sous le bras dans les avions que j'ai pris en 2004. J'en fais mention parce qu'une nouvelle vision du sens de la vie du Christ nous est parvenue et que, comme vous le verrez, cette spiritualité féconde va croître et se multiplier durant les Jours du Galactique. Qu'est-ce qui nous dit que Jésus n'avait pas le droit d'avoir du plaisir, lui aussi ?

Il est significatif que *The Mayan Calendar and the Transformation of Consciousness* de Carl Johan Calleman ait été publié au printemps 2004 et que la connaissance de la mécanique des vagues d'évolution ait alors commencé à recouvrir la planète comme un tsunami spirituel. Tandis que le matamore américain cognait sur le monde, la théorie de Calleman faisait son chemin, offrant un réel espoir en l'avenir ! Comme j'en ai parlé dans l'introduction, le livre de Calleman me fut envoyé en mai 2004 pour approbation, mais à cette époque j'avais perdu toute capacité à comprendre ses implications car j'ai perdu Tom en juin 2004. Il avait le Calendrier maya dans son sac à dos, son sac qui lui a été volé le jour de sa mort, le jour du Passage de Vénus, de son passage devant le Soleil. Le livre de Calleman a été mis en attente pendant que je tentais de comprendre la perte de mon deuxième enfant. Gerry nous déménagea gentiment au Canada où nous pouvions vivre dans une culture plus douce. Une fois installés, nous eûmes la surprise de remarquer qu'un grand nombre d'Américains achetaient des propriétés au Canada, peut-être parce que la prise de pouvoir des néo-conservateurs aux États-Unis les rendait nerveux. Les néo-conservateurs ? Il y en a parmi eux qui attendent patiemment le retour du Messie. Mais que feront-ils si Jésus ramène Marie-Madeleine avec lui ? Vous souvenez-vous, en 2004, de la colère qui vous animait contre l'inadmissible stupidité et la dureté de cœur qu'il fallait pour continuer à tuer en Irak alors que la planète souffrait une véritable fission écologique ? Pensez à ce que pourrait provoquer le pilonnage de la Terre par la « Mère de toutes les bombes ». Comme vous le verrez, au début du Jour Quatre, cette sorte d'abus pourrait fort bien déclencher des réponses tectoniques.

Jour Quatre de l'Inframonde galactique : du 4 décembre 2004 au 28 novembre 2005

Le Jour Quatre du Galactique, marquant la prolifération ou la diffusion de nouveaux thèmes, fut une année de fort éveil spirituel. Tout a commencé par une énorme explosion de souffrance humaine, d'amour et de compassion. Le 26 décembre 2004, lendemain de Noël, un grand déplacement de la faille de Sumatra causa un tremblement de Terre de 9,1 sur l'échelle de Richter qui secoua bruyamment l'Indonésie et l'Inde, et envoya un tsunami de proportions épiques qui nettoya les côtes d'Indonésie, de Thaïlande et d'Inde. Grâce aux médias internationaux, la plupart des gens sur la planète furent informés de la catastrophe au fur et à mesure qu'elle se déroulait, et ils y répondirent en masse. Un mouvement mondial de secours sans précédent fut lancé en réponse à la terrible tragédie humaine, parce que les cœurs des personnes étaient déchirés par la souffrance terrible et les besoins importants des victimes. Tous ceux qui ont participé aux collectes d'argent et se sont mobilisés de quelque manière que ce soit pour aider ont ressenti cette vague mondiale d'amour et de compassion qui a uni les peuples de la Terre.

En Aceh, en Indonésie, les soldats américains furent accueillis à bras ouverts par les populations dans le besoin et ils eurent le plaisir d'être appréciés, pour une fois. À côté de cela, la guerre en Irak paraissait compliquée et révoltante. Le monde put constater sur le vif les souffrances bien réelles des victimes du tremblement de terre et du tsunami et se remirent en mémoire la fragilité de la vie. Les Irakiens vivaient de similaires souffrances dans leur pays, mais contrairement au tsunami, celles-ci ne recevaient pas la même attention de la part des médias. L'intérêt du public pour la guerre en Irak devenait croissant, mais les Bushites continuaient de couvrir médiatiquement la guerre comme une compétition de football. On aurait dit que les mondes se scindaient. Et ils le faisaient ! Le public américain était divisé presque exactement en son milieu sur la question de savoir s'il était pour ou contre la guerre en Irak. Si les forces militaires avaient été basées sur la conscription et non sur les réservistes, il y aurait eu de grosses démonstrations contre la guerre. Il n'y en eut presque pas parce que les hommes et les femmes qui partaient au combat avaient signé un engagement à cet effet et que les jeunes Américains qui s'opposaient à la guerre craignaient les Bushites.

Les États-Unis perdaient leurs soutiens et le respect des autres pays partout dans le monde, et, compte tenu de la déconsidération généralisée à l'encontre de Bush, les autres nations gagnaient en force. Tout d'un coup les économies d'Inde et de Chine devinrent florissantes et Chavez du Venezuela se mit à défier les États-Unis en faisant alliance avec d'autres pays en Amérique du sud qui s'en trouvaient radicalisés. En novembre 2002, l'Argentine se mit en cessation de paiements de sa dette auprès de la Banque mondiale avec l'aide d'un prêt de Chavez, et son économie prospéra en conséquence. La Banque mondiale et le FMI s'affaiblissaient et des leaders indigènes s'affirmaient en Bolivie et au Chili.

Un leader relativement inconnu en Iran, Mahmoud Ahmadinejad, fut élu Président en juin 2005. Il semblait avoir une spiritualité développée tout en ayant tendance à exprimer des points de vue extrêmes. Comme il gagna l'élection durant le milieu exact du Jour Quatre, il se peut qu'on le reconnaisse comme un dirigeant spirituel mondial. De nouveaux membres ont rejoint l'Union européenne (UE), tandis que Tony Blair dirigeait le seul pays européen qui n'eut pas rejoint l'UE et qui eut donné un soutien non négligeable à la guerre en Irak. L'attentat à la bombe sur le train de Londres eut lieu le 7 juillet 2005. Certains ont lu comme un code dans les trois dates des attentats : Londres le 7/7, New York le 11/9 et Madrid le 11/3.

Ceci laissait peu de doute qu'un terrorisme aux racines ésotériques mystérieuses s'intensifiait dans le monde et que nous étions tous en grand danger si l'agression de l'Ouest contre le Moyen-Orient continuait. Il était évident pour moi que plus l'Occident attaquerait l'Orient, plus le terrorisme se développerait sur Terre. Je pense qu'il serait stupide de sous-estimer les aspects ésotériques de l'islam.

Comme si la nature avait décidé de s'occuper des Bushites, Katrina, puissant cyclone de catégorie 5, a foncé sur la Nouvelle Orléans et les digues qui maintenaient l'eau hors de la ville se sont rompues quelques jours plus tard. Quand j'ai vu les scènes terribles de dévastation, mon cœur est allé vers les victimes impuissantes et désespérées de Katrina, qui, pour la plupart, étaient des noirs américains pauvres. Le monde fut choqué du sans-cœur et de l'absence de réaction des autorités américaines. Contrastant totalement avec l'aide apportée après le tremblement de terre asiatique et le tsunami, le pays le plus riche du monde n'a, pour commencer, pas été capable d'évacuer proprement ses populations, bien que Katrina ait donné plusieurs jours de préavis avant son arrivée. Par la suite l'administration n'a quasiment rien fait pour prodiguer une aide rapide et efficace tant à la Nouvelle Orléans que sur les côtes avoisinantes du golfe également dévastées.

Cette incompétence sonna comme un réveil pour une majorité d'Américains : avec Katrina, nombreux furent ceux qui réalisèrent qu'il leur faudrait régler leurs propres problèmes et cesser de croire que le gouvernement s'occuperait d'eux. Certains allèrent jusqu'à se demander si le gouvernement n'était pas somme toute heureux de voir les bas-quartiers des noirs pauvres dévastés. Katrina marqua la fin de la fierté américaine qui, de toute façon, était très largement excessive et imméritée après la débâcle des années 1960 au Vietnam. Puis l'ouragan Rita a fouetté la côte un mois plus tard, ajoutant à l'infortune des pauvres gens. Et pendant ce temps, les USA continuaient à bombarder l'Irak.

Le pétrole grimpa à 75 dollars le baril et les gens durent payer leur gallon d'essence trois dollars aux États-Unis. C'est peut-être peu pour l'Europe, mais pour les Américains c'était une augmentation conséquente. Certains eurent l'intelligence de se séparer de leurs gouffres à essence et commencèrent à se demander s'ils pourraient continuer à chauffer leurs grosses maisons, mais la plupart estimèrent qu'on s'occuperait de leurs besoins en énergie. Pourtant les Américains sont très dépendants du pétrole du Moyen-Orient que leur propre gouvernement est en train de déstabiliser. Ils reçoivent aussi beaucoup de pétrole du Vénézuéla, situation également risquée. De son côté la Chine achetait des contrats pétroliers dans le monde entier pour répondre à la demande grandissante de son économie en pleine expansion. Le déficit augmentait et plus de la moitié des bons du Trésor américains étaient entre les mains d'étrangers.

Les Bushites se figuraient qu'ils pourraient continuer à faire monter la dette en imprimant des dollars vu que les pays étrangers craignaient que l'économie américaine ne s'effondre en cas de crash du dollar. Comme vous le verrez, plusieurs signes indiquaient que cette attitude irresponsable et ce comportement porcin mèneraient tout droit à un retour de bâton quelques années plus tard.

Entre les cyclones, les tremblements de terre et les tsunamis, une vague profonde et tranquille de spiritualité se propageait, captivant les âmes et les cœurs de millions d'individus. Le *Da Vinci Code* s'était vendu à des millions d'exemplaires et donnait lieu à une adaptation cinématographique, ce qui faisait ronchonner les organisations religieuses. Leur silence assourdissant au sujet du livre et de sa nouvelle façon de voir le Christ n'avait pas efficacement enrayé sa popularité, bien que les religieux ne se fussent pas gênés pour refuser le tournage en certains lieux comme ils en avaient le droit. Le gnosticisme*, un point de vue plus spirituel du christianisme, était florissant. Les gens étudiaient la cabale, tradition juive sacrée, faisaient du yoga, des activations d'agenda pléiadien, et contemplaient les implications du Calendrier maya.

Vers mai 2005, je sortis de la torpeur de ma douleur, ouvris le livre de Calleman que j'avais mis de côté et en fus stupéfaite : Calleman avait décodé avec succès les cycles du temps de l'évolution. Mon but dans cette vie a toujours été de rechercher la vraie signification de l'existence sur Terre et je ne me suis jamais départie de cette orientation. Je voyais les êtres humains détourner le monde de son chemin destructeur en utilisant en connaissance de cause les cycles du temps pour se changer eux-mêmes. Et le point médian de l'Inframonde galactique qui arrivait un mois plus tard ! Le 2 juin 2005, nous atteindrions le milieu du Galactique, le moment où les mouvements spirituels pouvant mener l'humanité à l'illumination deviendraient visibles. Il n'y avait qu'une seule chose à faire au sujet de cette opportunité considérable : m'en saisir avec toute l'énergie dont je pouvais disposer !

Mes étudiants bénéficièrent de classes joyeuses en juin quand je démarrai une nouvelle session appelée « flash galactique ». Maintenant que je comprenais finalement ce qui se passait réellement sur la planète et que je pouvais voir que mon propre travail faisait partie intégrante du processus d'illumination, j'étais en extase totale quand j'enseignais. C'était la première fois de ma vie que je savais pourquoi je faisais ce que je faisais, et cela m'a profondément changée. Je peux voir maintenant que nous sommes au milieu d'un éveil massif qui va balayer les forces destructrices, mais seulement si nous saisissons cette vague d'énergie en gestation.

Retour aux bases : souvenez-vous que les guerres ont tendance à être initiées durant les Jours des Inframondes et la guerre du Jour Quatre était celle des Bushites contre ses propres citoyens ! Le *Patriot Act* était en vigueur et servait à harasser les citoyens. Les Américains étaient hantés par les terribles images de vieilles personnes sur des chaises roulantes souffrant et mourant sur les autoroutes de Nouvelle Orléans. Les gens étaient de plus en plus malades des médicaments prescrits. Le plan médicaments de Medicare qui consistait à choisir les médicaments parmi des centaines de listes diverses d'entreprises pharmaceutiques, était refilé à des pauvres vieux sans assistance qui n'y comprenaient rien. Si les seniors ne signaient pas, le bénéfice du Medicare serait réduit. Ils étaient forcés de passer des heures avec leurs enfants pour trouver comment ils pourraient continuer à obtenir les médicaments légaux auxquels ils étaient accros et dont les publicités à la télévision les persuadaient qu'ils avaient besoin.

C'était triste et abusif. Cela peut sembler être un sujet américano-américain, mais en fait le problème est global du fait du caractère mondial des entreprises pharmaceutiques. Cela donne aux gens du monde entier l'occasion de voir combien le système américain « médicament contre profit » est inepte et outrancier. J'étais douloureusement étonnée de constater la cruauté, la dureté et la tristesse de la vie de la plupart des personnes âgées en Amérique et je suis soulagée que mes parents soient déjà partis. Je me suis aussi demandée si les personnes âgées ne pourraient pas enfin jeter ces drogues compte tenu de ces abus.

Maintenant que je comprenais la théorie de Calleman, je pouvais retourner aux Jours Quatre comparables du National et du Planétaire pour mieux interpréter les tournants étranges des événements. En remontant au Jour Quatre du National (749-355 av. J.-C.), juste à son ouverture le grand prophète hébreu Ésaïe est en action, prévenant le peuple d'Israël de changer ses façons de vivre dévoyées et d'être fidèle à son Dieu, dont il lui dit qu'il est le Dieu de tous les peuples sur Terre.

Le point médian du Jour Quatre, milieu de l'Inframonde national lui-même fut le moment où les plus grands dirigeants spirituels que le monde ait jamais connus apparurent. Ce fut le temps des Pythagore, Lao-tseu, Solon, Bouddha, Isaïe II, Mahavira, Confucius, Zoroastre, des premiers astronomes d'Izapa, et de Platon. Cet éveil spirituel mondial nous inspire encore aujourd'hui et je crois que le mois de juin 2005 nous a également amené des leaders spirituels d'importance. À mesure qu'ils viendront au-devant de la scène, le temps nous dira qui ils sont. Par exemple, Carl Johan Calleman s'est intéressé au grand professeur Kalki en Inde, qui a enseigné que l'humanité atteindrait l'illumination vers 2012. Calleman a emmené gentiment mon Ancien Guatémaltèque, Don Alejandro Oxlaj, en Inde pour rencontrer Kalki début 2006.

Le Jour Quatre du Planétaire (1873-1893) Helena Blavatsky fonda la Société théosophique, Mary Baker Eddy fonda le Christian Science Movement. Ce fut le temps où le mouvement spiritualiste américain atteignit son apogée. Peu de gens savent qu'un bon tiers des Américains, à la fin du dix-neuvième siècle, avaient adopté comme religion le Spiritualisme, croyance en une vie après la mort et pratique du contact avec les esprits. Tout cela était une réaction aux grandes forces générées par les développements industriels qui avaient eu lieu durant l'Inframonde planétaire.

Bien des gens ignorent l'ampleur de ce mouvement spiritualiste entre 1873 et 1893 parce qu'il a par la suite décliné et presque disparu durant l'horrible tuerie de la Première guerre mondiale qui fit perdre à bon nombre tout espoir en l'avenir de l'humanité. À l'époque du point médian de l'Inframonde planétaire, au cours du Galactique, la croyance en la thérapie des vies passées, en l'efficacité de la récupération des âmes, et en la consultation des esprits dans l'au-delà redevint populaire pendant le Jour Quatre et je pense donc que cela va se développer durant le reste de l'Inframonde galactique. Le film *What the Bleep Do We Know*, qui montre le sens des fréquences et des dimensionnalités, fut diffusé en 2004 et devint très populaire en 2005. Mon livre *The Alchemy of Nine Dimensions*, très similaire à *What the Bleep Do We Know*, fut publié en 2004 et connut un public élargi en 2005 [15]. Vous souvenez-vous d'avoir été particulièrement intéressé par l'ésotérisme et les idées spirituelles en 2005, et de vous être demandé ce que votre rôle pourrait être si vous étiez enseignant spirituel ? D'un point de vue strictement personnel, mon frère Bob Hand et sa femme, Diana Hand, ouvrirent à Bellingham, état de Washington, un incroyable centre avancé explorant les soins par la technologie des sons et des fréquences qu'ils ont appelé *Wise Awakening*. C'est devenu un centre d'enseignement pour Gerry et moi car Diana et Bob croyaient fermement à l'éveil spirituel de l'Inframonde galactique [16].

Nuit Quatre de l'Inframonde galactique : du 29 novembre 2005 au 23 novembre 2006

Ce livre fut écrit durant la première moitié de la Nuit Quatre de l'Inframonde galactique, une époque d'intégration des grandes avancées spirituelles du Jour Quatre. Il y a partout des penseurs tranquilles mais profonds qui savent se faire entendre et s'attachent à inspirer aux peuples la notion d'unicité de l'humanité et l'urgence à cesser de se faire la guerre au détriment tant de l'espèce humaine que de la Terre elle-même. La présence de ces enseignants éclairés deviendra plus apparente durant le Jour Cinq du Galactique, mais ne vous attendez pas à les voir à la télé. Un grand équilibrage est en train de se faire sur Terre, ouvrant la conscience humaine à l'illumination, ce qui provoque également un important remaniement politique et économique. Les économies russes, chinoises et indiennes sont fortes et l'Amérique du Sud est en train de s'unifier. En janvier 2006, Michelle Bachelet, socialiste, a gagné les élections présidentielles au Chili. Evo Morales, populaire leader indigène, a gagné en Bolivie tandis que Chavez exprimait ses critiques pour discréditer George Bush. Ce dernier supporte ces critiques parce qu'il craint que Hugo Chavez ne stoppe ses livraisons de pétrole aux États-Unis.

Aussi incroyable que cela puisse paraître, les Bushites battaient de nouveau leurs tambours de guerre contre un autre de leurs gros fournisseurs de pétrole, l'Iran. Le leader de ce pays, Mahmoud Ahmadinejad, est en passe de devenir le héros par ses critiques ouvertes contre Bush. Ce qui est de mauvais augure pour les Américains, c'est que cet orateur inspiré précise librement que le soutien américain et britannique en faveur d'Israël participe au déséquilibre du Moyen-Orient et qu'il est temps de manifester une plus grande équité à l'égard des Palestiniens. Ceci, bien sûr, est tout à fait vrai.

Les Américains accusent l'Iran de développer leur technologie nucléaire dans le but de s'équiper en armement nucléaire, alors que l'Iran insiste sur le fait qu'il s'agit de prendre soin de leurs futurs besoins en énergie qu'ils prévoient, contrairement aux États-Unis, pour le jour où leurs réserves de pétrole se tariront. Après le ridicule du sujet des armes de destruction massive en Irak, l'Amérique est en train d'être marginalisée par l'Iran. Ahmadinejad nargue Bush en public lorsqu'il dit que les États-Unis ne peuvent pas attaquer l'Iran parce qu'ils sont déjà dans un bourbier indescriptible en Afghanistan et en Irak, ce qui est le cas. L'Amérique en tant qu'Empire mondial bat de l'aile. Et l'on notera que durant le point médian de la Nuit Quatre, le 27 mai 2006, des offres claires de négociations pacifiques furent faites à l'Iran dans le cadre de l'ONU par la France, l'Allemagne, les États-Unis, la Russie et la Chine.

En Amérique, le soutien à Bush et à sa guerre était tombé à moins de 30% durant le printemps 2006, alors que la situation en Irak se muait en guerre civile fratricide entre les Sunnites et les Chiites. Le procès de Saddam Hussein fut une outrageante mascarade financée par les impôts américains. Saddam n'a pas cessé d'affirmer qu'il était toujours le Président de l'Irak, ce qui a plus encore incité à la guerre civile. Le changement de régime a échoué. Les peuples du monde faisaient grise mine en contemplant la terrible souffrance des Irakiens. Nombreux étaient ceux que la diminution de la puissance américaine soulageait. Des journalistes très compétents, comme Bob Woodruff de ABC News furent gravement blessés, et même tués en Irak, et je me suis demandé combien de temps les journalistes pourraient tenir leur langue sur ce qu'ils pensaient vraiment. Les prix du pétrole et de l'or sont montés en flèche au printemps tandis que le déficit US devenait effrayant, rendant nerveux le reste du monde. Si l'économie américaine venait à s'effondrer, le monde entier en souffrirait. Fort heureusement, les nouvelles alliances rendues possibles par l'Union Européenne et les pays de l'Amérique du Sud travaillant ensemble, ajoutées au développement d'économies fortes en Chine, en Inde et en Russie soutiendront l'économie mondiale si Goliath venait à trébucher.

Mais que se passe-t-il donc sur Terre?

Début 2006, l'écrivain et mystique Andrew Harvey dit en la cathédrale de Grace à New York : « L'humanité est actuellement une malade en phase terminale et ne pourra être transfigurée que par la révélation choquante de son côté caché »[17]. Il pense que l'humanité a besoin de réaliser que le monde entier est au milieu d'une grande crucifixion alors que des espèces disparaissent et que le système patriarcal s'effondre. Il croit qu'en appréhendant le côté noir de son âme, l'humanité pourra accepter la nécessité de cette crucifixion et faire confiance à « la logique de la transformation divine », c'est-à-dire à faire confiance à l'accélération du temps[18]. Il croit aussi qu'il sera donné force, protection et révélations extraordinaires à ceux qui réaliseront qu'après la violence, il y aura la clémence et qu'ils deviendront les révolutionnaires spirituels dévoués à la préservation de la planète. À mon avis, la raison pour laquelle cette transition est si horrible est que le patriarcat doit mourir afin que le Féminin trahi puisse régner de nouveau sur la Terre. J'assimile le Féminin à tout ce qui est sacré et exprime une totalité, et je fais une entière confiance à ce processus. Nous devons avoir de la compassion pour nos hommes tandis que le patriarcat se dissout, et nous devons laisser notre cœur parler des graves injustices. En mai 2006, le film à grand succès *Da Vinci Code* fut finalement vu par des millions de spectateurs aux États-Unis et dans le monde entier. Beaucoup de gens commencèrent à équilibrer les aspects mâle et femelle de la vie, bien que ce film rendit furieux de nombreux inconditionnels du catholicisme. Calleman dit qu'« une évolution irrésistible vers l'intégrité aura lieu pendant la progression de l'Inframonde, et dans ce processus toute hiérarchie basée sur la domination, qu'elle soit politique, religieuse ou autre, se brisera d'une manière ou d'une autre »[19]. Cela empirera avant de s'améliorer et les lecteurs trouveront sûrement que l'utilisation du guide personnel de l'Inframonde galactique dans l'appendice C sera très utile. Personnellement, il m'aide beaucoup.

En parlant de choses qui empirent avant de s'améliorer, malheureusement, la grande instabilité tectonique de la ceinture de feu du Pacifique en Indonésie semble répondre aux grands changements. Alors que nous approchions du point médian de la Nuit Quatre, le Mont Merapi sur Java eut une éruption. Puis le 27 mai, la nouvelle lune coïncida avec le point médian et il y eut une ribambelle de tremblements de Terre qui tuèrent des milliers de gens. Les commentateurs notèrent que cela était particulièrement traumatisant parce que Java était maintenant si fortement peuplée. Il y eut encore d'autres tremblements de Terre dans cette région en juillet 2006 ; dans les cas où la population était moins importante, les gens pouvaient mieux s'en sortir.

Comme vous le verrez dans le prochain chapitre, la surpopulation va devenir un sujet important pour le reste de l'Inframonde galactique. Et le fait que des catastrophes tectoniques majeures sont survenues dans la ceinture de feu du Pacifique durant la Nuit Quatre à son point médian tend à prouver que les dates de Calleman sont très précises. Cela signifie également que les changements de la Terre sont probablement en train de s'accélérer durant l'Inframonde galactique.

Vers le point médian de la Nuit Quatre, le chaos et la confusion se sont intensifiés en Amérique. Dans le prochain chapitre, à la lumière de quelques modèles qui pourraient nous permettre d'avoir un aperçu de cette très importante période de temps, je vais passer au futur et réfléchir à ce qui pourrait advenir de 2007 à 2011. Selon Calleman, l'Inframonde galactique est l'apocalypse, le temps de la révélation. Il semble être largement entamé [20].

7

Illumination et prophétie jusqu'en 2011

L'effondrement de l'Inframonde galactique

D'après Calleman, durant le reste de l'Inframonde galactique, de 2007 à 2011, toutes les hiérarchies basées sur la domination vont s'effondrer tandis qu'une prise de conscience plus spirituelle transmutera le champ étroit de l'Inframonde national et du Planétaire. Il est temps maintenant d'identifier exactement ce que sont ces hiérarchies, de voir comment elles fonctionnent en ce moment et de chercher comment et pourquoi elles sont apparues pour commencer.

Ce qui m'intéresse le plus, c'est d'observer les hiérarchies militaires, industrielles, médicales et religieuses car elles ont un impact énorme sur notre qualité de vie. Les organisations hiérarchisées, basées sur la dominance mâle, se sont développées durant l'Inframonde national (de 3115 av. J.-C. à 2011). Ensuite beaucoup de gens s'impliquèrent dans cette tendance dominatrice en devenant accros au confort matériel du Planétaire (1755-2011). En cherchant comment ces tendances dominatrices influencent la conscience collective, et en étant honnêtes au sujet de nos propres dépendances matérielles, il est possible d'imaginer les modes de vies que chacun d'entre nous pourrait adopter pour diminuer notre participation à ces structures programmées. Pourquoi prendrions-nous cette peine ? Parce que la domination et le matérialisme mâles sont destructeurs de l'écosystème de la Terre et du cœur humain. Nous devons tous songer à mettre un terme à notre dépendance au confort matériel et à rechercher des modes de vie en harmonie avec la Terre. Pour redécouvrir, pour nous réapproprier de nouvelles façons de vivre dans le lot de celles qui existaient déjà bien avant nous, travailler activement en phase avec les cycles du Galactique qui se déroulent actuellement s'avérera d'une aide très positive et très enrichissante.

Si Calleman a raison concernant l'accélération du temps, l'Inframonde galactique est, sur une durée de treize ans, un retournement de 5 125 années de tendances évolutives qui ont amené les humains à penser que le monde solide et matériel était la seule chose qui existait. Mais cela n'est qu'une vue de l'esprit faussée. Tout ce qui existe vient avant tout de la conscience, puisque le monde matériel émane des intentions créatrices de celle-ci. Elle pilote donc l'évolution. La réalité telle qu'elle existe aujourd'hui est le résultat naturel de notre façon de penser des cinq mille dernières années et aussitôt que nous changerons de point de vue, la réalité matérielle suivra.

Au moment où j'écris ces lignes, la tension Est-Ouest déchire le monde. Pourtant il en serait autrement si seulement les gens changeaient leur façon de penser. En fait les choses changent, mais comme dans *Catch-22* (satire féroce de l'armée, de la hiérarchie et de la Seconde Guerre Mondiale de Joseph Heller), vous ne pouvez pas voir la transmutation en cours à moins que vos yeux ne soient grands ouverts sur l'éventualité d'une série de miracles. Nous sommes en train de recouvrer le genre de vision que nous avions il y a des milliers d'années, ce qui nous permettra de transcender les différences destructrices entre les peuples. La clé de la survie personnelle est le cœur, et ses puissantes ondes électromagnétiques sont en train d'entrer en résonance planétaire. Nous allons bientôt nous sentir transportés par de très intenses sentiments en faveur de la Terre.

Calleman ajoute : « Il y a de l'espoir pour l'humanité, non pas parce que nous allons tous brusquement décider de devenir meilleurs, mais parce que la conscience de l'humanité est soumise à un plan cosmique qui ne peut pas être manipulé »[1]. L'année dernière, j'ai vu les gens s'éveiller au fait qu'il y a réellement un plan divin en train de se dérouler dont les contours ont été délimités par le Calendrier maya. Nombre de gens se souviennent que les humains furent choisis pour être co-créateurs avec l'intelligence divine, même s'ils n'ont jamais entendu parler du Calendrier maya. Il ne s'agit pas de ma part d'un point de vue arrogant et égocentrique sur notre rôle sur Terre. Mais savoir que nous sommes faits pour jouer ce rôle demande que nous prenions totalement nos responsabilités concernant notre habitat et notre place dans l'univers. Qu'est-ce que cela pourrait être ? Pour répondre à cette question, nous devons tous retomber amoureux de la Terre et de ses créations : nous sommes faits pour être les gardiens de la vie et non les maîtres de la mort.

Durant l'Inframonde planétaire, nous sommes tombés dans une embûche noire de cerveau gauche et maintenant nous devons adroitement extirper les fils de nos pensées de ce piège mental débilitant avant qu'il ne se referme sur nous. Tandis que je grandissais aux États-Unis, la majorité des gens autour de moi semblaient complètement fous et je cherchais le moyen de les aider à penser plus clairement. Mes grands-parents m'ont soigneusement entraînée à conserver la tournure d'esprit plus ouverte des indigènes. Je n'ai donc pas adopté bon nombre de façons de penser patriarcales et l'effondrement de ce piège mental me met en extase. Je m'aperçois que de plus en plus de gens se réveillent maintenant. Durant le Galactique, le nombre de schizophrènes patriarcaux et de maniaco-dépressifs matérialistes a diminué tandis que le nombre de personnages frais tout excités à l'idée de créer leurs propres mondes s'accroissait régulièrement. J'adore regarder les gens se réveiller au milieu de leur habitat avec les yeux pétillants de magie comme des lumières toutes neuves sur un arbre de Noël.

L'Inframonde galactique est dualiste, mais contrairement au National, il favorise la perception par le cerveau droit. Cette intuition nouvelle nous permet de voir la noirceur dans les structures de l'Inframonde national dualiste, cerveau gauche. Nous n'en sommes cependant qu'au début de la destruction de ces structures. Depuis 1999, beaucoup de gens ont inconsciemment traité la somme de souffrances résidant dans la mémoire de l'Inframonde national long de 5 125 ans et de l'Inframonde planétaire de 256 ans.

Pour tenter de clarifier ma pensée, je dirais que la raison de l'intensité extrême de cette assimilation est le facteur d'accélération du temps et le fait que le National et le Galactique sont dualistes. Nos corps et nos esprits ne disposent que de treize courtes années pour libérer les dualités de l'Inframonde national — la polarisation Est-Ouest par exemple — induites dans l'énergie de la Terre par les pulsations évolutionnistes. Ensuite, souvenez-vous que la conscience planétaire est de cerveau gauche mais unitaire, et a superposé un foyer puissant de perception de cerveau gauche dans le National comme une paille d'acier poli. Durant le Galactique, l'ouverture intuitive signifie que notre «troisième œil», celui qui voit toutes les Dimensions, utilise cette paille d'acier pour regarder dans la vraie nature de la réalité. La conscience planétaire, plus rapide, traverse directement les couches du National, mais il faut la vision galactique pour exposer tout ce qui est contenu dans les couches.

Les systèmes qui se sont développés durant le treizième Paradis du National, de 1617 à 2011, sont particulièrement enracinés dans l'Ouest, et sont intensément détestés par l'Est du fait qu'ils ont été créés pendant une phase de conquête lucrative que légitimait une cupidité dépassant l'entendement. Les occidentaux ne se rendent pas compte de leur conduite inqualifiable et de la colère qu'ils suscitent à l'Est. Eh bien l'Ouest apprendra quand on lui enlèvera ses friandises. Le développement de la civilisation dans l'Inframonde national a culminé à l'époque où l'Ouest a dominé l'Est avec succès et a conquis les Amériques. Maintenant l'Ouest doit abandonner cette domination.

Il est très significatif de constater que les pays européens s'équilibrent beaucoup mieux près de la ligne médiane parce qu'ils ont souffert de suffisamment de conquêtes. Comme nous l'avons vu, l'Amérique a pris le rôle d'Empire mondial et le reste du monde est forcé de répondre à cette quête endiablée des Américains. Les peuples conquis, comme par exemple les indigènes en Amérique du Sud, se rapprochent les uns des autres durant le Galactique pendant que les États-Unis sont distraits par leur croisade aveugle au Moyen-Orient. L'agenda du Planétaire était de développer le confort matériel, ce qui, pour certains, a été merveilleux. Mais maintenant le confort tiré du pétrole a créé, à l'Ouest, une dépendance qui n'est plus supportable. Au milieu de tout cela, par la volonté du plan divin, l'Inframonde galactique incite l'humanité dans son ensemble à plus de spiritualité et à moins de matérialisme.

Les Mondes de l'Inframonde national, planétaire, galactique

Il y a un autre cycle dans le Calendrier maya qui offre plus de perspective sur les transformations durant l'Inframonde galactique : les mondes Quatre et Cinq. Le fait que nous soyons dans le monde Quatre ou le monde Cinq est la croyance de base dans les traditions prophétiques de nombreux peuples Méso-Américains et d'Indiens d'Amériques, comme les Aztèques et les Toltèques. Calleman a montré sous un éclairage nouveau très intéressant les traditions prophétiques en y ajoutant son propre point de vue sur le tzolkin et sa résonance avec les neuf Inframondes [2].

Le tzolkin peut être divisé de multiples manières, comme les quatre ou cinq mondes, pour obtenir à travers la loupe des 260 jours une meilleure vision de la façon dont la lumière et l'énergie se déploient. Calleman dit : « le monde Quatre a préparé le terrain à l'Inframonde galactique, et ainsi au début du quatrième monde nous pouvons découvrir les formes embryonnaires des phénomènes qui vont dominer l'Inframonde galactique »[3]. Il s'avère que cette idée est très révélatrice.

Les dates des quatre mondes mettent en valeur quelques tournants importants dans les stades de développement des Inframondes, spécialement durant le vingtième siècle. En général le monde Un est une phase initiatrice, le monde Deux est une phase fondatrice, le monde Trois est la phase la plus créatrice et enfin la moisson se fait durant le monde Quatre.

Comme nous le savons déjà, les neuf Inframondes décrivent les développements principaux de l'évolution et les quatre Mondes mettent en exergue ce qui se passe dans l'esprit collectif des humains, zone mystérieuse des archétypes. Comme ce à quoi les gens réfléchissent crée des réalités, l'influence de ces archétypes mentaux intérieurs vaut la peine d'être examinée en détail. L'entrée dans le monde Quatre du National (en 730) se fit durant les derniers jours de l'Âge sombre en Europe, lorsque les premiers rois se démenaient pour gouverner leurs territoires tout en essayant d'accepter l'ascendant de l'Est. Au début du Galactique en 1999, l'Amérique-Empire était impliquée dans des conflits avec l'Est, montrant que ces vieilles peurs de l'Est étaient toujours tapies dans la conscience collective de l'Ouest. Puis l'accélération du temps galactique raviva ces peurs dans la conscience collective de l'Occident et les néo-conservateurs en profitèrent pour pousser le public américain à la guerre.

Durant le monde Trois de l'Inframonde planétaire (1883-1947), le pétrole procurait d'impressionnants niveaux de confort matériel, en particulier aux États-Unis. Des villes de très grande importance furent construites en Amérique entre 1883 et 1947, pendant que le pétrole était facilement disponible et peu cher. Puis quand le monde Quatre s'ouvrit en 1947, les technologies de l'information causèrent un changement significatif de la conscience humaine et les banlieues américaines construites grâce au bas prix du pétrole et de l'essence s'étendirent dans tout le pays. Les ordina-

	Inframonde national De 3115 av. J.-C. à 2011	Inframonde planétaire De 1755 à 2011	Inframonde galactique De 1999 à 2011	Inframonde universel En 2011
Monde Un	De 3115 à 1834 av. J.-C.	De 1755 à 1819	05/01/1999-20/03/2002	11/02/2011-16/04/2011
Monde Deux	De 1834 à 552 av. J.-C.	De 1819 à 1883	20/03/2002-02/06/2005	16/04/2011-20/06/2011
Monde Trois	De 552 av. J.-C. à 730	De 1883 à 1947	02/06/2005-15/08/2008	20/06/2011-24/08/2011
Monde Quatre	730 à 2011	De 1947 à 2011	15/08/2008-28/10/2011	24/08/2011-28/10/2011

Fig. 7.1. Les divisions en quatre mondes de l'Inframonde national, du Planétaire, du Galactique et de l'Universel (Illustration de Calleman, tirée de *The Mayan Calendar and the Transformation of Consciousness*).

teurs furent inventés entre 1946 et 1948. Pourtant, vous remarquerez que ce n'est pas avant le début du Galactique en 1999 que les gens purent s'apercevoir que l'ordinateur était la base d'une toute nouvelle économie[4].

Le monde Trois du Galactique démarre le 2 juin 2005 et va jusqu'au 15 août 2008 ; on peut le rapprocher du National qui a duré de 552 av. J.-C. jusqu'en 730. Donc, maintenant que vous savez quelque chose des troisièmes mondes du Planétaire et du National, imaginez la puissance des développements créatifs de la période de juin 2005 à août 2008, période du National analogue au temps où la tradition spirituelle mondiale se propageait sur l'ensemble de la planète et à celui de l'Inframonde planétaire où nombre de gens jouissaient d'un grand confort.

Nous avons besoin d'un bon exemple de la façon dont les archétypes du monde Trois (du 2 juin 2005 au 15 août 2008) sont traités. Le célèbre auteur Dan Brown a communiqué de nouvelles idées sur le Christ par la voie de son livre grand public à bas prix et de ses films en première sortie. En fait il a accompli beaucoup plus que cela. Son précédent roman *Anges et Démons* est presque plus populaire que le *Da Vinci Code*[5].

J'aimerais proposer une explication sur la raison pour laquelle Dan Brown captive tant la conscience collective galactique : toutes les couches profondes de l'Inframonde national sont en train d'être assimilées, les véritables événements de grande masse comportent maintenant une mixture d'éléments religieux et politiques. Dans *Anges et Démons*, Brown décrit avec succès comment les cabales politiques et religieuses agissent ensemble en secret pour créer des événements traumatisants pour les masses. Et l'événement le plus problématique durant le monde Trois du Galactique est le 11 septembre, parce qu'il y bloque le temps. Même si beaucoup de gens le ressentent, quand ils essaient d'imaginer comment les différents protagonistes de l'événement ont pu le perpétrer, ils n'y parviennent pas. Ils ne voient pas comment le 11 septembre aurait pu se produire. Eh bien lisez *Anges et Démons* et vous aurez tous les renseignements vous permettant d'imaginer comment le 11 septembre aurait pu être manigancé et exécuté. Considérant l'envergure des développements du monde Trois du Galactique, imaginez la magnitude des transformations se passant dans la conscience collective après août 2008, lorsque la récolte du monde Quatre sera prête à être moissonnée. J'en ferai la description plus loin dans ce chapitre.

Parce que l'Âge sombre est impénétrable, nous ne savons pas grand-chose sur ce qui se passait en Europe quand le monde Quatre de l'Inframonde national commença. En 730, le Pape Grégoire II excommunia l'Empereur Byzantin, et en 732, Charles Martel de France arrêta l'avancée arabe à la bataille de Poitiers. En même temps les Arabes pénétraient l'Ouest avec leur culture parce que celui-ci avait perdu la plus grande partie de sa littérature et de sa science pendant le Moyen-Âge tandis que l'Orient avait conservé une quantité de savoir ancien. Alors que la conscience de l'Orient pénétrait l'esprit éduqué de l'Occident, il y avait de constantes guerres entre l'Est et l'Ouest ainsi que contre les Barbares. Par exemple les Vikings commencèrent à mettre à sac l'Europe du Nord aux environs de 830, le Califat arabe pilla Rome, endommagea le Vatican et détruisit la flotte de celui-ci en 846, et les Mongols apparurent dans les années 1200 venant d'Asie centrale. La vie ordinaire était si sombre et si dangereuse à cette époque que la conscience collective occidentale en a conservé de profondes craintes des envahisseurs venus d'Orient et des barbares en maraude. Les néo-conservateurs ont très aisément incité le public américain à projeter toutes ces craintes non résolues sur l'Orient. Toujours est-il que c'est le ferment des échanges intellectuels entre l'Orient et l'Occident pendant des milliers d'années qui a maintenu les cultures et les esprits en vie durant l'Âge sombre.

Le mouvement intellectuel du Nouveau Paradigme doit son importance au regain d'intérêt pour les cultures anciennes qu'il a suscité. De «nouvelles anciennes idées» radicales tirent les Américains réfléchis de l'Âge sombre ; de nouvelles opportunités et de nouveaux paradigmes ouvrent à l'Ouest le chemin de l'illumination. À titre d'exemple, la Chrétienté serait morte sans une révision périodique de sa vision du Christ, sans un renouveau de la Christologie.

Calleman note que durant le Galactique il est préférable de penser aux pays proches de la ligne médiane tels que l'Allemagne, la France, la Norvège, la Suède, l'Italie comme d'un bloc au milieu du combat intensément dualiste de l'Est et de l'Ouest[6]. Les pays proches de la ligne médiane sont souvent beaucoup moins polarisés. Exemple : nombre de pays de l'UE se sont opposés à l'invasion de l'Irak par les États-Unis en 2003. Vu que l'agenda de l'Inframonde galactique est d'unir les peuples du monde et de rendre la paix possible, les pays proches de la ligne médiane sont voués à être les initiateurs de la paix à partir de maintenant et jusqu'à 2011. Les guerres de religions entre l'Est et l'Ouest ont été un thème majeur durant l'Inframonde national, et l'énergie accélérée du Galactique propulse ces vieux conflits à la surface pour nettoyer les vieilles dualités. Initialement, cette violence explosive prenait les pays situés sur la ligne médiane par surprise car pour la plupart des Européens, les guerres contre les «infidèles» étaient largement du domaine du passé. Les pays de l'UE sont en train d'intégrer des peuples orientaux dans leurs sociétés et les tensions au Moyen-Orient leur rendent la tâche difficile. Les Français s'opposèrent catégoriquement à l'invasion américaine de l'Irak parce qu'ils savaient que cela déstabiliserait leurs propres citoyens musulmans. Les Européens voient bien que l'Est ne veut pas réellement se battre. L'Est ne fait qu'essayer de se défendre contre l'Empire vorace qui est en train d'arriver au bout de son énergie à tous les niveaux et tient à voler tout pays possédant des réserves de pétrole.

Que dire du monde Quatre du Planétaire (1947-2011), le point culminant du matérialisme ? Le but ultime du confort matériel n'est-il pas la paix ? N'oublions pas que l'Inframonde national traite du développement de la civilisation et que le Planétaire s'intéresse au parachèvement du confort humain. En 1947, le mouvement pour la paix de Gandhi conduisit à l'indépendance de l'Inde et à la séparation de l'Inde et du Pakistan, ainsi qu'à l'indépendance de nations importantes d'Asie telle que la Birmanie. Le mouvement de Gandhi donna beaucoup d'espoir au monde et fut très admiré aux États-Unis ; il alimenta la résistance à la guerre du Vietnam à la fin des années 1960. En même temps, compte tenu de la tension Est-Ouest existante, ce qui arriva de plus significatif en 1947 fut la proposition britannique de diviser la Palestine. Les Juifs et les Arabes rejetèrent l'un comme l'autre la proposition. Celle-ci fut présentée aux Nations Unies qui malgré cela fondèrent l'État d'Israël.

Tourbillon de violence au Moyen-Orient

La création de l'État d'Israël provoqua instantanément un tourbillon de violence dans ce nid de conflits religieux du Moyen-Orient qui fut généré durant les premiers Jours du National. Par exemple les Sumériens se développèrent durant le Jour Un (3115-2721 av. J.-C.), les Akkadiens et les Patriarches durant le Jour Deux (2326-1932 av. J.-C.), les Assyriens et les Hébreux sous Moïse durant le Jour Trois (1583-1144 av. J.-C.) et les Babyloniens, les Perses et les juifs durant le Jour Quatre (749-353 av. J.-C.). Puis l'Islam qui porte la résonance des vraiment anciennes religions du Moyen-Orient comme le Zoroastrianisme de Perse, fut formulé durant la Nuit Cinq (434-829). Le Moyen-Orient est un foyer de conflits dans la conscience collective et l'Islam est une ombre au tableau du judéo-christianisme parce qu'il date de la Nuit Cinq.

Que se passe-t-il donc ici?

Si vous lisez le Coran, vous vous apercevrez qu'il incorpore les écritures hébraïques et chrétiennes, qu'il a beaucoup d'éléments gnostiques et qu'il ajoute la sagesse de Mahomet à l'ensemble. Le Coran est comme un gâteau épicé évocateur et, pour l'apprécier vraiment, il faut l'écouter chanté. Quelques-uns des moments mystiques les plus exquis de ma vie m'ont été donnés en Égypte tandis que j'écoutais les prières du Coran chantées en arabe. Ces trois religions majeures, le Christianisme, le Judaïsme et l'Islam, sont sources de très anciennes traditions de sagesse qui apparurent en premier au Moyen-Orient durant l'Inframonde national. La terre de cette zone est noyée de souvenirs et de croyances qui ont à plusieurs reprises servi de prétexte aux peuples pour s'entretuer pour l'amour de Dieu. En 1948, la Palestine, terre sacrée de ces trois religions, fut transformée en un tourbillon mortel englobant l'ensemble des problèmes religieux de toute la période de l'Inframonde national![7]

Calleman dit que la paix viendra finalement sur Jérusalem quand le monde entier aura transcendé la dualité, ce qui suscitera un désir d'illumination. «Chaque individu personnellement, dit-il, a quelque chose à y faire»[8]. Les trois principales religions se battent pour le même territoire tout en consultant les mêmes écritures de religions faisant toutes référence à Abraham. Ce conflit entraîne les peuples dans un tourbillon collectif qui les incite à s'entretuer alors qu'ils ont le même Dieu! Tandis que les éléments ésotériques du judaïsme dans la Kabbale sont mis en avant dans la culture populaire, les éléments ésotériques de la Chrétienté émergent également dans le regain d'intérêt pour le gnosticisme* grâce aux sources chrétiennes des premiers temps redécouvertes depuis 1947, comme par exemple les treize rouleaux de Nag Hammadi en Égypte. Le Soufisme, très haute spiritualité mystique à l'intérieur même de l'Islam, a influencé nombre de peuples en Occident à travers les danses et les chants soufis. Durant l'Inframonde galactique, l'éveil à l'ésotérisme judaïque, chrétien et islamique réduira les tensions entre l'Orient et l'Occident et fera fondre la peur collective.

Mort de la religion organisée

Tout l'Inframonde galactique est une époque de fin de la domination et des déséquilibres, et les trois religions majeures sont à dominante «mâle». Parce qu'elles partagent le même vieux puits d'information patriarcal, elles rejettent la sagesse féminine. En tant qu'enseignante spirituelle, j'ai quelques suggestions à faire : d'abord, les conflits religieux au Moyen-Orient furent principalement causés par les pays Européens hors de la région qui avaient précédemment taillé et divisé les anciens territoires, et manipulé les politiques intérieures pour leurs propres avantages. Cette façon mâle d'organiser les peuples en divisant les territoires par le droit du vainqueur, comme Midas assis à une table comptant son or, a abouti à une guerre constante. Les combats entre ces territoires divisés durent depuis si longtemps que leur signification spirituelle originelle a depuis longtemps été oubliée, surtout depuis 1755, durant cette sombre époque de conscience matérialiste de l'Inframonde planétaire. Maintenant que l'Inframonde galactique a progressé jusque-là, nous pouvons remarquer de nouvelles formes d'élévation culturelle venant de l'Est, comme le Yoga venu d'Inde et les plats délicieux et sains de contrées lointaines d'Orient ; ces merveilleux cadeaux culturels assouplissent les vieilles divisions. Mais l'Occident a mangé les plats et tué les cuisiniers ! À force, le partage de la culture soufflera les flammes du fanatisme.

Deuxièmement, comme nous l'avons vu au chapitre 6, maintenant que l'Amérique en tant qu'Empire global n'inspire plus le monde, elle va perdre son influence pendant le reste de l'Inframonde galactique. La tendance sera de plus en plus au contrôle par les pays du Moyen-Orient de leur propre destinée, ce qui ne peut qu'être plus favorable. L'idée que des pays lointains et puissants puissent contrôler les destinées d'autres pays dont ils connaissent très peu la culture est une idée de mâle dominant qui va sur sa fin dans le monde. Les Américains se laissent impressionner par le mot démocratie mais chez eux, ils l'ont perdue, la démocratie.

Chaque personne a quelque chose à voir avec les guerres et la violence sur la planète, et ce qui fait que les gens se retrouvent dans cette spirale, c'est souvent leurs croyances religieuses. Durant l'Inframonde galactique, je pense que chacun d'entre nous doit prendre un raccourci et communiquer directement avec le divin. Nous devons retirer le monopole de Dieu aux religions sous peine de le voir mourir dans nos cœurs. Les activations de l'Agenda Pléiadien permettent l'accès à neuf Dimensions de conscience, y compris celle de Dieu, dans la vie intérieure des étudiants. Lorsque nous utilisons les neuf niveaux de nos esprits, le contact avec le divin se fait dans la huitième Dimension (8D). La dimension qui reçoit les agendas codés dans le temps du Calendrier maya est la neuvième (9D). Comme nous l'avons vu, le Calendrier 9D délivre le plan à travers les treize Paradis des neuf Inframondes. Ces agendas sont reçus en 8D où ils peuvent être appréhendés directement par toute personne. Entre-temps, comme de plus en plus de gens comprennent l'accélération du temps, il devient absolument apparent qu'une quantité de croyances pernicieuses sur le bien et sur le mal ont fermenté dans la conscience collective pendant cinq mille ans. Comme à l'époque où les poissons durent s'accoutumer à vivre sur terre, comme lorsque les hominidés apprirent à se dresser sur deux pattes, nous, les humains modernes, sommes prêts à sauver notre accès divin en le tirant des pattes des religions organisées, car ce ne sont plus actuellement que des systèmes filtres dualistes 4D faits pour manipuler les esprits humains dans un but de puissance et de domination.

Comme Calleman l'a souvent dit, l'Inframonde galactique, c'est l'Apocalypse, l'heure où nous serons tous confrontés à la Bête[9]. Eh bien, la Bête se tapit dans toutes les religions organisées et son hôtel cinq étoiles favori est le Vatican, comme le décrit brillamment *Anges et Démons*. Ces sujets sont réellement déroutants parce que la religion au niveau local peut être un système de soutien social extrêmement valable qui soude la communauté. Pour ceux qui ont besoin d'une église, et je pense que beaucoup sont dans ce cas, alors reprenez votre église en main, ou laissez là s'effondrer et créez vos propres groupes. Quand vous réaliserez combien vous êtes enfermés dans la conscience collective dualiste, vous n'estimerez plus l'Église aussi inoffensive. Vous pouvez sortir de la boîte à bon Dieu et découvrir les perversions qui existent dans les hautes sphères des religions organisées. Laissez simplement vos sensations, votre intuition vous guider.

Quoi que vous fassiez durant cette difficile transition, apprenez le contact 8D direct et sortez votre esprit de l'abominable violence qui est traitée dans la pensée collective 4D. Vous avez un accès direct au divin sans aucun besoin d'intermédiaires. Si vous vous extirpez des anciens débats moisis toujours basés sur les mêmes données, vous arrêterez définitivement les hideuses profanations du corps humain au Moyen-Orient.

Combinons maintenant les thèmes des chapitres 6 et 7 avec notre connaissance des événements de l'Inframonde national et du Planétaire, avec l'influence des mondes Trois et Quatre, pour imaginer ce qui risque de se passer pendant la période de 2007 à 2011. Pour vous rafraîchir la mémoire, les thèmes principaux traités durant l'Inframonde galactique sont : l'Amérique en tant qu'Empire mondial, le pic de production du pétrole, les systèmes d'information planétaires, les abus médicaux, la guerre et la paix, le fondamentalisme, les changements climatiques, le contrôle religieux, et les nouveaux paradigmes spirituels et intellectuels.

Quand je voyage à travers le futur pour imaginer comment nos vies pourraient se poursuivre durant le reste de l'Inframonde galactique, j'incorpore certaines des prophéties de Calleman ainsi que les miennes ; cependant personne ne peut prédire le futur car le monde est une création en cours. Comme tant d'éléments négatifs issus de l'Inframonde national et du planétaire sont transmués durant le Galactique, regarder la période de 2007 à 2011 me donne des cauchemars. Cependant, abandonner les vieilles habitudes restrictives est toujours cathartique et s'ouvrir entièrement à de nouvelles énergies toujours extatique. Ce qui suit est une pure spéculation et je vous prie de noter que ce livre a été écrit en 2006.

Jour Cinq de l'Inframonde galactique : du 24 novembre 2006 au 18 novembre 2007

Le Jour Cinq — la phase du bourgeonnement — est le moment où la synthèse unificatrice avancée se produit et où les précédentes créations du Galactique deviennent effectivement visibles et commencent à prendre leur place. Les problèmes du National sont des créations datant de l'an 40 à l'an 434, lorsque le Christianisme fut formulé et s'aligna sur l'Empire Romain, pour devenir un système global qui remplaça beaucoup d'autres croyances. Il est en déclin actuellement, les aspects négligés du Christianisme primitif reviennent à la surface. Des événements prendront corps durant le Jour Cinq et dépouilleront le Vatican de sa puissance. Comme nous l'avons vu, une nouvelle Christologie est apparue et elle a fasciné nombre de gens. Si le Vatican n'adopte pas rapidement la nouvelle image érotique du Christ, la croyance en l'Église Romaine s'effondrera au milieu de sa hiérarchie mâle desséchée. Ou alors les puissants mouvements fondamentalistes qui se développent dans l'Église Catholique mettront la main sur les structures, ce qui marginalisera le Catholicisme car les fondamentalistes sont des fanatiques [10]. Le matérialisme était le dieu du Jour Cinq de l'Inframonde planétaire (1913-1932). En conséquence, de nouvelles expressions des valeurs matérielles émergeront durant le Jour Cinq du Galactique. Je prédis que cela sera le début de la fin de la croissance économique vu que nous ne pouvons plus croître de toute façon, mais les nations vont continuer à conspirer pour obtenir autant de pétrole que possible. Également, durant le Jour Cinq de l'Inframonde planétaire, nous assisterons à de grands mouvements de masse, comme les mouvements de troupes de la Première guerre mondiale, et des pandémies sont probables vu que la grippe espagnole a tué des millions de gens en 1918-1919.

Pendant notre époque, une grande guerre entre l'Est et l'Ouest aura lieu, si elle n'est pas déjà déclenchée, qui causera d'encore plus grands mouvements de populations. Malheureusement, tandis que la poigne matérialiste du Planétaire se transmue, une pandémie galactique et une grande guerre sont possibles. Les mouvements de masse de microbes sont souvent déclenchés par les comportements humains dictés par un orgueil démesuré, et, ironie du sort, les États-Unis sont organisés pour tirer profit d'une pandémie. Cependant je prédis que beaucoup de gens vont devenir bien plus malins concernant les vaccinations, les avis médicaux des médias et la manipulation médicale durant le Jour Cinq de l'Inframonde galactique. La médecine allopathique sera vue comme un gros tueur et des gens en colère se lèveront en masse contre elle.

Comme nous l'avons vu au cours des autres Jours du Galactique, de grands changements terrestres sont prévisibles et les changements climatiques seront un sujet préoccupant. En ce qui concerne la guerre, les pays de la ligne médiane se révéleront comme leaders de la paix tandis que les États-Unis pataugeront dans une mer de sang et d'encre rouge à cause de leur implication lointaine exagérée au Moyen-Orient. Durant le Jour Cinq aussi, la majorité des gens constateront que l'Armée est le plus gros pollueur ainsi que le plus gros utilisateur des si précieuses ressources d'énergie de la planète. Ils ne seront plus d'accord pour payer le carburant des avions cargos et des F-16 alors qu'ils ne peuvent plus chauffer leurs foyers. Le Jour Cinq ne sera en aucune manière une partie de plaisir pour personne, même pas pour les élites.

Tandis que ces grandes transformations de fond se dérouleront, d'importantes forces spirituelles envahiront les cœurs des peuples aidant les malheureux à survivre. Le grand pouvoir spirituel de l'Inframonde galactique inspirera aux individus le désir de préférer l'amour et la vie face à tant de morts absurdes. Nous devons apprendre à faire face à la mort et à la dissolution parce que rien de neuf ne peut naître sans elles. Alors que les pertes humaines s'accentueront et que les gens ressentiront la souffrance d'autrui, ils seront forcés de faire face au caractère inéluctable de la mort et apprécieront sa libération extatique. Les gens de la génération de mes parents qui ont vécu la Dépression et la Deuxième guerre mondiale avaient si peur de leur propre mort qu'ils traitaient rarement leurs problèmes émotionnels. Quand ils devenaient vieux, ils avaient l'obsession d'éviter la mort, bataille perdue d'avance, de tous les temps. Pour la plus grande des générations, si bien décrite par Tom Brokaw dans son livre «*the greatest generation*», se battre contre la mort était tout comme gagner la Deuxième guerre mondiale, si bien qu'ils furent repris en main par les entreprises pharmaceutiques. Les baby-boomers ont vu les résultats de la bataille perdue de leurs parents et si la médecine allopathique continue à être contrôlée par les firmes pharmaceutiques, cette génération la détruira tout simplement en ne la soutenant plus.

La révélation la plus significative de 2007, c'est que la plus grande des misères humaines, par ailleurs tout à fait évitable, est la surpopulation, compte tenu de ce que la Terre peut nous procurer et de ce que les familles peuvent gérer. Durant 2007, une grande vague de juste colère, générée par l'aveuglement des religions à refuser de considérer les besoins des femmes et des enfants, submergera la Terre. Les peuples verront comment les religions en général ont manipulé la sexualité humaine pour inciter les femmes à produire plus de petits chrétiens, de petits juifs ou de petits musulmans. Ils verront également que les religions sont la cause de la hideuse guerre en cours qui semble devenir incontrôlable.

Étudions les statistiques de populations face à l'accélération du temps. À l'aube de l'Inframonde planétaire en 1755, la planète était peuplée d'environ un milliard d'habitants. Ce nombre commença à s'accroître au début des années 1800, et lorsque le pétrole fut découvert dans les années 1860, la population crût au-delà de ce que pouvait supporter la planète pour atteindre la quantité actuelle de 6 à 7 milliards d'habitants. Durant les premières années du Planétaire, Thomas Robert Malthus (1766-1834) émit l'idée que la croissance spontanée de la population humaine serait exponentielle et atteindrait des limites naturelles strictes [11]. Logiquement le planning des populations par la régulation des naissances aurait dû être une part essentielle de la recherche du confort durant l'Inframonde planétaire. Mais cette possibilité a été bloquée par le Vatican.

Le Jour Cinq sera l'année où la majorité des peuples verront que l'explosion démographique est le désastre ultime du monde industriel et où de nouveaux systèmes seront mis en place pour adapter le nombre d'habitants aux capacités de leurs habitats. La Chine constituera un modèle du genre pour résoudre cette crise urgente quoique simple en soi. Certains pays proches de la ligne médiane apprennent déjà à vivre avec des taux de natalité en diminution. Finalement, le fait d'avoir moins d'enfants signifiera qu'ils en seront d'autant mieux chéris, nourris et éduqués. Les adultes seront à même d'accéder à des états avancés d'ouverture spirituelle de la part de leur progéniture, ce qui est la meilleure raison d'avoir un enfant selon le point de vue des parents. Les gens vont réaliser que trop de naissances est le summum de la cruauté humaine lorsqu'ils verront la souffrance généralisée des pauvres amassés dans les villes du monde à la recherche de leur confort durant l'Inframonde planétaire. Aujourd'hui quelques milliards d'entre eux sont piégés et leurs situations critiques seront découvertes lors de guerres ou de désastres climatiques. Les dirigeants Sud-américains, Hugo Chavez du Venezuela par exemple, seront considérés comme des modèles pour leur capacité à équilibrer les ressources entre les riches et les pauvres. L'éveil des hommes en faveur des déesses — la prise de conscience que les femmes ont été prises pour des machines à faire des enfants par le patriarcat pendant des milliers d'années — sera si profond et si puissant que plus personne ne voudra laisser arriver des naissances non planifiées et que le planning familial deviendra le seul mode de vie acceptable.

Le pic de production de pétrole, point où la moitié des réserves facilement accessibles de pétrole du monde ont été extraites, signifie que la population mondiale va être considérablement réduite en quelques courtes années [12]. Si cela vous terrifie, souvenez-vous que je suis une femme et que j'ai déjà perdu deux de mes enfants : je peux vous dire que vous êtes plus forte que vous ne le pensez. Mes fils aînés ne sont plus avec moi, et pourtant leurs âmes sont toujours vivantes dans mon cœur, éternellement. La nouvelle perception pleine de compassion qui émerge de l'Inframonde galactique trouvera des moyens délicats pour soulager la peine de ce qui arrive trop tôt. Ces grandes pertes signifieront que seuls les parents les plus qualifiés à tous points de vue auront des enfants. Dans quelques générations à peine, tous les enfants du monde seront aimés, nourris et protégés, et le monde verra de l'esprit dans leurs yeux.

L'appel à l'éveil des consciences le plus ample et le plus douloureux durant le Jour Cinq sera lancé aux États-Unis. Nombre de citoyens vont s'apercevoir qu'ils sont coincés dans un pays fasciste qui utilise leurs taxes pour tuer des hommes partout dans le monde tandis que leurs propres ressources s'amenuisent. Les

Américains seront scandalisés lorsqu'ils comprendront jusqu'où leur gouvernement va pousser la guerre au Moyen-Orient. La majorité d'entre eux détesteront ce que leur pays continuera à faire outremer (et aux frontières, et même à l'intérieur) et trouveront le moyen de soustraire leur énergie à la guerre et à la fabrication d'armement.

Durant le Jour Cinq, beaucoup de gens s'apercevront que le système de santé publique américain contrôle leurs corps pour le profit, non pour leur santé, et ils s'en retireront. Des tentatives de vaccinations forcées seront faites, qui causeront une rébellion farouche similaire à celle des appelés lors de la guerre du Vietnam. La majorité d'entre eux refuseront les injections et en profiteront pour émettre des doutes sur tous les autres aspects du système médical. Les gens s'arrêteront tout simplement de prendre des médicaments lorsqu'ils auront réalisé que cela draine leur santé à long terme et leur argent. Je suis sûre que cela va arriver parce que certains tournants significatifs dans cette voie ont été pris exactement au point médian de la Nuit Quatre (27 mai 2006), lorsque les questions clés du Jour Cinq furent pour la première fois mises en avant. Une étude qui fit la une des journaux prouva que les Américains étaient beaucoup plus malades que les Britanniques et les Canadiens bien qu'ils dépensent beaucoup plus pour leur santé [13]. Conclusion : la consommation excessive de médicaments et de tests médicaux rend les Américains malades. Je ressens une érosion massive de la puissance de la mafia médicale durant le Jour Cinq. Bien que l'on sache que la pratique de tests médicaux répétés va aller en s'estompant à partir du moment où les gens refuseront d'être traités comme des rats de laboratoires, il n'en est pas moins que les opérations chirurgicales et autres procédures médicales sophistiquées perdureront. Certes, le rejet de cette mafia médicale ne se fera que lorsque les gens, collectivement, abandonneront le système. Je pense qu'ils le feront. Sinon, l'Amérique sera divisée entre individus dans le système et individus hors du système, et plus les Américains seront « soignés », plus ils seront malades. De plus, d'énormes ressources gouvernementales seront dédiées à la médecine de triage outremer au cours des guerres au détriment des soins médicaux dispensés au public américain.

Nuit Cinq de l'Inframonde galactique : du 19 novembre 2007 au 12 novembre 2008

La Nuit Cinq sera un moment de profonde intégration de tout ce qui, pendant le Jour Cinq, aura eu lieu si rapidement que les gens auront à peine eu le temps de respirer. Les changements qui auront lieu durant le Jour Cinq seront les plus grands depuis cinq mille ans parce que les individus vont se mettre à penser de manière radicalement différente. Puis durant la Nuit Cinq, même si le monde n'aura pas changé, les états d'esprits, eux, auront changé. Un énorme pourcentage du public américain s'opposera à la guerre qui drainera la force de l'Amérique. Ce travail d'intégration sera très intense et très troublant parce qu'il impliquera de faire face à l'inhumanité de l'homme à l'égard de l'homme. On aura compris que les puissants et cruels leaders se souciaient très rarement de leurs ouailles durant les Inframondes national et planétaire, et les structures de ces Mondes inférieurs seront transformées parce que plus personne ne croira en elles.

Plus vite les gens regarderont la froide vérité en face et commenceront à changer leurs habitudes, mieux cela sera pour eux. Ce que je peux dire de positif sur le Galactique, c'est qu'avant, les guerres duraient de nombreuses années mais que maintenant, grâce à l'accélération du temps, le processus est beaucoup plus rapide. Les avancées spirituelles obtenues durant le Jour Cinq — le fait d'être indépendant, de soutenir les autres (et non les systèmes), et les impressionnantes percées intellectuelles, émotionnelles et physiques — provoqueront d'abord un retour de manivelle. Les médias et les personnes qui contrôlent les peuples feront tout leur possible pour les convaincre qu'ils sont toujours sans défense, qu'ils ont encore besoin de médicaments et qu'ils ne peuvent pas survivre sans leurs leaders, mais cela ne marchera pas parce que le système de domination subira une érosion continue.

Le colosse titubant de la domination patriarcale vieille de 5 125 ans et les 256 ans de recherche du confort s'effondreront et, durant la Nuit Cinq, ce crash risquera d'être financier, ce qui pourrait refréner les velléités de guerre. Par conséquent, le chemin de l'indépendance et de la capacité à aider les autres — et à vous aider vous-même — passe par l'absence totale de dettes, la pleine propriété de votre propre maison, la capacité à gagner votre vie de multiples manières, à cultiver vos légumes et vos fruits et à encourager la vie en communauté. Le troc, le véritable échange gratuit, deviendra monnaie courante alors que les gouvernements tomberont en pièce à cause de leurs dettes et de leur incompétence, laissant la place à des gouvernements locaux et à des gestions communautaires. Calleman dit que l'assimilation des problèmes de l'Inframonde national durant la Nuit Cinq conduira à «un retour temporaire à un monde du style des tribus de nomades Huns et des tribus germaniques en maraude», et que l'assimilation de la Nuit Cinq de l'Inframonde planétaire nous amènera des autocrates du genre d'Hitler qui baseront leur pouvoir sur la supériorité du sang[14]. Je pense qu'il a raison et je préfère ne pas imaginer comment cela va fonctionner. Mais souvenez-vous que cela ne durera qu'une petite année et non pas les dix à trente ans des cycles sombres du passé. Quoi qu'il puisse survenir, vous devrez retirer votre énergie de la conscience collective où alors vous seriez aspirés par la démence collective qui va très probablement exploser aux États-Unis, et ce, en pleine campagne de l'élection présidentielle 2008 ! À un certain point, les vieilles méthodes ataviques ne domineront pas parce qu'elles auront été suffisamment traitées. Le commencement du monde Quatre de l'Inframonde galactique se situe le

15 août 2008, période où de nouvelles possibilités émergeront et où de totalement nouvelles créations apparaîtront.

Le monde Quatre du National (de 730 à 2011) a vu l'apogée de la Royauté de droit divin en Europe et finalement le déclin de ce mode de gouvernement. L'ouverture du monde Quatre du Planétaire en 1947-1948 a vu le mouvement pacifique de Gandhi et la constitution d'un État hébreu. Durant la Nuit Cinq, il deviendra évident pour tout le monde que l'État Hébreu aura besoin d'un État Palestinien. Je prédis que, juste pour leur survie, les anciens frères en Israël feront la paix entre le 15 août et le 13 novembre 2008, simplement parce que personne ne pourra plus supporter la violence et que les autres pays du monde seront tellement préoccupés par leurs propres problèmes qu'ils ne s'impliqueront plus dans le conflit. Également, comme vous le verrez dans un moment, il est possible qu'un agent extérieur, qui serait extraterrestre, force Israël et la Palestine à faire la paix.

Début juin 2006, tandis que je tentais d'imaginer les changements du monde dans ce sens, j'entendis un reportage sur ABC News concernant un pays qui avait correctement fait les choses durant l'Inframonde galactique. Ce pays, la Norvège, est un excellent modèle prouvant que le changement était possible. Les États-Unis importent de vastes quantités de pétrole et en mai 2006, l'essence coûtait environ trois dollars le gallon. Bien qu'il soit de notoriété publique que nous avons atteint le pic de production de pétrole, le développement technologique d'énergies alternatives aux États-Unis est minime. La Norvège a de vastes réserves de pétrole, n'en importe pas, et en stocke d'immenses quantités. En Norvège le prix de l'essence est de sept dollars vingt-six le gallon. Pourtant, pensant à l'avenir, ce pays développe des sources innovatrices d'énergies alternatives. D'une manière générale, l'Europe est beaucoup plus sensible à l'usage qui est fait de l'énergie que les

États-Unis : les pays situés près de la ligne médiane se conduisent bien plus intelligemment ces temps-ci.

Donc, lorsque la crise financière va venir — et elle viendra — les Américains vont souffrir terriblement à moins qu'ils n'aient eu l'intelligence de se sevrer de la dépendance en énergie, de se désendetter, d'économiser et d'apprendre à partager avec ceux qui sont dans le besoin. La force de toute la famille, et je veux parler de tous les parents, aura beaucoup d'importance. Toute personne suivant la version de Calleman du Calendrier maya n'a aucune excuse de ne pas savoir que la Nuit Cinq sera très difficile. Vous devriez vous y préparer autant que vous pourrez dès maintenant. Pourtant, comme une prière merveilleusement chantée du Coran, une vague d'amour va commencer à s'engouffrer durant le mois d'août 2008, et chacun y répondra.

En ce qui concerne la santé publique, un énorme mouvement médical alternatif a pris naissance aux États-Unis depuis les années 1970 et les moyens naturels pour se maintenir en bonne santé sont largement connus et suivis. Avec l'effondrement du colosse médical et pharmaceutique, la médecine alternative prospérera. Nous reprendrons en main notre santé et la retirerons de la machine médicale. Bien sûr, l'allopathie est un immense secteur de l'économie américaine. Cette chute créera donc un important choc économique. Comme la médecine alternative est rarement couverte par les assurances, de plus en plus de gens cesseront de payer leurs cotisations et paieront directement leurs soins. Cela signifiera moins de tests et de médicaments. Les gens prendront soin d'eux-mêmes. Ils seront plus heureux et se sentiront mieux, y compris les personnes âgées, car elles ont été les principales victimes de l'allopathie. Imaginez la joie de les voir abandonner ce système cruel et commencer à faire confiance à leur corps.

Jour Six de l'Inframonde galactique : du 13 novembre 2008 au 7 novembre 2009

Le Jour Six de l'Inframonde galactique, la floraison, est le moment où nous faisons l'expérience de la renaissance de la synthèse unificatrice avancée qui émergea en premier durant le Jour Cinq[15]. Si vous êtes optimiste comme moi, certaines possibilités réellement passionnantes verront le jour à ce moment-là. Pour commencer, les deux derniers Jours et la dernière Nuit du Galactique se passent durant le Quatrième monde (du 15 août 2008 au 28 octobre 2011), la moisson de la conscience collective. Je pense que cela suggère que l'humanité n'aura pas de conscience collective le 28 octobre 2011 parce que nous serons en pleine illumination.

Pour ce qui est du Jour Six à ce stade, la plupart des gens auront admis la réalité de l'atteinte du pic de production pétrolière et de nombreux pays, de nombreuses entreprises auront adopté le principe de la conservation radicale de leurs stocks restants d'énergies fossiles. Le gaspillage des ressources, spécialement par la guerre, sera considéré comme une pratique révoltante. Tous les pays utiliseront ce qu'il en reste pour développer des technologies alternatives qui fonctionneront avec la puissance de la Terre. Les pays Européens sur la ligne médiane seront les leaders de la planète et l'Euro sera la monnaie du monde parce que ces pays auront investi massivement et avec succès dans la médecine alternative et les technologies des énergies renouvelables. En Europe, les dirigeants auront commencé à se préparer pour le monde nouveau parce qu'ils auront déjà étudié le Calendrier maya.

Durant le Jour Six, les Américains ne consommeront plus la plus grande part des ressources du monde et les investisseurs soutiendront les nouvelles technologies. La vente des armes américaines diminuera et les États-Unis n'auront plus l'énergie nécessaire pour continuer à déployer leurs propres armements à travers le globe. En conséquence, l'industrie de l'armement s'effondrera comme un King Kong ivre. Les religions organisées n'auront que peu d'influence dans le monde parce que nombre de gens auront pris l'habitude du contact direct avec le divin et seront entraînés à la co-création consciente. Les chefs spirituels des religions organisées auront réalisé que le monde n'était pas en train de finir comme ils le supposaient. Ils se réveilleront et réaliseront qu'il leur faudra faire ce qu'ils n'aimaient pas, notamment reconnaître la femme et l'inclure dans la diffusion de la pensée religieuse, et bâtir des communautés saines.

La médecine naturelle sera employée pour presque tous les problèmes de santé et la médecine allopathique sera réduite aux quelques cas critiques et à la chirurgie. L'on se souviendra avec horreur de l'ère des médicaments comme de celle où l'on utilisait les sangsues. Des millions de jeunes gens travailleront comme guérisseurs d'animaux, de plantes et de personnes. La paix sera arrivée en Israël et les trois religions auront la joie de partager les sites sacrés. Les peuples ne se souviendront plus des raisons de leurs précédents combats. La planète sera beaucoup moins peuplée, à cause des guerres, des épidémies, des changements terrestres, et chaque personne âgée, chaque adulte, chaque enfant sera chéri simplement parce qu'il sera vivant et qu'il participera. Les changements sur Terre seront toujours très intenses et très difficiles, mais comme il y aura moins d'habitants et qu'ils vivront dans des maisons plus simples, les souffrances diminueront. Les économies se reprendront parce que les nouvelles orientations des investissements pour une vie équilibrée commenceront à être payantes. Au cas où cela vous semblerait trop positif, je préciserai que tout n'arrivera pas en une fois d'ici là mais que nous en prendrons progressivement le chemin.

Les scientifiques feront tout leur possible pour cesser d'arracher à la Terre son énergie car ils seront à même de percevoir les dégâts causés par de telles pratiques. Ils auront compris que c'était l'exploitation exagérée de la Terre qui causait orages, tremblements de terre et pandémies. Calleman dit que les changements impressionnants infligés à la Terre sont les conséquences de la fin des anciennes valeurs due à l'altération de la conscience humaine [16]. Apprendre à respecter les flux exhalés par la Terre et à s'y soumettre plutôt que de lui prendre ce qui nous plaît comme bon nous semble sera une transition difficile. Les scientifiques ressentiront une terrible énergie négative dans leurs propres corps lorsqu'ils essayeront d'utiliser à tort les forces de la Terre, et ils changeront leurs façons de faire lorsqu'ils verront leurs collègues en mourir. Nombre d'entre eux accepteront cette vérité sacrée et se débarrasseront aussi vite que possible et avec joie des anciennes valeurs plutôt que de continuer à souffrir de cyclones foudroyants et de tremblements de terre terrifiants. Et les insatiables vont finir par comprendre qu'ils ne pourront plus s'obstiner à brûler leur pétrole dans l'atmosphère au risque de causer un réchauffement insupportable et irréversible de la planète.

Ainsi les humains auront acquis beaucoup d'humilité, en osmose extatique avec le divin. Nombre de dirigeants se laisseront guider par le Calendrier maya pour orienter les cultures. Nombreux seront ceux qui pratiqueront des cérémonies et des créations pour se préparer à l'Inframonde universel, la venue de l'illumination sur Terre. Mais comment fait-elle, vous direz-vous, pour imaginer tout cela? C'est pourtant si simple si l'on tient compte d'un autre facteur critique: l'exo-politique*.

La vérité sur l'exo-politique pendant le Jour Six de l'Inframonde galactique

La renaissance de la synthèse unificatrice avancée pourrait arriver par l'exo-politique*, le système politique qui gouverne l'univers. Alfred Lambremont Webre est futuriste à l'Institut de recherche de Stanford. Il habite au Canada. Selon lui, la Terre est une planète isolée au milieu d'un univers interplanétaire, intergalactique et multidimensionnel hautement organisé et en pleine évolution [17]. Elle est membre d'un univers collectif qui fonctionne en obéissant à des lois universelles. La vie y a été plantée et cultivée sous l'intendance de sociétés plus civilisées. Si une planète constitue un danger pour la collectivité, comme bien évidemment le fait la Terre, le « gouvernement de l'univers » peut supprimer cette planète de la circulation ouverte dans la société de l'univers [18]. Comme Webre l'exprime, « la Terre a souffert pendant une éternité comme une proscrite de l'exo-politique dans la communauté des civilisations de l'univers » [19]. Oui, la Terre a été mise en quarantaine par cette collectivité !

Je pense que la Terre a été mise en quarantaine quand les humains sont devenus une espèce traumatisée par le cataclysme de 9500 av. J.-C. que j'ai décrit au chapitre 3. De plus, du fait que notre axe s'est incliné et que la plupart des autres planètes en ont aussi été affectées, la géométrie de l'ensemble du système solaire a probablement été chamboulée. Je pense qu'en 2011 les humains seront sortis de l'état d'esprit dans lequel le traumatisme de masse les avait enfermés, et que notre quarantaine sera levée, c'est-à-dire si chacun d'entre nous s'y prépare correctement et pleinement. Ce scénario n'est pas le « deus ex machina » : il ne s'appliquera que si nous, les humains, décidons de prendre une attitude responsable à l'égard de notre habitat. Responsabilité signifie « aptitude à répondre » et nous serons prêts parce que les changements sur Terre forceront tous les humains à la ressentir et à lui répondre. Je vous remets en mémoire la réaction instinctive des peuples indigènes des Îles Andaman au large de Sumatra qui savaient exactement quoi faire quand, le 26 décembre 2004, le tremblement de terre et le tsunami ont balayé leurs foyers. Personne ne va réparer notre espèce, il nous faut le faire nous-mêmes. C'est là toute la leçon de l'Inframonde galactique.

J'oriente la discussion vers l'exo-politique à ce stade parce qu'elle résonne profondément avec ma connaissance Pléiadienne de ce qui arriva récemment à la Terre. Calleman note que la toute première vague de rapports sur les ovnis survint en 1947, exactement au début du monde Quatre du Planétaire [20]. Il pense que cela ne signifie pas nécessairement qu'il y eut de réelles visites d'extraterrestres, et, vous le verrez bientôt, moi non plus. Ce que ces rapports nous disent, nous le pensons tous les deux, c'est qu'à cette date les humains ont commencé à imaginer l'existence d'êtres intelligents sur d'autres planètes et la possibilité de communiquer avec eux. En étudiant, à la lumière de la théorie de Calleman, les divers tournants marquants du Calendrier maya et plus particulièrement l'année 1947, nous parvenons à des révélations majeures.

J'ai personnellement fait savoir publiquement depuis plus de vingt ans que ma conscience existe en même temps sur Alcyone, étoile centrale des Pléiades, et sur Terre. J'entretiens cette harmonisation au moyen d'une conscience multidimensionnelle, ce que n'importe qui peut faire. Les lecteurs n'auront qu'à consulter mes autres livres pour plus de détails à ce sujet. Cette digression apparente est très pertinente au regard de l'exo-politique, qui, je n'en doute pas, sera la prochaine étape de la politique globale. Elle a déjà été prise très au sérieux par nombre de savants et de hautes personnalités des gouvernements du monde. L'exo biologie est un nouveau domaine de la science qui occupe une position limite entre l'astrophysique, la biologie, l'ingénierie et même la sociologie [21]. Pour autant que je sache, l'élite mondiale est parfaitement au courant de la quarantaine de la Terre car, pour commencer, c'est ce qui leur a permis de contrôler les humains. Comme vous le verrez, ils aiment la quarantaine et garderont l'humanité dans l'ignorance le plus longtemps possible. Nous devons d'abord comprendre ce qu'est l'exo-politique, et alors j'ajouterai l'accélération du Calendrier maya à cette nouvelle idée essentielle. Si ces deux théories sont exactes, elles devraient se compléter l'une l'autre. Entre-temps, je vous le demande, n'avez-vous pas eu l'impression que la Terre était en quarantaine de l'univers?

Webre dit que la quarantaine a commencé à être levée depuis 1947. C'est pourquoi je prédis que le conflit Israélo-palestinien sera résolu par une influence extraterrestre en août 2008 qui est l'analogue galactique de l'ouverture du monde Quatre de l'Inframonde planétaire en 1947. Webre dit que ces rencontres hautement qualitatives d'ovnis en 1947 sont la preuve d'un affaiblissement de l'embargo, je dirais même de « fuites » intentionnelles dans la quarantaine intégrale de la Terre[22]. Les divers canaux Pléiadiens, tels que Barbara Marciniak et moi-même, sont aussi des preuves de fuites. Considérant les difficultés qu'il y a à établir une quarantaine, imaginez ce qu'il faudrait à un univers peuplé pour organiser la quarantaine de la Terre. Webre mentionne ces difficultés et ajoute que le gouvernement de l'univers aurait à mettre en application une « quarantaine interplanétaire et inter dimensionnelle de la Terre en appliquant des principes avancés de parascience »[23].

La quarantaine interplanétaire impliquerait des technologies sophistiquées de surveillance et de blocage que nous ne pouvons imaginer que depuis peu parce que nous utilisons des technologies basées sur les fréquences. En ce qui concerne le blocage interdimensionnel, c'est exactement ce que nous essayons de pénétrer durant les activations de l'agenda Pléiadien. Pour ce qui est de la quarantaine, je ne doute pas que nous, les humains, soyons surveillés par des sociétés de l'univers, et la partie de ma conscience en Alcyone pense que nous n'avons que ce que nous méritons. Je suis pacifiste et la hideuse violence, la cruauté sans nom ne seront jamais autorisées à partir vers les Pléiades ni aucune autre direction dans la société de l'univers. La violence humaine nous tiendra éloignés de l'univers tant que nous ne changerons pas. À mesure que plus nombreux seront les êtres doux et aimants qui rechercheront une relation d'amour avec l'ensemble de la gent humaine, une nouvelle énergie positive ouvrira les barrières interdimensionnelles.

Comme je suis enseignante dans ce domaine, personne mieux que moi ne sait pourquoi cette percée doit prendre du temps. Nous devons avoir la prudence de ne pas aller trop vite avec les étudiants et nous avons un soignant pour dix étudiants pendant nos activations. De mon point de vue à la mi-2006, très vite — dès le 24 novembre 2006, ouverture du Jour Cinq — tout ce processus va vraiment s'accélérer car, d'après le Calendrier, il ne nous reste pas beaucoup de temps terrestre. Ou bien nous parviendrons à entrer dans la société de l'univers en 2011 ou ce que nous connaissons comme étant l'humanité cessera d'exister. Selon Webre, nous sommes retenus parce que la société de l'univers ne veut pas que nous exportions la guerre et la violence dans l'espace interstellaire et interdimensionnel. Comme il le dit si bien, « la militarisation de l'espace interstellaire pourrait être le seul et le plus important des facteurs empêchant la fin de l'isolation de la Terre par rapport à la société civilisée de l'espace »[24].

Je voudrais ajouter une autre raison pour laquelle je pense que nous sommes retenus : les humains sont affectés d'une fascination du concret déplacée. Ils tendent à rendre réels des êtres qui ne sont pas physiques parce que la science matérialiste a éliminé la conscience, la perception comme facteur motivant de l'évolution durant le Planétaire. Le besoin de voir des extraterrestres solides avant d'y croire, de même que de voir de vrais ovnis ou la Vierge Marie, a éliminé tout contact avec la vaste majorité de l'intelligence interdimensionnelle. Les extraterrestres peuvent apparaître sous une forme solide dans la dimension terrestre, mais cela les force à utiliser une énorme quantité d'énergie, ce qui est considéré comme un gaspillage par la société de l'univers. Durant les activations, nous enseignons qu'il est plus aisé de sortir de notre quarantaine en apprenant à accéder aux êtres des autres dimensions et à communiquer avec eux selon leurs fréquences, ce qui aboutit à l'extase spirituelle pour les humains.

En introduisant l'exo-politique comme étant la renaissance de la synthèse unificatrice avancée du Calendrier durant le Jour Six du Galactique, je ne vais pas continuer à spéculer sur ce qui arrivera durant la Nuit Six et le Jour Sept vu que leur direction sera évidente dès que j'aurai expliqué un peu plus les interactions de l'exo-politique et du Calendrier maya. Le Jour Sept de l'Inframonde galactique (du 3 novembre 2010 au 28 octobre 2011) est également le moment où l'Inframonde universel de 260 jours se déroule, l'accélération du Neuvième et dernier Inframonde. Comme nous parlons en même temps de l'Inframonde universel et de la société de l'univers, ce qui a besoin d'arriver durant le Jour Sept du Galactique et pendant tout l'Inframonde universel est évident. Nous allons vivre d'incroyables niveaux de croissance, de stress et d'intégration durant la Nuit Six (du 8 novembre 2009 au 2 novembre 2010). Attention à la soif de concret déplacée des élites mondiales essayant d'apeurer l'humanité en utilisant la technologie des hologrammes laser et des effets spéciaux hollywoodiens pour projeter des images d'atterrissages en masse d'extraterrestres dans les déserts. Souvenez-vous que la société de l'univers ne gâcherait pas autant d'énergie et accueillez le spectacle comme une très bonne cascade hollywoodienne inventée pour vous faire rire !

Le chapitre suivant couvre les aspects scientifiques de ce qui va arriver dans notre système solaire et dans l'univers durant la fin du Calendrier ainsi que le grand bond vers une ouverture spirituelle qui va advenir. Je veux simplement commenter le fait que, pour l'humanité, le grand combat qui va avoir lieu du 15 août 2008 jusqu'à la fin du Calendrier, une fois que la paix sera acquise en Israël, sera sur la militarisation de l'espace. Vu de mes yeux d'enseignante spirituelle, il est évident que les scientifiques et les dirigeants mondiaux dotés d'esprits malveillants vont militariser l'espace pour forcer la prolongation de la quarantaine de la Terre afin de pouvoir conserver leur pouvoir et leur contrôle. Vu que le timing du Calendrier maya est en synchronisme avec les plans de la société de l'univers, je crois qu'il y aura une éruption solaire pour stopper la militarisation de l'espace. Des flammes et des éruptions solaires éclateront et détruiront la technologie qui autrement pourrait envoyer la guerre et la violence dans l'espace. Il n'y a aucun doute là-dessus et les changements terrestres, les changements de conscience et les changements de climat que le soleil causera seront véritablement cataclysmiques de 2008 à 2010.

Finalement la Terre rejoindra la société de l'univers en 2011 durant l'Inframonde universel. Je ne dis pas cela pour vous effrayer mais pour offrir une explication réaliste à ce qui risque d'arriver. Je termine ce chapitre en partageant ce que je sais de la quarantaine de la Terre dans la perspective pléiadienne. Tout ceci fait ressortir exactement ce que chacun d'entre nous doit faire pour se changer maintenant.

Un message des Pléiades concernant la fin de la quarantaine de la Terre dans l'Univers en 2011

D'après l'information dont je me suis faite la messagère depuis Alcyone en 1994, les Pléiadiens étaient très impliqués dans la vie et l'évolution sur Terre jusqu'au cataclysme de 9500 av. J.-C. L'anthropologue Richard Rudgely note qu'une tradition de savoir communicable sur les Pléiades — l'observation des Pléiades et leur nom descriptif, «les sept sœurs» — remonte à au moins quarante mille ans, au temps où les humains développèrent leur conscience symbolique[25]. Cela veut dire que durant l'Inframonde régional dans la culture paléolithique, nous faisions partie de la société de l'univers.

J'ai voyagé dans l'Inframonde régional en recourant à des postures paléolithiques et nous ne semblions pas être coupés de l'espace cosmique en ce temps-là. Webre note que la société de l'univers dispose de technologies de la vie sophistiquées, telles que la capacité à déterminer quand les planètes disposent des éléments nécessaires pour élaborer la vie et à exécuter des programmes d'implantation sur les planètes adéquates comme la Terre, sachant que ce processus prend des milliards d'années. Il commente : « À mesure que nos savants retrouvent le passé scientifique de notre planète, ils découvrent en fait les produits du travail d'agents hautement avancés dans notre univers »[26]. Alors, une fois de plus, pourquoi cette quarantaine de la Terre ? Webre dit : « nous, les humains, sommes les enfants d'un événement cataclysmique universel au cours de notre évolution planétaire. Notre isolement subséquent rend compte de l'état sévèrement conflictuel, violent, ignorant et confus de notre parcours historique et de notre société. Ce n'est pas par accident que les humains sont marqués par la guerre, la violence, la pauvreté, l'ignorance et la mort. La violence que nous avons vécue au vingtième siècle sur Terre ne serait pas survenue sur une autre planète habitée qui n'aurait pas subi l'expérience d'un tel désastre au cours de son évolution »[27]. Je suis d'accord. Je vous rappelle que ce cataclysme et ses effets désastreux ont déjà été décrits au chapitre 3. Ce que le nouveau compte du temps décrit figure 3.2, c'est la quarantaine de la Terre à partir de 9500 av. J.-C. qui déclencha une régression humaine jusqu'à très récemment. Webre ajoute : « Notre quarantaine planétaire permet à la totalité de l'effet du cataclysme mondial de s'estomper puis de disparaître »[28]. Je crois que cela est arrivé et que cela est en train de finir. « Le contrôle sur l'évolution est activé, poursuit Webre, lorsque l'existence même de la finalité de l'évolution désirée est menacée »[29]. Je pense que l'éventualité que l'objectif de l'évolution désirée ait été contrarié est la raison pour laquelle l'Arbre du monde existe et provoque l'accélération du temps. Je pense aussi que le Calendrier maya pourrait être un ancien calendrier exopolitique qui remonte à 9500 av. J.-C. et aux premiers Védas. Le cataclysme et ses effets secondaires ont fait de l'humanité une espèce aux traumatismes multiples, qui a relevé un maximum de défis pour sa survie dans le passé et en relèvera encore dans l'avenir. Je pense que le voile est déjà en train de se lever, que le rideau se lèvera totalement durant le Jour Cinq du Galactique. Je ne doute pas que nous nous en sortions. Webre croit que l'isolation de la Terre a habitué nos âmes à se contenter d'espoir pour vivre [30]. J'ai grand espoir en l'avenir : je suis d'une nature optimiste bien que je mesure l'ampleur de ce à quoi notre espèce devra faire face avant de revenir au sein de la société de l'univers en 2011. Il est possible qu'après tout ce que nous avons enduré, la Terre devienne l'enseignant de la société de l'univers pour ce qui concerne la façon de soigner les séquelles des cataclysmes et des quarantaines.

De plus je crois fermement que notre Soleil répond à l'atmosphère de la planète comme la Terre répond aux conditions existant sur le Soleil. Nous sommes devenus une espèce violente et guerrière à la suite de très récents cataclysmes dans le système solaire. Maintenant, par la militarisation de l'espace, l'élite mondiale menace le système solaire tout entier et peut-être même la galaxie. Et c'est parce que les États-Unis et leurs alliés projettent leurs propres craintes sur les autres, et qu'ensuite ils les attaquent juste parce qu'ils existent et possèdent quelque chose qu'ils convoitent, qu'une puissance supérieure dans le système solaire restreindra cette force destructrice. Comme le dit Webre, la menace contre un objectif désiré de l'évolution provoque l'activation du contrôle sur cette évolution. Cela n'a donc aucun sens qu'une cabale de possédants fous en manque de quelque chose de plus puisse détruire notre planète. Notre conscience planétaire, animée par le Calendrier maya, exige que nous levions la quarantaine !

Comme vous le constaterez dans les toutes prochaines années, le Roi du système solaire, le Soleil lui-même, est aux commandes puisque la crise concerne l'ensemble du système solaire. Mais nous, l'espèce qui n'a vécu que d'espoir, comment réagirons-nous aux changements du Soleil lorsque cet astre tout puissant fera frire essentiellement les technologies des fréquences ? La réponse est dans le développement du réel potentiel spirituel de la gent humaine. Notre véritable nature spirituelle nous connecte au cosmos qui est la vraie source de notre capacité personnelle à espérer en l'avenir de la Terre.

Maintenant nous allons considérer les preuves de l'influence d'un guidage spirituel des processus d'évolution sur Terre.

8

Le Christ et le cosmos

Quetzalcoatl et les neuf Dimensions

Les implications de la théorie de Calleman sur l'accélération du temps comme force pilote de l'évolution dans l'univers sont époustouflantes, surtout sachant que l'ensemble du processus culmine en 2011 et s'équilibre durant 2012, ce que nous expliquons en détail dans l'appendice B. Finalement, voici quelques réflexions sur les relations entre la théorie évolutionniste de Calleman et quelques idées extrêmement radicales sur l'univers et la conscience, c'est-à-dire la capacité à percevoir.

Ce chapitre final est largement spéculatif et complexe parce qu'il pose la question de savoir si l'incarnation du Christ, intervention angélique sur les affaires de l'homme, et de certaines entités cosmologiques peu connues pourraient être en train d'orchestrer l'accélération du temps et l'évolution humaine. En d'autres mots, il explore la possibilité que des forces spirituelles travaillant dans le monde matériel guideraient l'évolution. Une telle idée mérite que j'explique comment j'y suis arrivée, tout ce que j'ai compris sur l'accélération du temps me venant de mes expériences d'enseignante et de shaman.

En juin 2005, lorsque je me suis rendue compte de l'importance globale des théories de Calleman, j'ai commencé à enseigner ses travaux en même temps que les miens, où que j'aille. Il est cependant inhabituel pour un écrivain enseignant depuis plus de vingt-cinq ans de commencer soudainement à propager extensivement les idées de quelqu'un d'autre. Mais c'est arrivé à cause de ce que j'avais découvert en écrivant *The Pleiadian Agenda : A New Cosmology for the Age of Light*. Ce livre décrit les neuf Dimensions de conscience qui s'ouvriront complètement en chaque être humain d'ici 2012, ainsi qu'une dixième Dimension qui est le corridor d'énergie venant du noyau de fer cristallisé du centre de la Terre (1D) et allant jusqu'au trou noir de la Voie Lactée (9D).

Chacune des neuf Dimensions a un Gardien — une sorte de conscience qui le maintien en forme — et chaque Dimension a une position dans l'espace, comme les Pléiades, Sirius ou le système d'étoiles d'Orion. Lorsque cette somme de données est venue à moi en 1995, je ne comprenais que les cinq Dimensions inférieures. Au début, les quatre plus hautes Dimensions — création par la géométrie et la résonance morphique (6D), création par le son (7D), création par la lumière (8D), et création par le temps (9D) — n'avaient que peu de sens pour moi. Cependant, à chaque fois que j'enseignais ce modèle dimensionnel, les gens résonnaient avec, ce qui m'étonnait beaucoup. Qu'est-ce que je veux dire par « résonnaient » ? Que les élèves pouvaient ressentir dans leurs corps que ce modèle dimensionnel était exact et important. Cela correspondait à quelque chose qu'ils savaient déjà au fond d'eux-mêmes. Ils sentaient que le comprendre serait le prochain pas vers leur propre éveil. Eh bien, la même résonance se passait quand j'enseignais les idées de Calleman en 2005 et 2006. La plupart des étudiants résonnaient puissamment avec son modèle d'accélération du temps : ils pouvaient en ressentir l'importance critique tout comme moi. Ils avaient des difficultés à assimiler les rapides changements dans leurs propres vies et se sentaient confortés par la raison qui leur était donnée de ces changements. Il se peut que vous ressentiez quelque apaisement concernant l'accélération du temps du seul fait d'avoir lu ce livre, et le « Guide de l'Inframonde galactique » en appendice C sera peut-être encore plus utile.

Les participants ont résonné si intensément avec le modèle dimensionnel de l'Agenda des Pléiades que j'ai passé huit ans à chercher ses fondements scientifiques. Mes conclusions ont été publiées en 2004 dans *Alchemy of Nine Dimensions*, analyse scientifique d'un livre dont j'ai été le véhicule ! Entre 1995 et 2003, la plus grande partie des théories dimensionnelles du livre ont été vérifiées par de nouvelles découvertes scientifiques comme l'existence du trou noir au centre de la Voie Lactée en 2003. Toutes ces vérifications sont documentées dans *Alchemy*.

Ainsi en 2004, j'avais finalement saisi le sens de 6D, de 7D, et de 8D, mais je ne pouvais pas encore comprendre l'ensemble des implications de 9D. Ce que j'ai compris cependant, c'est que 9D était situé dans le trou noir au centre de la Voie Lactée, là où les agendas du temps qui génèrent les processus de création sur Terre sont déclenchés — les neuf Inframondes ! Ce lien entre l'accélération de l'évolution et 9D est la raison pour laquelle j'ai adopté le modèle de Calleman. Cette concordance avec le Calendrier maya m'a emmenée plus loin dans mon propre modèle dimensionnel car les Pléiadiens disent que 9D est le tzolkin. Comme nous savons que le calendrier de 260 jours est le tzolkin, l'affirmation des Pléiadiens m'avait parue mystérieuse mais au moins cette idée m'a-t-elle donné un indice me permettant de réaliser que le temps était situé en 9D.

Ce que je ne comprenais pas au sujet de 9D c'est que les Énochiens soient leurs Gardiens. En fait, il se pourrait que ce fait révèle les mécanismes exacts des processus d'évolution, comme vous le verrez plus loin. En fin de compte, cela m'a révélé que le Christ — Quetzalcoatl pour les Mayas — est la figure centrale motivant les processus d'évolution, le point de connexion entre le domaine temporel et le spirituel. Il ne s'agit pas là d'une idée nouvelle : l'Église primitive a déjà peiné à définir la nature à la fois humaine et spirituelle du Christ. Toutefois je ne pense pas que l'orthodoxie de l'Église des premiers temps fut capable de définir cette liaison entre le physique et le spirituel probablement parce que les objectifs politiques au sein même de l'Église ont distordu sa vision de Jésus. Notre perception du Christ continue d'évoluer et j'ai déjà retracé l'impact culturel de la christologie de Dan Brown durant l'Inframonde galactique. Une percée spirituelle est là, sous nos yeux, et pourtant peu de gens peuvent s'en rendre compte au moment où culminent tant d'occurrences non assimilées venant de tous les Inframondes. Certes, la révélation de l'incarnation, c'est que nous sommes tous à la fois matériels et spirituels. Considérez ceci : si nous n'étions que matériels, alors la force pilote du processus d'évolution serait une sorte de seigneur du temps mécanique, la machine à contrôler la plus compliquée que la gent humaine eût jamais connue. Tandis que si nous pouvons identifier la force spirituelle qui est derrière l'évolution, je pense alors que les humains deviendront instantanément dans nos esprits les Gardiens responsables de 3D. Après tout, les humains ont été responsables de leur habitat pendant les cent mille dernières années. Ce n'est que récemment que nous avons perdu notre sens de la mesure. Certes, nous sommes différents des hommes du paléolithique qui manquaient d'ego, phase nécessaire du développement de la conscience.

Nous sommes sur le point de prendre nos responsabilités d'espèce au sommet de la chaîne de l'évolution. Si nous admettons que le Christ nous révèle notre vrai potentiel, comment pourrions-nous détruire la planète où il s'est incarné ? Bien que nombre d'écrivains aient eu toutes sortes de vérités à dire au sujet du Christ, je n'en ai trouvé que peu qui eussent ajouté des faits nouveaux à son histoire. Pour nous attacher à découvrir la signification de l'incarnation, nous commencerons tout d'abord très loin dans le cosmos, puisque c'est certainement de là que le Christ est venu. Ensuite, nous reprendrons notre chemin vers la Terre pour rechercher la vérité sur la vie de Jésus.

Les super vagues galactiques et le cataclysme de 9500 av. J.-C.

Paul A. LaViolette est physicien et cosmologiste. Il est l'auteur de *Earth Under Fire*, qui examine la grande catastrophe décrite au chapitre 3[1]. LaViolette dit qu'une « forte super-vague » se dirigea vers la Terre, partie du centre de la Galaxie il y a entre 14 000 et 11 500 ans. Elle a altéré le climat et a causé d'immenses changements terrestres. Elle a provoqué notamment les vagues de morts connues sous le nom d'extinction du pléistocène. Selon LaViolette, « une super-vague est une boule de radiation en expansion qui se déplace radialement vers l'extérieur en partant du noyau galactique à une vitesse proche de celle de la lumière », traverse la Galaxie et va au-delà du disque aux bras spiralés[2].

Les super-vagues peuvent provoquer la transformation des étoiles en supernovas ou lancer des comètes vers des étoiles ou des planètes, ce qui peut provoquer des catastrophes. La théorie des super-vagues de LaViolette a capté l'attention de certains chercheurs intéressés par la date de fin du Calendrier maya parce qu'il pense qu'une autre super-vague va bientôt arriver. En vérité, je ne suis pas d'accord avec lui là-dessus (même s'il risque d'avoir raison), mais je pense qu'il est dans le vrai concernant la super-vague qui a affecté notre système solaire il y a entre 14 000 à 11 500 ans. Dans *Cataclysm* ! Allan et Delair émettent l'hypothèse que ce furent des fragments de la supernova Vela qui détruisirent presque la Terre il y a 11 500 ans. Ils notent également qu'« un nombre surprenant [de supernovas] ont explosé inopinément près de notre système solaire »[3]. En me basant sur *Cataclysm*! Et sur *Earth Under Fire*, je pense qu'une super-vague a déclenché la supernova Vela (qui date de 10 000 à 12 000 ans, voire 14 300 ans aux dires de certains), et qu'ensuite les fragments de Vela ont mitraillé notre système solaire qui n'est qu'à quelque huit cents années lumières du système Vela[4]. Nous savons par le grand changement climatique d'il y a entre 14 000 et 11 000 ans que la Terre a subi l'impact d'une masse venue de l'espace et la théorie de la super-vague explique bien des choses sur les événements de ces derniers milliers d'années.

LaViolette ne donne pas de place exclusive au cataclysme de 9500 av. J.-C. Toutefois cela m'a inspiré le terme « catastrophobie » pour insister sur le fait que nous sommes devenus une espèce victime de traumatismes multiples qui ont provoqué notre subséquente dégénérescence. L'idée, c'est que nombre de gens craignent une catastrophe imminente parce que leurs esprits sont obnubilés par les visions du cataclysme passé tout en étant incapables d'identifier le contenu de ces souvenirs parce que la science n'a décrit ces horribles événements que très récemment. Je prétends que quand ces souvenirs du passé flashent dans leurs esprits (spécialement lorsqu'ils sont pris dans des bombardements et des guerres), les gens pensent qu'ils ont des visions d'apocalypse du futur. C'est probablement le processus le plus intense transmué durant l'Inframonde galactique.

Les fondamentalistes sont tout particulièrement pollués par ce détritus mental qui les incite à espérer la fin prochaine de leur vie sur Terre — l'extase, l'apocalypse. Ces craintes non résolues qui aveuglent l'esprit humain faussent les interprétations possibles de la date de fin du Calendrier maya. Je ne pense pas qu'une autre super-vague soit en train d'arriver : cette façon de penser est ce que j'appelle de la catastrophobic. Je pense également que l'axe de la Terre ne s'est incliné qu'il y a 11 500 ans, et que la Terre et l'ensemble du système solaire sont en voie de nouveaux alignements. Il existe des preuves de cette idée, comme vous pouvez le voir à l'appendice A, et de nombreux astrophysiciens rapportent des changements phénoménaux sur plusieurs planètes, signes forts que le système solaire est en train de se stabiliser [5].

D'autre part un autre domaine de recherche de LaViolette, la théorie des pulsars, est extrêmement approprié durant les dernières années du Calendrier maya. Il me fallait décrire sa théorie des super-vagues en premier parce qu'il prétend que les pulsars* sont un système d'intelligence extraterrestre (IET)* nous informant des super-vagues du passé et nous prévenant éventuellement de celles du futur. Les pulsars sont des étoiles qui envoient des pulsations d'ondes radios et d'éclairs de lumière à des fréquences et des intervalles variés. Elles ont été remarquées pour la toute première fois en 1967. Nos progrès actuels nous permettent d'imaginer comment les IET pourraient envoyer des signaux à la Terre : nous disposons maintenant de technologies — les accélérateurs de particules et les masers* — avec lesquelles nous pourrions le faire [6]. À supposer que nous soyons vraiment en quarantaine parce que nous sommes une espèce traumatisée et violente, l'existence d'un système de pulsars d'IET ajoute un niveau inédit de signification à la récente période cataclysmique. En d'autres mots, une certaine forme d'IET serait en train de nous faire des signaux pour clarifier ce qui nous est réellement arrivé afin que nous puissions comprendre notre propre espèce ! Il est temps de réaliser que nous avons évolué de l'état de singes et d'hominidés de bases pour une bonne raison.

Appréhender la réalité grâce à la perception intérieure

Pour continuer cette discussion, il me faut d'abord clarifier la raison pour laquelle je regarde les choses de cette manière. De 1982 à 1992, j'ai fait l'expérience de plus d'une centaine de séances d'hypnose pour explorer ce que l'on appellerait mes vies passées. Sans présumer de ce qui se passe durant ces sortes de sessions, n'importe qui peut voyager à l'intérieur de lui-même dans le passé ou le futur, parce que le passé, le présent et le futur régissent nos corps, mais pas nos esprits infinis. J'ai publié mes conclusions sur ces sessions dans *The Mind Chronicles*[7].

Le premier volume, *Eye of the Centaur,* est sorti en 1986. Il explore diverses vies égyptiennes, minoennes, druidiques et moyen-orientales. La plupart des dates et des événements historiques dont j'ai fait mention dans les sessions correspondaient assez bien à l'histoire et à l'archéologie conventionnelles, sauf quelques-unes. Après chaque séance, je faisais des recherches sur la période historique et je notais ces différences, tout en publiant fidèlement l'information exactement comme elle était venue au travers de moi. Après la sortie de *Eye of the Centaur*, à mesure que les chercheurs précisaient les dates historiques, souvent ces dates se rapprochaient de ce que j'avais reçu. Le même processus continua lors des deux livres suivants, *Heart of the Christos* en 1989, et *Signet of Atlantis* en 1992. La question est que je fus totalement stupéfaite de la quantité de choses que je connaissais, à l'intérieur de moi-même, sur la chronologie de la Terre. J'ai inventé un nom pour ce mécanisme intérieur : je l'ai appelé le chronomètre stellaire intérieur. D'aucuns pourraient dire que j'étais une lectrice naturelle des Enregistrements Akashiques, ces enregistrements psychiques des événements de tous les temps. Toujours est-il que j'augmentais ma confiance en moi-même pour ce qui était d'interpréter les cycles du temps de la Terre.

Ce processus s'est accéléré à la suite de la révélation que j'ai eue de l'Agenda des Pléiades et de l'étude scientifique que j'en ai faite, puis de mon rapport dans *Alchemy of Nine Dimensions*. Le livre retrace ce processus de vérification, ce que je n'avais pas fait avec *The Mind Chronicles*. En même temps, je me demandais comment une mère active élevant quatre enfants qui ne connaissait presque rien de la science pouvait recevoir et transmettre une révélation aussi complexe que l'Agenda Pléiadien. Et dire que ses théories scientifiques osées se sont trouvées vérifiées une par une après qu'elles furent publiées ! Pour compléter le tout, quand me fut faite la révélation de l'Agenda des Pléiades, j'étais éditrice chez Bear & Company, en charge des acquisitions de ce type de livre et je découvris à cette occasion qu'au moins quatre autres auteurs avaient reçu la même information au cours du même laps de temps. Un manuscrit terminé me parvint, ainsi que deux esquisses détaillées et une demande de renseignement téléphonique décrivant les neuf Dimensions de conscience — situées dans les Pléiades, Sirius, Orion, la Galaxie Andromède et le Centre Galactique — qui étaient en train de nous parvenir au moyen de ce que l'on appelle la ceinture de photons (une ceinture de particules légères) de 1987 à 2012 ! Il ne s'agit pas là simplement d'amour et lumière New Age, et je rencontre encore des gens qui disent avoir reçu de similaires informations de 1994 à 1995, des données cosmiques télétransmises sur Terre qui entrent en résonance avec les individus.

Aujourd'hui, j'ai profondément confiance en ce que chacun d'entre nous sait réellement à l'intérieur de lui-même. Ce chapitre discute de faits dont je sais qu'ils sont exacts car ils sont le fruit d'une intuition profonde. Cette faculté d'atteindre ainsi des informations est une approche potentiellement valable parce qu'il ne nous reste peut-être pas beaucoup de temps. Combien de temps ? Le Calendrier maya finit en 2011 ou 2012, et beaucoup de gens pensent que le temps cessera en 2012. Atteindre la fin du temps n'est pas arriver à la fin de la vie, mais cela signifie sûrement la fin de la collecte d'informations sur notre histoire. Les dernières choses que nous avons à savoir sur l'histoire et l'évolution sont très importantes. À mon avis, nous avons à imaginer ce que les Puissances et les Principautés (l'élite mondiale) ont dans leurs plans pour la Terre. Et si, par exemple, les élites savaient tout sur le système des pulsars IET qui font des signaux à la Terre? Et s'ils avaient un plan pour bloquer ces signaux de pulsars à l'aide de leur système de missiles de défense (IDS) appelé ironiquement «Guerre des Étoiles»? Et si «Guerre des Étoiles» était déjà en fonction en 1995 et qu'il avait bloqué les transmissions des Pléiades? Et s'il pouvait bloquer l'involution angélique? Et si c'était en cours aujourd'hui?

Si nous pouvons fonctionner avec neuf Dimensions de conscience (et activer bien d'autres enseignements majeurs), je crois que nous obtiendrons la liberté de réintégrer la société de l'univers comme cela est décrit par *Exo-politique*. L'élite ne sera pas avec nous (à moins qu'eux aussi ne s'éveillent et n'ouvrent leurs cœurs) parce que leur monde à eux est construit sur l'aliénation de la liberté humaine et l'engloutissement de son habitat. C'est pour cela qu'ils sont en quarantaine (et nous aussi!).

Ce qui va se passer, je pense, durant l'Inframonde universel en 2011, c'est que le programme de contrôle de l'élite va finir! Puisque l'élite opère dans le plus grand secret, le moyen de sortir de la prison de fréquence, qu'ils ont construite pour tous sauf eux, est d'atteindre un certain niveau de connaissances. Pour autant que je le sache, ce qu'ils ne veulent surtout pas que vous compreniez, c'est que les pulsars communiquent avec la Terre. Mais ils n'y ont pas réussi, vu que cette information est déjà publiée dans *Decoding the Message of the Pulsars* de Paul A. LaViolette [8]. Cependant, ce qui nous importe beaucoup plus, c'est que des explosions solaires massives vont empêcher la militarisation de l'espace en 2008-2010.

Paul A. LaViolette et le message des pulsars

J'ai réfléchi aux idées de Paul A. LaViolette pendant plus de dix ans et j'ai trouvé sa théorie des pulsars très pertinente au regard du sujet de mon livre. Si les pulsars sont bien des systèmes d'intelligence extraterrestre (IET) faisant des signaux à la Terre, cette nouvelle cosmologique est de taille — la plus significative de tous les temps — et devrait être portée à la connaissance du public durant l'Inframonde galactique. Cela voudrait dire que nous ne sommes pas seuls, que des IET, des civilisations extraterrestres, envoient des signaux à la Terre pour indiquer qu'elles existent et qu'elles s'intéressent à nous.

Lorsque Jocelyn Bell, astronome à Cambridge, découvrit les premiers pulsars en 1967, il pensa sérieusement qu'il avait détecté des signaux intelligents extraterrestres et nomma le premier pulsar LGM-1 pour "little green men" (petits hommes verts). Il estima cependant qu'il ne pouvait pas diffuser cette nouvelle avant d'avoir consulté de plus hautes autorités et se demanda même s'il ne valait pas mieux pour l'humanité détruire les preuves de cette découverte [9]. Au début des investigations sur les pulsars, plusieurs astronomes croyaient fermement que les pulsars étaient des signaux IET émis par des extraterrestres. Le gouvernement prit le parti de faire taire, très facilement, de telles idées : il fit clairement savoir que quiconque poursuivrait l'étude des communications IET signerait la fin de sa carrière scientifique subventionnée par l'État. Vers le milieu des années 1970, l'anathème était jeté sur toute discussion de théories IET. Il fut dit que les pulsars étaient des étoiles de neutrons tournantes résultant de l'explosion de supernovas. LaViolette taille en pièces ces théories trop orthodoxes et poursuit le décodage des pulsars en tant que mécanismes de signalisation IET.

Il vous faudra, bien sûr, lire *Decoding the Message of the Pulsars* pour avoir plus de détails sur son hypothèse. Dans son œuvre précédente, *Genesis of the Cosmos*, LaViolette révèle comment les traditions ésotériques, l'astrologie, le tarot sont encodées de claires références cosmologiques, géologiques et évolutionnistes [10]. Il dit que le Zodiaque (les constellations sur l'écliptique) raconte l'histoire de la création et de la destruction dans l'univers vu de la Terre, et que le Zodiaque et les histoires coutumières sur les étoiles qui l'accompagnent sont les vestiges de savoirs très avancés des humains d'avant le déluge (avant le cataclysme) [11]. Autrement dit l'astrologie est antédiluvienne.

L'astrologie utilise une roue de 360 degrés comportant 360 symboles sabiens qui est similaire à l'Année Divine du Calendrier basé sur le tun des Mayas et à la cosmologie véda dont nous avons déjà parlé. Si le Zodiaque est un savoir antédiluvien, c'est qu'il a une grande signification et qu'il nous porte à penser que les anciens humains étaient spirituellement très avancés. LaViolette prétend également que le Zodiaque et l'histoire coutumière des étoiles de la constellation du Sagittaire indiquent que ses concepteurs d'origine connaissaient la position du Centre Galactique, suggérant ainsi que les anciens étaient galactocentriques ! [12] A la différence de la plupart des astronomes, LaViolette respecte l'astrologie pour ce qu'elle est : il n'a pas de difficulté à utiliser la perspective géocentrique (les choses vues de la Terre). Ce qui ne l'empêche pas de savoir que la Terre tourne autour du Soleil qui, lui-même, tourne autour de la Galaxie. Après tout, la perspective géocentrique permet de voir que les pulsars font peut-être des signaux à la Terre.

Les pulsars : des signaux de l'intelligence extraterrestre

Dans son étude des pulsars en tant que mécanismes de signalisation IET, LaViolette conclut que « certains pulsars ne sont pas positionnés au hasard dans le ciel. Certaines de ces balises particulièrement distinctes sont situées dans des emplacements clés de la galaxie servant de points de référence qui en disent long du point de vue des communications interstellaires » [13].

Se posant la question de savoir comment les civilisations galactiques pourraient ou voudraient essayer de nous joindre, LaViolette commença par remarquer quelques activités cosmiques très inhabituelles. Si d'autres êtres intelligents existent dans l'univers, les relations mathématiques et géométriques et les points de référence astronomiques significatifs seraient des moyens logiques pouvant leur servir à entrer en contact avec nous. Le plus évident est le Centre Galactique, puisque toutes les civilisations à l'intérieur de la galaxie le considéreraient comme le centre. Par exemple, comme vous le voyez figure 8.1, les concepteurs de la plaque apposée sur Pioneer 10 avaient en tête des idées similaires quand ils essayèrent d'indiquer l'emplacement de la Terre à ceux qui pourraient trouver la sonde spatiale.

LaViolette remarqua que les pulsars les plus perceptibles depuis la Terre étaient souvent proches du repère d'un radian [14]. Il en conclut que c'était la manière dont une civilisation IET essayerait d'attirer notre attention, à la suite de quoi il releva quelques pulsars très significatifs. Le pulsar le plus rapide dans le ciel — PSR 1937+21 — est situé au plus près du point d'un radian au nord de la galaxie sur l'équateur galactique. Si vous pouviez entendre ses flashs, ils sonneraient comme la note musicale mi en do majeur. Ses éclairs sont plus précis que la meilleure des horloges atomiques [15].

Les pulsars rapides sont appelés « pulsar milliseconde ». PSR 1937+21 porte ce nom parce que c'est le plus rapide et le plus lumineux et qu'il émet des flashs visibles au télescope optique, ce qui est très rare [16]. Cette possibilité de détection aisée en fait une balise-marqueur idéale. De plus elle produit régulièrement des pulsations de haute intensité appelées « pulsations géantes » [17].

Les emplacements de l'étoile Gamma Sagittae et du pulsar Vulpecula — PSR 1930+22 — suggèrent que le concepteur de ce système « aurait eu à connaître la façon dont le ciel apparaît depuis notre localisation particulière dans la galaxie »[18]. En d'autres mots, le concepteur de ce système connaît notre perspective géocentrique ! Un autre pulsar milliseconde distinctif — PSR 1957 + 20 — est situé dans ce secteur clé du ciel en Sagittaire et sa période de pulsations est presque identique au Pulsar milliseconde [19].

PSR 1957+20 est un pulsar binaire à éclipse dont les plans orbitaux sont orientés bord en avant dans notre direction et dont l'étoile naine qui l'accompagne passe périodiquement devant lui, l'éclipse et occulte son signal [20]. PSR 1957+20 a également des pulsations géantes. Ces entités très remarquables et inhabituelles dans le ciel attirent réellement notre attention sur Terre ! Et LaViolette dit : « Il y a une chance sur dix puissance 28 que cet agencement de pulsars soit dû au hasard »[21].

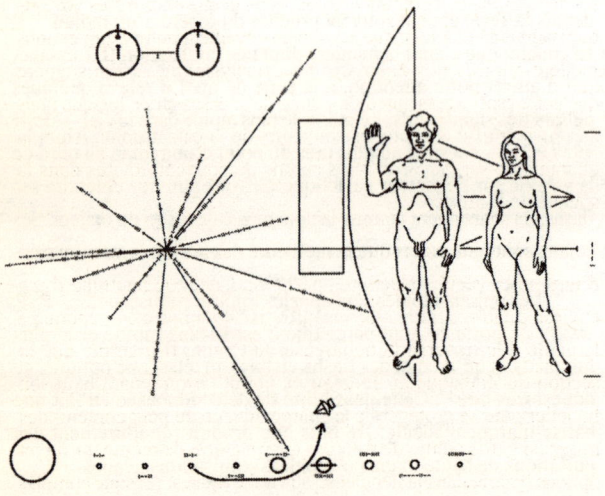

Fig. 8.1. Pioneer 10 montre l'emplacement de la Terre aux extraterrestres.

*Les pulsars et l'exo-politique**

En résumant brièvement ces aperçus complexes, je rends peu justice à la théorie des pulsars de Paul A. LaViolette et les lecteurs doivent lire ses écrits plus en détail pour appréhender les implications de ce qu'il dit. En outre il se demande si les pulsars sont un équipement de signalisation sur les étoiles à neutrons qui sont arrangés de manière à être vus de notre système solaire. Sa conclusion est qu'«une civilisation galactique hautement avancée existe réellement et essaye de communiquer avec nous» ce qui serait une excellente nouvelle pour l'exo-politique [22]. Il faut savoir que les pulsations radio du pulsar milliseconde que nous observons maintenant le quittèrent il y a 11 700 ans puisqu'il est à 11 700 années-lumière de la Terre. Est-ce qu'il n'aurait pas commencé à envoyer ses signaux avant ou durant le cataclysme et que nous ne les voyions que maintenant ? Est-ce que ces signaux éveillent notre esprit et nous incitent à traiter nos traumatismes cataclysmiques ? J'ai suggéré que notre espèce cesserait d'être violente et destructrice lorsque nous aurons identifié et traité les souvenirs de la catastrophe. Alors la quarantaine sera levée et nous serons de nouveau invités dans la société de l'univers.

LaViolette prétend que ces pulsars signalent la progression d'une super vague galactique, partie du Centre Galactique il y a environ quatorze mille ans, jusqu'en 1054 de notre ère, époque à laquelle elle traversa la nébuleuse du Crabe. Il imagine que la section du Zodiaque en Taureau montrant Orion tenant haut son bouclier pour se protéger de la charge du taureau peut contenir des mises en garde contre de futures super vagues, de même qu'un jet optique bizarre dans la nébuleuse du Crabe (qui est presque complètement parallèle à l'écliptique de la Terre) [23]. Il se demande si «la civilisation qui a construit le reste de la supernova du Crabe et sa balise pulsar unique en son genre est en train de nous prouver qu'elle possède une technologie qui pourrait un jour nous protéger de l'assaut de la prochaine super vague ? »[24]. Puis, dans l'éventualité où nous serions vraiment prévenus de la venue d'une attaque, il nous propose quelques idées sur la façon dont les savants pourraient développer des technologies de champs de forces qui pourraient dévier les rayons cosmiques des super vagues[25].

Concernant l'exo-politique, il s'amuse à imaginer : « si une civilisation planétaire pouvait se défendre avec succès contre de tels désastres galactiques et survivre en société pacifique sans retomber dans un chaotique âge sombre, est-ce qu'elle serait valablement considérée pour une levée de quarantaine et admise dans la fédération galactique » ?[26] Je propose que les gouvernements de la Terre développent un minimum de technologies pacifiques. En fait l'élite mondiale agit comme le taureau chargeant dans le ciel ! Tous les signes concordent pour indiquer que les gouvernements secrets font tout ce qui leur est possible pour nous maintenir en quarantaine et LaViolette donne même des preuves de tests militaires secrets de ces sortes de technologies. Par exemple, d'étranges sphères lumineuses ont été vues dans le ciel — des plasmoïdes — qui sont probablement générées par des faisceaux de micro-ondes[27].

Pourquoi tout cela est-il si secret ? Utiliser les dernières ressources des sociétés pour la militarisation de l'espace avec le projet « Star Wars » (Guerre des étoiles) serait le cataclysme final sauf si, bien sûr, nos gouvernements levaient le voile du secret et demandaient au public son soutien pour des dépenses aussi incroyables pour la protection de la Terre. Il me semble que persister dans la voie de la Guerre des étoiles serait la preuve ultime donnée aux civilisations IET que la quarantaine de la Terre ne peut pas être levée. En ce qui me concerne, je pense qu'il est temps d'arrêter de se chercher des ennemis et de procéder à l'analyse des contenus profondément enfouis dans nos mémoires qui provoquent cette approche craintive de la vie qu'ont les humains. Ma réflexion sur ce sujet m'a ramenée aux curieux anges Observateurs* de la Bible, car la période de survie juste après le cataclysme est la meilleure époque où chercher pourquoi les humains se laissent si facilement aller à la crainte. Après le cataclysme, l'humanité, dans un état profond de dégénérescence, inventa la religion basée sur l'histoire des Observateurs et de leur dieu, Jéhovah.

Le rétablissement de notre potentiel spirituel et les Observateurs

Je crois fermement que le seul moyen pour nous de réintégrer la société de l'univers, c'est la récupération de notre potentiel spirituel. J'ai déjà suggéré que recouvrer l'état d'esprit de l'Inframonde régional datant d'avant le cataclysme, avant le déluge, pourrait nous permettre de retrouver nos pouvoirs spirituels. J'ai donc recherché des traces de notre mentalité d'avant le déluge. Ces traces nous ramènent de nombreux millénaires en arrière aux grands, aux inquiétants anges Observateurs mentionnés dans la Bible, dans le livre de Daniel[28].

Dans la tradition biblique ainsi que dans les autres sources que je décris, les anges Observateurs avaient de grandes ailes d'oiseaux et s'accouplaient avec les femelles humaines. Les Observateurs sont aussi intimement associés aux mystérieux Énochiens, Gardiens de 9D, et la meilleure source à leur sujet est le Livre d'Énoch, texte sacré des premiers Juifs. J'ai souvent l'impression de passer mon temps à dépoussiérer le grenier en désordre d'un ministre décédé. J'ai tout de même continué à chercher des renseignements sur les Observateurs et les Énochiens. Dans *From the Ashes of Angels*, Andrew Collins explique qu'il a retrouvé, dans la grotte de Shanidar au Kurdistan, des traces prouvant que ces anges moitié hommes moitié oiseaux remontaient aux années 8870 av. J.-C. (juste après le cataclysme)[29]. La grotte de Shanidar est l'une des plus importantes découvertes archéologiques de la planète, avec ses seize différents niveaux d'occupations remontant à cent mille ans. En fait elle a été occupée pendant la totalité de l'Inframonde régional.

Les paléontologues Ralph et Rose Solecki ont trouvé des ailes articulées de vautours dans la couche de 8870 av. J.-C., que les shamans archaïques auraient utilisées pour se métamorphoser en vautours durant leurs rituels[30]. Ils ont interprété ces découvertes comme preuves que le shamanisme-vautour avait existé très tôt ce qui fit penser à Collins que cette trouvaille matérialisait l'intrusion des Observateurs dans une grotte qui avait servi d'habitat d'hiver aux tribus nomades de la région pendant quatre vingt dix mille ans[31].

En tant que shamans-vautours, ces Observateurs avaient dû être des humains semi-divins, vu que le fait de devenir oiseau pour les cultures de chasseurs-cueilleurs conférait l'accès aux esprits. Il en est toujours de même aujourd'hui. Une nuit, à Kiva, à l'Est de l'Institut Cuyamungue, Felicitas Goodman m'a tendu sa cape et m'a demandé de danser la danse de l'aigle. Je fis le tour du sipapu (le trou au centre de la Terre) et, devenu aigle, je me livrai à des ascensions et des piqués vertigineux. Je fis l'expérience de cet accès à la conscience ancienne, ce qui m'a aidée à comprendre les Observateurs.

Finalement, selon le Livre d'Énoch, les Nephilim, progénitures gigantesques et dégénérées des Observateurs, naquirent des filles des hommes, et causèrent des émeutes et de grandes souffrances parmi les humains[32]. Les récits concernant ces géants remontent jusqu'aux périodes terribles de la survie après le cataclysme, et nos esprits sont pleins de ces mauvais souvenirs non traités. Le fameux site de Jéricho en Palestine/Israël date de 9000 av. J.-C. (tout de suite après le cataclysme), et l'archéologue, Kathleen Kenyon y étudia six mille ans de leur séjour. Dans la couche datée de 6832 av. J.-C., un massacre d'enfants fut découvert que le chercheur de l'époque sumérienne Christopher O'Brien voit comme la preuve d'un nettoyage de Nephilim, enfants renégats des Observateurs, ou inversement comme des meurtres d'enfants par les Nephilim[33]. Nettoyés ou pas, les gênes des Nephilim font partie de la race humaine.

Les abus d'enfants, les meurtres et les viols ne sont pas une conduite normale des êtres humains. Je pense que ces comportements ont leurs origines dans les affreuses souffrances qu'ils ont subies après le cataclysme. Je pense que le côté Nephilim hante les esprits des plus hideux criminels. Quand de tels contenus archaïques troublent les gens au plus profond de leurs âmes en détresse, la plupart des thérapeutes en ignorent l'origine et sont bien incapables d'atteindre ni d'aider les pires criminels. Je pense que cela pourrait changer un jour quand les thérapeutes en sauront plus sur ces ombres du passé lointain. Pour rendre hommage au génie de Dan Brown d'avoir révélé des archétypes profondément enfouis, notons que Silas l'assassin du film *Da Vinci Code* est un portrait typique

Fig. 8.2. La métamorphose du shaman vautour.

de dégénéré Nephilim très utile à l'Église Catholique. C'était un tueur né parce qu'il ne comprenait rien aux labyrinthes des profondeurs de son âme archaïque.

L'histoire la plus complète des Observateurs et de leur progéniture, les Nephilim, est contée dans *le Livre d'Énoch*, livre spirituel juif très prisé, écrit avant 200 av. J.-C. En 325, le Père Saint Jérôme de l'Église des premiers temps déclara *le Livre d'Énoch* apocryphe. Pourtant le canon [des testaments] retint la plus grande partie de la Genèse (qui en dit très peu sur les Observateurs). Les livres déclarés apocryphes étaient souvent jugés hérétiques. Ainsi les copies de ce livre disparurent mystérieusement. Cette source majeure sur les Observateurs fut perdue pour plus de 1500 ans. Même les juifs en perdirent les précieux souvenirs qui ne sont qu'occasionnellement mentionnés dans des œuvres postérieures[34].

Le franc-maçon écossais James Bruce a trouvé une copie du *Livre d'Énoch* à Axoum, Éthiopie, en 1762, qu'il a immédiatement traduite en français et en anglais. D'autres versions du Livre furent retrouvées en 1947 parmi les rouleaux de la Mer Morte à Qumrân, et maintenant ce livre est de nouveau sérieusement étudié. Il contient de nombreuses informations sur les civilisations d'avant le déluge et décrit certains aspects du cataclysme et des souffrances des anges Observateurs. Le monstre est sorti de la cage en quelque sorte. Tout cela était positivement surprenant, mais je ne voyais toujours pas que cela expliquerait pourquoi les Énochiens étaient Gardiens du temps et de 9D. Je poursuivis donc mon axe de recherches comme le missile se dirige vers la source de chaleur.

Les Énochiens et la machine d'Uriel

Ensuite, je me plongeai dans la lecture de *La machine d'Uriel*, des chercheurs maçonniques Christopher Knight et Robert Lomas, ce qui approfondit ma compréhension des Énochiens [35]. Uriel était un archange (ce qui, dans la nuit des temps, signifiait Observateur), figure importante du *Livre d'Énoch* aussi bien que des rituels maçonniques. Dans le *« Livre des lumières célestes »,* une section du *Livre d'Énoch*, Uriel montre au patriarche Énoch une fantastique structure d'un blanc éclatant qui pouvait observer et mesurer les mouvements du Soleil et de Vénus, ce qui semble être une sorte de déclinomètre d'horizon sophistiqué. Knight et Lomas pensent que cette structure n'est autre que Newgrange, temple mégalithique de quartz blanc près de la rivière Boyne en Irlande non loin de Tara, lieu où les anciens rois irlandais étaient couronnés [36]. Newgrange est fameux parce que le Soleil levant du solstice d'hiver illumine les spirales gravées sur le mur arrière de la chambre intérieure. Ce temple pourrait être celui décrit dans *le Livre d'Énoch* car, comme vous le verrez dans un instant, nous disposons de beaucoup de preuves de contacts culturels entre le Moyen-Orient et les Îles britanniques il y a cinq mille ans.

Gerry et moi avons visité Newgrange en 1996 juste après avoir célébré le solstice d'été et l'activation de l'Agenda Pléiadien à Findhorn au Nord-Est de l'Écosse. Nous étions encore très transcendés après cette expérience, mais ce fait à lui seul ne justifiait pas l'énergie que nous avons tous les deux ressentie dans la chambre rituelle de Newgrange. Je me sentais rassurée comme dans le ventre de ma mère et nous pouvions percevoir la présence subtile d'êtres éthérés. Mon esprit enregistrait comme un ordinateur les données anciennes qui me venaient du lieu, comme cela m'arrive souvent au cours de mes visites dans les sites mégalithiques. Cependant, je ne les ai pas comprises avant d'avoir lu *Uriel's Machine* en 2000.

Comme Newgrange, beaucoup de sites mégalithiques furent construits durant le Jour Un de l'Inframonde national. Sur la base d'études poussées de la mythologie irlandaise et galloise mâtinées d'indices issus de la franc-maçonnerie, les auteurs pensent que cette belle chambre était utilisée pour plus que des observations astronomiques. De nombreux fragments de croyances anciennes mentionnent que ce genre de chambre serait un moyen de faire passer des âmes de shamans et de rois défunts dans des nouveaux nés pour procurer à la communauté un flot d'âmes réincarnées pleines de sagesse et de connaissance [37]. Mais avons-nous vraiment des preuves de ce type de procédé ?

La Franc-maçonnerie qui est en partie issue de l'Égypte ancienne, associe la lumière de Vénus avec la résurrection. Les Rois et les Pharaons de l'ancienne Égypte, par exemple, étaient les fils de Dieu, puisqu'ils étaient ressuscités dans la lumière du lever de Vénus [38]. Les vieilles triades galloises des Îles Britanniques racontent l'histoire de Gwydion ap Don, la mère d'une tribu sacrée ayant donné la vie aux Enfants de Lumière qui étaient astronomes et connaissaient les secrets de l'agriculture et du travail du métal [39].

À vrai dire, ces spécialités sont les mêmes que celles décrites au sujet des Observateurs dans *le Livre d'Énoch*. Ce sont des compétences classiques d'avant le déluge dont pratiquement toutes les cultures anciennes parlent [40]. Jules César écrivit que les Druides croyaient à la re-naissance contrôlée consistant à faire passer l'âme d'un défunt dans un nouveau né et les Druides modernes disent qu'ils ont hérité de cette croyance de leurs aïeux anciens [41]. Et alors ? Eh bien, Knight et Lomas insistent sur le fait que *le Livre d'Énoch* et la franc-maçonnerie contiennent des preuves d'une astronomie hautement développée de Vénus utilisée pour faire passer les âmes de grands leaders dans des nouveaux-nés [42]. Mais pourquoi donc ?

Faire passer les âmes
pour pérenniser la sagesse

Le passage organisé d'âmes était probablement la façon pour les anciennes cultures de conserver le savoir accumulé par les ancêtres. Cette science ésotérique allait beaucoup plus loin que la réincarnation : c'était une technique pour manipuler les âmes afin de les faire entrer dans de nouveaux corps en emmenant avec elles les traditions de sagesse du passé. Cela vous paraît-il extravagant ? Alors, pourquoi vivons-nous dans un monde en rapide dégénérescence bien que la plupart des gens soient de bonne volonté et veuillent sincèrement vivre des vies éthiquement valables ? Les Chrétiens des premiers temps croyaient en la réincarnation et la Bible rend compte que Jésus était Élisée et que Jean-Baptiste était Élie revenus sur Terre, mais la réincarnation fut déclarée hérétique par l'Église en 553[43].

Les pères de l'Église des premiers temps voulaient avoir un contrôle total sur le salut de chacun. Cela explique certainement pourquoi *le Livre d'Énoch* fut caché. En ce qui concerne mon travail de régression dans les vies passées sous hypnose, mon thérapeute, Gregoru Paxson, voua sa vie à la régression de ses patients pour les aider à recouvrer leur savoir accumulé dans les vies antérieures. Ils pouvaient ensuite progresser plus avant dans leur existence au lieu d'avoir à tout réapprendre dans chaque vie. Ne serait-il pas plus facile d'infuser aux enfants le savoir pérenne à la naissance ? Est-ce que le moyen le plus rapide ne serait pas de réincarner les grands sages dans le corps des nouveaux-nés ? Je pense que cela arrive actuellement : les grands sages renaissent comme Enfants Indigo. C'est le retour des Enfants de Lumière[44].

Les manuscrits de la Mer Morte furent découverts en 1947. Ce sont une source majeure sur le sujet des Enfants de Lumière ou fils de l'aube (Vénus) qui sont des titres de prêtres druidiques ou esséniens[45]. Ces rouleaux décrivent deux lignées sacerdotales hébraïques qui existaient juste avant la naissance de Jésus — les Énochiens et les Zadokites — mais les Romains mirent fin aux Énochiens durant le génocide des juifs en 66, et épargnèrent les Zadokites[46]. Plus tard, *le Livre d'Énoch* fut retiré du canon [des testaments]. Pourquoi les Romains le prirent-ils aux juifs, pour commencer? Chose encore plus étrange, le Livre de Jacques fut relégué parmi les apocryphes bien que celui-ci, frère aîné de Jésus, fût appelé le «frère du Seigneur» et qu'il eut pris en charge l'Église des premiers temps après que le Christ eut été crucifié [47]. Eh bien, Jacques (21/1-3) dit que Jésus était né dans une grotte orientée vers la lumière d'une étoile brillante qui avançait devant les mages. C'était, bien sûr, Vénus [48].

Knight et Lomas prétendent que «Hérode craignait autant Jésus que Jacques parce qu'ils étaient le centre du renouveau d'une ancienne tradition de culte Canaanite qui pouvait ébranler l'autorité d'Hérode si on les laissait devenir des meneurs» [49]. Cette ancienne tradition de culte devait, bien sûr, avoir été les rituels Vénusiens de re-naissance dont on a dû faire usage pour pratiquer une involution d'âme sur Jésus!

Lomas et Knight ont trouvé des rituels maçonniques qui présentent Jésus comme le principal personnage à la place d'Énoch [50]. Et si l'âme d'Énoch avait été insufflée en Jésus? Cela constituerait une bonne raison pour que les Romains s'emparent du Livre d'Énoch et le soustraient à la vue des juifs car sans lui ils ne pourraient plus reconnaître le Messie. Knight et Lomas se demandent si le passage de Jacques (21/1-3) signifie qu'il s'agissait du même rituel dont ils pensent qu'il fut appliqué à Newgrange trois mille ans plus tôt pour faire passer l'âme du Roi dans un nouveau-né [51]. Pour que cette affirmation se vérifie, encore faudrait-il qu'il y ait des preuves de contacts entre les anciens Canaanites et les Îles Britanniques il y a cinq mille ans. Comme vous le verrez, il y en a eu. Ce puissant rite royal Canaanite explique certainement pourquoi Hérode craignait tant cet enfant adoré par les trois Mages (trois astrologues) et pourquoi il massacra tous les nouveaux-nés d'Israël pour éteindre cette lignée : cet enfant devait avoir des pouvoirs supérieurs à ceux d'Hérode et de Rome. Selon l'écrivain du Nouveau Paradigme Gordon Strachan, il se peut qu'il y ait plus à dire dans cette affaire[52]. Je quitte le sujet de la Machine d'Uriel en mentionnant que Knight et Lomas ont découvert que Vénus, durant le solstice d'hiver (au moment où la lumière solaire entre dans la chambre sacrée de Newgrange et d'autres temples mégalithiques), était dans la même position en 2001 qu'en l'an 7 av. J.-C., année probable de la naissance de Jésus[53].

Le Christ Pantocrator

Dans *Jesus the Master Builder*, Strachan dévoile un important réseau d'anciennes connexions entre les Îles Britanniques et le monde méditerranéen. Tout a commencé quand Strachan visita Tel-Guézer en Israël, site ancien disposant d'une ligne continue de dix pierres mégalithiques dressées d'une hauteur de six à douze pieds (1,80 à 3,60 m). Il se souvint alors d'avoir vu ce genre d'agencement de pierres datant de 3000 av. J.-C. à Callanish dans les Hébrides extérieures. Les alignements étaient tous deux orientés vers le nord, ce qui avait dû être difficile à mettre en place car, en ce temps là, il n'y avait ni étoile polaire ni boussole.

Plus tard, il avait demandé au guide de Tel-Guézer quel village se trouvait au nord de l'alignement et sa réponse avait été : « Avalon »[54]. Cela incita donc Strachan à rechercher les connexions possibles entre l'ancienne Israël et les Îles Britanniques à travers la tradition Pythagoricienne, brillante école du mystère existant au temps des Druides et de Pythagore. Finalement, il fut ramené des milliers d'années en arrière au temps mégalithique où Tel-Guézer et Callanish furent construites.

Né environ 580 ans av. J.-C., Pythagore était devenu très réputé durant le point médian de l'Inframonde national en 550 av. J.-C. C'était un maître en mathématiques et dans les ratios numériques qui régissent la gamme de musique. Il a voyagé extensivement en Égypte, en Mésopotamie et en Perse où de nombreux professeurs lui ont enseigné les anciennes traditions ésotériques [55]. Sous la promesse du plus strict secret à des prêtres qui tentaient de sauver le précieux savoir d'avant le déluge, Pythagore reçut une transmission orale de la sagesse des anciennes civilisations précédentes. Qui que soient ces anciens enseignants ésotériques, ils eurent raison d'adhérer aux vœux de secret car les Romains et les Chrétiens finirent par brûler une bonne partie de leurs trésors conservés dans la bibliothèque d'Alexandrie en Égypte. A part quelques fragments qui ont survécu avec peine, Pythagore et Platon furent presque nos seules sources de savoir antédiluvien avant que le Livre d'Énoch et les parchemins de Qumrân ne fussent retrouvés.

Pour les Pythagoriciens, les nombres sont l'essence de la réalité matérielle, les premiers des principes qui aient existé depuis le commencement des temps [56]. Les philosophies de Platon et de Pythagore ont beaucoup de similarités et jusqu'à l'âge de la science, ces idées étaient compatibles avec la Chrétienté. Ces anciennes traditions sacrées sont ravivées par la géométrie et les proportions des agroglyphes (cercles apparaissant dans les cultures) qui inspirent un éveil moderne de la géométrie sacrée. Par exemple, en ajoutant un nombre en tant qu'espace à un nombre en tant que quantité, une géométrie apparaît, qui devient une théologie de la proportion liant ensemble le savoir de toutes choses. Finalement, j'ai découvert que la pensée pythagoricienne est la base de mon modèle à neuf Dimensions et que la géométrie a éternellement existé en 6D et guide la proportion en 3D.

L'enseignement des nombres par les Pythagoriciens — appelé *Gametria** (ou Gématria) — dit que les lettres sont aussi des nombres. Les Gnostiques, chrétiens ésotériques qui furent condamnés comme hérétiques par l'Église ancienne, adoptèrent la *Gametria* comme croyance centrale. Avec la *Gametria*, si vous connaissez les codes numériques des lettres, vous pourrez lire des savoirs secrets en écriture codée comme dans la Bible, ce qui est assez amusant.

Les origines de cet alphabet numérique remontent à très longtemps et donnent des preuves d'une élaboration hautement intelligente qui suggèrent qu'il s'agit d'un système antédiluvien.

Strachan a utilisé la *Gametria* pour analyser les trois noms du fils de Dieu, Jésus, le Christ et Jésus-Christ et ce qu'il a trouvé me semble très provocateur. En étudiant les trois noms de Jésus en grec à l'aide de la *Gametria*, trois nombres ressortent : 888, 1 480 et 2 368. La relation proportionnelle entre ces nombres est de 3 à 5 et de 5 à 8 qui représente la suite de Fibonacci ou le nombre d'Or, la base mathématique de la création dans la nature que l'on peut aisément retrouver dans les fleurs et les coquillages [57]. Strachan note que, qu'il l'ait réalisé ou non, Jésus-Christ « exprimait dans ses propres noms ce principe de moyen proportionnel ou de médiation qui était au cœur de son enseignement quant aux liens de réciprocité entre lui-même, Dieu et ses disciples » [58]. Suivant le modèle des neuf Dimensions, cela signifierait que Jésus était en parfait alignement avec sa source, sa résonance 6D. Ensuite il a fait entrer dans son corps toutes les plus hautes Dimensions [du modèle] en étant rendu entièrement humain par son incarnation. Comme rabbin, il se serait marié et aurait eu une famille tout en étant co-créateur avec Dieu. La vérité, c'est que Christ est venu pour révéler ce que chacun d'entre nous peut atteindre comme Gardien de 3D : la fin du Calendrier maya implique que chaque personne retourne dans des relations proportionnelles avec la nature comme Gardiens de la Terre.

Bien sûr, comme nous l'avons vu, l'Église ancienne a supprimé toutes ces informations. De plus, pour ceux parmi les lecteurs qui pensent que mon point de vue sur le Christ trahit un préjugé à l'égard du Christianisme, je dirai que l'Église a supprimé plus que la *Gametria* des noms du fils de Dieu. Le Soufisme, branche mystique de l'Islam, rapporte que Jésus n'est pas mort crucifié. Il y a des récits crédibles disant qu'il était ministre du culte juif en Perse, en Afghanistan, en Inde et en Asie centrale quelques années après la crucifixion. Jésus est aussi vénéré dans le Coran, écriture islamique, qui affirme également qu'il n'est pas mort sur la croix [59].

Je mentionne ceci pour insister sur l'idée que le Christ est bien plus universellement adulé que la plupart des Chrétiens ne semblent le réaliser. Je parle du Christ dans ce livre parce que la tradition maya pense souvent que Quetzalcóatl est le Christ. Considérer que Christ représente le summum de l'évolution humaine — Strachan le fait en étudiant la tradition qui le voyait en Pantocrator — le libère de la croix et de la domination Chrétienne de son histoire. Strachan note que de nombreux chercheurs du Nouveau Testament affirment que les passages de la Bible qui parlent de Jésus comme « le Pantocrator », c'est-à-dire le Créateur de toutes choses, ne sont que des affirmations de « pieux hagiographes » déterminés à diviniser Jésus [60]. Pourtant l'analyse de ses noms en grec par la *Gametria* indique que le Christ est co-créateur avec Dieu, donc Pantocrator. L'utilisation de la *Gametria* pour analyser ses noms a permis de l'identifier avec des proportions divines — rappel du symbolisme de la Sainte Trinité et de la suite de Fibonacci. Ceci place Jésus-Christ au royaume de la géométrie et des sons sacrés, l'essence du Créateur, le Christ, vivante culmination personnifiée de la nature. S'il est vrai que la lumière divine de Vénus fut employée pour insuffler une telle âme (celle d'Énoch, peut-être), alors le même alignement en 2001 suggère que les anciens rituels ont besoin de revenir de nos jours.

Je m'amuse avec la sagesse ancienne alors que nous avons encore un autre écrivain du Nouveau Paradigme à considérer, Ian Lawton, qui m'a aidée à répondre, finalement, à la question des Énochiens Gardiens de 9D. Il m'a également aidée à imaginer comment le procédé de l'involution d'une âme pourrait fonctionner, et à examiner ce procédé comme pilote de l'évolution elle-même.

Puisque les Gardiens maintiennent les Dimensions en forme, il serait raisonnable de penser que quelques très hautes forces spirituelles géreraient 9D — la plus haute Dimension accessible aux humains — qui est aussi le Calendrier maya.

La sagesse antédiluvienne dans la Genèse dévoilée

Genesis Unveiled, de l'écrivain ésotérique Ian Lawton, est un livre entier sur la race humaine d'avant le déluge [61]. Lawton pense (tout comme moi) que cette race était très spirituelle, mais qu'elle a dégénéré juste avant le cataclysme ou durant la période de survie qui s'ensuivit. Il pense que c'est évidemment une perte de temps de rechercher des preuves de technologie avancée ancienne vu que la plupart des vestiges des cultures antédiluviennes ont été détruits par le cataclysme et la montée des eaux [62]. Il a plutôt cherché à s'assurer de la nature spirituelle de ces peuples en tenant compte des récits les concernant dans les mythes anciens et les littératures primitives. Par cette approche, il a obtenu de nouveaux aperçus remarquables sur cette race spirituelle datant des origines humaines, et il a ajouté des détails supplémentaires à la théorie de l'évolution de Calleman.

Comme nous l'avons vu, *From the Ashes of Angels* fait remonter les Observateurs à environ 8900 av. J.-C. dans la grotte de Shanidar, mais Lawton remonte encore plus loin dans le temps et creuse dans certaines des informations les plus obstinément supprimées qu'il connaisse. Après tout, si l'involution des âmes guidée par la conscience divine est la véritable histoire de l'évolution humaine, alors il n'y a plus besoin de religions organisées ni d'élite globale, ni encore moins de leurs armées.

Dans *La Génèse,* chapitres 4 à 6, nous apprenons que les descendants de Seth étaient à l'origine une race pieuse et simple, mais que les descendants de Caïn étaient matérialistes et décadents.

Comme les descendants de Caïn l'emportèrent sur ceux de Seth, Dieu détruisit l'humanité par le déluge pour nettoyer la planète de cette race abâtardie [63]. Bien sûr, cela suppose que l'abâtardissement de l'humanité ait provoqué le cataclysme, ce qui n'est pas une conclusion indispensable. Des changements terrestres sont arrivés et la question est de savoir si l'évolution a continué. Jusqu'à récemment, les théologiens chrétiens continuaient d'affirmer que le déluge se situait aux environs de 4000 av. J.-C. Cependant des chercheurs récents l'ont replacé vers 9500 av. J.-C. De plus il y a eu d'autres inondations d'importance après cet événement mondial. La mer Noire en 5600 av. J.-C. par exemple, et une grande inondation localisée en Sumer vers 4000 av. J.-C. [64]. Malheureusement, comme nous l'avons précédemment indiqué, ces événements sont tous emmêlés dans les mythes et les contes épiques décrivant le grand déluge qui détruisit presque la race humaine et provoqua des états de dégénérescence de 9500 à 6000 av. J.-C.

Le livre d'Énoch

Le Judaïsme ancien attachait une grande valeur au *Livre d'Énoch* parce qu'il contenait des renseignements antédiluviens qui décrivaient la race humaine avant sa dégénérescence. En lisant *le Livre d'Énoch*, je me suis demandé si la race antédiluvienne connaissait notre passé évolutif. Cela expliquerait certainement pourquoi les plus vieux calendriers sont basés sur des années de 360 jours. Calleman a montré que le Calendrier maya était un enregistrement de la chronologie de l'évolution, que les peuples védiques ont protégé leurs propres connaissances antédiluviennes dans les Védas et qu'il y a des parties de la chronologie de l'évolution dans les fragments d'avant le déluge. Est-ce que le Judaïsme ancien vénérait *le Livre d'Énoch* parce les sages savaient que c'était un enregistrement de sa propre évolution passée ? Imaginez combien cette information leur aurait été précieuse.

Qu'est-ce que la civilisation antédiluvienne savait au juste ? S'ils savaient que nous avons progressé d'animaux monocellulaires en êtres humains complexes, est-ce la raison pour laquelle il a été dit que Énoch a marché avec Dieu, c'est-à-dire qu'il a co-créé avec l'Esprit ?[65] Est-ce que Énoch, de par son propre désir de s'incarner, aidait Dieu à reconnaître le moment où les humains étaient prêts à évoluer ? Est-ce que nous changerions si quelqu'un connaissait ces remarquables procédés d'évolution dans le temps ? Comment serait la vie sur Terre si nous réalisions tous que nous marchons avec Dieu chaque jour de notre vie quand nos cellules, nos os, nos esprits évoluent ?

La race d'avant le déluge dans *le Livre d'Énoch* était les Observateurs, ce qui signifie éveillés. Qui étaient-ils donc ? Nous retrouvons des bribes de leur histoire dans les chapitre 7 et 8 du *Livre d'Énoch* que je vais résumer : les peuples de la Terre (les enfants de l'homme) s'étaient multipliés et avaient eu de belles filles. Les Observateurs (Fils du ciel) les contemplèrent, en devinrent amoureux et décidèrent d'en choisir quelques-unes pour concevoir des enfants. Deux cent Observateurs descendirent sur Terre (bien que leur chef, Semyaza, fût contre l'idée) et ils cohabitèrent avec les femmes qui leur firent des enfants géants, les Nephilim. Une fois grands, les Nephilim se retournèrent contre le peuple et les dévorèrent ainsi que des animaux, des reptiles et des poissons. Alors les humains devinrent sexuellement licencieux au contact des Nephilim qui leur apprirent également à fabriquer des armes et leur enseignèrent les arts ésotériques[66].

Cette description de ce qu'ils sont devenus a des implications sur ce qu'ils étaient avant de dégénérer. Le fait qu'ils ont commencé à manger des animaux implique que les peuples de la Terre avaient été à un certain moment végétariens, et s'ils n'avaient aucune arme, c'est qu'ils n'étaient pas du genre à faire la guerre. Ils avaient dû oublier les arts magiques et devaient y être réinitiés.

Quand les femmes enfantaient, elles faisaient des géants, ce qui conforte l'idée de leur difficulté à mettre au monde décrite dans la Genèse comme une malédiction de Dieu. Sachant que *le Livre d'Énoch* est une combinaison de très vieux savoirs et d'additions plus tardives faites par les traducteurs qui peinaient à le comprendre (ou à le changer), on y trouve cependant quantité d'informations sur ce que les peuples pouvaient avoir été avant le cataclysme de 9500 av. J.-C.

Le terme Observateurs suggère que ces anges avaient des dons, une sensibilisation particulière et *le Livre d'Énoch* insiste sur le fait que certains des Observateurs ainsi que leurs chefs étaient contre le métissage avec les filles des hommes[67]. Lawton suggère que ces passages ne sont compréhensibles que dans l'esprit d'une vision spirituelle globale — la progression de l'espèce humaine se faisant par l'intermédiaire d'incarnation d'âmes[68]. Lawton dit : « Comme membres du Genre humain, il est probable que, d'une certaine manière, nous ayons agi en réceptacles d'âmes progressivement plus avancées à mesure de notre évolution. Et si à un certain moment de notre évolution, l'espèce humaine se montrait prête en conséquence à recevoir au moins quelques âmes avec un degré très supérieur d'avance karmique ? »[69] Autrement dit, il se pouvait que les deux cents Observateurs eussent été bien plus avancés que les humains du moment. Raison de plus pour que certains ne veuillent pas que des enfants naissent de leur union avec les filles des hommes. Après tout, une fois les Nephilim mis au monde, ces enfants maudits furent un anathème tant pour les anges que pour les humains.

Quel qu'ait été le résultat, Lawton suggère que les incarnations de telles âmes d'anges supérieurement avancés auraient eu « l'impact le plus explosif sur l'évolution culturelle humaine qu'elle ait jamais reçu »[70]. Au regard de la perplexité des anthropologues quant à l'avance de l'évolution des hominidés il y a 2 millions d'années et sur l'émergence de l'*Homo sapiens* il y a cent mille ans (chapitre 2), y aurait-il pu vraiment y avoir des processus d'infusion d'âmes qui auraient déclenché l'avance de l'évolution durant l'accélération du temps de chaque Inframonde? Sommes-nous au milieu d'une période d'infusion significative d'âmes durant l'Inframonde galactique? À quoi cela ressemblait-il pour des femmes humaines de donner naissance à des géants?

La naissance de géants et l'accroissement de la capacité crânienne

Considérons cette éventualité : la naissance de géants et les difficultés décrites dans *la Genèse* et *le Livre d'Énoch* pourraient avoir été causées par les problèmes vécus par les anciens hominidés et les humains à la suite de l'accroissement de la capacité crânienne. Par exemple, dans la lignée d'évolution qui aboutit à l'Homo sapiens, la taille moyenne du crâne de l'*Homo habilis* (il y a 2 millions d'années) est de 600 à 750 centimètres cubes (cc); la taille crânienne de l'*homo erectus* (il y a 1,5 million d'années) est de 850 à 1100 cc; et la taille crânienne de l'humain moderne est aux environs de 1350 cc [71].

Il y a des indications supplémentaires de difficultés sur le chemin de l'évolution dans d'autres sources antédiluviennes. Quand les chercheurs mésopotamiens rassemblèrent divers textes sumériens et akkadiens pendant le dix-neuvième siècle (dont ils réalisèrent que c'était des sources antérieures à la Genèse sur la création dans les temps antédiluviens), l'histoire des mystérieux Anunnaki — qui apportèrent la civilisation à l'humanité — émergea. L'Atrahasis, écrit en akkadien, décrit la création de l'humanité où les dieux mélangent leur intelligence avec de la glaise pour créer les humains. Lawton se demande s'il s'agit là « d'une description voilée de l'humanité recevant une âme relativement avancée pour la première fois ? »[72]. Dans *l'Épopée de Gilgamesh* en akkadien, on trouve également une brève description de création d'êtres humains avec de la glaise, et Enkidu est né « fruit du silence », ce qui signifie qu'il ne peut pas parler. Il a aussi des cheveux hirsutes, mange la végétation et boit l'eau comme une gazelle. Tout cela ressemble à la vie d'un chasseur-cueilleur ou d'un hominidé ancien[73].

Le *Popol Vuh* maya décrit la création de différents êtres avant que le premier humain ne soit créé et ces passages m'ont toujours interpellée parce qu'ils décrivent des tentatives multiples et bizarres. Certains ont prétendu que ces étapes faisaient allusion à ce que les humains ont vécu durant les âges du monde aztèque, mais il y a autre chose en plus. Le *Popol Vuh* dit que le Fabricant ou Modeleur du monde a façonné divers animaux mais qu'ils étaient incapables de lui parler ni de faire son éloge. Le Modeleur essaya plusieurs fois de faire des humains en travaillant avec de la boue, mélange universel des légendes de la création. Le Fabricant passa par différentes étapes, mais ne réussit pas à faire un corps qui tienne en une seule pièce et qui parle. Finalement il fit des mannequins, ou du bois sculpté, mais ils ne se souvenaient pas du « cœur du ciel ». À la fin, le Fabricant donna un cœur à ses créations et ils peuplèrent la Terre, mais ne parlaient toujours pas. Ensuite ils furent détruits dans une grande inondation qui est connue comme la fin de l'un des âges du monde[74].

Le *Popol Vuh* nous informe que les singes ressemblent à des hommes parce qu'ils sont des signes d'une précédente création[75]. Cela doit être un fragment d'information en référence à l'Inframonde tribal de 41 millions d'années, quand les singes évoluaient lentement en hominidés ! Les écrits antédiluviens ont pu contenir des données sur l'évolution : certaines légendes contiennent encore ces vieux fragments, mais la plus grande partie de ces souvenirs précieux a été perdue ou détruite. Lawton note qu'il y a une insistance manifeste sur le fait que les premières créations n'étaient pas capables de parler ni de prier les dieux, ce qui était une condition préalable pour une race supérieure ou une race qui puisse aduler son créateur [76]. Il dit que « ces légendes traditionnelles sur des créations plus complexes sont peut-être la description de l'idée que des âmes relativement avancées ont pu essayer de s'incarner dans des formes humaines avant que notre race ne soit suffisamment avancée sur le chemin de l'évolution pour que l'expérience soit viable » [77].

Ceci est un point de vue exceptionnel et plein d'intérêt sur l'involution d'êtres spirituels dans des humains au cours des divers stades de l'évolution. Il y a de nombreuses années, j'ai demandé aux Pléiadiens de me transporter dans les temps retirés où les humains s'étaient connectés à Dieu : j'étais un être de silence qui finalement avait réussi à parler à Dieu. J'avais l'impression d'être un petit enfant parlant à sa mère ou à son père pour la première fois.

À mon point de vue, l'involution des âmes d'êtres avancés répondrait à la question de savoir pourquoi les Énochiens sont les Gardiens de 9D. Je veux dire que les Pléiadiens affirmaient que les Énochiens étaient les guides spirituels de tous le processus d'évolution ! Et le pilote en était l'Arbre du monde. Ainsi, quand les hominidés furent prêts à devenir les premiers humains, les Énochiens commencèrent à y incarner leurs propres âmes afin qu'il puisse y avoir sur Terre des êtres capables de reconnaître le Créateur et de louer le divin. Lawton a appelé cela un coup de pouce dans l'évolution humaine et situe à cent mille ans en arrière ce « point pivot du développement humain » qui est, évidemment, l'ouverture de l'Inframonde régional [78]. Lawton remarque que les premières preuves de rituels d'enterrements humains datent de cent mille ans. Il dit que ces traces indiquent la naissance du sentiment d'une vie après la mort [79]. Cette connexion avec l'au-delà cause l'évolution de l'homme en co-créateur avec Dieu.

Le *Popol Vuh* comporte encore d'autres informations sur ces processus de création. Selon ce texte ancien, après plusieurs tentatives infructueuses, la déesse Xmucane moulut du maïs jaune neuf fois et modela notre premier mère-père. Ces premiers êtres vivants pouvaient parler et écouter ; ils étaient voyants et omniscients, disposaient d'importantes connaissances, preuve évidente d'une profonde sensibilité spirituelle[80]. C'est là une description de la création de la race supérieure, la race d'or, la race antédiluvienne avant qu'elle ne dégénère, ce qui suggère que la race d'or était à neuf Dimensions (parce que Xmucane moulut le maïs neuf fois).

Cependant, pour une raison obscure, les dieux ont pensé que la race d'or était trop bonne et constituait un risque potentiel. Aussi lui enlevèrent-ils la vue et la connaissance, ce qui a dû provoquer l'avilissement d'une création hautement spirituelle et omnisciente[81]. Il est clair que cette description de la création d'humains viables pour ensuite limiter leurs pouvoirs est une tentative embrouillée de justification de la dégénérescence de l'humanité, épreuve la plus douloureuse qu'elle ait eu à subir. La perte de l'accès au spirituel a dû survenir du fait du traumatisme causé par le cataclysme. Lorsqu'ils essayèrent de raconter cette histoire, les peuples étaient déjà tombés bien bas et ne se souvenaient plus de grand-chose. Je crois fermement que ceux d'entre nous qui seront encore sur Terre en 2011 reviendront à leurs droits de naissance, avec leurs capacités de voyance, d'omniscience.

Dans les récits de créations Hopi, il y a aussi des étapes où les humains créés ne peuvent pas parler, preuves supplémentaires des « difficultés rencontrées quand des âmes avancées tentèrent pour la première fois de s'incarner dans des humains ou même des formes protohumaines »[82]. Pour corroborer ces difficultés, Berossus, Prêtre-historien babylonien du troisième siècle avant Jésus-Christ, qui sauva de la destruction beaucoup de fragments extrêmement anciens d'histoires de création, décrivit des êtres bizarres, composites d'humains et d'animaux, dans *Babylon*. Ces êtres ont également été décrits dans d'autres traditions [83].

Lawton résume en ces mots ces rapports sur la création de l'humanité : « Je suis parti du principe que cet âge d'or est survenu suite à l'incarnation sur Terre des premières âmes d'anges dans des formes humaines dans le but d'enseigner à leurs compagnons humains dotés d'âmes la vraie nature de l'univers éthéré aussi bien que physique »[84]. Une fois que les humains eurent tout appris sur l'univers éthéré, ils se mirent à enterrer leurs morts pour les aider à y vivre. Ces êtres dans l'éther, les Énochiens, sont les Gardiens de tous les processus d'infusions d'âmes sur Terre.

Je termine ce livre en y ajoutant mes propres pensées concernant l'âge d'or.

L'âge d'or et la célébration de la percée

L'âge d'or était une époque où les humains étaient réellement spirituels et en communion avec les êtres qui les avaient créés. Ils n'avaient pas encore vécu le cataclysme qui fit presque mourir la Terre. Durant la longue période de survie et de souffrance, les humains ont lentement perdu le souvenir de l'âge d'or. Tandis que leur perception dégénérait, ils se mirent même à penser qu'ils avaient provoqué la colère de Dieu et causé le désastre.

Les Énochiens, qui les aimaient, s'incarnaient périodiquement pour tenir lieu de sages afin d'aider la gent humaine qui galérait pour garder vivante la mémoire de la vision propre de chaque personne. Finalement, il y a 5 125 ans, les cultures humaines commencèrent à réellement s'accélérer. Quand l'heure fut venue au point médian de l'Inframonde national en 550 av. J.-C., des âmes très avancées, telles que celles de Pythagore, Zoroastre, Bouddha, Solon, Lao-Tseu, Isaiah II, Mahavira, Confucius, et de bien d'autres sages, dont nous nous souvenons encore aujourd'hui, inondèrent la Terre. Voyant que l'humanité s'éveillait, Isaiah annonça que la divine proportion — le Christ — venait en tant que Messie, celui qui a reçu l'onction. Une fois né, celui-ci se joignit à sa moitié femelle et procréa une lignée. Son sang a infusé l'humanité pendant soixante générations. Pour faire partie de la lignée d'or, les peuples de toutes les races se marièrent les uns avec les autres et donnèrent naissance aux Enfants Indigo, les Enfants de la Lumière.

Maintenant, pendant l'Inframonde galactique, l'accélération du temps est si intense que tous les blocages traumatiques et émotionnels des 11 500 dernières années sont en train de se transmuer en à peine quelques années grâce à l'action concertée de tous les humains. Le vortex de cette transmutation est le Moyen-Orient. C'est pourquoi la Terre est encore en si grande souffrance. En pleins bombardements, des millions de gens se souviennent inconsciemment du cataclysme qui a eu lieu il y a très longtemps, et bientôt les bombes seront mises au rebut du fait de la révulsion collective des peuples de la Terre. Ensuite, dans les dernières années de l'Inframonde galactique, les gens déconstruiront les religions qui ont bloqué l'accès aux êtres éthérés. Avec la chute des religions, tuer pour l'amour de Dieu cessera et la guerre finira.

À partir de la « Percée », au Jour Cinq de l'Inframonde galactique, le 24 novembre 2006, les humains commenceront tous à répondre à l'appel de la société de l'univers pour être guidés : au moment où les gouvernements et les religions s'effondreront, chacun voudra savoir ce qu'il lui faudra faire. En 2011, au cours de l'Inframonde universel, le sang du Christ s'accélérera dans les veines de l'humanité et l'amour sera la force la plus grande de la Terre. Les mères et les pères refuseront d'envoyer leur progéniture à la guerre parce que leurs enfants seront Christ. Quand les peuples verront qu'ils n'ont pas besoin de la religion pour communiquer avec le divin, les guerres cesseront d'elles-mêmes.

L'humanité entière, Gardienne de la Terre, entamera la dure tâche de restauration et de remise en forme de l'écosystème terrestre. À nouveau, nous saurons que chaque plante, chaque animal est infusé de la lumière de Dieu. En 2011, pendant l'Inframonde universel, la Fête cosmique, tous les humains ne feront qu'un avec leur habitat terrestre, ventre de la divine conscience dans l'univers. Durant l'année 2012, tous les festivals saisonniers, tous les équinoxes, tous les solstices seront célébrés.

Et lorsqu'arrivera le bout du temps et que sera enfin complète l'activation de l'évolution pilotée par l'Arbre du monde, les peuples de la Terre auront tout oublié de l'histoire et du Calendrier maya : ils seront en communion extatique avec la nature et le Créateur.

Appendice A

Réflexions sur l'axe incline de la Terre

J'expose ici les idées de J. B. Delair tirées de son article *Planet in Crisis* concernant la raison pour laquelle l'axe de la Terre s'est incliné il y a 11 500 ans[1]. Je décris également la recherche d'Alexander Marshack sur le marquage paléolithique et néolithique des os, ainsi que quelques recherches astronomiques néolithiques très avant-gardistes conduites par quelques autres chercheurs. Ces questions auraient pu faire l'objet d'un chapitre entier, mais j'ai préféré les mettre en appendice parce que c'est de qualité hautement technique et que la théorie de l'inclinaison axiale est une hypothèse de travail que je n'ai aucunement eu l'occasion de prouver.

Commençons par J. B. Delair* :

> L'image la plus immédiatement frappante de la Terre, c'est qu'elle tourne autour d'un axe incliné à 23,5 ° par rapport à la verticale. Son orbite n'est pas un cercle parfait et n'est pas strictement concentrique avec le soleil. L'inclinaison de l'axe explique la variation de la durée d'ensoleillement journalier entre les différentes parties du monde tout au long de l'année. Combinée à la rotation annuelle excen-

---

*. Les notes correspondant aux citations de l'article de Delair viennent à la fin du présent appendice A.

trée autour du soleil, l'inclinaison justific également les saisons et les différences entre les températures moyennes en été au Nord et au Sud de l'équateur. L'axe de rotation de la Terre ne correspond pas à son axe magnétique. Ceci est apparemment lié à la rotation variable de la Terre qui fluctue sur une période de 10 ans.[28,29]

Tout en suivant son orbite, la Terre oscille cycliquement : c'est l'oscillation de Chandler avec un cycle de 14 mois.[30-32] Cette oscillation est également associée à la viscosité du noyau terrestre.[33] C'est donc une partie intégrante du mécanisme interne actuel de la Terre.

La Terre devrait en théorie tourner sur un axe vertical. Elle a bien pu le faire dans un passé géologiquement récent.[34,35] Ces constatations suggèrent que notre planète a été sérieusement dérangée en des temps pas si reculés. Si cela est vrai, « ces rouages terrestres mal ajustés » qui semblent fonctionner uniquement grâce à la viscosité du noyau terrestre (car l'intérieur de la Terre tourne plus vite que le reste de la planète) peuvent être considérés comme des anomalies.

Et pourtant nombre de ces particularités, y compris l'inclinaison axiale et les trajectoires orbitales excentrées, sont partagées par plusieurs de ses voisins planétaires. Est-ce que les équivalents terrestres sont en fait « normaux » ? La preuve semble être faite du contraire par les démonstrations de Allan and Delair.[36]

Il ne devrait pas y avoir de raison pour qu'une planète comme la Terre qui n'aurait pas été dérangée pendant des millénaires n'ait pas un axe de rotation vertical. Cela unifierait les positions du pôle géographique et du pôle magnétique, assurerait des heures de jour identiques sous toutes les latitudes et éliminerait virtuellement toutes les saisons. Il ne serait plus nécessaire que les diverses couches internes fonctionnent différentiellement et le présent mécanisme rhéologique* ne serait pas utile. Cependant, un boursouflement équatorial serait un dispositif essentiel et le maintien d'une orbite de rotation non circulaire et non concentrique causerait toujours de «petites» différences climatiques saisonnières lorsque la Terre serait plus proche ou plus éloignée du Soleil.

Ce qui suit dans «*Planète en crise*» est une série de commentaires sur les implications de ces anormalités. Delair décrit ensuite les changements de la Terre durant l'Holocène. Il note que ces changements globaux relativement récents doivent être le résultat d'autres forces opérant en profondeur à l'intérieur de la Terre et se demande quelle est «la ou les causes de la série de catastrophes de l'Holocène*» dans une section appelée «Rupture».

L'instabilité essentielle de la Terre, comme le montrent ses «anormalités» structurelles et de comportement, doit refléter quelque déséquilibre interne persistant qui n'aurait pas encore été totalement expliqué. Nous avons cependant vu que la limite entre le manteau solide et le noyau extérieur liquide est irrégulière, au point éventuellement d'être topographique.[119] La surface externe du noyau intérieur solide n'est pas lisse non plus.[120] En effet, il n'est pas certain que le noyau central soit tout à fait sphérique : comme il se déplace à l'intérieur du magma, il n'est pas obligé de l'être. Un noyau central non sphérique et non lisse générerait cependant encore plus d'instabilités.

Ceci posé et compte tenu de la rotation plus rapide du noyau et du magma (quatre à cinq cent ans pour faire un tour complet de plus sur lui-même!), ses irrégularités de surface doivent être en opposition constamment changeante par rapport aux limites internes plus lentes du manteau. Le matériau souple de la couche intermédiaire du noyau externe doit donc subir des déplacements à mesure que la distance entre les irrégularités opposées s'altère. Une alternance continuelle de compression et de relâchement doit se produire en conséquence de cette rotation différentielle. Un examen par déduction de ces mouvements internes est en cours.[121]

Il n'est pas déraisonnable de conclure que des pics de compressions aigus du noyau extérieur et des creux de relâchement compensateurs se développeraient alternativement sous la surface, en intensités, à des moments et dans des hémisphères différents. Les résultats possibles, qui pourraient parfois survenir très soudainement, comporteraient des événements généralement classés parmi les catastrophes du milieu de l'Holocène. Des ajustements lithosphériques comme les inclinaisons de Scandinavie, des Alpes et de lacs d'Amérique du Sud, des affaissements extensifs de toute une région comme dans la zone Indonésie-Australie-Mélanésie, des changements à grande échelle de la nappe phréatique comme dans les régions de l'Arabie et du Sahara, des éruptions volcaniques sévères et des tremblements de Terre comme l'éruption de Santorin et ses effets secondaires très étendus, [122] en sont des exemples typiques. Il n'y a aucun doute que les grands tremblements de Terre, comme ceux qui à une certaine époque, ont secoué l'Empire Romain, sont intimement associés à l'oscillation de Chandler, [123,124] elle-même intimement liée aux mouvements dus à la viscosité du noyau terrestre. [125]

Pourquoi le noyau tourne-t-il plus vite que le reste de la planète et pourquoi l'inclination de son axe ne coïncide-t-elle pas avec celle de l'ensemble de la Terre (je fais référence aux positions différentes du pôle géographique et du pôle magnétique) ? Cela n'a pas de sens de supposer qu'une quelconque planète du genre de la Terre, si elle n'avait été dérangée par aucune influence externe pendant des millions d'années, puisse avoir acquis naturellement, sans aide, un axe incliné, un champ magnétique décalé, une rotation variable ou une oscillation de Chandler.

La plupart des géo-scientifiques qui ont étudié ces phénomènes s'accordent généralement à considérer qu'aucun événement ni aucune série d'événements résultant en caractéristiques aussi profondes que celles-là ne pourraient intervenir sans l'influence de quelque agent extérieur important. En d'autres termes, la Terre aurait eu à subir quelque force extraterrestre — une force suffisamment sévère pour rompre son précédent mécanisme interne sans détruire totalement l'astre lui-même.

Tout au long des siècles, une telle source a été précisément montrée du doigt à plusieurs reprises comme étant la cause traditionnelle d'événements catastrophiques tels que le déluge de Noé, la perte d'un âge d'or préexistant, la survenue et aussi la fin de l'ère glaciaire, la soudaine congélation des mammouths en Sibérie et en Alaska, et même la disparition de royaumes légendaires tels que Atlantide, Lyonesse, etc. [126-135]

Ensuite, l'article discute des principaux scénarios catastrophes et propose ces événements comme cause des anomalies de la Terre, dont l'inclinaison de l'axe.

Apparemment, après avoir affecté négativement nombre de planètes lointaines du système solaire, le visiteur cosmique supposé fut à même, semble-t-il, de retarder temporairement la rotation du manteau terrestre et de la lithosphère, mais ne put pas arrêter la rotation du noyau intérieur à cause de la viscosité du magma. En conséquence de cette interruption, les niveaux de température et de magnétisme de la Terre augmentèrent énormément avec toutes sortes d'effets pervers. Parmi ceux-ci, il semble que le manteau et la croûte terrestre aient pivoté selon un axe différent de celui du noyau solide central. En effet, il est possible que celui-ci ait été tordu, gravitationnellement, dans le noyau extérieur liquide, jusqu'à le décentrer, faisant «zigzaguer» ou trembler (ou les deux) la Terre, comme certains contes traditionnels le rapportent. De tels mouvements n'étaient possibles que compte tenu de la viscosité du noyau extérieur. Il est également probable que l'assaillant cosmique ait tiré la Terre entière vers son inclinaison actuelle, vu que le précédent système planétaire avait normalement dû se développer selon un axe plutôt vertical.

La reprise de la rotation du manteau/lithosphère autour du noyau légèrement décentré mais toujours tournant (le noyau extérieur liquide est immatériel à ce stade) à des vitesses différentes et autour d'axes différents (pôle géographique, pôle magnétique) a infligé des tensions et un stress importants à la Terre. Une rotation fluctuante et l'oscillation de Chandler étaient prédominantes. Un noyau décentré ne pouvait assurer qu'un lent et balbutiant retour à la normale entrecoupé d'ajustements de type catastrophiques sporadiques. L'histoire de l'Holocène est ponctuée de ces péripéties alarmantes, certes, mais à considérer comme les toussotements et les crachotements d'un monde encore en crise.

La catastrophobie est le syndrome psychologique résultant de ces changements terrestres sur une période de 11 500 ans. Par le souvenir de cet événement original et la reconnaissance des vaillants ajustements des peuples néolithiques aux nouvelles conditions, nous pouvons soigner ce syndrome. Les souvenirs de ces catastrophes ont été conservés parce que les anciens peuples savaient que nous, leurs descendants, aurions, à un moment ou à un autre, besoin de cette information pour progresser vers un nouveau stade de notre évolution. C'est de la « Médecine-tortue ». Récemment, d'étonnantes nouvelles théories sur l'ancienne astronomie ont été avancées qui mettent en lumière la façon dont les humains du néolithique vinrent à bout de la nouvelle Terre. Je vais couvrir ce sujet très brièvement : ces idées nouvelles peuvent constituer un terrain fertile pour d'autres qui voudrons bien se poser la question de savoir si l'axe de la Terre a pu s'incliner récemment et complètement chambouler les règles de vie sur Terre.

En 1962, des dirigeants du programme spatial demandèrent à l'écrivain scientifique Alexander Marshack de coécrire un livre qui expliquerait comment les humains en sont arrivés au point de planifier un atterrissage sur la Lune. Quand Marshack interviewa plusieurs des têtes agissantes de ce programme spatial, il s'aperçut qu'aucun d'entre eux ne savait pourquoi ils allaient dans l'espace. Tout ce qui importait, c'était qu'ils pouvaient le faire. Il était censé écrire quelques pages sur l'aube de la civilisation et sur la façon dont le développement des mathématiques, de l'astronomie et de la science avaient conduit à l'entrée dans l'espace. Il étudia l'interprétation doctrinale de notre émergence historique et tomba sur tous ces « soudainement » qui commencèrent il y a dix mille ans, comme par exemple le modèle de civilisation instantanément florissante de l'Égypte ancienne [2].

Il remonta jusqu'aux cultures paléolithiques, et là, il fit une éblouissante découverte qui changea toute sa vie ainsi que la compréhension actuelle de la science paléolithique et néolithique : Marshack constata qu'il pouvait lire et décoder les stries faites par les anciens humains sur des ossements. Ironie du sort, c'est en travaillant sur un projet pour expliquer comment aller sur la Lune qu'il s'aperçut que les ossements gravés du paléolithique et du néolithique étaient des calendriers lunaires ! Finalement, il fut intrigué par le fait que, dans les temps reculés et jusqu'à 9000 av. J.-C. (début du néolithique), les os étaient des calendriers lunaires, et qu'il y a environ dix mille ans, le facteur solaire fut ajouté aux notations lunaires. Brusquement, les phases lunaires sont divisées en laps de six mois, ce qui laisse à penser que ces périodes commençaient avec un équinoxe ou un solstice.[3] Les recherches de Marshack, tout autant que celles de nombre d'autres chercheurs du paléolithique indiquent qu'il n'y avait aucun signe prouvant que les premiers humains connaissaient l'existence des quatre saisons jusqu'à il y a dix mille ans. Je pense qu'il n'est pas réaliste de présumer qu'ils n'avaient simplement pas remarqué que le Soleil se levait et se couchait à des endroits différents suivant les périodes de l'année et que celles-ci jouissaient de conditions atmosphériques changeantes, alors qu'ils en étaient soudainement devenus obsédés il y a environ dix mille ans. Son décodage laborieux des marquages sur les os interprétés comme des calendriers lunaires d'avant 10000 av. J.-C. a été très largement pris au sérieux par la plupart des préhistoriens depuis quarante ans [4]. Il se concentra ensuite sur le fait que les stries des os étaient des calendriers lunaires jusqu'à la fin du paléolithique, puis ajoutaient le facteur solaire il y a dix mille ans. Il passa vingt ans à essayer de déchiffrer les marquages sur une plaque découverte en 1969 dans la grotte du Tai (datant de 9000 à 10000 mille ans) parce qu'elle avait des cycles typiquement lunaires avec quelques nouveaux éléments. Marshack les décoda en faisant appel à toutes ses connaissances sur l'art et sur les notations durant le paléolithique supérieur combinées à l'art et aux notations dans les cultures néolithiques d'avant l'écriture. Cette plaque est l'un des premiers et des plus complexes objets scientifiques du début du néolithique et c'est probablement l'une des premières tentatives d'enregistrement par des humains montrant qu'il y a environ six cycles lunaires entre les solstices et les équinoxes [5].

L'anthropologue Richard Rudgley remarque que la notation Tai remplit le vide existant avant « l'apparent soudain développement des observations astronomiques au néolithique en Europe du Nord-Ouest illustré par les alignements de monuments mégalithiques tels que Stonehenge »[6]. En ce qui concerne les notations astronomiques du début du néolithique, ce qui me frappe le plus, c'est l'art mural de Çatal Hüyük, les motifs géométriques complexes Natufiens, et les spirales gravées et les chevrons de Newgrange, montrant l'année divisée en moitié lumière et moitié noir avec les contours des phases de la Lune[7].

Nous commençons à peine à nous rendre compte du caractère avancé de l'astronomie néolithique parce que nous ne déchiffrons leurs monuments, leurs notations et leurs objets d'art que maintenant. Il nous est très difficile de prendre au sérieux leur intérêt obsessionnel pour le ciel parce que, dans nos villes modernes, nous le voyons à peine la nuit. Nous remarquons un grand changement dans l'interprétation néolithique du ciel et je pense que c'est l'inclinaison brusque de l'axe qui en est la cause. Je pense également que nous commençons à percevoir des choses qui pourtant étaient sous notre nez, parce que notre propre perspective est en train de s'étendre. Par exemple Robert Temple, auteur de *The Sirius Mystery*, a publié un livre brillant, *The Crystal Sun,* qui prouve en définitive que les peuples ont utilisé des télescopes et des lentilles pour améliorer la vision pendant des milliers d'années, et que de nombreuses lentilles ont été à la vue de tout un chacun dans les musées du monde entier depuis des centaines d'années[8]. Ralph Ellis, auteur de *Thoth*, affirme avec véhémence que le cercle de Avebury est une représentation de la Terre flottant dans l'espace. De même, selon Ellis, le cercle montre l'inclinaison axiale de la Terre![9] Les lecteurs auraient intérêt à étudier les diagrammes et les textes d'Ellis. En ce qui me concerne, dans les années 1980, j'ai remarqué que les avenues Nord/Sud se dirigeant vers Avebury font un angle approximatif de 23 degrés avec les avenues Est/Ouest, et je me suis demandée pourquoi. Pourquoi prendraient-ils une telle peine pour tracer un modèle de la Terre dans l'espace avec son inclinaison par rapport à l'orbite solaire ? Eh bien, l'astronomie mégalithique fait preuve d'une virtuelle obsession pour les solstices et les équinoxes. Par exemple, Newgrange capture la première lumière du solstice d'hiver quand le Soleil darde ses rayons profondément dans les chambres sacrées pour illuminer le centre de spirales complexes. Plusieurs autres chambres mégalithiques capturent la lumière exactement au même instant de l'équinoxe de printemps ou d'automne. Même le centre du Vatican est construit de façon à capturer la lumière de l'équinoxe de printemps (J'ai remarqué cette orientation lorsque j'ai visité le Vatican en 1979).

Dans *Uriel's Machine*, Christopher Knight et Robert Lomas ont montré que les cultures primitives avaient fait des efforts considérables pour comprendre, enregistrer et anticiper la lumière du Soleil et de Vénus. Ils ont démontré que les formes des divers losanges ornant les poteries rainurées et les balles de pierres incisées véhiculaient en fait des informations astronomiques. La forme des losanges créés par le lever et le coucher du Soleil tout au long de l'année change selon la latitude ; ils croient que ces losanges dépeignent la latitude des fabricants ! [10] Soudain la latitude avait pris d'autant plus d'importance que les angles solaires changeaient à chaque saison dans les latitudes Nord.

Les théories déchaînées exposées dans *Uriel's Machine* sont à prouver et les conclusions originales de l'auteur concernant la chambre mégalithique de Bryn Celli Ddu sur l'île d'Anglesey (3500 av. J.-C.) méritent une attention soutenue. Les auteurs démontrent par l'archéoastronomie que Bryn Celli Ddu est une chambre sophistiquée qui fut utilisée pour corriger la dérive du temps dans les calendriers solaires et lunaires en calibrant le temps de l'année en fonction du cycle de huit ans du retour synodique* de Vénus et du solstice d'hiver. Quand elle est à son plus brillant, Vénus darde une dague de lumière tous les huit ans dans la chambre de Bryn Celli Ddu. Selon l'historien romain Tacite, cela se passait lorsque la déesse apparaissait. Question : vu que Vénus est le meilleur indicateur du moment de l'année, qu'est-ce que le temps a à voir avec la déesse ? [11]

Dans *The Dawn of Astronomy*, Sir J. Norman Lockyer rapporta dans ses études exhaustives des temples dédiés aux étoiles de l'Égypte ancienne que nombre d'entre eux étaient alignés à des étoiles-clés dès 6400 av. J.-C. Il démontra également que les « ouvertures dans les pylônes et dans les murs de séparation des temples égyptiens représentaient exactement les diaphragmes des télescopes modernes » et il ajouta que « ils ne connaissaient rien aux télescopes »[12]. Robert Temple a par la suite démontré que les anciens égyptiens avaient en fait des télescopes et que leurs temples étaient peut-être utilisés comme les larges télescopes dans les observatoires modernes[13].

Je mentionne ici ensemble tous ces détails connexes parce qu'à mon avis l'inclinaison de l'axe a inspiré une révolution scientifique datant d'avant l'écriture que nous décodons seulement maintenant. L'inclinaison de l'axe a changé la façon dont nous recevons la lumière sur Terre. Alexander Marshack eût comme mission de trouver la source de la capacité humaine à aller sur la Lune et il découvrit que les peuples archaïques étaient déjà en contact intime avec la Lune en leurs temps. Je suis d'avis que, pour dépasser la catastrophobie, nous devons éveiller cette intelligence archaïque que je retrouve encodée dans les différences de lumières causées par les angles solaires variables selon les positions du Soleil à l'horizon et qui changent suivant la latitude. Selon les traditions indigènes, la Lumière est infusée avec des informations cosmiques. La science moderne a découvert que les photons transportaient des informations cosmiques. De même que l'astronomie indigène, l'astronomie mégalithique suggère que la lumière a plus de pouvoirs et de capacité à transmettre aux humains au moment des équinoxes, des solstices, de la nouvelle lune et de la pleine lune. Peut-être cette harmonisation éveille-t-elle intentionnellement l'intelligence cosmique ? Peut-être qu'une nouvelle forme d'évolution a commencé lorsque l'inclinaison de l'axe a fêlé la Terre comme si celle-ci était un œuf cosmique prêt à éclore dans l'univers ?

Notes de l'article de J. B. Delair

028. Lambeck, K, *The Earth's Variable Rotation : Geophysical Causes and Consequences* (Cambridge, 1980).

029. Rochester, MG, *Phil. Trans. Roy. Soc. Lond.,* vol. A306, 1984, pp. 95-105.

030. Ray, RD, Eames, RJ & Chao, BF, *Nature,* vol. 391, 1996, n. 65831, pp. 595-597.

031. Dahlen, FA, *Geophys. Journ. Roy. Astron. Soc.,* vol. 52, 1979.

032. Guinot, B, *Astron. Astrophys.,* vol. 19, 1972, pp. 207-214.

033. Ibid.

034. Harris, J, *Celestial Spheres and Doctrine of the Earth's Perpendicular Axis,* Montreal, 1976.

035. Warren, RF, *Paradise Found ; The Cradle of the Human Race at the North Pole. A Study of the Prehistoric World,* Boston, 1885, p. 181.

036. Allan, D. S., and Delair, J. B., *When the Earth Nearly Died,* Bath, 1995. [This is the British edition of *Cataclysm !* Santa Fe, 1997].

119. Keaney, P., ed., *The Encyclopedia of the Solid Earth Sciences,* Oxford, 1993, p. 134.

120. Whaler, K & Holme, R, *Nature,* vol. 382, n°. 6588, 1996, pp. 205-206.

121. Ramalli, G, *Rheology of the Earth,* 2nd edn., London, 1995.

122. Pellegrino, O, *Return to Sodom and Gomorrah,* New York, 1995.

123. Mansinha, L & Smylie, DL, *Journ. Geophys. Res.,* vol. 72, 1967, pp. 4731-4743.

124. Dahlen, FA, *Geophys. Journ. Roy. Astron. Soc.,* vol. 32, 1973, pp. 203-217.

125. Yatskiv, YS & Sasao, T, *Nature,* vol. 255, n°. 5510, 1975, p. 655.

126. Whiston, W, *A New Theory of the Earth,* London, 1696.

127. Catcott, A, *A Treatise on the Deluge,* London, 2nd ed., 1761.

128. Donnelly, I, *Ragnarok : The Age of Fire and Gravel,* 13 th ed., New York, 1895.

129. Beaumont, C, *The Mysterious Comet,* London, 1932.

130. Bellamy, HS, *Moons, Myths, and Men,* London, 1936.

131. Velikovsky, I, *Worlds in Collision,* London, 1950.

132. Patten, DW, *The Biblical Flood and the Ice Epoch,* Seattle, 1966.

133. Muck, O, *The Secret of Atlantis,* London, 1978.

134. Englehardt, WV, *Sber. Heidel. Akad. Wiss. Math. Nat. KL.,* 2 abh, 1979.

135. Clube, V, and Napier, WR, *The Cosmic Serpent,* London, 1982.

Appendice B

Les transists astrologiques jusqu'en 2012

Arguments astrologiques en faveur de la théorie de l'accélération du temps

L'Inframonde galactique (du 5 janvier 1999 au 28 octobre 2011) est un cycle qui traite du développement de la civilisation durant l'Inframonde national (de 3315 av. J.-C. au 29 octobre 2011) et l'avènement de la technologie durant l'Inframonde planétaire (de 1755 au 28 octobre 2011). Durant le Galactique, grâce à l'accélération du temps, tout va si vite (vingt fois plus vite que durant le Planétaire) que les croyances et les besoins du passé se transforment en nouvelles façons d'être. Comme il y aura une accélération finale par 20 fois durant l'Inframonde universel (du 4 février 2011 au 28 octobre 2011), il n'y a aucun doute que ce processus va culminer. Certes, imaginer que les choses vont aller vingt fois plus vite en 2011 qu'elles ne sont allées depuis 1999 est presque impossible.

Durant l'Inframonde national, des systèmes de pouvoir et de contrôle ont été développés par les autorités religieuses et les diverses organisations politiques. Ils sont tous en train de changer actuellement. Durant le Planétaire, l'industrie et la technologie ont connecté tous les peuples sur la planète, mais ces moyens sont également en cours de changement. Maintenant, avec le commencement de l'Inframonde galactique en 1999, l'objectif de l'évolution est l'illumination, instant où tous les peuples vont se trouver en harmonie avec la nature. Voici venu le temps où toutes les activités, toutes les croyances qui séparent les gens de la nature doivent disparaître. Toutes les structures de contrôle, tous les mécanismes technologiques qui exploitent la vie dans l'univers doivent disparaître.

Nous, les humains, nous vivons sur une planète parmi tant d'autres orbitant autour du Soleil. Notre Soleil est une étoile qui nage autour du centre de la Voie Lactée comme un Dauphin de lumière plongeant et ressortant du plan galactique. En tant qu'astrologue, j'ai vu que les emplacements et les aspects des planètes présentent des archétypes de schémas immenses qui influencent le comportement humain et le Soleil. L'astrologie enseigne que les qualités des champs planétaires (ainsi que d'autres facteurs dans l'univers, comme le Soleil, la Lune et la Galaxie) influencent les comportements humains. Par exemple, Vénus encourage l'attraction humaine, Mars nous incite à exprimer notre puissance, et Jupiter nous montre comment trouver le confort et l'abondance. La connaissance de ces forces nous permet de vivre notre vie avec plus de sensibilité et de prévoyance ou d'identifier a posteriori pourquoi les choses ne se sont pas passées comme prévu afin d'apprendre à partir de nos propres erreurs.

Mes travaux astrologiques personnels de 1991 étaient de la macro-astrologie, l'analyse des tendances générales. Mon site Internet — www.handclow2012.com — explique comment les forces planétaires influencent les structures politiques aussi bien que nos vies à l'intérieur de ces systèmes. Comme je le révèle dans ce livre en me basant sur les recherches de Calleman, je suis convaincue que le Calendrier maya retrace les neuf Inframondes d'évolution dans l'univers qui ont accéléré par des facteurs de vingt en commençant il y a plus de 16,4 millions d'années. L'astrologue que je suis est également convaincue que si l'humanité est destinée à atteindre l'illumination durant l'Inframonde galactique, les tendances astrologiques devraient montrer comment les forces archétypes pourraient faciliter ce processus. L'astrologie est basée sur le principe hermétique : « tout ce qui est en bas est comme ce qui est en haut ». Donc, si l'astrologie a une réelle influence sur les sentiments et le comportement humain, les tendances planétaires devraient en fait décrire l'accession à l'illumination de 1999 à 2011. Voyons cela.

J'avais précédemment (dans l'appendice A de *The Pleiadian Agenda*) décrit les transits astrologiques de 1972 à 2012. En revoyant cet appendice, j'ai trouvé que ma précédente analyse était précise et utile ; cependant elle recouvre une période plus longue que l'Inframonde galactique. Il se trouve que nous avons l'avantage de savoir ce qui s'est passé entre 1999 et l'été 2006, ce qui constitue plus de la moitié de l'Inframonde galactique. Les prévisions antérieures étaient de bon conseil à l'époque, mais maintenant nous disposons de plus d'éléments utilisables. De plus en ce temps-là personne ne discutait de l'accélération du temps par facteurs de vingt ni des bonds supplémentaires qui auraient lieu le 5 janvier 1999 et de nouveau le 11 février 2011. Je peux maintenant regarder en arrière de 1999 à 2006 pour voir comment les tendances astrologiques se sont comportées durant cette période de remarquable accélération commencée début 1999.

Pourquoi ai-je dit « remarquable accélération » ? Nous avons déjà vu dans ce livre que l'alignement galactique de 1998 coïncidait avec des changements physiques détectables sur Terre et dans l'univers. Maintenant que l'accélération de l'Inframonde galactique est lancée, nous cherchons à voir comment les tendances astrologiques vont permettre à l'homme d'atteindre l'apothéose — l'illumination — dans quelques courtes années.

Les planètes de l'espace et l'illumination des hommes

La transition actuelle de la conscience humaine vers l'illumination a de fait commencé au Jour Sept de l'Inframonde national (de 1617 à 2011) qui était et qui est toujours la phase de maturation du National. Depuis l'ouverture du Jour Sept en 1617, trois planètes externes ont été découvertes : Uranus en 1781, Neptune en 1846, et Pluton en 1930 ainsi que Chiron, d'une importance critique (Chiron orbite entre Saturne et Uranus), en 1977. La découverte d'Uranus coïncida avec celle de l'électricité, et celle de Neptune avec une spiritualité accrue dans la vie de tous les jours, comme l'exprime la montée du spiritualisme et du transcendantalisme durant cette période. Pluton est la force de transformation la plus inflexible du système solaire et sa découverte eut lieu au moment où le communisme et le fascisme prenaient position en Europe et en Russie, et où la bombe atomique fut inventée. Chiron, le guérisseur blessé, nous aide à voir comment les blessures personnelles nous poussent à évoluer et nous forcent à reconnaître les recoins les plus cachés et les plus douloureux de nos âmes. Nous avons besoin d'en passer par le traitement du guérisseur blessé parce qu'il est impossible d'atteindre l'illumination sans nous abandonner aux ténèbres intérieures pour faire place à la lumière cosmique.

En général, les planètes externes — Chiron, Uranus, Neptune, et Pluton — gèrent les états de conscience transpersonnels ; elles nous poussent à nous souvenir que l'illumination est la raison de vivre. Les influences astrologiques les plus profondes — Mercure, Vénus, la Lune, Mars, Jupiter et Saturne — créent des changements constants tout comme les tendances climatiques journalières. Les astres internes ne seront pas analysés à moins qu'ils ne fassent partie de configurations majeures liées à des planètes externes. Comme Jupiter est assez grosse pour être une étoile, elle a souvent une grande influence sur nos vies personnelles. Je recherche toujours sa participation dans des configurations de planètes externes. Saturne structure les archétypes de planètes externes, ce qui les incite à créer de véritables schémas dans nos vies. Nous surveillerons donc attentivement Saturne pour estimer comment nous pourrons parvenir à l'illumination humaine. Nous devons tous apprendre à utiliser la discipline de Saturne : elle nous enseigne la façon d'atteindre un état élevé de nos esprits. Nous ne pouvons pas avoir accès aux aspects de haute énergie des transits de Chiron, Uranus, Neptune et Pluton sans l'influence de Saturne.

Si les forces planétaires sont réelles, et que Saturne ne joue pas son rôle majeur, inutile de nous imaginer que nous allons atteindre l'illumination début 1999. J'adore Saturne, et j'aime la façon dont Chiron, se déplaçant entre Saturne et Uranus (et quelquefois aussi à l'intérieur de Jupiter) brise nos blocages émotionnels afin que nous puissions utiliser la sauvage, l'électrique Uranus aux bonnes capacités de transformation pour accéder aux pouvoirs de Neptune et de Pluton.

Les années 1960 : folles et sauvages

Pour planter le décor du drame qui va se jouer de 1999 à 2011, il nous faut remonter le temps afin de réunir quelques informations historiques. Nous avons besoin de comprendre le champ énergétique existant début 1999. Tout comme la scène d'un théâtre dispose de décors et d'accessoires destinés à créer une atmosphère spécifique au drame lorsque le rideau se lèvera, les transits durant les années folles 1960 mettent la scène en place pour l'Inframonde galactique. Uranus arriva en même temps que Pluton (conjonction de moins de 5 degrés) de 1964 à 1968 ce qui marqua le départ de transformations radicales à déclenchement retardé dans les cultures et chez les individus. Uranus règle les changements et les transformations, et Pluton gère le traitement de nos émotions les plus profondément enfouies et les plus sombres. Dans les temps modernes, Uranus et Pluton sont toujours en aspects angulaires clés quand des changements radicaux de conscience surviennent. Quand elles viennent ensemble, les forces de changements les plus grandes sont mises en action. Comme Pluton ne fut observée pour la première fois qu'en 1930, les années 1960 virent la première conjonction connue Uranus-Pluton. Avant cela nous n'avions pas conscience du potentiel humain d'illumination de tout un peuple, mais seulement de celui d'un gourou ou d'un saint.

Remontons aux années 1960 dans nos esprits : vous souvenez-vous de l'été de l'amour à San Francisco, les Beatles et la génération des beatnik ? Depuis lors, les médias et la génération précédente ont fait tout ce qu'ils pouvaient pour faire croire que ce comportement de folie était terminé, mais ce n'est pas vrai, sachant comment les sentiments de conscience étendue ont induit la germination de cette semence culturelle dans l'esprit planétaire depuis les années 1960. En fait la jeunesse des années 1960 manifestait tous les aspects de l'illumination : la méditation, l'art, la recherche de soi, l'amour de la nature, l'aspiration profonde à la paix, et la fusion cosmique par le biais d'états modifiés de conscience[2].

D'après l'astrologie, tout ce qui est arrivé durant la conjonction Uranus-Pluton dans les années 1960 se manifesterait globalement aussitôt que ces deux planètes atteindraient leur premier carré (un angle de 90°) l'une par rapport à l'autre. Par exemple, chaque mois j'analyse les qualités de la Nouvelle Lune sur mon site Internet et je surveille pour voir si les tendances énergétiques spéciales que j'ai décrites pour la nouvelle Lune deviennent visibles au premier quartier de Lune, la Lune au carré du Soleil. Habituellement c'est le cas, sinon je retourne à mon tableau pour voir ce que j'ai manqué. Durant chaque cycle lunaire, tout s'engendre durant les sept premiers jours et devient visible durant le premier carré.

Avec Uranus et Pluton, quand le premier carré arrivera, l'explosion créatrice des années 1960 sera relâchée dans le monde entier. Et devinez quoi ? Uranus vient au carré proche de Pluton durant 2011, et ensuite les carrés exacts se situent durant 2012, le 24 juin et le 19 septembre ! Coïncidence, à votre avis ? Eh bien, la lecture exacte des carrés Uranus-Pluton de 2011 à 2013 est que l'énergie d'illumination découverte par les Enfants de l'Amour se manifestera sous la forme d'une force globale en 2011, et durant 2012 nul être vivant sur Terre ne pourra résister à l'illumination collective. Vous vivrez et respirerez l'illumination. J'étais l'un des Enfants de l'Amour à San Francisco à la fin des années 60 et j'ai vécu l'expérience des ondes de Lumière. Je puis vous assurer que vous ne pourrez empêcher d'être emportés dans la joie, la créativité et la fusion avec les forces cosmiques ; ce serait comme résister à un tsunami.

Une autre influence majeure durant les années 1960 vint du transit de Saturne en Verseau de 1962 à 1964, quand les premières vibrations de l'arrivée de l'Âge du Verseau se firent sentir. Cette énergie émergente fut illustrée dans la comédie musicale *Hair* qui établit le décor de l'explosion créative Uranus-Pluton. Saturne était en Poissons de 1964 à 1967 durant la conjonction Uranus-Pluton et cette phase structurelle Poissons soutint un éveil spirituel qui émergea de nouveau de 1991 à 1996, lorsque Saturne transita encore en Verseau et en Poissons. Je mentionne ces deux cycles de Saturne dans les années 1960 parce que Saturne en Verseau et en Poissons (1991-1996) était un tour d'essai pour Uranus en Verseau (1996-2003) et en Poissons (2003-2011), et pour Neptune en Verseau (1998-2012).

Durant les « tours d'essai de Saturne » de 1962-1967 et de 1991-1996, de profonds changements culturels et spirituels ont eu lieu, comme par exemple l'étude du mysticisme oriental par les occidentaux et le mouvement de recherche du Nouveau Paradigme décrit dans ce livre. Comme nous l'avons vu, ces mouvements formulent un programme d'illumination qui sera dirigé par Uranus en Verseau et en Poissons (1996-2011) et Neptune en Verseau (1998-2012). Pourquoi ? Comme vous le savez déjà, Uranus gère les transformations radicales de soi et de cultures ; eh bien Neptune gère les processus d'illumination. Neptune dissout notre résistance aux forces spirituelles de l'univers et érode les limites de l'ego jusqu'à ce que nous nous abandonnions à la béatitude. En fait, la planète la plus importante à suivre de 1999 à 2012 est Neptune, vu qu'elle régit tous les processus d'illumination. Neptune en Verseau de 1998 à 2012 amène l'âge Verseau de l'illumination humaine. Le seul moyen que nous ayons pour maîtriser réellement l'illumination spirituelle neptunienne est de transformer nos limitations émotionnelles en optant pour la vérité absolue et l'intégrité totale, ce qui est le rôle de Pluton. Pluton est la clé pour trouver cette pureté émotionnelle parce qu'elle régit la transformation de la noirceur intérieure afin que la fusion cosmique et l'intégration galactique puissent être vécues. Entre-temps, Pluton a une orbite très elliptique et passe dans l'orbite de Neptune pendant environ vingt ans durant chacun de ses périples de 249 ans autour du Soleil. Pluton était dans l'orbite de Neptune de 1979 jusqu'à l'équinoxe de printemps 1999. Tandis qu'elle y était, l'extrême pouvoir de transformation de Pluton était à son maximum pour nous, et Neptune était loin aux confins extérieurs du système solaire communiant avec l'univers. Juste quelques petits mois après l'ouverture de l'Inframonde galactique, Pluton s'est déplacée au-delà de Neptune, et Neptune a recommencé à dissoudre nos limites avec la spiritualité. En d'autres mots, nous avons subi une transformation psychologique totale de 1979 à 1999, et ensuite l'esprit a de nouveau pénétré notre psychisme exacerbé par Neptune. Peut-être avions-nous besoin de ce court éloignement de Pluton pour être prêts à transformer les tendances culturelles de l'Inframonde national et du Planétaire durant 12,8 petites années. Pourtant je me demande : comment Pluton peut-il accomplir la transformation d'habitudes culturelles endémiques prises pendant une période de 5 125 années ?

Chiron, Pluton et le Centre Galactique

Quand l'Inframonde galactique s'ouvrit le 5 janvier 1999, Pluton et Chiron étaient tous deux en Sagittaire. Quand le Jour Un du Galactique fut terminé le 31 décembre 1999, Chiron était en conjonction avec Pluton, envoyant un puissant message au dernier jour du vingtième siècle : Chiron en conjonction avec Pluton en Sagittaire est l'aspect signature du Nouveau millénaire aussi bien que l'achèvement du Jour Un de l'Inframonde galactique. Le Jour Un est la période des semailles de création de l'Inframonde galactique ; ainsi la force archétype planétaire qui a planté les semences de l'illumination est Chiron et Pluton en Sagittaire, position zodiacale du Centre galactique.

Je suis heureuse que Chiron et Pluton aient partagé le même sort dans les mains des astronomes révisionnistes d'aujourd'hui. Lorsqu'ils aperçurent Chiron en 1977, les astronomes déclarèrent que c'était une planète et les astrologues se mirent au travail pour déterminer son influence. Nous avons remarqué que l'influence de Chiron est extraordinaire par rapport à sa taille : comme un médicament homéopathique, ce petit corps céleste a une influence énorme sur les gens. Puis, dans le courant des années 1990, les astronomes décidèrent que Chiron n'était qu'un planétoïde, peut-être même une comète ou un astéroïde. Plusieurs astrologues, moi y compris, continuent de considérer qu'elle a une influence majeure et la plupart des astrologues persisteront également à utiliser Pluton comme élément puissant dans les cartes individuelles. Il est réellement étrange que les astronomes actuels essaient de supprimer la force archétype de Pluton en la déclassant au niveau de planète naine, en particulier compte tenu qu'elle possède même une lune, Charon. Pluton était le dieu de la profondeur il y a des milliers d'années. Il est certain qu'il n'a pas simplement disparu. Est-ce que les astronomes seraient mal à l'aise concernant l'exploration de la profondeur des émotions humaines depuis les années 1930 ?

Chiron régit la transmutation des blocages émotionnels intérieurs en encourageant les gens à accéder aux plus profonds niveaux des blessures, ces expériences malheureuses qui sont la cause des blocages. Sur un plan plus subtil, une lecture correcte de Chiron nous révèle le moment où un individu s'est éloigné de la conscience divine et s'est trouvé prisonnier d'un sens de lui-même uniquement physique, ce qui est déjà arrivé à la plupart d'entre nous. Nous sommes beaucoup plus que de simples êtres physiques, et pourtant les individus cessent de ressentir la connexion cosmique et la Terre devient leur prison. Pendant que Pluton faisait son travail en nous forçant à faire face à notre côté sombre et à changer nos profonds niveaux de résistance, Chiron, lui, s'immisçait pour nous aider à comprendre où nous étions déconnectés du divin. En ce qui concerne cette douloureuse vérité à notre sujet, si la cause n'en est pas notre souffrance personnelle (ce qui est rarement le cas), alors Chiron nous force à voir clairement la vérité sur l'inhumanité de l'homme envers l'homme, ce qui peut changer instantanément le monde.

Par exemple, si la majorité des Américains voyaient réellement la souffrance infligée dans le monde par les armes manufacturées aux USA, il y aurait un soulèvement massif des consciences contre cette industrie. Si nous pouvions reconnaître le moment où nous avons perdu le contact avec le divin, nous serions alors à même de reconstruire un pont pour retrouver notre sens plus large du moi. Chiron était en conjonction avec le Centre Galactique durant 2001, indiquant qu'une compréhension galactique des blessures humaines allait commencer. Ces aspects entre Chiron et Pluton durant le Jour Un de l'Inframonde galactique signalent que nous allons traiter les tendances limitatives de l'Inframonde planétaire et du national en regardant en face nos souffrances intérieures. Qu'est-ce que cela pourrait bien être ? Qu'est-ce que cela pourrait signifier ?

Transmuer la bataille entre l'Est et l'Ouest

Alors que je termine ce livre, nous sommes à la seconde partie de la Nuit Quatre de l'Inframonde galactique, et il est aisé de voir comment ce processus progresse. Le monde est au milieu d'une bataille ressemblant fort à une troisième guerre mondiale ultrarapide et tragique entre l'Est et l'Ouest, qui a commencé durant l'Inframonde national et qui est devenue particulièrement meurtrière à partir du moment où, durant l'Inframonde planétaire, la technologie a été mise au service de l'efficacité des armements. L'horrible agression, la violente défense et la conduite intransigeante de dirigeants mondiaux insensibles et de fanatiques religieux démontrent l'insanité de 5 125 années de guerres au nom de Dieu. La technologie de mort force chacun d'entre nous à l'introspection pour nous vider de notre propre noirceur intérieure. De nos jours, la profanation du corps humain est incroyable. Notre époque, c'est l'Âge-du-corps-qui-vole en éclats. Pourtant, à mesure que les gens se rendent compte de l'impressionnante envergure du mal sur Terre, vivre en suivant les programmes de l'Inframonde national et du Planétaire devient de moins en moins soutenable ; seul un humain entièrement nouveau peut transmuer ces anciennes façons d'agir. Je ne doute pas que les survivants vont changer parce que Chiron en Verseau tardif est en conjonction avec Neptune en Verseau de 2009 à 2010, ce qui signifie que nous allons oublier nos blessures spirituelles personnelles dans l'intérêt de la collectivité et bannir la violence. Nous sommes perdus sans contact avec la vraie spiritualité ; nous avons été coupés des aspects les plus sublimes de l'existence depuis longtemps.

Au moyen de l'astrologie, nous sommes à même d'observer plusieurs étapes des aspects planétaires de 1999 à 2012 pour imaginer ce qui pourrait forger le nouvel humain. Ceci inclut l'observation de la relation angulaire entre Saturne, Chiron, Uranus, Neptune et Pluton de 1999 à 2012, ainsi que d'autres planètes lorsqu'elles les affectent. Pour ceux qui se demandent pourquoi j'inclus 2012, vu que l'accélération du temps sera complète en 2011, je dirai que l'astrologie montre que 2012 permet d'apprendre à utiliser l'accélération de l'universel. Vous vous souvenez peut-être qu'un alignement (le plus proche en 1998) du Soleil levant de solstice d'hiver avec le Centre Galactique se profile à la fin du Calendrier. Ce meilleur accès à l'énergie galactique a aligné notre conscience avec la galaxie elle-même. C'est pourquoi j'inclus les aspects du Centre Galactique dans cette analyse. L'Inframonde galactique est la période critique de cet ajustement aux fréquences cosmiques, et alors les solstices d'hiver de 2011 et 2012 permettront aux humains d'intégrer des fréquences galactiques largement intensifiées.

La chose peut-être la plus étonnante de cette valse des planètes externes pendant la fin du Calendrier est que durant 2012 Uranus est au carré de Pluton, ce qui signifie que l'illumination à contre-courant de la culture, déployée durant les années 1960, inondera de nouveau la planète. La question est que l'accélération du temps de l'Inframonde universel en 2011 sera le moment où la forme du nouvel humain spirituel se fondra, et 2012 sera l'instant où nous apprendrons pour la première fois à vivre en nouveaux humains spirituels.

En 1998, Neptune entra en Verseau, le signe dans lequel elle était quand elle fut aperçue pour la première fois en 1846, à l'heure où les mouvements spirituels idéalistes se firent jour en Amérique. Ainsi Neptune complète sa première orbite durant l'Inframonde galactique. Une fois que nous avons vécu une révolution orbitale complète d'une nouvelle planète, l'archétype de cette planète est alors entièrement intégré dans le psychisme humain. Comme Neptune complète sa première orbite solaire connue en 2011, l'énergie qui engendre les mouvements utopistes du dix-neuvième siècle reviendra, particulièrement lorsque Neptune ira totalement dans son signe, les Poissons, en 2012.

Uranus fut aperçue pour la première fois en 1781 durant les étapes initiales de l'Inframonde planétaire, ce qui a grandement influencé les développements de la technologie durant cet Inframonde. Pluton fut aperçue pour la première fois en 1930 ; ainsi nous nous sommes à peine habitués à l'influence psychologique intense de ce dieu de la profondeur. Pluton était en son signe, le Scorpion, de 1983 à 1995, ce qui signifie que nous avons vécu les niveaux les plus élevés de Pluton juste avant la fin du Calendrier. Pluton en Scorpion (également dans l'orbite de Neptune) a préparé le chemin d'un travail spirituel intense en accentuant l'émergence du subconscient profond ; elle a imposé une exploration émotionnelle profonde à beaucoup de gens. Pluton est passée en Sagittaire en 1995, ce qui nous a obligés à rechercher la vérité et l'intégrité personnelle.

Une grande intégrité a mûri merveilleusement en génie spirituel durant le temps de Pluton en Sagittaire de 1995 à nos jours, et continuera jusqu'en 2008. Cette période a constitué la principale influence pour exposer la malhonnêteté outrageante et les mensonges de l'Église Catholique Romaine qui a détourné la vérité sur la vie du Christ pendant 1 500 ans comme nous l'avons déjà dit dans ce livre. Pluton entre en conjonction avec le Centre Galactique à 27°

du Sagittaire pendant la période 2006-2007 ; ceci signifie que le Christ cosmique infusera de lumière le monde. En quittant le Centre Galactique, Pluton avancera au carré des degrés d'équinoxe et de solstice — 0° Bélier, Cancer, Balance et Capricorne — et en entrant dans le Capricorne, il inspirera une nouvelle spiritualité. Pluton, en carré aux signes saisonniers de 2008, intensifiera grandement les puissances personnelles de manifestation des saisons, ce qui signifie que la vaste majorité vivra ses propres relations directes avec Dieu et abhorrera la religion organisée. Durant les solstices d'hiver, Pluton continuera à intensifier la connexion humaine avec le Centre Galactique pendant la période de l'année où la naissance du Christ sera célébrée.

Comme vous pouvez le voir aisément, où que vous vous tourniez dans le système solaire jusqu'en 2012, d'extraordinaires synchronicités astrologiques apparaîtront entre les planètes externes et le Centre Galactique. Ces configurations et ces positions sont exactement ce dont nous avons besoin pour traiter la rapide accélération de l'Inframonde galactique et de l'universel. Bien sûr, si nous, les humains, devons atteindre quelque chose d'aussi profond que l'illumination, il nous faudra plus de rigueur et de discipline pour nous permettre de dépasser nos limitations humaines. Ces forces existent vraiment à la fin du Calendrier et sont la raison pour laquelle la vie a été si difficile pour tous depuis 1999. D'ailleurs les philosophes ont toujours remarqué qu'il était difficile de vivre les périodes significatives.

Les grands carrés dans le ciel durant l'Inframonde galactique

Pour trouver ces forces de discipline structurelle, il suffit de chercher les aspects « stressants » entre les planètes externes, impliquant aussi parfois des planètes proches, qui nous rattachent à des forces transpersonnelles. Les aspects stressants sont des conjonctions (angles de 0 °), des carrés (angles de 90°), des oppositions (angles de 180°). Il s'agit là des angles qui mettent nos âmes à l'épreuve et qui font ressortir notre noblesse de coeur. L'une des configurations extrêmement stressante est le carré en T lorsqu'une ou plusieurs planètes sont en carré avec deux planètes (ou plus) en opposition. L'autre, c'est le grand carré, quand quatre planètes (ou plus) sont en carrés (angles de 90°) qui incluent deux oppositions.

Les conjonctions, les carrés ou les oppositions peuvent advenir aux signes cardinaux (Bélier, Cancer, Balance, et Capricorne) qui démarrent des processus, aux signes mutables (Gémeaux, Vierge, Sagittaire et Poissons) qui élargissent et explorent les processus, ou aux signes fixes (Taureau, Lion, Scorpion et Verseau) qui complètent et fixent les processus. Les grands carrés fixes provoquent des changements monumentaux dans le monde. Comme les quatre cavaliers de l'apocalypse, ils forcent les individus à reléguer l'esprit de séparation et à entrer dans le flot de la vie, dans notre cas dans la conscience cosmique. Les grands carrés fixes incluant les planètes externes sont très rares (ils n'arrivent qu'une fois tous les mille ans). Prenez note : les grands carrés fixes incluant les planètes externes sont caractéristiques de l'Inframonde galactique. C'est pourquoi je me dois de décoder ces schémas même s'ils risquent d'être compliqués pour la plupart des lecteurs. Ces schémas sont si extraordinaires et durables que rien de cela n'est arrivé depuis que le Calendrier a été inventé. Ces configurations ont vraiment le potentiel requis pour faire culminer l'évolution afin que « l'humain nouveau » prenne naissance.

Remontant à août 1999, durant le Jour Un du Galactique, un grand carré fixe a culminé au moment d'une éclipse solaire à 18° du Lion [3] — Mars en Scorpion était opposé à Jupiter et Saturne en Taureau, au carré de la nouvelle Lune en Lion à l'opposé d'Uranus en Verseau. Cela signifiait que nous étions en train de résoudre des conflits personnels entre la volonté (Lion) et l'esprit élevé (Uranus) tout en étant impliqués dans un combat entre le matérialisme (Taureau) et la recherche de profondeur émotionnelle (Scorpion). Les aspects variés de ce grand carré entrèrent et sortirent de leurs positions durant l'été 1999, et la tension était palpable et très difficile à gérer. J'ai écrit et j'ai beaucoup enseigné concernant ce grand carré tout en observant les gens autour de moi, et j'ai été étonnée de l'entêtement et de l'ego qu'ils affichaient effrontément. J'ai vu des relations et des amitiés se briser tandis que la confiance en soi disparaissait. Et dans le milieu politique américain, le Président Clinton a été vilipendé pour faire le nid des Bushites. Calleman a dit que l'Inframonde galactique était l'Apocalypse, ce qui s'est avéré prophétique. Lorsque j'enseignais ce grand carré à mes étudiants, je ne savais pas que cela allait être le début de l'Apocalypse. Et pourtant ! Pendant ce temps, en 1999, nous sentions tous que le temps s'accélérait vingt fois et que nous ne contrôlions plus les événements. Puis, le dernier jour du Jour Un, Chiron entra en conjonction avec Pluton et nous commençâmes à traiter les sujets de peine profonde de l'Inframonde national et du Planétaire en regardant la vérité en face. Si l'on considère ce que le ciel disait à l'été 1999, il était clair qu'une cabale de destructeurs — les Bushites — avait décidé de diriger un Empire mondial et de bouleverser les systèmes existants en moins de treize ans ! De ce point de vue, ces vandales de l'écologie et de l'émotionnel pourraient bien êtres facilitateurs naturels de ces monumentaux changements.

Le Jour Deux du Galactique, du 25 décembre 2000 au 20 décembre 2001 était la phase de germination du Galactique et son événement signature fut l'attaque sur le « World Trade Center », symbole clé de la globalisation. L'astrologie du 11 septembre est tellement prophétique que cela en est effrayant. Saturne qui régit les structures et les formes était opposée à Pluton qui gère les émotions profondes et les transformations radicales. Les forces qui maintiennent la réalité en un tout, et celles qui la déchirent, étaient en radical conflit et en hostilité catégorique. La profonde haine contre l'Ouest qui s'amplifiait au Moyen-Orient devint visible et l'attaque montra que l'Amérique n'était pas invincible. La chute des tours jumelles raviva également les souvenirs subconscients de violence et de chaos quand Saturne était opposée à Pluton en 1965 et 1966. Ces positions astrales causent une profonde gêne et des tensions qui forcent les sujets précédemment enfouis à revenir à la surface. Ces événements qui altéraient le monde durant la phase de germination du Jour Deux montraient que la tension Est/Ouest serait le thème central de l'Inframonde galactique. Mais la polarisation tend en général vers la résolution. Durant l'opposition Saturne/Pluton au milieu des années 1960, l'idée d'illumination vint à l'Ouest par la spiritualité de l'Est, principalement d'Inde et de l'Orient. À l'époque, les forces de contrôle de l'Ouest étaient très suspicieuses à l'égard de ces idées. Pendant les oppositions de Pluton et Saturne en 2001 et 2002, nous pouvons voir que les peuples islamiques se prenaient pour les illuminés de la planète ; ils n'admettront pas leurs torts face à ceux qu'ils considèrent comme le grand satan.

Pendant le Jour Trois du Galactique (du 15 décembre 2002 au 10 décembre 2003), la phase de pousse du Galactique eut lieu. C'était l'année où Uranus vint en Poissons (où elle restera jusqu'en 2011), ce qui rendit les aspects spirituels du changement et de la transformation plus visibles, illustrés par la parution en 2003 du livre de Dan Brown, *Da Vinci Code*, qui a battu tous les records de vente. Uranus en Verseau et ensuite en Poissons, durant la fin du Calendrier, signifie que la transformation spirituelle est le but ultime et continuera de croître jusqu'à la fin.

Durant le Jour Quatre du Galactique (du 4 décembre 2004 au 29 novembre 2005), la réelle expansion ou prolifération du mouvement vers l'illumination se réalisait. La scène du monde était polarisée, l'Amérique tombant dans un bourbier en Irak ; cependant beaucoup de gens ressentaient des forces spirituelles profondes, plus importantes que les événements décrits dans les journaux. Le grand tsunami en Indonésie le 26 décembre 2004, juste après l'ouverture du Jour Quatre, fut l'unificateur le plus puissant des besoins humains et de l'amour dans l'histoire de l'humanité ; la compassion prit le pas sur l'agressivité et la violence. Chiron passa en Verseau au début 2005 et finira par se joindre à Neptune en Verseau de 2009 à 2011. Beaucoup de gens sentaient qu'ils changeaient à l'intérieur tandis qu'ils contemplaient les souffrances du monde ou qu'ils étaient pris dans le feu de l'action sur les divers théâtres de guerre. Durant le Jour Quatre, de nombreux enseignants apparurent sur la scène mondiale, et les étudiants réalisèrent qu'ils étaient eux-mêmes des enseignants. Durant la fin du Jour Quatre, fin 2005, nous avons tous vécu un autre grand carré fixe, ce qui a refaçonné nos âmes pour en faire des véhicules spirituels plus complets. Au cours des mois de novembre, décembre 2005 et janvier 2006 (début de la Nuit Quatre), Mars en Taureau (matérialisme) était opposé à Jupiter en Scorpion (émotions profondes) et était en carré avec Saturne en Lion (volonté et ego) opposé à Neptune en Verseau (idéaux supérieurs). Ce carré de signes fixes se forma pendant environ trois mois, alors que Mars entrait dans ce schéma en mouvement rétrograde, pour ensuite redevenir direct. Cela indiquait une lutte titanesque entre les besoins personnels et l'envie de construire un monde meilleur. Durant ces carrés, ces carrés en T et ces grands carrés fin 2005 et début 2006, nombre de gens se sont sentis envahis d'un grand vide de sens tandis qu'ils voyaient leurs systèmes de croyances chéris s'effondrer autour d'eux. Les Américains ont perdu confiance en leur gouvernement lorsqu'il a failli à ses obligations envers les citoyens lors des cyclones Katrina et Rita, et en constatant qu'il gâchait des milliards de dollars et de nombreux milliers de vies en guerres. Comme ces systèmes de croyance venaient des structures de l'Inframonde national et du Planétaire, un effondrement était à prévoir. Cependant, peu de gens pouvaient imaginer ce qui remplacerait les anciens modes de vie. Aussi les populations en vinrent-elles à sombrer dans la dépression. Le grand carré était remarquablement persistant et serré, et peu de gens échappèrent à son courroux déchirant dans leurs vies personnelles. La Nuit Quatre fut un hiver de profond mécontentement qui, en réalité, rendait les gens plus profonds s'ils étaient capables d'en tirer les enseignements.

L'effondrement des systèmes de l'Inframonde national et du Planétaire

Durant 2006, Pluton fut presque en conjonction avec le Centre Galactique, ce qui induisit de hauts niveaux d'intégration galactique, et Saturne passa en exacte opposition avec Neptune fin août. Lorsque Saturne s'oppose à Neptune, les vieux systèmes s'effondrent parce qu'il est temps d'aligner les règles et les lois planétaires sur un potentiel spirituel plus élevé. Par exemple, le mur de Berlin tomba en 1989 quand Saturne entra en conjonction avec Neptune, indication que ce cycle Saturne/Neptune verrait la chute des doctrines fanatiques et des systèmes de contrôle. Durant l'opposition de Saturne avec Neptune (la maturation de la conjonction de 1989) fin août 2006, ce qui semble s'être désintégré, c'est l'influence occidentale sur le Moyen-Orient. Les États-Unis se sont mis dans un bourbier en Irak et en Afghanistan, et Israël a été critiqué pour avoir causé tant de morts, tant de dégâts au Liban et à Gaza.

Quoi qu'il arrive, de grands réalignements de force et d'influence sont en cours au Moyen-Orient, vu que c'est là que les trois grandes religions, le Judaïsme, le Christianisme, et l'Islam, furent engendrées durant l'Inframonde national. Je pense que ce sont les religions organisées qui de fait s'effondrent parce que, comme les gens se tournent plus vers le spirituel et se détournent de la politique, il devient impossible de tuer pour l'amour de Dieu.

Autrement dit, tandis que l'opposition Saturne/Neptune incite les hommes à se diriger vers une plus grande spiritualité, ceux-ci réalisent que les défauts des religions organisées sont trop importants pour être tolérables. Au milieu de tous les conflits de 2006, une autre série de carrés en T à signes fixes s'est formée d'août à septembre : Saturne en Lion (volonté) est opposée à Neptune en Verseau (potentiel spirituel plus élevé) et est en carré avec Jupiter en Scorpion (noir dénuement non traité). L'automne 2006 finit en bataille titanesque pour savoir quel Dieu a raison. Ce combat est de mauvais augure compte tenu de la tension Est-Ouest, mais il semble nécessaire pour se libérer des vieux systèmes de croyance de l'Inframonde national et du Planétaire. La question est que les peuples doivent retirer leur soutien aux guerres, tout particulièrement les Occidentaux en faveur de l'envahissement et de l'occupation de nations souveraines en Orient. Les peuples de l'Ouest doivent réaliser que c'est la politique agressive de leurs propres gouvernements qui est la raison du danger qu'ils courent. Ils ont besoin de se rendre compte que cette politique ne réussira jamais parce qu'il est très dangereux de faire de pays orientaux des ennemis. Après tout, c'est l'Ouest qui a envahi l'Est, et non le contraire !

Durant le Jour Cinq du Galactique (presque tout 2007), Pluton traverse le Centre Galactique, ce qui va inspirer le développement de points de vue plus universels. Les grands carrés vont se séparer, mais Saturne s'opposera encore à Neptune de février à juin 2007, assurant la continuité de l'effondrement des systèmes anciens du National et du Planétaire et le réalignement vers une plus grande spiritualité. Pendant ce temps, il y aura une crise croissante de croyance dans les principales religions. Beaucoup de gens verront que ce sont ces religions qui ont été la cause principale des guerres durant les 5 125 années écoulées et ils changeront d'avis sur leur soutien émotionnel (subconscient) à toutes ces tueries. Cependant les chiens méchants ne s'en vont pas sans mordre. Cette période ne sera donc pas plaisante. De grandes tensions entre l'Est et l'Ouest sont probables. Le monde vivra des changements importants lorsque cette opposition sera terminée à l'été 2007, quand de nouveaux alignements basés sur des principes plus élevés seront formulés. Durant 2007 David sera le favori de la confrontation avec Goliath parce que le pic de production du pétrole rendra la machine de guerre de plus en plus difficile à gérer.

La phase finale de l'Inframonde galactique : 2008-2011

Sur ces entrefaites, les planètes se préparent à nous concocter une nouvelle potion de 2008 à 2011 pour la phase finale de l'Inframonde galactique. Cette fois, Saturne, Uranus et Pluton seront en diverses formations de carrés et d'oppositions en passant dans des signes cardinaux ou des processus de démarrage. Saturne s'opposera périodiquement à Uranus de novembre 2008 à juillet 2010, et sera en carré avec Pluton d'octobre 2009 à septembre 2010. Puis Uranus sera au carré de Pluton de 2011 à 2015, ce qui maintiendra sa force virile jusqu'à la fin du Calendrier et au-delà. En août 2010, Saturne en Balance s'opposera à Uranus en début de Bélier tandis que Pluton en Capricorne formera le carré en T de cette opposition. Les signes cardinaux initient les changements, ce qui est très différent des effets de verrouillage des carrés fixes. Il y aura quantités de changements rapides, vertigineux (beaucoup seront économiques, basés sur les problèmes d'énergie) auxquels il sera très difficile de faire face sauf si vous n'avez aucune dette et que vous êtes bien alignés avec les forces spirituelles. Quand Saturne s'est opposée à Neptune en 2006 (comme cela sera encore le cas en 2007), de nombreux nouveaux alignements vers des forces spirituelles plus élevées se sont développés, et après 2008 ces nouveaux choix spirituels auront besoin de faire réellement partie de votre vie, pas seulement de vos rêves.

Saturne étant en opposition avec Uranus, d'énormes transformations de structures auront lieu. À cause d'Uranus en Bélier et de Saturne en Balance, les transformations des vieilles structures auront beaucoup de difficulté à s'imposer, mais elles tendront vers de nouvelles structures plus équilibrées et plus justes. Par exemple, cette opposition pourrait forcer l'Amérique à réduire sa consommation d'énergie et à canaliser sa propension à agir trop vite sans penser aux conséquences. Comme Pluton en Capricorne est au carré de Saturne en Balance, les forces structurelles (Saturne) seront transformées, avec de vraies révolutions dans la structure elle-même de l'univers (Pluton). Le grand combat durant cet équilibrage et cette intégration concernera des niveaux de changements et de transformations les plus agressifs (Uranus en Bélier) qui puissent s'imaginer. Cependant ceux-ci sont des sortes de forces archétypes qui sont nécessaires pour pousser les gens à choisir l'illumination plutôt que le matérialisme.

Durant 2011, Neptune complète sa première orbite solaire depuis sa découverte et, quand elle entre en Poissons, les forces du spiritualisme qui se sont développées vers 1846 vont émerger à nouveau. Par exemple, l'idéalisme américain — un mouvement qui a inspiré le monde — s'exprimera à travers un nouveau transcendantalisme inspiré par la conscience galactique. La politique basée sur l'univers (l'exo-politique) pourrait remplacer la politique basée sur l'Amérique en tant qu'empire mondial. Il y aura partout du dédain pour le militarisme et le chauvinisme mondial. Uranus était en conjonction avec Pluton dans les années 1960, ce qui a introduit l'illumination, et avec Uranus arrivant à son premier carré avec Pluton en 2011 et 2012, il n'y a aucun doute que la spiritualité va inonder notre planète, chaque pays offrant sa propre contribution spirituelle.

Les tendances astrologiques en jeu durant l'Inframonde galactique démontrent que les planètes soutiennent l'accélération du temps théorique de l'Inframonde galactique et de l'universel. La petite planète que les astronomes rétrogradèrent en 2006 parle d'elle-même : durant janvier 2008, Pluton va entrer en Capricorne pour la première fois depuis que nous l'avons aperçue. Le Capricorne est la force énergétique structurelle maximale sur Terre. Ainsi Pluton en Capricorne va confronter et détruire radicalement les éléments restants de l'Inframonde national et du Planétaire. Les énergies les plus profondes disponibles sur Terre — la capacité à être illuminé et en joie — émergeront comme les plus hautes créations de l'Inframonde galactique et de l'universel en 2011.

Appendice C

Guide de l'inframonde galactique

La figure C.1 — Guide de l'Inframonde galactique — peut être utilisée de multiples manières. D'abord, il est important que vous photocopiiez la figure vierge et en gardiez une copie propre, parce qu'il se peut que vous désiriez vous en servir de plusieurs façons différentes.

Cette figure représente la pyramide à treize niveaux de l'Inframonde galactique avec l'indication du jour d'ouverture de chaque Jour et de chaque Nuit, ainsi que la date du point médian du Jour Quatre, l'apex de l'accélération du temps de l'Inframonde galactique.

Donc, en supposant que vous ayez une copie vierge avec laquelle travailler, mettez cette copie dans votre photocopieur, agrandissez-là au double ou au triple de sa taille et assurez-vous d'avoir suffisamment de place à droite et à gauche de la pyramide pour vos annotations. Un format A3 ira bien avec le maximum de blanc à droite et à gauche de la pyramide. Faites-en alors trois copies élargies et vous serez prêt.

Exercice A. En travaillant avec la copie élargie, tracez des lignes en partant des coins de la pyramide qui détaillent les jours d'ouverture de chaque Jour et de chaque Nuit de façon à créer treize espaces clairement délimités pour vos notes personnelles. Ensuite, essayez de vous souvenir de ce que vous avez fait en 1999, 2000, 2001, etc. Vous pouvez noter les grands événements historiques, comme le 11 septembre, en rouge, parce que cela peut vous aider à vous souvenir de ce que vous faisiez à cette époque, et en bleu les événements personnels, avec concision parce que vous allez vous rappeler de beaucoup de choses au fur et à mesure. Amusez-vous à sortir vos calendriers et vos journaux intimes, et à discuter avec votre famille de ce que vous avez fait.

Une fois que vous aurez réuni suffisamment de données, vous vous rendrez compte de plusieurs choses : (1) votre vie a radicalement changé depuis 1999, et dès 2000, vous vous demandiez ce qui se passait ; (2) des choses apparurent en 2001 qui avaient d'abord été créées durant 1999 ; (3) vous étiez plutôt perdus durant 2000, 2002 et 2004. Vous pourrez voir que des thèmes apparus en 1999, 2001 et 2003 ont explosé en 2005.

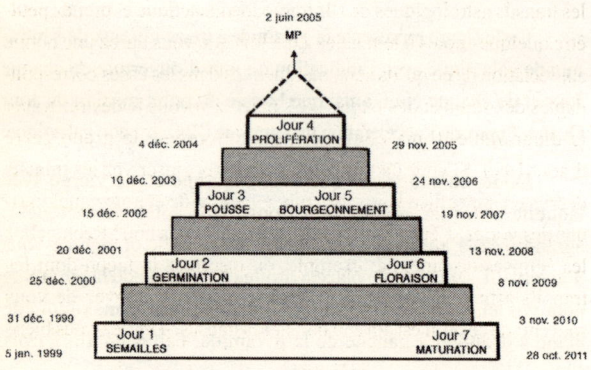

Fig. C.1. Guide de l'Inframonde galactique.

À quoi sert tout cela ? Premièrement, vous livrer à cet exercice améliorera votre compréhension de l'accélération galactique, manœuvre habituellement très déroutante pour la plupart des gens. Deuxièmement, pour autant que je puisse le dire, ce que chacun a créé et traité du Jour Un au Jour Quatre représente des thèmes majeurs de transformation pour le reste du Calendrier. Sur la base de mon expérience personnelle de cet exercice, il peut être intelligent de décider de ne pas ouvrir d'autres dossiers thématiques majeurs jusqu'en 2012 et de compléter consciencieusement tous les thèmes qui sont sortis de 1999 à 2005. Comme vous le savez déjà, si vous vous souvenez bien de ce que vous avez fait, ce qui s'est passé dans votre vie est presque trop, pourtant c'est aussi pour la plus grande partie très valable. Il est temps de moissonner votre nouveau jardin durant les Jours Cinq, Six et Sept et non de semer. De cette façon, quel que soit votre unique cadeau à ce stade, il mûrira pour être partagé avec tous sur la planète.

Exercice B. Prenez une autre copie élargie et tirez les traits délimitant les Jours et les Nuits. Puis allez à l'appendice B, étudiez les transits astrologiques de l'Inframonde galactique et prenez peut-être quelques notes à leur sujet. Une fois que vous aurez une bonne appréciation de ce qu'ils sont, marquez-les dans les cases correspondantes des Jours et des Nuits. Vous pouvez si vous le désirez tracer le diagramme d'une configuration-clé comme le grand carré d'août 1999. Si vous êtes astrologue en herbe, inscrivez les transits décrits en appendice B, sortez votre éphéméride et notez quelques-uns des vôtres. J'étais limitée en place, mais vous non ! Recherchez les éclipses de lune, par exemple, ou inscrivez la façon dont les transits affectent votre propre carte du ciel, et essayez de vous souvenir de ce qu'il est advenu durant ces transits. Amusez-vous bien !

Appendice D

Comment trouver votre signe de Jour maya
Codex de conversion pour le Calendrier maya

Calculez votre signe de jour selon le compte du véritable Calendrier Sacré des Mayas pendant 2 500 ans. Ce Codex de conversion fut créé par Ian Lungold et il reproduit ici avec son autorisation.

Instructions

1. Trouvez votre année de naissance dans la table des années ci-dessous. Inscrivez le nombre qui est sous l'année de naissance (nota : si vous êtes né un mois de janvier ou de février, utilisez l'année précédent votre année de naissance sur la table des années. Exemple : né en 1949, calculez comme si vous étiez né en 1948).

2. Trouvez votre mois et votre jour de naissance dans la table mois et jours. Inscrivez le nombre de la table mois et jour qui correspond à votre date de naissance.

3. Additionnez les nombres (1) et (2) ci-dessus. Si vous êtes né avant le lever du Soleil, vous devez ôter 1 de la somme des deux. Si cette somme est inférieure ou égale à 260, passez au paragraphe 4. Si la somme est supérieure à 260, soustrayez-lui 260 et passez au paragraphe 4.

4. Dans la ligne basse des rangées du Calendrier Sacré, trouvez le nombre entre 1 et 260 que vous avez calculé au paragraphe 3. Le nombre entre parenthèses au-dessus de celui-ci est votre tonalité cosmique. Dans la colonne de gauche juste au-dessus de cette rangée, vous trouverez alors votre signe de jour Maya.

Table des années

1910	1923	1936	1949	1962	1975	1988	2001
49	**117**	**186**	**254**	**62**	**130**	**199**	**7**
1911	1924	1937	1950	1963	1976	1989	2002
154	**223**	**31**	**99**	**167**	**236**	**44**	**112**
1912	1925	1938	1951	1964	1977	1990	2003
260	**68**	**136**	**204**	**13**	**81**	**149**	**217**
1913	1926	1939	1952	1965	1978	1991	2004
105	**173**	**241**	**50**	**118**	**186**	**254**	**63**
1914	1927	1940	1953	1966	1979	1992	2005
210	**18**	**87**	**155**	**223**	**31**	**100**	**168**
1915	1928	1941	1954	1967	1980	1993	2006
55	**124**	**192**	**260**	**68**	**137**	**205**	**13**
1916	1929	1942	1955	1968	1981	1994	2007
161	**229**	**37**	**105**	**174**	**242**	**50**	**118**
1917	1930	1943	1956	1969	1982	1995	2008
6	**74**	**142**	**211**	**19**	**87**	**155**	**224**
1918	1931	1944	1957	1970	1983	1996	2009
111	**179**	**248**	**56**	**124**	**192**	**1**	**69**
1919	1932	1945	1958	1971	1984	1997	2010
216	**25**	**93**	**161**	**229**	**38**	**106**	**174**
1920	1933	1946	1959	1972	1985	1998	2011
62	**130**	**198**	**6**	**75**	**143**	**211**	**19**
1921	1934	1947	1960	1973	1986	1999	
167	**235**	**43**	**112**	**180**	**248**	**56**	
1922	1935	1948	1961	1974	1987	2000	
12	**80**	**149**	**217**	**25**	**93**	**162**	

Table des mois et des jours

JOUR	JANV	FEV	MAR	AVR	MAI	JUIN	JUIL	AOU	SEP	OCT	NOV	DEC
1	46	77	0	31	61	92	122	153	184	214	245	15
2	47	78	1	32	62	93	123	154	185	215	246	16
3	48	79	2	33	63	94	124	155	186	216	247	17
4	49	80	3	34	64	95	125	156	187	217	248	18
5	50	81	4	35	65	96	126	157	188	218	249	19
6	51	82	5	36	66	97	127	158	189	219	250	20
7	52	83	6	37	67	98	128	159	190	220	251	21
8	53	84	7	38	68	99	129	160	191	221	252	22
9	54	85	8	39	69	100	130	161	192	222	253	23
10	55	86	9	40	70	101	131	162	193	223	254	24
11	56	87	10	41	71	102	132	153	194	224	255	25
12	57	88	11	42	72	103	133	164	195	225	256	26
13	58	89	12	43	73	104	134	165	196	226	257	27
14	59	90	13	44	74	105	135	166	197	227	258	28
15	60	91	14	45	75	106	136	167	198	228	259	29
16	61	92	15	46	76	107	137	168	199	229	260	30
17	62	93	16	47	77	108	138	169	200	230	1	31
18	63	94	17	48	78	109	139	170	201	231	2	32
19	64	95	18	49	79	110	140	171	202	232	3	33
20	65	96	19	50	80	111	141	172	203	233	4	34
21	66	97	20	51	81	112	142	173	204	234	5	35
22	67	98	21	52	82	113	143	174	205	235	6	36
23	68	99	22	53	83	114	144	175	206	236	7	37
24	69	100	23	54	84	115	145	176	207	237	8	38
25	70	101	24	55	85	116	146	177	208	238	9	39
26	71	102	25	56	86	117	147	178	209	239	10	40
27	72	103	26	57	87	118	148	179	210	240	11	41
28	73	104	27	58	88	119	149	180	211	241	12	42
29	74	105	28	59	89	120	150	181	212	242	13	43
30	75		29	60	90	121	151	182	213	243	14	44
31	76		30		91		152	183		244		45

Le Calendrier sacré

🐊 Alligator

(1)	(8)	(2)	(9)	(3)	(10)	(4)	(11)	(5)	(12)	(6)	(13)	(7)
1	21	41	61	81	101	121	141	161	181	201	221	241

💨 Vent

(2)	(9)	(3)	(10)	(4)	(11)	(5)	(12)	(6)	(13)	(7)	(1)	(8)
2	22	42	62	82	102	122	142	162	182	202	222	242

🔥 Foyer

(3)	(10)	(4)	(11)	(5)	(12)	(6)	(13)	(7)	(1)	(8)	(2)	(9)
3	23	43	63	83	103	123	143	163	183	203	223	243

🦎 Lézard

(4)	(11)	(5)	(12)	(6)	(13)	(7)	(1)	(8)	(2)	(9)	(3)	(10)
4	24	44	64	84	104	124	144	164	184	204	224	244

🐍 Serpent

(5)	(12)	(6)	(13)	(7)	(1)	(8)	(2)	(9)	(3)	(10)	(4)	(11)
5	25	45	65	85	105	125	145	165	185	205	225	245

💀 Mort

(6)	(13)	(7)	(1)	(8)	(2)	(9)	(3)	(10)	(4)	(11)	(5)	(12)
6	26	46	66	86	106	126	146	166	186	206	226	246

🦌 Daim

(7)	(1)	(8)	(2)	(9)	(3)	(10)	(4)	(11)	(5)	(12)	(6)	(13)
7	27	47	67	87	107	127	147	167	187	207	227	247

COMMENT TROUVER VOTRE SIGNE DE JOUR MAYA

⦿ Lapin												
(8)	(2)	(9)	(3)	(10)	(4)	(11)	(5)	(12)	(6)	(13)	(7)	(1)
8	28	48	68	88	108	128	148	168	188	208	228	248

⦿ Eau												
(9)	(3)	(10)	(4)	(11)	(5)	(12)	(6)	(13)	(7)	(1)	(8)	(2)
9	29	49	69	89	109	129	149	169	189	209	229	249

⦿ Chien												
(10)	(4)	(11)	(5)	(12)	(6)	(13)	(7)	(1)	(8)	(2)	(9)	(3)
10	30	50	70	90	110	130	150	170	190	210	230	250

⦿ Singe												
(11)	(5)	(12)	(6)	(13)	(7)	(1)	(8)	(2)	(9)	(3)	(10)	(4)
11	31	51	71	91	111	131	151	171	191	211	231	251

Route												
(12)	(6)	(13)	(7)	(1)	(8)	(2)	(9)	(3)	(10)	(4)	(11)	(5)
12	32	52	72	92	112	132	152	172	192	212	232	252

⦿ Bambou												
(13)	(7)	(1)	(8)	(2)	(9)	(3)	(10)	(4)	(11)	(5)	(12)	(6)
13	33	53	73	93	113	133	153	173	193	213	233	253

⦿ Jaguar												
(1)	(8)	(2)	(9)	(3)	(10)	(4)	(11)	(5)	(12)	(6)	(13)	(7)
14	34	54	74	94	114	134	154	174	194	214	234	254

⦿ Aigle												
(2)	(9)	(3)	(10)	(4)	(11)	(5)	(12)	(6)	(13)	(7)	(1)	(8)
15	35	55	75	95	115	135	155	175	195	215	235	

Hibou

(3)	(10)	(4)	(11)	(5)	(12)	(6)	(13)	(7)	(1)	(8)	(2)	(9)
16	36	56	76	96	116	136	156	176	196	216	236	256

Terre

(4)	(11)	(5)	(12)	(6)	(13)	(7)	(1)	(8)	(2)	(9)	(3)	(10)
17	37	57	77	97	117	137	157	177	197	217	237	257

Silex

(5)	(12)	(6)	(13)	(7)	(1)	(8)	(2)	(9)	(3)	(10)	(4)	(11)
18	38	58	78	98	118	138	158	178	198	218	238	258

Pluie torrentielle

(6)	(13)	(7)	(1)	(8)	(2)	(9)	(3)	(10)	(4)	(11)	(5)	(12)
19	39	59	79	99	119	139	159	179	199	219	239	259

Lumière

(7)	(1)	(8)	(2)	(9)	(3)	(10)	(4)	(11)	(5)	(12)	(6)	(13)
20	40	60	80	100	120	140	160	180	200	220	240	260

Les signes de jour

Alligator (Imix)

L'Alligator est le premier signe de jour. C'est le signe de quelqu'un qui initie de nouveaux projets. C'est un signe de jour oriental énergisant qui utilise des instincts puissants pour extirper de nouveaux phénomènes et de nouvelles idées créatrices du plus profond de l'inconscient collectif. Normalement, mener à bien les projets mis en avant n'est pas son fort. C'est pourquoi il est essentiel qu'il coopère avec les autres de façon à avoir des résultats productifs. Les Alligators ont aussi habituellement un côté humanitaire avec une forte énergie nourricière et protectrice. Ils se soucient de leur progéniture et peuvent travailler dur pour procurer la sécurité à leur famille et à leurs amis. Il faut qu'ils fassent attention à ne pas être trop protecteurs ni trop dominants.

 Vent (Ik)

Le vent fait référence à l'esprit et au souffle. C'est l'un des signes de jour le plus clairement spirituel, quelquefois même éthéré. Il a souvent besoin d'une assise stable. Le vent est un signe nordique et à ce titre a une certaine qualité de désinvolture. Le vent personnifie la capacité à communiquer, à semer la bonne parole et les grandes idées. Les gens de ce signe sont des rêveurs dotés de fortes imaginations et font d'excellents professeurs ou des journalistes doués. Ils peuvent être très bons orateurs et semer l'inspiration spirituelle « à tous les vents ». Comme le vent lui-même, ces personnes sont très flexibles. Cette flexibilité peut les rendre très indécis et ils peuvent aux yeux des autres paraître trop inconstants, voire incohérents. Ils risquent d'être destructeurs autant envers eux-mêmes qu'envers les autres quand ils affichent un air condescendant. S'ils trouvent un moyen d'avoir plus les pieds sur terre, ils peuvent parfaitement être source d'inspiration pour les autres.

 Foyer (Akbal)

Ce signe de jour peut indifféremment être appelé Foyer, Maison ou Nuit. Il est dit qu'il y a une certaine sorte de douceur féminine chez les gens qui incarnent ce signe. Le sens de Maison et Foyer implique également la protection de ces lieux et de sa famille, et le devoir d'éloigner les puissances de la nuit. Imaginez une personne assise près de l'âtre au centre de la maison racontant légendes et contes de fées. Les porteurs de ce signe peuvent, chez les Mayas, devenir shamans grâce à leur connaissance des zones les plus sombres du psychisme humain. Ils peuvent aider à dissiper les incertitudes et les doutes nés des ténèbres ou du subconscient. Les personnes du signe de Foyer peuvent trouver de nouvelles solutions et une inspiration artistique par leur connaissance de la vacuité de la nuit. Néanmoins, sauf s'ils voyagent courageusement à travers la nuit, ils peuvent très bien se trouver empreints de doutes et de sentiments d'insécurité.

Lézard (Kan)

Le sensualisme et la sensualité sont les caractéristiques de ce signe de jour qui est également parfois traduit par Rets ou semence. Toutes ces connotations concourent à sa signification. C'est un signe du sud et ce caractère exposé au Soleil contribue à son style à la fois sensuel, pondéré et calme. Le lézard était considéré comme le signe qui contrôlait la force sexuelle du corps. En créateur naturel de réseaux, la Semence s'efforce de se libérer et de libérer les autres des tendances oppressives du passé. C'est avec cette intention que le natif du signe pourrait planter les nouvelles semences — ou en être une avec lui-même (ou elle-même). Pour créer la vraie prospérité, le Lézard doit apprendre à apprécier tous les cadeaux qu'il (ou elle) reçoit et à procéder à de profondes investigations intérieures.

Serpent (Chicchan)

Comme dans tant d'autres traditions, le serpent représente les pouvoirs magiques. Cela signifie qu'il peut être un signe très spirituel mais doté de pouvoirs dont il est aisément capable d'abuser. C'est un signe d'Est intelligent qui pourrait être électrifiant avec sa nouvelle énergie entrante. Par leur désir sincère de servir les autres, les serpents peuvent vouloir ouvrir leurs cœurs. Les personnes de ce signe détiennent de l'autorité. Les Serpents sont très flexibles, même fluides, jusqu'à ce qu'ils soient piégés dans un coin, où ils risquent d'exploser. Les Serpents, avec leur tempérament d'empoisonneurs, pourraient fort bien s'empoisonner eux-mêmes, ou les autres, en créant des attitudes oppressives, voire destructrices.

 Mort (Cimi)

Il y a immanquablement une sorte particulière de mollesse chez les personnes nées ce jour-là. Traditionnellement, la Mort était, dans les sources anciennes, considérée comme le jour le plus chanceux, et censément les gens de ce signe peuvent avoir beaucoup de succès en affaires. Toutefois, ils peuvent également être d'excellents guérisseurs qui guident calmement les autres à travers les transformations de la vie grâce à leur force spirituelle. Ils soutiennent les femmes enceintes et les guident dans leur transition vers la maternité ; ils ont également une capacité à accomplir des transformations personnelles pérennes dans les périodes-clés de leurs vies. Chez les Mayas, la vie a été générée par la mort et le contact avec les ancêtres a servi à activer des compétences psychiques inhérentes. Le défi des personnes de ce signe est de vivre leur vie pleinement et de ne pas se laisser aller au défaitisme.

 Daim (Manik)

Le daim est l'un des signes de jour véritablement spirituel, mais il serait erroné de l'identifier à un daim timide et gentil. Il serait plutôt à apparenter au puissant mâle. Même s'ils incarnent un signe de jour pacifique, les gens du signe du daim peuvent exprimer leur force très directement. Mais ils le font en se sentant fortement concernés par le bien-être des autres et le respect de la spiritualité présente chez tout le monde. Les daims sont des dominateurs qui protègent et sacrifient leurs propres intérêts pour le bien des autres. Ce désir de domination, qui n'est pas toujours immédiatement apparent aux yeux des autres, rend parfois leurs relations compliquées au point de leur faire prendre des formes non conventionnelles. S'il est confronté à des promesses qu'il n'a pas tenues, le Daim devient têtu, manipulateur et évasif. Leur défi dans la vie est de pouvoir pondérer la puissance du mâle avec l'humilité et la compréhension des autres.

 Lapin (Lamat)

L'énergie du Lapin est la croissance et l'attraction de la «chance pure». C'est un signe du Sud qui est donc caractérisé par une certaine aisance dans sa vie. Si le Lapin est simplement désireux de se laisser aller à la vie, les choses viendront aisément. Ce signe est associé à la fertilité des lapins par leur habileté à faire se multiplier les choses, et en général c'est un signe de jour qui aime la croissance que ce soit en rapport avec l'argent ou la «main verte». La tendance naturelle du lapin d'être attiré par l'harmonie et l'aisance peut cependant devenir une obligation et rendre le Lapin trop plaisant et trop généreux. Quand un Lapin pense qu'il a trop donné, il est affaibli et risque même de s'effondrer. Les Lapins ne sont pas des personnes résistantes et le défi pour eux serait de se créer, dans leur propre centre, un noyau solide à partir duquel leur pouvoir puisse s'exprimer.

 Eau (Muluc)

L'Eau est un signe de jour difficile. Il a une énergie d'Est qui s'intensifie et il est difficile de contenir les émotions fortes qu'il évoque. Pour ceux qui portent ce signe de jour, les émotions peuvent couler dans toutes les directions sans contrôle. Les gens de ce signe sont imaginatifs, ils ont des capacités psychiques et une inclinaison à la performance. Ils ne sont certainement pas rigides dans leurs façons de penser. Cela signifie qu'ils sont non seulement spontanés mais qu'ils sentent aussi que parfois les autres ne peuvent pas les comprendre. Leurs interlocuteurs ressentiront des motifs cachés chez eux et pourront trouver qu'il est difficile de leur faire confiance. Les gens du signe de l'Eau peuvent évoquer de fortes sensations sexuelles et de violence chez ceux avec qui ils entrent en contact. Cependant, ils sont également tout à fait charmants et amusants. C'est cela qui est derrière leur volonté de performance.

 Chien (Oc)

Le Chien est loyal, endurant et a bon cœur. Les gens nés sous ce signe sont considérés comme chauds, alertes et braves, et s'ils trouvent dans la vie la juste mission à laquelle être fidèles, ils peuvent accomplir de très grandes choses. Les Chiens aiment faire partie d'équipes et en sont souvent les leaders. Toutefois, ils ne créent pas habituellement les causes qu'ils se trouvent. Ceux qui sont nés sous ce signe peuvent être très sensuels et savoir jouir de la vie. Parmi les Mayas, le Chien est considéré comme un signe fortement sexuel et paradoxalement, malgré sa loyauté spirituelle, il est considéré comme enclin aux escapades sexuelles. Les Chiens sont ambitieux et sautent sur les occasions comme elles viennent, y compris sous forme d'infidélité. Parmi les Cherokees, le signe de jour du Chien était le Loup. Le défi du Chien est de trouver une tâche dans la vie, où ses nombreuses bonnes qualités de cœur et d'endurance, entre autres, pourront être utilisées pour le plus grand bénéfice.

 Singe (Chuen)

Dans le milieu maya, le Singe est connu comme le tisseur du temps. Comme c'est le signe de jour du milieu, le Singe est souvent très créatif, connaissant beaucoup de choses et sachant les lier ensemble. Les Singes sont d'une compagnie très agréable ; ils sont charmants, parfois incontrôlables et prêts à toutes les plaisanteries. Ce sont des boute-en-train et ils ont typiquement des capacités d'artistes. Il y a aussi un côté ennuyeux à ce charme car ils ont un besoin compulsif d'être au centre de l'attention de tout le monde. Certains risquent même de se comporter d'une manière stupide rien que pour être sur le devant de la scène. Habituellement ils ont une capacité d'attention limitée, ils sont prêts à aller de l'avant vers quelque chose d'autre et pourraient ne jamais rester suffisamment longtemps pour apprendre à maîtriser quoi que ce soit complètement. Cependant, ils savent faire beaucoup de choses et l'on ne s'ennuie jamais à leur contact.

 Route (Eb)

Ce signe de jour est parfois également nommé Herbe. Les personnes de ce signe sont très dévouées à leurs frères humains. Elles s'intéressent à la communauté dans son ensemble, à la génération future et aux enfants du monde. Pourtant elles n'ont que peu ou pas du tout de désir de reconnaissance ni d'envie d'être sous les projecteurs pour le bien qu'elles font. Elles gardent souvent profil bas et sont douces et prévenantes dans leurs façons de faire. Leur caractère du Sud crée une certaine aisance dans leurs vies. Plusieurs prendront soin des pauvres, des malades et des personnes âgées et feront des sacrifices personnels en faveur de ces groupes. Ce côté compatissant qu'ont les natifs du signe signifie également qu'ils sont facilement offensés. Il est facile de les aimer ; ils sont dévoués, travaillent dur et ont donc du succès dans leurs affaires et leurs voyages. Cependant, s'ils gardent par-devers eux des sentiments négatifs et des désappointements sans les exprimer, ils peuvent aisément tomber malades ou avoir une vue contaminée des autres.

Bambou (Ben)

Ceux qui sont nés sous le signe du Bambou, parfois également appelé Roseau ou Cadre, ont un lien spatial avec Quetzalcoatl, dieu de la lumière et de la dualité, et sont donc considérés comme très dignes. Ils sont généralement reconnus pour leur style d'autorité symbolisé par le Pain de la vie. Parmi les Mayas, c'est le symbole de l'autorité spirituelle d'un ancien. En fait l'appellation de Roseau pour ce signe de jour est assez trompeuse car ses natifs ne sont habituellement pas fragiles du tout. Au lieu de cela, ce sont les tenants d'une certaine autorité et ils le savent. Bambou est un signe de l'Est ; ainsi ceux qui le portent ont une forte énergie sereine. Ce sont souvent des leaders dans la société et des parents avisés. Ils se battront souvent pour une cause qu'ils auront jugée valable. Cependant les Bambous ont besoin de beaucoup de considération et, à cause de leurs points de vue inflexibles et de leurs attentes exigeantes, ils ne lient pas facilement des relations intimes avec les autres. Ils peuvent donc également avoir des problèmes de mariage et d'affaires. Leur défi dans la vie est de développer leur flexibilité afin d'éviter que le Bambou ne se rompe.

Jaguar (Ix)

Le Jaguar est un être secret qui se déplace furtivement dans la nuit. C'est le signe de jour typique des prophètes chez les Mayas et à cause de leur capacité à voir la nuit, ceux de ce signe sont souvent capables de clairvoyance couplée avec une certaine dose d'intelligence. C'est le signe des Gardiens des Jours. Les pouvoirs intellectuels des Jaguars combinés à leurs traits féminins typiques peuvent créer des capacités de guérisseur chez ceux de ce signe. Leur force leur a donné la patience qui peut très vite changer en course à l'activité. Ils sont cependant très concentrés sur leurs tâches et sont rarement ouverts aux chemins alternatifs de la vie. Ils tendent à être difficiles à accaparer et ils ont tendance à simplement entrer dans la vie des autres et à en disparaître sans crier gare. Leurs relations sont souvent compliquées et tournent autour du thème de manger ou être mangé, et leur nature secrète ne facilite pas la vie avec eux. Leur défi dans la vie est de devenir humbles et ouverts aux autres.

Aigle (Men)

Les gens du signe de l'Aigle sont à la fois puissants et ambitieux et ils ont de hautes aspirations pour leurs vies. Ils sont pétris d'énergie. Ils peuvent envisager leur vie comme un constant vol de rêve, symbolisé par leur animal totem. Ils obtiennent souvent succès, abondance matérielle et fortune du fait de leur perspective et de leur intelligence supérieures. Chez la plupart des peuples indigènes d'Amérique, le clan de l'Aigle était important ; l'Aigle était un messager qui amenait avec lui l'espoir et la foi dans les ailes de l'esprit. L'aigle a un sens aiguisé du détail et de l'orientation technique. Si l'Aigle aspire à un but trop élevé et s'attache à l'atteindre à cause de ses capacités supérieures, cela peut l'amener à une chute vertigineuse. Les Aigles adorent la liberté et devraient être conscients des risques que comporte l'évasion vu qu'ils peuvent échapper à des problèmes simplement en les regardant dans une perspective d'ascension.

Hibou (Cib)

Les Hiboux sont des personnes qui incarnent la sagesse du passé et ont des capacités inhabituelles de nature psychique. Ce n'est pas un signe de jour aisé. Ses natifs peuvent avoir à faire beaucoup de nettoyage de karma. En surface, les Hiboux peuvent être joyeux et plein d'humour, mais en dessous ils sont très profonds et très sérieux. Habituellement le Hibou est considéré comme un vautour, ce qui montre le côté paresseux de ce signe du Sud. Les Hiboux ont tendance à l'introspection d'où ils tirent une grande sagesse. Ils aident souvent leurs frères humains grâce à leurs dons psychiques. Leur défi dans la vie est de trouver un moyen éthique de prendre la vie en douceur.

 Terre (Caban)

Contrastant avec ce que vous pourriez penser spontanément d'un signe de Terre, les personnes nées ce jour-là sont très mentales et accentuent les valeurs des processus de pensées. La Terre est un signe énergisant de l'Est. Il y a un côté typiquement masculin chez les personnes de Terre qui leur fait vouloir contrôler le monde en le comprenant intellectuellement. Les gens du signe aident à disperser les mauvaises intentions, les mauvaises habitudes, les mauvaises idées. Cela en fait de bons conseillers. Les meilleurs d'entre eux ont un mental en résonance avec la Terre Mère et servent le monde dans son ensemble. Méticuleuses et intelligentes, les personnes Terre souhaitent que toutes les phases de la vie s'écoulent naturellement. Parfois, la sensibilité des Terres est secouée, ce qui peut les conduire à des perturbations émotionnelles ; c'est pourquoi l'autre nom de ce signe est Tremblement de terre. Leur défi est de ne pas laisser leur intellect les empêcher de vivre au présent.

Silex (Etznab)

Le Silex est peut-être un signe de jour difficile à porter. Les Silex utilisent leurs qualités intérieures pour distinguer la vérité de la fausseté. Souvent les gens de ce signe sont comparés à l'Archange Saint Michel qui, à l'aide de son épée, sépare-le bien du mal ; les autres noms de ce signe de jour sont Couteau et Obsidienne. En fait, on pourrait trouver que les Silex ont des idées bien arrêtées, trop tranchées au sujet du bien et du mal. Ils sont cependant très honnêtes et veulent servir en discernant la vérité ; ils peuvent repérer chez les autres les intentions cachées à des kilomètres. On raconte que les Silex pourraient obtenir des informations sur les problèmes entre les personnes ou les plans malveillants des autres en les réfléchissant dans un miroir d'obsidienne. Leur défi est de trouver l'harmonie et d'utiliser leur capacité à distinguer comme un don et non comme un couteau.

Pluie torrentielle (Cauac)

Les *Pluie torrentielle* sont des gens typiquement agréables à vivre. Ils ne semblent jamais vieillir en esprit et ils restent curieux de toutes choses nouvelles tout au long de leur vie. Les personnes de ce signe sont des chercheurs qui étudient une chose après l'autre et acquerront à leur façon une quantité de connaissances au cours de leur vie. Ils sont très doués à la fois pour enseigner et pour apprendre. Pourtant, il ne leur est pas toujours facile de synthétiser le savoir qu'ils ont accumulé à partir de tant de sources diverses, et de se fixer un but dans la vie. Éternellement jeunes, ils existent pour profiter de l'extase de la liberté. Leur quête infinie de nouvelles expériences les entraînera dans des défis énormes et des orages émotionnels, et nombre d'entre eux se rendront compte que leur vie entière n'a été qu'une longue tourmente. Ils ont une sensibilité qui ne leur permettra pas toujours facilement de faire face aux tempêtes de la vie. Voir ces difficultés comme un enseignement aidera les Pluie torrentielle à trouver le plein épanouissement qu'ils recherchent dans la vie.

Lumière (Ahau)

La Lumière est le signe de jour du parachèvement, et il aura tendance à avoir des conséquences pour ses natifs. Les gens de la Lumière sont souvent romantiques, visionnaires, enthousiastes avec des dons artistiques, et sont aisément perçus comme des rêveurs. Il semble que comme ils sont nés dans ce signe spirituel de parachèvement, ils trouvent difficile de comprendre que le monde autour d'eux ne soit pas encore arrivé à un stade aussi élevé et qu'il soit au contraire dominé par le matérialisme ou la cupidité. Ainsi, en étant confrontés à la « vraie vie », ils seront souvent perçus comme irréalistes. Une série de déconvenues risque d'amener le Soleil (Lumière) à fuir les responsabilités et à ne pas accepter les mesures correctives nécessaires. Néanmoins les personnes de la Lumière conserveront une spiritualité naturelle qui est le droit de naissance de ce signe, le dernier. Leur défi est d'abord la vie avec réalisme sans compromettre les grands rêves qui les habitent.

Votre tonalité cosmique

Le nombre que vous avez trouvé entre parenthèses dans le Calendrier Sacré est votre tonalité cosmique. Dans une certaine mesure, votre tonalité cosmique influence votre énergie de naissance du Calendrier Sacré.

Dans le Calendrier Sacré, il est possible de discerner une séquence d'énergies lumineuses et noires en alternance. Ceci ne doit pas s'interpréter comme positif ou négatif. Considérez plutôt que le processus divin de création est un mouvement ondulatoire d'énergies. Dans ce sens, l'activité (champs de lumière) et la passivité (champs obscurs) alternent. Votre tonalité cosmique reflète un pas distinct dans une évolution de la semence au fruit mûr. Le jour de tonalité (1), une graine est plantée et le jour de tonalité (13), le fruit est mûr. Chaque jour dans ce processus de croissance représente une énergie spécifique. C'est pourquoi chaque jour dans le Calendrier Sacré accède à une énergie unique.

Chez les Aztèques — qui utilisaient le même Calendrier Sacré que les Mayas, excepté quelques différences de noms pour certains des symboles — chacun des treize nombres (ou des tonalités cosmiques) était dominé par une déité spéciale, ce qui nous dit quelque chose sur les énergies de ces nombres. Cette déité donne naissance à différentes caractéristiques parmi ceux qui sont nés avec la tonalité correspondante.

1. Dieu du feu et du temps — initie
2. Dieu de la Terre — crée une réaction
3. Déesse de l'eau et de la naissance — actionne
4. Dieu de la guerre et du soleil — stabilise
5. Déesse de l'amour et de la naissance — habilite
6. Dieu de la mort — crée le courant
7. Dieu du maïs — révèle
8. Dieu de la pluie — harmonise
9. Dieu de la lumière — crée le mouvement en avant
10. Dieu de l'obscurité — défie
11. Déesse de la naissance — crée la clarté
12. Dieu régnant avant l'aube — crée la compréhension
13. La déité suprême — termine

Pour plus amples informations sur le Calendrier maya, visitez nos sites Internet :

www.mayanmajix.com
www.calleman.com
www.handclow2012.com

Notes

Chapitre 1 : Le Calendrier maya

1. Kearsley, Mayan Genesis, 278.
2. Coe, Breaking the Maya Code, 123-35.
3. Argüelles, Mayan Factor, 45.
4. Hancock, Fingerprints of the Gods ; Michell, New View over Atlantis ; and Tompkins, Mysteries of the Mexican Pyramids.
5. Lockyer, Dawn of Astronomy, 243-48 ; Mehler, From Light into Darkness, 70 ; Sidharth, Celestial Keys to the Vedas, 60.
6. Jenkins, Maya Cosmogenesis, 299-311.
7. Freidel et al., Maya Cosmos, 59-122.
8. Ibid.
9. Mehler, From Light into Darkness, 70.
10. Jenkins, Maya Cosmogenesis, 31-35, 253-263, 273-79.
11. Ibid., 73-76.
12. Ibid., 256-63.
13. Ibid., 320.
14. Shearer, Lord of the Dawn, 184.
15. Argüelles, Mayan Factor.
16. Mann, Shadow of a Star, 84-86.
17. Argüelles, Mayan Factor, 146-48.
18. Ibid., 116-17.
19. Clow, Catastrophobia.

Chapitre 2 : Le temps organique

1. Calleman, Greatest Mystery of Our Time, 97.
2. Ibid., 236-37.
3. Clow, Catastrophobia.

4. Calleman, Greatest Mystery of Our Time, 82.

5. Sidharth, Celestial Keys to the Vedas, 60.

6. Calleman, Mayan Calendar, 91.

7. Schick and Toth, Making Silent Stones Speak, 314.

8. Ibid., 143.

9. Ibid., 284.

10. Ibid., 293.

Chapitre 3 : La civilisation maritime mondiale

1. Goodman, Ecstasy, Ritual, and Alternate Reality, 17.

2. Clow, Catastrophobia ; Hancock, Fingerprints of the Gods ; and Hapgood, Ancient Sea Kings.

3. Goodman, Ecstasy, Ritual, and Alternate Reality, 69.

4. Ibid., 70-87.

5. National Geographic News, "Did Island Tribes Use Ancient Lore to Evade Tsunami ?," NationalGeographic. com, January 24, 2005.

6. Goodman, Ecstasy, Ritual, and Alternate Reality, 18.

7. Derek S. Allan, "An Unexplained Arctic Catastrophe. Part II. Some Unanswered Questions" Chronology & Catastrophism Review, 2005, 3-7.

8. National Geographic News, "Tribes Use Ancient Lore."

9. Allan and Delair, Cataclysm !, 250–54 ; and Clow, Catastrophobia, 39-40.

10. Jenkins, Maya Cosmogenesis, 116.

11. Hancock, Underworld.

12. Hapgood, Ancient Sea Kings, 188.

13. Settegast, Plato Prehistorian, 15-20.

14. Ibid., 23.

15. Ryan et Pitman, Noah's Flood, 188-201.

16. Blair, Ring of Fire, 57, 70-89.

17. Clow, Catastrophobia, 83-85.

18. Blair, Ring of Fire, 57 ; and Oppenheimer, Eden in the East, 147-55.

19. Allan et Delair, Cataclysm !, 40–42.

20. Schoch, Voices of the Rocks, 5-6, 33-56, 74-78, 242 ; and West, Serpent in the Sky, 198-209, 226-27.

21. Hancock, Fingerprints of the Gods, 357 ; Clow, Catastrophobia, 61-68 ; et Mehler, Land of Osiris, 186-88.

22. Clow, Catastrophobia, 61-63.

23. Hapgood, Ancient Sea Kings, 1-30, 32-33, 180-82 ; et Clow, Catastrophobia, 171-74, 177-81, 186.

24. Shick et Toth, Making Silent Stones Speak, 29.

25. Shick et Toth, Making Silent Stones Speak, 286-93 ; et Collins, Ashes of Angels, 247.

26. Shick et Toth, Making Silent Stones Speak, 286-301.

27. Goodman, Ecstasy, Ritual, and Alternate Reality, 86.
28. Calleman, Mayan Calendar, 113.
29. Ibid., 115.
30. Ibid., 115.
31. Ibid., 118.
32. Mavor et Dix, Manitou.
33. Ibid., 103-17.
34. Dunn, Giza Power Plant.
35. Ibid., 138, 219.
36. Ibid., 109-19, 234.
37. Ibid., 114-15.
38. Clow, Catastrophobia, 87; et Settegast, Plato Prehistorian, 24-26, 106-11.
39. Settegast, Plato Prehistorian, 27.
40. Clottes et Courtin, Cave Beneath the Sea, 34-35.
41. Clow, Catastrophobia, 87-94.
42. Devereux, Stoneage Soundtracks, 110-15; et Clow, Alchemy of Nine Dimensions, 111-14.
43. 1989 Mayan Initiatic Journeys arranged by Maya Mysteries School, Apdo. Postal 7-014, Merida 7, Yucatan, Mexico.
44. Devereux, Stoneage Soundtracks, 76-89.
45. Clow, Alchemy of Nine Dimensions, 115-18.
46. Strong, "Carnac, Stones for the Living" 62–79.
47. Clow, Alchemy of Nine Dimensions, 117.
48. John Beaulieu, BioSonic Enterprises, P.O. Box 487, High Falls, NY 12440. Sur le web : www.BioSonicEnterprises.com.
49. Cuyamungue Institute, P.O. Box 2202, Westerville, OH 43 086. Sur le web : www.CuyamungueInstitute.com.
50. Gore, Ecstatic Body Postures, ix.
51. Gore, Ecstatic Body Postures, ix ; et Goodman et Nauwald, Ecstatic Trance, 18-19.
52. Goodman, Ecstasy, Ritual, et Alternate Reality, 39.
53. Ibid.
54. Gore, Ecstatic Body Postures, 173-78, 202-8, 241-44.

Chapitre 4 : L'entrée dans la galaxie de la Voie Lactée

1. Calleman, Mayan Calendar, 52.
2. Swimme, Hidden Heart of the Cosmos, 80-81.
3. Glanz, "Cosmic Boost."
4. Calleman, Mayan Calendar, 117-18.
5. Emoto, Les messages cachés de l'eau.
6. Calleman, Mayan Calendar, 107.

7. Gillette, Shaman's Secret, 47.

8. Jenkins, Galactic Alignment, 249.

9. Clow, Alchemy of Nine Dimensions, 144.

10. "The Strange Case of Earth's New Girth" Discover, January 2003, 52 ; et Clow, Alchemy of Nine Dimensions, 150.

11. "Earth's New Girth" 52 ; et Clow, Alchemy of Nine Dimensions, 150.

12. Clow, Alchemy of Nine Dimensions, 149.

13. Glanz, "Cosmic Boost" ; et Clow, Alchemy of Nine Dimensions, 149.

14. Clow, Alchemy of Nine Dimensions, 149.

15. Ibid.

16. Bentov, Stalking the Wild Pendulum, 134-39.

17. Ibid., 137.

18. Clow, Alchemy of Nine Dimensions, 145-48.

19. Ibid., 144.

20. Overbye, "Other Dimensions ?"

21. Sidharth, Celestial Keys to the Vedas.

22. Ibid., 60.

23. Ibid., 25.

24. Yukteswar, Holy Science, x-xxi.

25. Sidharth, Celestial Keys to the Vedas, 34-38, 107.

26. Kearsley, Mayan Genesis.

27. Jenkins, Galactic Alignment, 238.

28. Ibid.

29. Ibid.

30. Ibid.

31. LaViolette, Earth Under Fire, 306-9 ; et Allan et Delair, Cataclysm !, 209–10.

32. Jenkins, Galactic Alignment, 238-48 ; et Argüelles, Earth Ascending, 15-26.

Chapitre 5 : L'Arbre du Monde

1. Calleman, Greatest Mystery of Our Time, 35-37.

2. Tedlock, *Popol Vuh*.

3. Gillette, Shaman's Secret, 34.

4. Ibid., 30-31.

5. Calleman, Greatest Mystery of Our Time, 37.

6. Sur le web avec Matthew Fox : www.matthewfox.org.

7. Calleman, Mayan Calendar, 36.

8. Argüelles, Mayan Factor, 109-30.

9. Calleman, Greatest Mystery of Our Time, 37.

10. Clow, Mind Chronicles, 356-63.

11. Argüelles, Earth Ascending, 15-26.
12. Calleman, Mayan Calendar, 50-51.
13. Ibid., 51.
14. Van Andel, New Views, 135.
15. Calleman, Mayan Calendar, 43.
16. Calleman, Greatest Mystery of Our Time, 39-46.
17. Calleman, Greatest Mystery of Our Time, 39-46 ; et Calleman, Mayan Calendar, 36-45.
18. Calleman, Greatest Mystery of Our Time, 44.
19. Calleman, Mayan Calendar, 41.
20. Ibid., 42.
21. Calleman, Greatest Mystery of Our Time, 46.
22. Ibid., 47.
23. Clow, Alchemy of Nine Dimensions, 9.
24. Calleman, Mayan Calendar, 54-58.
25. Ibid., 56.
26. Clow, Alchemy of Nine Dimensions, 111-12.
27. Calleman, Mayan Calendar, 59.
28. Ibid., 58.
29. Ibid.
30. Ibid., 59.
31. Ibid., 60.
32. Ibid., 62.
33. Sidharth, Celestial Keys to the Vedas, 35.
34. Goodman et Nauwald, Ecstatic Trance, 23-25.

Chapitre 6 : L'Inframonde galactique et l'accélération du temps

1. Garrison, America as Empire.
2. Sur le web : www.commondreams.org/views04/0225-05.htm.
3. Ron Suskind, The Price of Loyalty.
4. David Icke, Alice in Wonderland and the World Trade Center Disaster ; John Kaminski, America's Autopsy Report ; Michael C. Ruppert, Crossing the Rubicon ; David Ray Griffin, The New Pearl Harbor. Sur le web, voir www.globaloutlook.ca et www.journalof911studies.com. En France, Thierry Meyssan a publié *L'Effroyable imposture*. Sur le web : www.voltairenet.org
5. Ruppert, Crossing the Rubicon, 22-150.
6. Calleman, Mayan Calendar, 65.
7. Ibid., 149-50.
8. Ibid., 151.
9. Ibid., 151.
10. Bob Drogin, "Through the Looking Glass."

11. Calleman, Mayan Calendar, 148.
12. Brown, Da Vinci Code.
13. Hancock, Fingerprints of the Gods.
14. David Stipp, "Climate Collapse."
15. Clow, Alchemy of Nine Dimensions.
16. Sur le web à www.wiseawakening.com.
17. Harvey, Sun at Midnight; et : www.gracecathedrale.org/archives.
18. Ibid.
19. Calleman, Mayan Calendar, 142.
20. Ibid., 161-62.

Chapitre 7 Illumination et prophétie jusqu'en 2011

1. Calleman, Mayan Calendar, XVII.
2. Ibid., 120-36.
3. Ibid., 139.
4. Ibid., 139.
5. Brown, Angels and Demons.
6. Calleman, Mayan Calendar, 257.
7. Ibid., 177-78.
8. Ibid., 177.
9. Ibid., xix.
10. Urquhart, The Pope's Armada.
11. Kunstler, The Long Emergency, 6.
12. Ibid., 5-6.
13. Wente, "Watch Out! More Health Care Can Really Make You Sick."
14. Calleman, Mayan Calendar, 157.
15. Ibid., 145.
16. Ibid., 161.
17. Webre, Exopolitics.
18. Ibid., 12-13, 16.
19. Ibid., 6.
20. Calleman, Mayan Calendar, 158.
21. Dick, Biological Universe, 476.
22. Webre, Exopolitics, 11.
23. Ibid., 11-12.
24. Ibid., 13.
25. Rudgley, Lost Civilizations, 100.
26. Webre, Exopolitics, 14.
27. Ibid., 16.
28. Ibid., 17.

29. Ibid., 33.
30. Ibid., 18.

Chapitre 8 : Le Christ et le Cosmos

1. LaViolette, Earth Under Fire.
2. LaViolette, Message of the Pulsars, 58.
3. Allan et Delair, Cataclysm!, 209.
4. LaViolette, Message of the Pulsars, 69-70 ; et Allan et Delair, Cataclysm!, 209.
5. Sur le Web a www.crawford2000.co.uk/planetchange1.htm.
6. LaViolette, Message of the Pulsars, 143-66.
7. Clow, Mind Chronicles.
8. LaViolette, Message of the Pulsars.
9. LaViolette, Message of the Pulsars, 1-4 ; Sur le web, sur Wikipedia, "Pulsars" en.wikipedia. org/wiki/Pulsar.
10. LaViolette, Genesis of the Cosmos, 181, 222.
11. Ibid., 181.
12. Ibid., 218-21, 288-95.
13. LaViolette, Message of the Pulsars, 16.
14. Ibid., 20-27.
15. Ibid., 27.
16. Ibid., 28-29.
17. Ibid., 29.
18. Ibid., 30-32.
19. Ibid., 32.
20. Ibid., 33-43.
21. Ibid., 38.
22. Ibid., 40.
23. Ibid., 98-113.
24. Ibid., 109.
25. Ibid., 143-166.
26. Ibid., 109.
27. Ibid., 143-47.
28. Wansbrough, New Jerusalem Bible, Book of Daniel, 4 h 10-23.
29. Collins, Ashes of Angels, 247-48 ; et Solecki, Shanidar, The First Flower People.
30. Collins, Ashes of Angels, 248-51.
31. Ibid., 250
32. Ibid., 36, 251.
33. O'Brien, Genius of the Few, 122-27.
34. Ibid., 72.
35. Knight et Lomas, Uriel's Machine.

36. Ibid., 397.
37. Ibid., 231, 289.
38. Ibid., 287.
39. Ibid., 231.
40. Laurence, Book of Enoch, 5-8; et Lawton, Genesis Unveiled, 47-49.
41. Knight et Lomas, Uriel's Machine, 344.
42. Ibid., 95-100, 220-235, 339-347, 361-68.
43. Gaffney, Gnostic Secrets, 20-31.
44. Atwater, Indigo Children.
45. Knight et Lomas, Uriel's Machine, 324.
46. Ibid., 93-95.
47. Shanks et Witherington, Brother of Jesus, 93-125; et Butz, Brother of Jesus, 50-103.
48. Knight et Lomas, Uriel's Machine, 326.
49. Ibid., 326.
50. Ibid., 95.
51. Ibid., 326.
52. Strachan, Jesus the Master Builder.
53. Knight et Lomas, Uriel's Machine, 327.
54. Strachan, Jesus the Master Builder, 10-11.
55. Ibid., 83, 85, 227.
56. Ibid., 88.
57. Ibid., 118-125.
58. Ibid., 119.
59. Hassnain, Search for the Historical Jesus, 168-69; Baigent, The Jesus Papers, 17, 121.
60. Strachan, Jesus the Master Builder, 120.
61. Lawton, Genesis Unveiled.
62. Ibid., 221-235.
63. Ibid., 46-47.
64. Clow, Catastrophobia, 138-40, 162-63, 171.
65. Collins, Ashes of Angels, 14-16.
66. Lawrence, Book of Enoch, 5-8; et Collins, Ashes of Angels, 230-39.
67. Lawton, Genesis Unveiled, 50.
68. Ibid.
69. Ibid.
70. Ibid.
71. Shick et Toth, Making Silent Stones Speak, 81-82, 261-62.
72. Lawton, Genesis Unveiled, 108.
73. Ibid., 108.
74. Tedlock, *Popol Vuh*, 79-86, 163-67.

75. Ibid., 85-86.
76. Lawton, Genesis Unveiled, 111.
77. Ibid.
78. Ibid., 150.
79. Ibid., 150.
80. Tedlock, *Popol Vuh*, 163-66.
81. Ibid., 166-67.
82. Lawton, Genesis Unveiled, 115.
83. Cory, Ancient Fragments, 20.
84. Lawton, Genesis Unveiled, 121.

Appendice A : Réflexions sur l'axe incliné de la Terre

1. J. B. Delair, "Planet in Crisis" Chronology and Catastrophism Review (1997), 4-11. Extraits de l'article.
2. Marshack, Roots of Civilization, 9-16.
3. Ibid.
4. Rudgley, Lost Civilizations, 102.
5. Ibid., 102-4.
6. Ibid., 104.
7. Brennan, The Stars and the Stones : Ancient Art and Astronomy in Ireland.
8. Temple, The Crystal Sun.
9. Ellis, Thoth : Architect of the Universe, 104-31.
10. Knight et Lomas, Uriel's Machine, 152-82.
11. Ibid., 213-32.
12. Lockyer, Dawn of Astronomy, 108.
13. Temple, Crystal Sun, 412-14.

Bibliographie

Allan, D. S., et J. B. Delair. *Cataclysm!* Santa Fe : Bear & Company, 1997.

Argüelles, José. *The Mayan Factor.* Santa Fe : Bear & Company, 1987.

———. *Earth Ascending.* Santa Fe : Bear & Company, 1996.

Atwater, P. M. H. *Beyond the Indigo Children.* Rochester, Vt. : Bear & Company, 2005.

Baigent, Michel. *The Jesus Papers.* San Francisco : HarperCollins, 2006.

Bentov, Itzhak. *Stalking the Wild Pendulum.* Rochester, Vt. : Destiny Books, 1988.

Blair, Lawrence. *Ring of Fire.* New York : Bantam Books, 1988.

Brennan, Martin. *The Stars and the Stones : Ancient Art and Astronomy in Ireland.* London : Thames et Hudson, 1985.

Brown, Dan. *Angels and Demons.* New York : Pocket Books, 2000.

———. *The Da Vinci Code.* New York : Doubleday, 2003.

Butz, Jeffrey J. *The Brother of Jesus.* Rochester, Vt. : Inner Traditions, 2005.

Calleman, Carl Johan. *Solving the Greatest Mystery of Our Time.* Coral Springs, Fla. : Garev Publishing International, 2001.

———. *The Mayan Calendar and the Transformation of Consciousness.* Rochester, Vt. : Bear & Company, 2004.

Clottes, Jean, et Jean Courtin. *Cave Beneath the Sea*. New York : Harry Abrams, 1996.

Clow, Barbara Hand. *Catastrophobia*. Rochester, Vt. : Bear & Company, 2001.

———. *The Mind Chronicles*. Rochester, Vt. : Bear & Company, 2007.

Clow, Barbara Hand, with Gerry Clow. *Alchemy of Nine Dimensions*. Charlottesville, Va. : Hampton Roads, 2004.

Coe, Michael D. *Breaking the Maya Code*. New York : Thames & Hudson, 1993.

Collins, Andrew. *From the Ashes of Angels*. London : Penguin Books, 1996.

Cory, Isaac Preston. *Ancient Fragments*. Savage, Minn. : Wizards Bookshelf, 1975.

Devereux, Paul. *Stoneage Soundtracks*. London : Vega, 2001.

Dick, Steven J. *The Biological Universe*. New York : Cambridge University Press, 1996.

Drogin, Bob. "Through the Looking Glass into the Mind of Saddam." *Austin American Statesman,* October 15, 2004, sec. A, 25-26.

Dunn, Christopher. *The Giza Power Plant*. Santa Fe : Bear & Company, 1998.

Ellis, Ralph. *Thoth : Architect of the Universe*. Dorset, U.K. : Edfu Books, 1997.

Emoto, Masuro. *The Hidden Messages in Water*. Hillsboro, Ore. : Beyond Words Publishing, 2004.

Freidel, David, Linda Schele, et Joy Parker. *Maya Cosmos*. New York : William and Morrow, 1993.

Gaffney, Mark H. *Gnostic Secrets of the Naassenes*. Rochester, Vt. : Inner Traditions, 2004.

Garrison, Jim. *America as Empire*. San Francisco: Berrett-Koehler Publishers, 2004.

Gillette, Douglas. *The Shaman's Secret*. New York: Bantam Books, 1997.

Glanz, James. "Theorists Ponder a Cosmic Boost from Far, Far Away." *New York Times,* February 15, 2000.

Goodman, Felicitas D. *Where the Spirits Ride the Wind*. Bloomington, Ind.: Indiana University Press, 1990.

———. *Ecstasy, Ritual, and Alternate Reality*. Bloomington, Ind.: Indiana University Press, 1992.

Goodman, Felicitas, et Nana Nauwald. *Ecstatic Trance*. Havalte, Holland: Binkey Kok Publications, 2003.

Gore, Belinda. *Ecstatic Body Postures*. Santa Fe: Bear & Company, 1995.

Griffin, David Ray. *The New Pearl Harbor.* Northampton, Mass.: Olive Branch Press, 2004.

Hancock, Graham. *Fingerprints of the Gods*. New York: Crown Publishing, 1995.

———. *Underworld*. New York: Crown Publishers, 2002.

Hapgood, Charles. *Maps of the Ancient Sea Kings*. London: Turnstone Books, 1979.

Hassnain, Fida. *A Search for the Historical Jesus*. Bath, U.K.: Gateway Books, 1944.

Harvey, Andrew. *The Sun at Midnight: A Memoir of the Dark Night*. New York: Tarcher, 2002.

Icke, David. *Alice in Wonderland and the World Trade Center Disaster*. Wildwood, Mo.: Bridge of Love Publications, 2002.

Jenkins, John Major. *Galactic Alignment*. Rochester, Vt.: Bear & Company, 2002.

———. *Maya Cosmogenesis 2012*. Santa Fe : Bear & Company, 1998.

Kaminsky, John. *America's Autopsy Report*. Tempe, Ariz. : Dandelion Books, 2003.

Kearsley, Graeme R. *Mayan Genesis*. London : Yelsraek Publishing, 2001.

Knight, Christopher, et Robert Lomas. *Uriel's Machine : The Prehistoric Technology That Survived the Flood*. Boston : Element Books, 2000.

Kunstler, James Howard. *The Long Emergency*. New York : Atlantic Monthly Press, 2005.

Laurence, Richard, translator. *The Book of Enoch*. San Diego : Wizards Bookshelf, 1973.

LaViolette, Paul A. *Decoding the Message of the Pulsars*. Rochester, Vt. : Bear & Company, 2006.

———. *Earth Under Fire*. Rochester, Vt. : Bear & Company, 2005.

———. *Genesis of the Cosmos*. Rochester, Vt. : Bear & Company, 2004.

Lawton, Ian. *Genesis Unveiled*. London : Virgin Books, 2003.

Lockyer, J. Norman. *The Dawn of Astronomy*. Kila, Mont. : Kessinger Publishing, 1997.

Mann, Alfred K. *Shadow of a Star*. New York : W. H. Freeman and Company, 1997.

Marshack, Alexander. *The Roots of Civilization*. New York : McGraw-Hill, 1967.

Mavor, James W., et Byron E. Dix. *Manitou*. Rochester, Vt. : Inner Traditions, 1989.

Mehler, Stephen S. *From Light into Darkness*. Kempton, Ill. : Adventures Unlimited, 2005.

———. *The Land of Osiris*. Kempton, Ill. : Adventures Unlimited, 2001.

Michell, John. *A New View over Atlantis*. San Francisco: Harper & Row, 1983.

O'Brien, Christian. *The Genius of the Few*. Wellingborough, Northamptonshire, U.K.: Turnstone, 1985.

Oppenheimer, Stephen. *Eden in the East*. London: Weidenfeld and Nicolson, 1998.

Overbye, Dennis. "Other Dimensions? She's in Pursuit." *New York Times,* September 30, 2003.

Rudgley, Richard. *The Lost Civilizations of the Stone Age*. New York: Free Press, 1999.

Ruppert, Michael C. *Crossing the Rubicon*. Gabriola Island, British Columbia: New Society Publishers, 2004.

Ryan, William, et Walter Pitman. *Noah's Flood.* New York: Simon and Schuster, 1998.

Schick, Kathy D., et Nicholas Toth. *Making Silent Stones Speak*. New York: Simon and Schuster, 1993.

Schoch, Robert M. *Voices of the Rocks*. New York: Harmony House, 1999.

Settegast, Mary. *Plato Prehistorian*. Hudson, N.Y.: Lindesfarne Press, 1990.

Shanks, Hershel, et Ben Witherington III. *The Brother of Jesus*. San Francisco: HarperCollins, 2003.

Shearer, Tony. *Lord of the Dawn: Quetzalcoatl*. Happy Camp, Calif.: Naturegraph, 1971.

Sidharth, B. G. *The Celestial Keys to the Vedas.* Rochester, Vt.: Inner Traditions, 1999.

Stipp, David. "Climate Collapse." *Fortune,* January 26, 2004, 14-22.

Strachan, Gordon. *Jesus the Master Builder*. Edinburgh: Floris Books, 1999.

Strong, Roslyn. "Carnac, Stones for the Living: A Megalithic Seismograph?" *NEARA Journal* 35 (no. 2, Winter 2001) 62-79.

Suskind, Ron. *The Price of Loyalty*. New York: Simon and Schuster, 2004.

Swimme, Brian. *The Hidden Heart of the Cosmos*. Maryknoll, N.Y.: Orbis, 1996.

Tedlock, Dennis. *Popol Vuh*. New York: Simon and Schuster, 1986.

Temple, Robert. *The Crystal Sun*. London: Century Books, 2000.

Tompkins, Peter. *Mysteries of the Mexican Pyramids*. San Francisco: Harper & Row, 1976.

Urquart, Gordon. *The Pope's Armada*. Amherst, N.Y.: Prometheus Books, 1999.

Van Andel, Tjerd. *New Views on an Old Planet*. New York: Cambridge University Press, 1994.

Wansbrough, Henry, editor. *The New Jerusalem Bible*. New York: Doubleday, 1985.

Webre, Alfred Lambremont. *Exopolitics*. Vancouver, British Columbia: Universebooks, 2005.

Wente, Margaret. "Watch Out! More Health Care Can Make You Sick." *Globe and Mail,* May 25, 2006.

West, John Anthony. *Serpent in the Sky*. New York: Harper & Row, 1979.

Yukteswar, Swami Sri. *The Holy Science*. Los Angeles: Self-Realization Fellowship, 1977.

Bibliographie essentielle
(Sélectionnée par le traducteur et l'éditeur)

* *Alchemy of Nine Dimensions* : Barbara Hand Clow, Gerry Clow. Charlottesville, Va. : Hampton Roads, 2004.

* *Angels and demons* : Dan Brown. New York : Pocket Books, 2000. Version française : *Anges et démons* par Dan Brown et Daniel Roche. Éditions JC Lattes.

* *Cataclysm ! Compelling Evidence of a Cosmic Catastrophe in 9500 B.C.* : Allan, D. S., and J. B. Delair. Santa Fe : Bear & Company, 1997.

* *Catastrophobia* : Barbara Hand Clow. Rochester, Vt. : Bear & Company, 2001.

* *Da Vinci Code* : Dan Brown. New York : Doubleday, 2003. Version française *Da Vinci Code :* par Dan Brown et Daniel Roche. Éditions JC Lattes.

* *Decoding the Message of the Pulsars* : LaViolette, Paul A. Rochester, Vt. : Bear & Company, 2006.

* *Exopolitics* : Webre, Alfred Lambremont. Vancouver, British Columbia : Universebooks, 2005.

* *Genesis of the Cosmos* : LaViolette, Paul A. Rochester, Vt. : Bear & Company, 2004.

* *Genesis Unveiled* : Lawton, Ian. London : Virgin Books, 2003.

* *Jesus the Master Builder* : Strachan, Gordon. Edinburgh : Floris Books, 1999.

* *Solving the Greatest Mystery of Our Time:* Carl Johan Calleman. Coral Springs, Fla.: Garev Publishing International, 2001.

* *Maya Cosmogenesis*: Jenkins, John Major. Santa Fe: Bear & Company, 1998.

* *Popol Vuh*. Tedlock, Dennis. New York: Simon and Schuster, 1986.

* *The book of Enoch*: Laurence, Richard, translator. San Diego: Wizards Bookshelf, 1973

* *The Giza Power Plant*: Dunn, Christopher. Santa Fe: Bear & Company, 1998.

* *The Mayan Calendar and the Transformation of Consciousness*: Carl Johan Calleman. Rochester, Vt.: Bear & Company, 2004.

* *The Mayan Factor*: Argüelles, José. Santa Fe: Bear & Company, 1987

* *The Mind Chronicles Trilogy*: Barbara Hand Clow. Rochester, Vt: Bear & Company, 2007.

* *The Pleiadian Agenda: A New Cosmology for the Age of Light* Clow, Barbara Hand Clow. Rochester, Vt: Bear & Company, 1995

* *Uriel's Machine: The Prehistoric Technology That Survived the Flood* Knight, Christopher, and Robert Lomas. Boston: Element Books, 2000.

Liste des illustrations

Chapitre 1

Figure 1.1. Les baktuns.

Figure 1.2. Les katuns.

Figure 1.3. Le tzolkin.

Figure 1.4. Les tuns.

Figure 1.5. Sites archéologiques mayas.

Figure 1.6. La « chute » de la Voie lactée vers le soleil du solstice d'hiver de 6000 av. J.-C. à 1998 ap. J.-C.

Chapitre 2

Figure 2.1. Un tableau de prophéties : la matrice Calleman.

Figure 2.2. La stèle de Coba.

Figure 2.3. Les neuf Inframondes de la création.

Figure 2.4. La durée des neuf Inframondes.

Figure 2.5. Les cycles basés sur le tun.

Figure 2.6. Déroulement des phénomènes principaux durant chacun des neuf Inframondes.

Figure 2.7. Le développement d'animaux multicellulaires durant l'Inframonde mammalien.

Figure 2.8. La pyramide des Jours des treize Paradis.

Figure 2.9. Piste de l'évolution possible des premiers hominidés en premiers humains.

Chapitre 3

Figure 3.1. La terre icosaédrique.

Figure 3.2. Proposition d'un nouveau compte du temps.

Figure 3.3. Tentative de reconstitution du monde pré diluvien.

Figure 3.4. L'osireion d'abydos en égypte.

Figure 3.5. Le temple de la vallée du plateau de guizeh en égypte.

Figure 3.6. Les jours de l'Inframonde régional.

Figure 3.7. Le temple de sacsayhauman au pérou.

Figure 3.8. Oscillateurs couplés.

Figure 3.9. Une cité maritime imaginaire sous l'entrée de la grotte Cosquer en France.

Figure 3.10. Les lithophones de la grotte paléolithique de Cougnac en France.

Figure 3.11. Carnac en france.

Figure 3.12. Les peintures dans la grotte rituelle de Lascaux en France.

Figure 3.13. La vénus de Galgenburg.

Chapitre 4

Figure 4.1. Les Jours Sept des neuf Inframondes.

Figure 4.2. La symbolique de la pyramide cosmique à neuf niveaux.

Figure 4.3. L'évolution des télécommunications durant l'Inframonde planétaire.

Figure 4.4. L'alignement du méridien du solstice avec l'équateur galactique.

Figure 4.5. Homo pacem.

Figure 4.6. Le nouvel univers.

Figure 4.7. La chute dans un trou noir.

Chapitre 5

Figure 5.1. La longitude 12° est, ligne médiane de l'Arbre du monde.

Figure 5.2. Violents mouvements migratoires au départ et en direction de la ligne médiane mondiale.

Figure 5.3. Résonance du cerveau humain avec la terre.

Chapitre 6

Figure 6.1. L'Inframonde galactique.

Chapitre 7

Figure 7.1. Les divisions en quatre Mondes de l'Inframonde national, du planétaire et du galactique.

Chapitre 8

Figure 8.1. Pioneer 10 montre l'emplacement de la Terre aux extraterrestres.

Figure 8.2. La métamorphose du shaman vautour.

Appendice C

Figure c. 1. Guide de l'Inframonde galactique.

Glossaire

Accélération du temps: la théorie de l'accélération du temps provient des travaux du biologiste suédois Carl Johan Calleman (*The Mayan Calendar: Transformation of Consciousness*, 2004). D'après Calleman, le Calendrier maya est composé de neuf niveaux séquentiels de temps superposés les uns aux autres et qui se terminent tous simultanément en 2011. Chaque niveau, qualifié d'Inframonde*, évolue vingt fois plus vite que le précédent, ce qui provoque une accélération de plus en plus rapide et progressive du temps et de l'évolution. Par exemple, nous avons commencé à nous développer plus vite il y a 102 000 ans quand les hominidés ont évolué en humains; puis plus vite encore lorsque nous avons commencé à développer nos civilisations vers 3115 av. J-C (en un cycle de 5 125 ans culminant en 2011); et toujours plus vite lorsque nous avons commencé à nous industrialiser en 1755. Et ce dernier cycle de 256 ans culmine maintenant en 2011. Mais ce n'est pas tout: une autre accélération est en cours, le temps s'écoule encore vingt fois plus vite depuis 1999, lorsque l'Inframonde galactique s'est ouvert: ce cycle-là n'est que de 12,8 ans, et culmine également en 2011. Et une nouvelle accélération arrive, de 260 jours seulement, à partir de février 2011 (voir figure 2.4).

Barbara Hand Clow montre dans cet ouvrage combien l'*accélération du temps* conduit l'évolution. Nous arrivons à une date (2011-2012) où neuf cycles superposés vont culminer, et le tourbillon dans lequel nous sommes entraînés est chargé de dilemmes non résolus ; les vieilles énergies doivent être relâchées pour purger les cieux. L'*accélération du temps* permet aux humains d'évoluer en êtres cosmiques. (D'après un article de Barbara Hand Clow pour Watkin's Books, juillet 2007).

Activations Pléiadiennes (ou activation de l'Agenda Pléiadien) : un travail énergétique proposé par l'auteur à ses étudiants, qui permet de voyager avec la conscience à travers les Neuf Dimensions*. À partir de 2005, après avoir complètement appréhendé les travaux de Calleman, l'auteur a réalisé que ces activations résonnaient en phase avec ce qu'elle appelle le « frisson » de l'Arbre du monde*. Les Activations Pléiadiennes affectent directement le champ d'énergie global, et permettent à ceux qui les vivent d'intégrer la rapide accélération du temps de l'Inframonde galactique qui est en cours. Durant les activations de l'Agenda Pléiadien, l'auteur signale que l'ensemble des racines de l'arbre constitue la première et la seconde dimensions, le tronc est la troisième et la quatrième, et les branches et les feuilles forment les cinq dimensions supérieures.

Aha (une expérience particulière) : qualifie une expérience particulière, la soudaine apparition d'une intuition qui permet de voir comme dans un flash et ouvre le chemin pour des concepts nouveaux et plus avancés qui font comprendre la réalité sous un nouvel angle. On peut également l'interpréter ainsi : Prêter Attention fait naître un espoir (Hope) qui conduit à l'Action.

Ahau : Déité. C'est le nom du dernier signe traduit par Lumière.

Anges Observateurs de la Bible : Dans la grotte de Shanidar, au Kurdistan, existent des traces prouvant que ces anges moitié hommes moitié oiseaux remontaient aux années 8870 av. J.-C. (juste après le cataclysme). Dans la tradition biblique ainsi que dans les autres sources, les anges Observateurs avaient de grandes ailes d'oiseaux et s'accouplaient avec les femelles humaines. Les Observateurs sont aussi intimement associés aux mystérieux Énochiens et la meilleure source à leur sujet est le Livre d'Énoch, texte sacré des premiers Juifs.

La grotte de Shanidar est l'une des plus importantes découvertes archéologiques de la planète, avec ses seize différents niveaux d'occupations remontant à cent mille ans. Elle a été occupée pendant la totalité de l'Inframonde régional. Ces traces nous ramènent de nombreux millénaires en arrière aux grands, aux inquiétants anges Observateurs mentionnés dans la Bible, dans le livre de Daniel.

Arbre du monde : Selon Calleman, le pilote de l'évolution à travers le temps est l'Arbre du monde, un arbre magique décrit dans le *Popol Vuh**. C'est également l'arbre que tous les shamans utilisent pour accéder à tous les mondes. Dans l'horizon spirituel maya, l'Arbre du monde génère les quatre directions sacrées allant hors du centre sacré, le *Yaxkin*, système destiné aux humains, qui façonne les mondes spirituels et permet d'y accéder. En terre maya, l'arbre sacré est le *ceiba**. L'arbre analogue dans la culture celtique est le chêne, et dans la spiritualité indienne le banian, sous lequel Bouddha vivait ses illuminations. Selon la mythologie, l'Arbre du monde fut créé en premier dans l'univers et tout le reste émane de lui. Dans les cérémonies, les Mayas nourrissent l'Arbre du monde, et l'auteur témoigne l'avoir vécu plusieurs fois. Les **arbres sacrés** ont tous quelque chose en commun, des racines qui plongent dans les entrailles du monde inférieur, un gros tronc dans le monde du milieu, et des branches et des feuilles qui atteignent le monde supérieur, le cosmos. Nous pouvons voyager dedans pour accéder à des mondes parce que les arbres sacrés sont une structure vivante de tous les mondes. Que ce soit *Yggdrasil* en Scandinavie, l'Arbre de vie Sacré de la Kabbale, ou l'Arbre Sacré du Monde du Milieu Celtique, toutes les sciences sacrées des cultures anciennes considéraient ces arbres comme des moyens de circulation pour la conscience, la perception humaine. Tous les shamans finissent par apprendre à voyager dans les trois mondes. Nous observerons l'Arbre du monde de la mythologie maya de la création, l'axis mundi de la Terre, comme le vortex central qui pilote le système de notre planète. Les sources sont le *Popol Vuh*, et de nombreuses inscriptions mayas et les poteries cosmologiques qui dépeignent l'Arbre. L'Arbre du monde génère les quatre directions sacrées du monde solide. Ces directions ne sont pas juste le Nord, le Sud, l'Est et l'Ouest géographiques. Le point de vue sacré des Indiens d'Amérique et des Mayas est que les qualités spirituelles arrivent dans le monde matériel de chaque direction, et quand nous « centrons », nous pouvons voir et entendre « l'esprit » en lisant les informations venant des directions. « Centrer » signifie générer l'arbre en nos corps et « l'esprit » est simplement le savoir qui existe dans les mondes invisibles, qui sont tout aussi réels que le monde visible. L'Arbre du monde avait été généré dans l'imagination du *Premier Père* au début du Grand cycle long de 5 125 ans appelé Inframonde national ou Compte long.

Baktun : un *baktun* est une période d'environ 394 ans et exactement de 20^2 tuns soit 144 000 jours (voir figure 2.5). Il est le cycle de base des 5 125 années d'histoire décrites par le Compte long. Il faut 13 *baktuns* pour réaliser un Compte long. Dans le Compte long de 5 125 années, deux *baktuns* sont à distinguer particulièrement : le premier, ou *baktun* originel qui donne le ton, et le dernier qui clôt le cycle et lors duquel l'accélération vicésimale du temps, à la base du fonctionnement du Calendrier, est particulièrement visible. Lors du *baktun* originel, entre 3113 et 2718 av. J.-C., des civilisations complexes se sont organisées simultanément, à des endroits différents. Nous vivons actuellement, depuis 1618, le dernier baktun. Celui-ci s'achève en 2012.

Bolontiku: un groupe de dieux, chacun dirigeant un Inframonde. Les ancêtres mayas ont dit qu'il y avait neuf niveaux de développement qui devaient tous finir en 2011, guidés par neuf *Bolontiku*.

Calendrier maya: Il est basé sur plusieurs cycles, en jours (*kin*), en périodes de 20 jours (*uinal*), en année de calcul de 360 jours (*tun*), en périodes de 20 *tuns* (*katun*), en périodes de 20 *katuns* (*baktun*). Il comporte aussi des périodes de 8 000 *tuns* (*piktun*) et de 160 000 *tuns* (*kalabtun*). Le Calendrier maya décrit les cycles d'évolution de l'univers, dont essentiellement le Compte long*, ou grande année* ou encore Inframonde national*.

Ceiba: arbre sacré de la terre maya, un grand et bel arbre qui s'élève très haut et forme des sortes d'auvents dans la jungle.

Compte long: dans le Calendrier maya, il correspond au cycle de 5 125 années nécessaire pour révéler le Dessein du Créateur dans l'évolution des êtres humains et de la planète. Le Compte Long est aussi appelé **la Grande année** et correspond à ce que Calleman nomme l'Inframonde national. Le Compte long est basé sur les *tuns*. Un *tun* comporte 360 jours et n'est donc pas identique à l'année solaire de 365 jours (*haab*). Les *tuns* font référence aux forces divines et non pas aux cycles physiques ou astronomiques qui sont en relation avec l'année solaire de 365 jours. Les *tuns* sont multipliés par une puissance de vingt. Le Compte long de 5 125 années est divisé en 13 cycles d'environ 394 ans, appelés *baktuns*. Chaque *baktun* est divisé en 20 cycles appelés *katuns* (figure 1.2) eux-mêmes composés de 20 *tuns* (figure 1.4) de 360 jours. Puisque l'unité de base, le *tun*, comporte 360 jours, le temps recule petit à petit de 5 jours par année solaire de 365 jours, ce qui nous éloigne du temps linéaire. Le Compte long est ainsi constitué de multiples de 13 et de 20. C'est un système de datation caractéristique de la civilisation maya de l'Époque classique, et dont l'usage omniprésent la distingue de toutes les autres civilisations méso-américaines, bien que les premières inscriptions en Compte long aient été découvertes en dehors de l'aire maya (voir figure 2.4 et 2.5).

Compte long = Grande année = Inframonde national

Cultures sacrées : Les cultures sacrées ont une vision du monde fondée sur le principe que le monde matériel émane du monde spirituel et elles utilisent des symboles pour montrer comment le monde spirituel est organisé.

Délinéer : tracer le contour de.

Dimensions : Barbara Hand Clow propose un système à neuf Dimensions (détaillé dans son ouvrage Alchemy of nine dimensions) pour décrire les différents niveaux de la conscience. Ainsi elle les nomme 1D, 2D, etc. jusqu'à 9D. La pensée pythagoricienne est à la base de son modèle. L'auteur accompagne de nombreux étudiants dans des voyages à travers les neuf Dimensions, à travers ce qu'elle nomme des « Activations pléiadiennes* » (voir ci-dessus). Ces dimensions sont connaissables de l'intérieur de l'être, par un travail de méditation active.
Le modèle de Barbara Hand Clow rejoint parfaitement le modèle des neuf Inframondes de la création proposé par Calleman. Ces neuf Inframondes sont, selon lui, en correspondance avec les « neuf couches de fer cristallisé, activées séquentiellement, du noyau interne de la Terre ».
Les trois premiers niveaux de conscience (1D, 2D et 3D), correspondent à des dimensions matérielles. La première dimension (1D) correspond au noyau de cristal de fer au centre de la Terre, 2D à la sphère intérieure incluant le noyau, 3D à la croûte terrestre

et 4D à l'atmosphère de la Terre jusqu'à la ceinture intérieure et extérieure de Van Allen et même la magnétopause. Les cinq Dimensions les plus élevées sont au-delà de la magnétopause.

Un passage important s'effectue entre la troisième et la quatrième Dimension : 3D est celle du monde solide, alors que la quatrième (4D) est celle de la conscience humaine et collective (là où l'Arbre du monde, placé sur une ligne médiane invisible, influencerait les gens). 4D est immatérielle et pourtant elle contrôle la conscience humaine. Cependant elle est encore dualiste comme l'est le mental humain.

Les quatre plus hautes dimensions sont plus difficilement accessibles et pour les humains ne peuvent l'être que de l'intérieur, grâce à une méditation active. 6D est la dimension de la géométrie et de la résonance morphique, 7D est la dimension de création par le son, 7D par la lumière et 9D par le temps.

Chacune des dimensions est maintenue par un Gardien, et a une position dans l'espace comme les Pléiades, Sirius ou Orion. Le contact avec le Divin se fait dans la huitième dimension (8D), tandis que la 9D est la dimension qui reçoit le Calendrier codé, la dimension du temps. La 9D correspond au trou noir situé au centre de notre galaxie, la Voie Lactée, là où les processus de création sont déclenchés. Selon les Pléiadiens*, 9D est le tzolkin*, et les Énochiens en sont les Gardiens. 6D serait le dimension du Christ, tandis que les humains sont appelés à devenir les Gardiens de la 3D, ce qu'ils n'assument pas actuellement de par leurs comportements guerriers et prédateurs.

Pour en savoir plus, lire également : The Pleiadian Agenda : A New Cosmology for the Age of Light. Barbara Hand Clow y décrit les neuf Dimensions de conscience qui s'ouvriront complètement en chaque être humain d'ici 2012, ainsi qu'une dixième Dimension qui est le corridor d'énergie venant du noyau de fer cristallisé du centre de la Terre (1D) et allant jusqu'au trou noir de la Voie Lactée (9D).

Exo-politique: le système politique qui gouverne l'univers. Par extension, une politique pour les relations avec les extra-terrestres.

Fasciste: d'après l'auteur, les systèmes fascistes cherchent à obtenir le contrôle total des individus par des corporations possédées par les amis des dirigeants du moment.

Fondamentalisme: Le terme fondamentalisme désigne l'attachement strict à une doctrine précise, religieuse ou autre. Il est synonyme d'intégrisme. Le mot fondamentalisme est né au début du XXe siècle en terrain protestant nord-américain, en opposition aux développements du libéralisme théologique. Il continue d'être employé dans ce contexte, mais en est venu, en France, à désigner le plus souvent les islamismes radicaux. L'auteur fustige plus abondamment l'intégrisme judéo-chrétien ou le fondamentalisme néo-conservateur américain du Président Bush.

Gametria ou **Gématria**, dont le nom est dérivé du mot grec signifiant géométrie, est la numérologie appliquée à l'alphabet hébreu et au texte biblique. L'enseignement des nombres par les Pythagoriciens dit que les lettres sont aussi des nombres. Les Gnostiques, chrétiens ésotériques qui furent condamnés comme hérétiques par l'Église ancienne, adoptèrent la *Gametria* comme croyance centrale. Avec la *Gametria*, si vous connaissez les codes numériques des lettres, vous pourrez lire des savoirs secrets en écriture codée comme dans la Bible. Les origines de cet alphabet numérique remontent à très longtemps et donnent des preuves d'une élaboration hautement intelligente qui suggèrent qu'il s'agit d'un système antédiluvien.

Gnosticisme: doctrine d'un ensemble de communautés chrétiennes des trois premiers siècles qui intégraient l'Esprit et la Matière dans un dualisme.

Grande année = Compte long = Inframonde national

Hablatun : cycle de 1,26 milliard d'années (figure 2.5.)

Holocène : du grec *holos*, « entièrement » et *ceno*, « nouveau ». Dernière époque géologique s'étendant sur les 10 000 dernières années, l'Holocène est un Interglaciaire, période chaude qui suit le dernier Glaciaire du Pléistocène. C'est la quatrième et dernière époque du Néogène, l'un des nombreux Interglaciaires du Quaternaire.

IET : Intelligence Extraterrestre. La Violette indique qu'une intelligence extraterrestre communique avec nous via les pulsars pour nous informer des super-vagues du passé et nous prévenir éventuellement de futurs cataclysmes.

Incrément : quantité constante ajoutée à la valeur d'une variable, à chaque exécution d'une instruction d'un programme. Un incrément vicésimal indique que la valeur ajoutée à la variable est 20 (progression arithmétique) ou un facteur de vingt (progression géométrique).

Inframonde : c'est la plus proche traduction d'un terme maya que Calleman a exprimé en anglais par *Underworld* pour faire référence aux divers plans des mondes cachés du « dessous », qui conduisent les forces d'évolution de notre monde. Il y a neuf Inframondes. Chacun est superposé au précédent, et ils se développent tous simultanément. Calleman distingue, successivement (voir figure 2-4) : L'Inframonde Cellulaire, Mammalien, Familial, Tribal, Régional, National, Planétaire, Galactique et Universel. L'inframonde national correspond à la Grande année* de 5 125 ans. Calleman suggère que les modèles de pyramides pourraient être à la source du terme Inframonde pour désigner les neufs niveaux de la création. Il remarque :

« Ces Inframondes, comme le laissent à penser les modèles pyramidaux à terrasse de la Montagne du monde, pourraient fort bien tenir leur origine de la structure cristalline du noyau ». Et il se demande si « les neuf Inframondes ne correspondraient pas aux neuf couches de fer cristallisé, activées séquentiellement, du noyau interne de la Terre ». Au regard de certaines autres Traditions, on aurait pu traduire ce terme d'Inframonde par « plan », car il s'agit des différents plans de manifestation de la Réalité. Ainsi les enseignements théosophique ou gnostique proposent neuf plans successifs de manifestation, qui sont analogiques aux neuf Inframondes de la Tradition maya.

Katun: il équivaut à 20 *tuns* (unités de base), soit 7 200 jours et environ 19,7 ans (voir figure 2.5).

Le **Mahayuga** védique : période de temps qui commencerait tout de suite après le cataclysme, au moment où l'auteur précise que la précession a commencé, il y a 11 500 ans.

Limnologie : du grec *limne* (lac) et *logos* (étude). La limnologie est l'étude des eaux superficielles continentales intérieures, douces ou salées, stagnantes ou mouvantes, des lacs, des marécages ou des rivières.

Lithophones (paléolithique) : pierres aux propriétés acoustiques. Ainsi, dans la grotte paléolithique de Cougnac, en France, les stalactites et les stalagmites semblent êtres des tuyaux acoustiques.

Magnétopause : c'est la limite magnétique entre le champ terrestre et le vent solaire, flux continu de particules émis par le Soleil dans l'espace interplanétaire dont notre planète est heureusement protégée par sa magnétosphère et son atmosphère. La magnétopause a une forme arrondie de projectile se terminant en cylindre. Sa coupe est approximativement circulaire.

Mammalien : relatif aux mammifères.

Nouveau Paradigme : un nouveau modèle de pensée qui se développe après le modèle de pensée purement scientifique ou matérialiste qui a prévalu dans les deux derniers siècles, et qui fait émerger les valeurs d'une nouvelle civilisation. Le mouvement intellectuel du Nouveau Paradigme doit son importance au renouveau d'intérêt pour les cultures anciennes. De « nouvelles anciennes idées », de nouvelles opportunités se font jour et ouvrent à l'Ouest le chemin de l'illumination. À titre d'exemple, la Chrétienté serait morte sans une révision périodique de sa vision du Christ, sans un renouveau de la Christologie. Le concept du Nouveau Paradigme — l'observation de la sagesse très avancée des anciennes cultures — est de plus en plus suivi à mesure du désenchantement du public pour l'orientation que prennent les civilisations barbares modernes du genre de celle des États-Unis !

Octaédrique : un solide octaédrique a la forme approximative de deux pyramides accolées par leurs bases. Calleman imagine que, comme les anciens dépeignaient souvent la Montagne du monde en forme de pyramide, le noyau central de la Terre pourrait être de structure octaédrique.

Périgalacticon : point où le Soleil, le système solaire et la Terre sont au plus près du Centre galactique. Notre système solaire fut au *périgalacticon* en 1998, et nous avons alors reçu le contact le plus intense et subi les influences les plus fortes en provenance du Centre galactique. D'après l'auteur, ceci constitue une véritable confirmation de la date que Calleman donne (début 1999) pour l'ouverture de l'Inframonde galactique.

Permafrost : Le pergélisol ou permafrost désigne un sous-sol gelé en permanence, au minimum pendant deux ans. Sa formation, sa persistance ou sa disparition et son épaisseur sont très étroitement liées aux changements climatiques. Le pergélisol est un indicateur précis du réchauffement climatique. Il est suivi à ce titre par un réseau mondial de chercheurs s'appuyant sur des sondages, des mesures de température et une surveillance satellitaire. Exemples : le permafrost de Sibérie et d'Alaska.

Piktun : Il est égal à 20 *baktuns,* ou encore 20^2 tuns, soit 2 880 000 jours (voir figure 2.5).

Pléiadiens : Les Pléiadiens se définissent comme étant un collectif d'extraterrestres de la constellation des Pléiades. Ils affirment venir vers nous du futur en voyageant à la fois dans l'espace et dans le temps. Ils expliquent leur implication dans le plan terrestre, ainsi que d'autres groupes extraterrestres, du fait de liens historiques et de « familles d'âmes ». Ce doit être la raison pour laquelle, en 1995, les Pléiadiens mirent le temps dans la neuvième dimension et l'appelèrent *tzolkin* (Calendrier du Jour), la plus haute Dimension à laquelle les humains puissent accéder à ce jour. Ceci dit, le grand Créateur est le temps, qui est dans la plus haute Dimension, d'après les Pléiadiens. Puisque nous avons la capacité de communiquer avec toute intelligence dans l'univers, nous pouvons communiquer avec l'Être suprême, le Créateur. Les Mayas ont prouvé cela, et nous nous en rendons compte seulement maintenant.

Popol Vuh : la plus importante des écritures sacrées des Mayas, c'est l'histoire mythologique des origines des Mayas, le récit de leur création. Il est l'équivalent de la Bible.

Pulsars : des étoiles qui envoient des pulsations d'ondes radios et d'éclairs de lumière à des fréquences et des intervalles variés. Elles ont été remarquées pour la toute première fois en 1967. Nos progrès actuels nous permettent d'imaginer comment les

IET pourraient envoyer des signaux à la Terre : nous disposons maintenant de technologies – les accélérateurs de particules et les masers – avec lesquelles nous pourrions le faire.

Quintessence : une énergie étrange qui peut exercer une antigravité. Elle aurait « commuté » en 1998, année à partir de laquelle les cosmologistes découvrirent que l'expansion de l'univers s'accélérait soudainement ! C'est la date, indiquée par le Calendrier maya, d'entrée dans le dernier cycle d'accélération maximale devant prendre fin en 2012. Ce changement pourrait fournir la preuve ultime de la *théorie des supercordes*. Cela pourrait être l'effet d'une autre dimension qui, dans le modèle du Calendrier maya développé par l'auteur, serait la neuvième Dimension.

Rhéologique : Qui se rapporte à l'étude de l'écoulement, de l'élasticité, de la plasticité et de la viscosité de la matière considérée. Relatif à la science des lois du comportement des matériaux qui lient les contraintes aux déformations.

Rigor mortis : rigidité cadavérique. Au sens figuré, il indique la rigidité du raisonnement de certaines personnes.

Supercordes (Théorie des supercordes) : une théorie physique basée sur l'idée que l'univers est fait de cordes vibrantes fonctionnant en dix dimensions.

Synodique : la période synodique d'une planète est le temps mis par cette planète pour revenir à la même configuration Terre/planète/Soleil, vu de la Terre. Ce laps de temps est différent de la période de révolution sidérale de la planète, la Terre elle-même se déplaçant simultanément autour du Soleil. En conséquence, il s'agit de la période de révolution apparente, la durée entre deux conjonctions planète/Soleil, telle qu'observée depuis la Terre.

Téosinte (n. masc.) : cette graine est à l'origine du processus de domestication du maïs qui a débuté il y a environ 9 000 ans dans le bassin du fleuve Balsas aujourd'hui situé au Mexique, par plantation et sélection successives pendant de nombreuses générations.

Tun : c'est l'unité de base du Calendrier maya et du Compte long de 5 125 années. Il comporte 360 jours. Le Calendrier est ensuite construit avec des multiples de vingt (voir figure 2.5).

Tzolkin : c'est le compte de 260 jours du Calendrier maya, toujours en usage aujourd'hui. Le *tzolkin* est un calendrier de tous les jours pour les Mayas, tandis que le calendrier basé sur les *tuns* fut créé pour comprendre les longs cycles de l'évolution. Néanmoins, le *tzolkin* est en résonance avec la Grande année parce qu'il est basé sur des facteurs numériques de treize, et les vingt glyphes qui le constituent sont les archétypes centraux, qui sont à leur tour multipliés par vingt, etc. Comme il faut 260 jours pour concevoir et donner naissance à un enfant, l'auteur fait remarquer que ce nombre sacré a fait penser aux Mayas que les humains sont les enfants des dieux.

Vicésimal : c'est un système de numération de base 20, utilisant les multiples de vingt et incorporant le zéro. Les Mayas utilisaient le système vicésimal, et comptaient à l'aide de points (valeur 1) et de barres (valeur 5). Calleman a montré que le Calendrier maya est basé sur une accélération vicésimale du temps.

COLLECTION
AVENTURE SECRÈTE

La spiritualité, l'ésotérisme et la parapsychologie offrent des perspectives fascinantes au monde moderne. Les sciences d'aujourd'hui rejoignent les traditions d'hier : l'invisible et les pouvoirs de l'esprit sont une réalité.

« Aventure Secrète » vous invite à porter un regard neuf sur vous et sur l'univers en répondant aux plus grandes questions de tous les temps.

ÉNIGMES

Michael Baigent • *L'énigme Jésus*
Michael Baigent, Richard Leigh • *Des Templiers aux francs-maçons*
Michael Baigent, Richard Leigh, Henry Lincoln • *L'énigme sacrée*
Michael Baigent, Richard Leigh, Henry Lincoln • *Le message*
Michael Baigent, Richard Leigh, Henry Lincoln • *L'énigme sacrée* suivi de *Le Message*
Edouard Brasey • *L'énigme de l'Atlantide*
Graham Hancock • *Le mystère de l'arche perdue*
Christian Jacq • *La franc-maçonnerie*
Pierre Jovanovic • *Enquête sur l'existence des anges gardiens*
Christopher Knight & Robert Lomas • *La clé d'Hiram*
Christopher Knight & Robert Lomas • *Le livre d'Hiram*
Jean Markale • *L'énigme du Saint Graal*
Chris Morton • *Le mystère des crânes de cristal*
Joseph Chilton Pearce • *Le futur commence aujourd'hui*
Lynn Picknett & Clive Prince • *La porte des étoiles*
Lynn Picknett & Clive Prince • *La révélation des templiers*
Rapport Cometa • *Les ovni et la défense*

ÉPANOUISSEMENT PERSONNEL

Melody Beattie • *Les leçons de l'amour*
Julia Cameron • *Libérez votre créativité*
Deepak Chopra • *Les sept lois spirituelles du succès*
Deepak Chopra • *Les clés spirituelles de la richesse*
Deepak Chopra • *Les sept lois spirituelles du yoga*
Deepak Chopra • *Les sept lois pour guider vos enfants sur la voie du succès*

Deepak Chopra • *Le chemin vers l'amour*
Marie Coupal • *Le guide du rêve et de ses symboles*
Wayne W. Dyer • *Les dix secrets du succès et de la paix intérieure*
Wayne W. Dyer • *Les neuf lois de l'harmonie*
Wayne W. Dyer • *Il existe une solution spirituelle à tous vos problèmes*
Stanislav Grof • *Psychologie transpersonnelle*
Mark V. Hansen, Robert Allen • *Réveillez le millionnaire qui est en vous*
Arouna Lipschitz • *Dis-moi si je m'approche*
Arouna Lipschitz • *L'un n'empêche pas l'autre*
Dr Richard Moss • *Le papillon noir*
Joseph Murphy • *Comment utiliser les pouvoirs du subconscient*
Joseph Murphy • *Comment réussir votre vie*
Anthony Robbins • *Pouvoir illimité*
Mona Lisa Schulz • *Le réveil de l'intuition*
James Van Praagh • *Guérir d'un chagrin*

PARANORMAL/DIVINATION/PROPHÉTIES

Édouard Brasey • *Enquête sur l'existence des fées et des esprits de la nature*
Sonia Choquette • *A l'écoute de votre sixième sens*
Marie Delclos • *Le guide de la voyance*
Jocelyne Fangain • *Le guide du pendule*
Jean-Daniel Fermier • *Le guide de la numérologie*
Jean-Charles de Fontbrune • *Nostradamus, biographie et prophéties jusqu'en 2025*
Barbara Hand Clow • *Le code maya*
Alexandro Jodorowski • *Kit Tarot*
Allan Kardec • *Le livre des médiums*
Dorothée Koechlin de Bizemont • *Les prophéties d'Edgar Cayce*
Maud Kristen • *Fille des étoiles*
Maud Kristen • *Ma vie et l'invisible*
Dean Radin • *La conscience invisible*
Régine Saint-Arnauld • *Le guide de l'astrologie amoureuse*
Rupert Sheldrake • *Les pouvoirs inexpliqués des animaux*
Sylvie Simon • *Le guide des tarots*
Philippe de Wailly • *Le sixième sens des animaux*

POUVOIRS DE L'ESPRIT/VISUALISATION

Jill Bolte Taylor • *Voyage au-delà de mon cerveau*
Carlos Castaneda • *Passes magiques*
Dr. Wayne W. Dyer • *Le pouvoir de l'intention*
Marilyn Ferguson • *La révolution du cerveau*
Shakti Gawain • *Techniques de visualisation créatrice*
Shakti Gawain • *Vivez dans la lumière*

Paul-Clément Jagot • *Le pouvoir de la volonté*
Jon Kabat-Zinn • *Où tu vas, tu es*
Bernard Martino • *Les chants de l'invisible*
Éric Pier Sperandio • *Le guide de la magie blanche*
Marianne Williamson • *Un retour à la prière*

LOBSANG T. RAMPA

Le troisième œil
Les secrets de l'aura
La caverne des Anciens
L'ermite

JAMES REDFIELD

La prophétie des Andes
Les leçons de vie de la prophétie des Andes
La dixième prophétie
L'expérience de la dixième prophétie
La vision des Andes
Le secret de Shambhala
Et les hommes deviendront des dieux

ROMANS ET RÉCITS INITIATIQUES

Lynn V. Andrews • *Femme chamane*
Carlos Castaneda • *Le voyage définitif*
Deepak Chopra • *Dieux de lumière*
Georges Gurdjieff • *Rencontre avec des hommes remarquables*
Elisabeth Haich • *Initiation*
Nasr Eddin Hodja • *Les aventures de l'incomparable Nasr Eddin Hodja*
Immaculée Ilibagiza • *Miraculée*
Laurence Ink • *Il suffit d'y croire…*
Gopi Krishna • *Kundalinî – autobiographie d'un éveil*
Yann La Flèche • *La prophétie du cinquième règne*
Shirley MacLaine • *Danser dans la lumière*
Shirley MacLaine • *Le voyage intérieur*
Shirley MacLaine • *Mon chemin de Compostelle*
Dan Millman • *Le guerrier pacifique*
Marlo Morgan • *Message des hommes vrais*
Marlo Morgan • *Message en provenance de l'éternité*
Michael Murphy • *Golf dans le royaume*
Scott Peck • *Les gens du mensonge*
Scott Peck • *Au ciel comme sur terre*

Robin S. Sharma • *Le moine qui vendit sa Ferrari*
Baird T. Spalding • *La vie des Maîtres*
Paramahansa Yogananda • *Autobiographie d'un yogi*

SANTÉ/ÉNERGIES/MÉDECINES PARALLÈLES

Deepak Chopra • *Santé parfaite*
Deepak Chopra • *Le corps quantique*
Janine Fontaine • *Médecin des trois corps*
Janine Fontaine • *Médecin des trois corps. Vingt ans après*
Janine Fontaine • *La médecine du corps énergétique*
Caryle Hishberg & Marc Ian Barasch • *Guérisons remarquables*
B.K.S. Iyengar • *Bible du yoga*
Dolores Krieger • *Le guide du magnétisme*
Jacques La Maya • *La médecine de l'habitat*
Pierre Lunel • *Les guérisons miraculeuses*
Caroline Myss • *Anatomie de l'esprit*
Dr Bernie S. Siegel • *L'amour, la médecine et les miracles*

SPIRITUALITÉS

Bernard Baudouin • *Le guide des voyages spirituels*
Jacques Brosse • *Le Bouddha*
Deepak Chopra • *Comment connaître Dieu*
Deepak Chopra • *La voie du magicien*
Deepak Chopra • *Le livre des coïncidences*
Sa Sainteté le Dalaï-Lama • *L'art de la compassion*
Sa Sainteté le Dalaï-Lama • *L'harmonie intérieure*
Sa Sainteté le Dalaï-Lama • *Le Dalaï-Lama parle de Jésus*
Sa Sainteté le Dalaï-Lama • *La voie de la lumière*
Sa Sainteté le Dalaï-Lama • *Sagesse du bouddhisme tibétain*
Sa Sainteté le Dalaï-Lama • *Le sens de la vie*
Sa Sainteté le Dalaï-Lama • *Vaincre la mort et vivre une vie meilleure*
Sam Keen • *Retrouvez le sens du sacré*
Krishnamurti • *Commentaires sur la vie - 1*
Krishnamurti • *Commentaires sur la vie - 2*
Thomas Moore • *Le soin de l'âme*
Thich Nhat Hanh • *Le miracle de la pleine conscience*
Thich Nhat Hanh • *La sérénité de l'instant*
Scott Peck • *Le chemin le moins fréquenté*
Scott Peck • *La quête des pierres*
Scott Peck • *Au-delà du chemin le moins fréquenté*

Ringou Tulkou Rimpotché • *Et si vous m'expliquiez le bouddhisme ?*
Baird T. Spalding • *Treize leçons sur la vie des Maîtres*
Marianne Williamson • *Un retour à l'Amour*
Neale D. Walsch • *Conversations avec Dieu - 1-2-3*
Neale D. Walsch • *Présence de Dieu*

VIE APRÈS LA MORT/RÉINCARNATION/INVISIBLE

Rosemary Altea • *Une longue échelle vers le ciel*
Rosemary Altea • *Libre comme l'esprit*
Michèle Decker • *La vie de l'autre côté*
Jeanne Guesné • *Le grand passage*
Allan Kardec • *Le livre des esprits*
Grégoire Kolpaktchy • *Livre des Morts des anciens Egyptiens*
Vicki Mackenzie • *Enfants de la réincarnation*
Daniel Meurois & Anne Givaudan • *Les neuf marches*
Daniel Meurois & Anne Givaudan • *Récits d'un voyageur de l'astral*
Daniel Meurois & Anne Givaudan • *Terre d'émeraude*
Raymond Moody • *La vie après la vie*
Raymond Moody • *Lumières nouvelles sur la vie après la vie*
Jean Prieur • *Le mystère des retours éternels*
James Van Praagh • *Dialogues avec l'au-delà*
Ian Stevenson • *20 cas suggérant le phénomène de réincarnation*
Brian L. Weiss • *Nos vies antérieures, une thérapie pour demain*
Brian L. Weiss • *Il n'y a que l'amour*

9174

Achevé d'imprimer en France (La Flèche)
par BRODARD ET TAUPIN
le 13 décembre 2009. 55651

Dépôt légal décembre 2009.
EAN 9782290022030

ÉDITIONS J'AI LU
87, quai Panhard-et-Levassor, 75013 Paris

Diffusion France et étranger : Flammarion